海的呼唤

我的支教生活

Hai de
Huhuan

陈剑华 著

暨南大學出版社
JINAN UNIVERSITY PRESS
中国·广州

▲与柯振明主任合影

▲和同事合影　左起：李创弟、林明泉、柯振明、林思斌、作者本人

◀与初三（1）班部分男同学合影

▶与初三（1）班部分女同学合影

目　录

序

傅经中*

我以激动的心情读完了陈剑华老师的著作——《海的呼唤——我的支教生活》。掩卷静思，陈老师支教生活的点点滴滴就像电影一样，在我脑海中萦绕。我为陈老师能克服种种困难毅然接受支教任务而感动，为陈老师能认真践行智力扶贫、送课到仙庵而感动，为陈老师能钻研教材、传播先进教育、教学理念而感动，为陈老师悉心教学、善于启发、引导、培育心灵的行为而感动，更为陈老师坚持天天写日记、记体会、录感悟，在半年多的时间里写出二十多万字的支教随笔而感动。

陈剑华老师的支教历程，是广东省“千校扶千校”智力扶贫活动的一个真实写照和典型缩影。它的意义不仅仅是育才三中完成了南山区与惠来县智力扶贫的任务，更重要的是通过陈老师到仙庵中学支教的实际行动，通过陈老师在教学过程中教育、教学思想的渗透，引发了仙庵中学教师在教学改革中的思索与共鸣，激起了他们对“教书育人”这一根本教育目标的探讨与反思，真可谓“一石激起千层浪”。我想，这也是广东省大力开展“千校扶千校”智力扶贫活动的根本目的之所在。

陈剑华老师到仙庵中学支教，就像一股清泉注入干涸的土地，迅速被大地吮吸，被幼苗吮吸。正像陈老师在《第一堂课》中所描写的那样，“昨天，初三（1）班的学生问我是不是真的要给他们上课时，我做出了肯定的回答。这位学生一听，激动地说了句：‘好期待啊！’这种好奇与期待的心情，我是完全可以想象得到的。就我本人而言，想到即将面对一群尚未受现代气息沾染的农村学生，我也充满期待。我希望用我的绵薄之力，引导他们走向广阔的知识天地，开阔视野，增长智慧，品味经典，洞察人生，享受诗意的青春

* 傅经中，深圳市蛇口育才教育集团党委副书记、总校副校长、深圳市育才三中校长。

生活”。陈老师以“美国总统满足身患绝症的小男孩的愿望”为导引，激起了学生们的强烈求知欲望，然后进入文本主题……陈老师引人入胜的开篇、循循善诱的引导、细致入微的分析，使同学们在强烈的好奇心的驱动下，在吴焕章同学的鼓舞下，读书兴致非常高，“教室里静悄悄的，仿佛一潭静谧的湖水，水波不兴。有的同学一边看书，还一边在课本上圈圈画画，或记录着什么”。陈老师耐心的启发、精心设计的导入、不失时机地对学生的鼓励，促使学生们积极思考、大胆回答问题，很快就将同学们的学习热情和学习积极性调动起来了，迅速拉近了师生之间的距离，使学生对陈老师由陌生、好奇到感到亲切，进而崇敬，陈老师用他朴实但充满爱心的语言深深地打动了学生们的心灵，使学生们的心迅速凝聚在陈老师周围，凝聚在课堂氛围之中，凝聚在课文主人公的故事情节之中。正像陈老师在课后笔记中所说：“我在仙中的第一堂课顺利结束了，从同学们兴奋的表情中，我感受到了满足和欣慰。鲁迅说过：‘尊个性而张精神’。我想，这就是我第一堂课的意义所在！”

陈剑华老师在仙中支教过程中，虽不担任班主任，但教书育人的职责却让陈老师总是在教学的过程中不忘深入了解学生的内心世界，时刻关注学生内心的细微变化和言行的点滴表现，及时捕捉学生的心理异常和行为异常，深入细致地进行心理辅导和思想教育工作，不辞辛劳地进行家访，了解问题学生的家庭背景，有的放矢地进行心理沟通，利用面谈和笔谈等形式，对学生进行有效的指导与帮助。正如《小雪的心事》所记录的那样，对青少年成长过程中的苦恼与困惑，陈老师以诚相待，真心站在小雪的角度上体谅她、理解她，同时又以朋友般的真诚，对青春期少年的情感冲动进行了细致的分析：青春期“是最冲动、最危险的年龄，由于年幼无知，对社会的认识尚不清楚，对情感的把握尚不稳定，因而，这时的情感就像一个花瓶，虽妙不可言，但轻轻一击就会摔得粉碎，更不用说把它放置在室外经受风吹雨打。真正的爱情，是坚不可摧的”！并给小雪提出建议：“顺其自然，快乐生活。像以前一样，快乐而单纯地学习。相信在未来的岁月里，你会遇到生命中真正的爱情。人生就是这样，属于你的不会溜走，不属于你的随它而去。”正是陈老师的至理箴言，才使小雪同学内心的困惑得以解开。

这一事例深深地感动了我。作为人民教师，我们的职责就是要教育学生，使学生能够健康、快乐地成长，能幸福地度过他们的青春年少时光。教师的伟大，就在于用我们的辛苦劳作，使幼苗破土而出、茁壮成长，长成参天大树！对学生的教育没有旁观席，每位教育工作者都肩负着教育学生的职责与功能，而且这种教育是潜移默化的，是细雨润无声，是每天的一言一行，是平凡的一举一动。作为优秀的人民教师就应在平凡的教学实践中用爱心去教育学生、影响学生，塑造学生的美好心灵！我觉得，不会教育学生的教师不是一个合格的教师，不会当班主任的教师不是一个优秀的教师。

陈剑华老师去仙中支教，还有一个重要目标，就是要将深圳市轰轰烈烈的教学改革理念带到仙中，将南山区课程改革理念传递到仙中，将育才三中在课改过程中的思考延续到仙中。陈老师是有心人，也是有志者。虽然刚刚被评为南山区中青年骨干教师，但他用行动书写了一名南山区骨干教师应有的教育、教学的涵养与品质，用在仙中支教的所作所为诠释了一名骨干教师热爱教育，潜心钻研教学业务，创造性地进行教学研究的良好潜质和不懈进取的精神。

在《听课有感》、《读学生来信》、《从月考试卷看中考命题》、《参加语文组教研会议》、《听秋顺老师讲课》、《我的公开课》、《怎样做一个合格的教师》、《期中考试阅卷有感》、《给语文教材编者的一封信》、《语文评课会》、《谈读书》、《一堂口语交际课引发的思考》、《作文教学探索之路》、《对农村中学教学现状的思考》、《谁来关心下一代的成长》等一系列记载中，我读出了他践行广东省“千校扶千校”根本宗旨的良苦用心，读出了他对仙中教育教学现状的忧虑、关心和思考，读出了他在仙中每一堂课中所渗透的课改的理念与方法，读出了他在听课与评课过程中善于学习别人之长，勇于发表自己观点，严谨治学的科学精神，读出了他在作文教学中的体会和感悟及其多年来坚持不懈的努力，读出了他由仙中体会进而对农村中学教育现状的深层次的思考与忧虑。

掩卷静思，凝望着书的名字——《海的呼唤》，我觉得我看到的不仅是陈老师支教生活的真实写照，我看到的更是一笔财富！是陈老师在仙中与学生相知相容所产生的发自内心的爱的真实写照，是陈老师在仙中支教过程中展现的教学智慧的真实写照，是陈老师在一堂堂朴实无华的授课中所体现的教育理念和教学思想的真实写照。《海的呼唤》是陈老师借用大海的力量，面对像仙中一样的亟待援助的农村教育，向你、向我、向教育主管部门、向各级政府发出呐喊和呼唤，是一个有责任心的教育工作者向全体同仁发出的呐喊和呼唤，呼唤着教育的理性回归，呼唤着大爱无疆、爱洒阳光，呼唤着全社会都来关注教育、关注下一代、关注祖国的未来！

人的追求多种多样：有人追求生活上的安逸，有人追求物质上的奢侈，有人追求轰轰烈烈的人生，有人追求平平淡淡的一生。我觉得陈老师以《海的呼唤》一书写了他真实的支教生活，以他平凡细腻但充满对孩子的热爱、对教育的热爱的支教生活，展现了他对教育事业的理想与抱负，展现了他令人赞叹、令人敬仰的细微之处见精神的品质与内涵，这正是他为之不懈努力、孜孜以求的人生追求。

2010 年 6 月 18 日

前言

人到中年，似乎注定要做点人生中没有经历过的事，才能算真正“不惑”了。2009年6月22日，我在所任教的初三毕业生参加完深圳市的中考之后，踏上了支教的路程。

2009年3月，广东省教育厅启动了义务教育“千校扶千校”行动计划，决定在珠江三角洲地区和全省地级市城区组织1 000所义务教育优质学校，采用“一帮一”的形式，对口帮扶1 000所教育基础相对薄弱的义务教育学校更新教育观念，改善办学条件，提高教师的业务能力和整体素质。由于这次活动以智力支援为主，因此又被称为“智力扶贫”。

5月的一天下午，校长找我去谈话，说学校准备派我前去揭阳市惠来县支教一年。校长强调了这次支教的意义：以“智力扶贫”为主，不仅要给学生上课，还要结合自己的教学心得，帮助当地学校的老师更新教学观念。

学校的这个决定让我感到有些诚惶诚恐。从校长的语气来看，显然学校已经做出了决定。我觉得无论如何，这都代表了学校领导对我的信任。于是在匆忙之中，我没有多想就答应下来了。

回到家中，我才得以静下心来仔细考虑这个问题。对于这件事，我的心情是有些复杂的。一方面，我很愿意去支教。因为我觉得在深圳这座现代化的都市里浸淫已久，已届不惑之年却一事无成。不仅荒废了许多光阴，精神上也有些颓废。换个环境，对我而言是一个很好的调整和锻炼的机会。我可以静下心来，认真做些实实在在的事，认真想些从未思考过的问题，也不枉此一生。另一方面，我又有些顾虑。一来是我的资格不够。虽说勉强评了个区级的骨干教师，但远未达到可以到外地传经送宝的水平；二来是我的孩子太小。女儿下半年要上小学一年级，正是启蒙之年，需要我的引导；三来是母亲身体不好。母亲长期患有慢性肾功能衰竭之症，需要我在身边照顾。这一系列的问题，如蛛丝网一般困结于我的心里，使我辗转难眠。

母亲、妻子听说此事后，都不赞成。原因很简单，家里离不开我。

但我终于说服了母亲和妻子——实际上，我觉得她们是没有办法改变我的决定。与其说她们是被我说服了，倒不如说是她们的无奈。

我终于有些不忍，说了许多安慰的话。

这几夜，我难以入眠。想到我这一去，家中的重担就要完全落到母亲和妻子身上了，我坚定的意志又开始软化下来。这份亲情，就算是铁石心肠也不能抹去的。

但不管如何，我决定要去了。也许，这是我迈入不惑之年最艰难的一个决定，也是最果断的一个决定。要去，就要像去的样子！儿女情长，岂能成事？既然做出了决定，就要有做出牺牲的准备，更要有踏实奉献的精神，才能抛却一切杂念，为受援的地方做出一点实事。

“停杯投箸不能食，拔剑四顾心茫然”，在茫然之中，我做出了人生中的一个重大决定！让你们委屈了，我的母亲、妻子和女儿！

2009 年 6 月 22 日，在忙碌的教学工作中，我终于等来了出发的日期。在送走了新一批的初中毕业生之后，我正式踏上了前往揭阳市惠来县支教的路程。

以下，便是我支教期间的点点滴滴，也是我这段时间的心路历程。

1 初到惠来

2009年6月22日

没有准备的时候，往往是最需要准备的时候。

2009年6月22日早晨7点钟，我刚送女儿到幼儿园，便接到了学校办公室的电话——速速准备行装，前去惠来！

这个时候已近期末了，受援学校差不多快放假了吧。这个时候前往惠来，是出于什么考虑呢？按照校长的意思，我此次前往的目的是了解清楚学校的情况，为下学期的支教工作做好准备。

仓促之中，我火速做出发的准备。换洗衣物、洗漱用具、药品、书籍、相机、文具……凡所应带的物品，都装进箱子里去了。大约用了半小时的工夫，我便在母亲的帮助下收拾好了行李。而此时，学校的车也到了家门口。这种急迫的景象，连母亲也觉得很惊讶。她仿佛在太平盛世之中，接到征子入伍的通知一般难过。

我只有不断地安慰母亲。随后，在母亲不停的叮咛声中，我提起行李走出了家门。

这次活动，看得出学校比较重视——竟然由总务处赵主任和教科室李主任两位中层领导亲自护送。

与母亲告别后，我们一行3人便驱车向着目的地——揭阳市惠来县出发了！

也许是好事多磨。这两位主任对路况不是很熟，车子跑了一个多小时，竟然跑到东莞市大岭山镇去了。一看路标，两位主任傻眼了，立刻调头赶回深圳。

时间已到上午10点多钟了，我们却还在赶回深圳的路上行进。终点又回到起点，这不能不说是一件很滑稽的事。也许是在责怪我们的拖拉，此时的天公开始发起脾气来。刹那之间风雨大作，雷电交加，好端端的一条大道突然变成了小河，我们只能以极慢的速度前进。到了深圳，再转上梅观高速，接着上机荷高速，经惠州，直奔汕头方向。此时，已近中午了。一路上风雨不住，电闪雷鸣，让人顿觉路途之艰辛。

车子到了惠东境内，更大的考验来到了。由于深汕高速公路进行大修，我们不得不下了高速，改走324国道前进。一路坑坑洼洼，泥泞不堪。成千上万辆汽车如长蛇般蜿蜒前进，场面蔚为壮观。

过了惠东县后门镇，我们终于重新开上了深汕高速公路。车子如脱笼之鹄，一下子飞了起来。此时的天气，也如变色龙一般赶来凑热闹。车窗外面风和日丽，晴空万里，原来笼罩在头顶的乌云突然之间消失得无影无踪。公路左侧的巍巍群山飞快地往后移去，右侧的大海上则涌起阵阵波涛。好一幅大自然的杰作，我不禁惊呼起来！

“丈夫志四海，万里犹比邻。”惠来，这个陌生的地方，莫非将要成为我心灵的涅槃地，梦想的寄托场？

经过6个小时的奔波，我们终于来到了目的地——惠来县仙庵中学。学校总务处的胡汉金主任早早地等候在路旁，脸上露出了憨厚的笑容。

在胡主任的引导下，我们向着目的地——仙庵中学走去。仙庵中学是一所农村中学，位于惠来县仙庵镇的一座山边，环境十分安静。学校大门的上方书有“仙庵中学”四个大字，显得苍劲古朴。进入校门，两座有些古旧但很宏伟的三层教学楼一前一后排列在校园中央。教学楼之间砌有两个花坛，花坛里面松柏掩映、苍翠欲滴，是个书香之地。

在胡主任的带领下，我们见到了学校的负责人——林校长。林校长今年40岁（和我同龄），是个和蔼的中年人。听到我来了，林校长赶忙从校长室里走了出来，握住我的手热情地打起招呼来。

坐定后，林校长向我介绍了一下学校的基本情况。学校目前共有1 600多名学生，但教师只有70多名。由于师资有限，因此每个班级的学生都很多，最多的一个班超过了100人。虽然条件有限，但教学质量却不差。在惠来县各初级中学里，这所学校算是办得比较好的。

夜深人静，我在临时住所——校长办公室里住了下来。由于教师一般都住在家中，学生全部走读，所以整栋教学楼里实际只有我一个人住着。远处，田野里的蛙声传入耳际，悦耳而动听，让我体会到了久违的乡村气息。

在朦胧的月色中，我沉沉地进入了梦乡……

2　参观仙庵中学

2009 年 6 月 23 日

第一次到仙庵中学，我的心中充满了好奇。这个地处沿海的学校究竟是个什么样子的呢？今天一大早，我便起了床，开始参观起仙庵中学的校园来。

教学楼的外观是很不错的，两栋都是楼房。房前设有花台，树木葱茏，生机盎然。学校广场右侧有两棵高大的木棉树，在绿树的掩映下，仙庵中学的校园显得古朴而庄严。学校后面是一座山，叫客仔湖山。山不算高，但上面有很多鹅蛋形的石头，形成一道奇特的景观。山下是一片杂草地，这就是学校的操场了。操场的右边有一个篮球场，地面铺着水泥，十分整洁，看不到一点儿垃圾。初一到初三的单车棚全部用篱笆隔开，看上去很像一个个菜园。

虽然教学楼的外观挺不错，但走进教室里面，情形则大不一样。课桌都是长条形的，与 20 多年前我上初中时的情形完全一样。一间教室里拥挤着 80 多个人（多的有 90 多人），黑压压的一片。教室内没有任何现代化的设施，“一支粉笔打天下”仍然是这里最常见的教学景观。

学生基本上都来自大海沿岸的农村，家庭以种田或捕鱼为业，所以穿着都很朴素。当然，时代的发展也深刻地影响着这里的每一个角落，这从部分学生的装扮可以看出来。斜长的头发，掉须的牛仔裤，时髦的手机显然是这些少年赖以彰显的道具。

学校虽然有些简陋，但管理却很有条理。7：20 学生到校，接着开始早间劳动。学生们或拿着耙子，或提着桶子，或扛着锄头，奔向各班的责任区，开始清除杂草。一边劳动，一边嬉戏，好不热闹！

早上 8 点，林校长带着我到学校和各个班级转了一圈，使我有机会近距离接触到仙中的学生和老师们，也得以更真实地了解他们的内心想法。

我们走过两间教室，学生们都对我投来惊异的目光——似乎我来自爪哇国。这些孩子，大多带着羞涩的笑容，显出一副想看又不敢看的样子。我轻轻地点了点头，向他们打招呼。他们则显出一副惶恐而木然的神态，不知所措地注视着我。

走过两间教室，有一间小屋。屋里摆着一张茶几，几张椅子。校长告诉我，这就是老师们的办公室了。校长向办公室里的老师们介绍了我。老师们立即站了起来，很客气地和我握手问候。

在这里，我认识了教地理的严老师、教语文的王老师、教英语的林老师等人，还有李副校长。在与老师们的谈话中，我初步了解到了当地农村的教育现状。

一、教育发展水平落后

关于教育发展落后的问题，我在上文对学校的介绍中已经提到过几句。不过，这只是整个惠来教育现状的一个缩影。据老师们介绍，有些学校的设施更为简陋。受经济发展水平的制约，当地的教育投入十分有限。这里虽然是沿海地区，实际上和内地一些山区没多大分别。经济的落后决定了教育发展的落后。当地经济为什么没有发展起来？这是一个令人深思的话题。

二、义务教育阶段学生流失现象比较严重

和很多农村地区一样，当地义务教育阶段学生流失现象是比较严重的。以仙庵中学为例，初一年级入校时有800多名学生，到了初三年级只剩下不足500人。学生流失的原因有多种，主要有以下三个方面：

一是“读书无用论”的思想在作怪。在许多农村家长的心中，最朴实的想法是读书能为孩子带来一份体面的职业，继而为家庭带来实际的利益。当今大学生就业形势严峻的状况，似乎给“读书无用论”找到了一个合理的依据。在不少家长的心目中，读书所带来的利益似乎遥不可及。有人举了一个生动的例子：一个在广州或深圳工作的打工仔，每月随便都可挣到一两千元。而一个正规院校毕业的大学生，在当地的工资也不过一千几百元。如果算上多年付出的培养费用，这笔账实在划不来。严重的“脑体倒挂”现象，使得“读书无用论”得以蔓延，也使得一部分学生过早地走上了打工挣钱的道路。

二是重男轻女的思想在主导。当地有一种普遍的思想，就是谁家生的孩子多，特别是男孩多，谁家的势力就大。所以，当地社会对男孩子的培养较之女孩要重视得多。只要能力足够，大部分男孩都能接受到完整的中学教育。但女孩子中，除了少数成绩优异且家境较好的学生可以继续深造外，大多数人读到初中就算完成学业了。在一些家长看来，与其花大力气让她们读书，还不如让她们早点出来做生意好。这种思想，在一定程度上也导致了学生的流失。

三是外地学校对优秀生源的争夺。一方面，外地一些私立学校，凭借优秀的教学条件来农村中学挖人，以便在中考中为自己的学校树招牌；另一方面，一些成绩优秀的学生也喜欢到外地求学，以求得更好的学习环境。在这种你情我愿的双向作用下，很多优秀生源流向外地。一些家长甚至以子女能到外地学习为荣，认为这是子女成才的最佳途径。

三、学生的思想变化令人担忧

另一个值得关注的问题，是当今学生的思想状况。对此，一些老师表达了强烈的担忧。如今，一些学生的理想意识似乎非常淡薄，自私自利、贪图享乐等思想在他们心目中正变得日益重要。很多学生不知道为什么读书，更不知道自己的明天要干什么，这一切无不令人忧虑。一位老教师深切地怀念起20世纪80年代学生求学的情景。他认为最让人难忘的是那个时代的学生有理想、有志气、有一股永不服输的奋斗精神。但这一切在现在的青少年身上已很难看到了。

通过交谈，我初步了解了当地农村教育的现状。实际情况究竟如何，我相信在今后的工作中会有更深的体会。

3　我的日常生活

2009 年 6 月 24 日

来惠来 3 天了，我还没有做什么实际的事。由于临近期末，大家都在复习，所以我也不好去听课，只能待在办公室里看书、写作。欲出不得，我只好把自己关在房里，写一写我这两天的生活情况。

先说吃饭问题。俗话说："民以食为天"，人到哪儿也离不了吃饭。我刚到这儿的第一餐，是和林校长、胡主任等一起在餐馆吃的。这顿饭很丰盛，有海鱼、海贝、蚝肉饼、蚌壳汤，还有一个鸭肠和一个空心菜。到仙庵时，我已是饥肠辘辘。面对这丰盛的食物，我顾不得过多的客套，美美地饱餐了一顿。

让我没有想到的是，吃饭问题竟成了此后我遇到的最大困难。因为学校的食堂尚未开张，所以我不得不到街上去买东西吃。这里的街道，实际上是一条长约 500 米的公路，没有几家店铺。我走了 100 来米，总共也只看到三四家小吃店。综合性的饭店只有一家，叫做"奇香饭店"，就是我在这里吃第一餐饭的地方。

我的第一顿早餐，是在学校门口的一家肠粉店里吃的。肠粉很便宜，一份只需 3 元钱。如果加上虾仁或其他材料，则要 4～5 元。店主是个 40 岁上下的中年人，非常干练。旁边一个微胖的女孩，大约十四五岁，在一旁打下手，看样子是他的女儿。今天早上再去吃时，发现这个女孩原来是仙中的学生。

林校长注意到这一情况后，立即让我到他家去吃饭。我一想打扰人家不大好，便坚决推辞了。没想到校长再三邀请，无论怎样也推辞不掉。盛情难却，我只好客随主便了。

林校长虽然和我同年，但看上去略显沧桑。古铜色的皮肤，外加一副健硕的身材，显得很有男人味。只是眼睛有些血丝，看来工作比较操劳。校长的家，在教工宿舍一栋的三楼。厅内按潮汕的典型风格，摆放着一张木制的大茶几和一套功夫茶具。茶具旁边摆放着两排古铜色的木制沙发，显出几分古色古香的味道。我接下来几天的饭，都是在校长家吃的。

再说说住的问题。我住在学校最后一栋教学楼三楼的校长室里，这是学校最体面的一间房子。房间分为内外两间，外间约有 20 平方米，摆放着一张大茶几，桌上摆着一套功夫茶具，旁边围着几张木制沙发——这是典型的潮汕风格。里间是卧室，约有 10 平方米。房间里有一台电脑，还有一台打印机。在这个地方，能有这样的条件，我简直不敢相信自己的眼睛。

我在这遇到的第二个难题是洗澡问题。南方天气炎热，每天不洗澡就浑身难受。在我的住房旁边，沿着走廊直到尽头有一间厕所，兼作洗澡间。胡主任交代我上完厕所或洗完澡后后要记得把门锁上。我很纳闷，为什么要锁上呢？难道这是“专用厕所”？怀着强烈的好奇心，我去上了一趟厕所。打开门一看，里面是个“套间”：外面放着一个煤气罐，里面连接着热水器，下面便是厕所。看到这里，我恍然大悟——上锁是为了保护这里面的热水器，以免被偷去。学校的用水是从后面山上引下来的山泉水，是真正的“自来水”。偏偏这几天天公不作美，下了几场暴雨。“自来水”一下子变成了“浓豆浆”。没办法，我只好在胡主任的带领下，到镇上一位居民家中洗了个澡。

在奔波与忙碌中，我度过了支教生活的最初时光。

4 第一次用普通话开会

2009 年 6 月 25 日

中国有句古话："丑媳妇怕见公婆。"我虽然是来支教的，但由于挂着个"智力扶贫"的招牌，心里一直感到很不安。自己肚子里有几滴墨水，自己最清楚。要说来为学生们上课，我是完全乐意的——我愿意为孩子们奉献我的最大力量，为他们点亮一盏前进的灯；但要说给老师们传经送宝，我是万万不敢的，我知道自己的水平远远没到这个高度。

但不管媳妇如何丑，公婆的面总是要见的。

6 月 24 日下午，学校召开了全体教师大会，我和全体老师正式见了面。我被安排坐在主席台上，紧靠在校长和教导主任的身边。这让我感到有些不自然，因为像我这样平庸的人，是很少有机会坐在领导席上的。在局促不安中，我如坐针毡地挪上了座位。

校长在会上介绍了我此行的目的和意义，全体老师给予了我非常热烈的掌声。在众人的注目下，我稍稍正座，尽力使自己平静下来。

接下来是教导处副主任柯振明老师讲话。他用普通话讲了三个方面的内容：一是关于惠来县小学升初中入学水平测试的注意事项，讲得非常细致；二是公布了作业抽查结果；三是宣读了育才三中与仙庵中学联合举办"爱国诗歌原创大赛"的通知。这一部分他讲得非常细致，并再三强调了参与的重要性。对此，我十分感动。一位年逾半百的老教师，如此认真地对待这件事，怎不令人敬佩？

临近结束，校长宣布了下学期要实施的一项重大改革措施：学校将依据学生的发展水平，开设两个实验班。据说，在此以前该校从未举办过。照此说来，这算得上是该校教育史上的一次重大革命。关于开设实验班的意义，一位领导谈了他的看法。他认为，开设实验班，是依据学生全面发展的要求来进行的一次尝试。不同的地区差异，决定了教育水平的参差不齐。在潮汕地区，随着读书功用的下降，家长对待子女学习的态度也发生了变化。在一些家长看来，读书已不像以前一样能够改变命运了，因而对待子女上学的热情也不如以前高了。这间接导致了一些学生的学习态度也发生了改变，学习认真的与不认真的差异越来越明显。倘若把他们继续混杂在一起学习，学习效率必然会受到严重影响，最终会形成整体下滑的局面。充分调动学生学习的积极性，是开设实验班的初衷。这就好比以前的生产队，大家都在一块田里种地，在一口锅里吃饭，必然会产生不思进取、干多干少一个样的“大锅饭”现象，其结果是导致生产积极性下降，生产力水平下降。而实行包产到户的政策，极大地提高了劳动的自主性，其结果是调动了生产的积极性，提高了生产力水平。他认为，“酒香不怕巷子深”，只要想办法把自身发展好了，学校的前途就会越来越光明，为此所做出的一切有益的探索都值得尝试。

把教育与包产到户联系起来，这个看法是很新颖的。我觉得，改革意味着原有制度的不合理，也意味着革新方式的诞生。有变革，必然会有失败或牺牲，这是改革者必须面对的可能结果，但不改革则永远不会有进步。

会后，校长告诉我一个秘密——因为我的到来，学校今天第一次使用了普通话开会。

6 月 26 日，学校即将放暑假。我暂别惠来，返回了深圳。

5 重返惠来

2009年8月31日

“秋风起兮白云飞，草木黄落兮雁南归。”8月31日，在瑟瑟的秋风中，我再次踏上了前往惠来支教的路途。这时，距离6月底离开惠来已有2个多月了。

或许是开学工作太忙了，学校总务处从一家出租车公司租用了一辆别克商务车来送我。其实我是完全可以坐公共汽车去的，但傅经中校长觉得这样太委屈我了，坚持要用专车送我。

上午11点钟，我从深圳的家中出发，正式踏上了前往惠来的支教之路。可是，这一段旅程却走得很不顺利——原本只要4个多小时的车程，竟然走了6个多小时。由深圳前往惠州的这一段路，还走得比较顺畅。一到惠东境内，就出问题了。先是高速公路由双边改成了单边。这条高速公路本来就窄（双向4车道），这么一改更窄了，变成了双向2车道。我们跟在几辆货柜车后面，前进得十分缓慢。接着是单边高速也不能通行了，改走国道。车子开到惠东县境内，两辆警车横在高速公路上，所有车辆都被“截”下了高速公路。我们只好跟着大部队，沿324国道向汕头方向进发。改道原因是深汕高速公路在进行大修。据司机小曲讲，深汕高速公路几乎年年修、月月修，工程质量可见一斑。虽说是国道，但路面并不平整。行不多远，水泥路也消失了，取而代之的是乡间土路。一路坑坑洼洼，成千成百辆汽车排成长龙匍匐前进，扬起巨大的灰尘，宛如被赶下河的鸭子一般。大小车辆数量极多，首尾互不相见，场面蔚为壮观。

偏偏天公不作美，和上次一样，途中我们又遇到了暴雨。“雨色秋来寒，风严清江爽。”李白的豪情激起了我的斗志。我们一路顶着风雨前进，一刻也没有停歇。下午2点多钟，我和小曲已是饥肠辘辘，而惠来仍然是遥不可及。无奈，我们决定先解决肚皮问题。在靠近海丰县的一家“东北饺子馆”里，我请司机小曲吃了一顿午饭。饱餐一顿之后，我感到肚皮舒服多了，说话的劲头也大了很多。由于时间较晚，加之小曲还要赶回深圳，于是我们顾不上疲劳，在风雨交加中又继续赶路。

在惠东县后门镇，车子终于驶过了最难开的一段——324国道，开上了深汕高速。路面一下子变得平坦起来，车子如脱缰野马，飞奔起来。一眼望去，左边是辽阔的粤东平原，一座座村落掩映在青山绿水之中，宛若绿色帷幕上的珍珠一般；右边则是浩瀚的南海，涛声阵阵，渔帆点点。实是欲界之仙都，钟灵而毓秀。

下午5点多钟，我们终于抵达了目的地——揭阳市惠来县仙庵中学。回望这段漫长的旅程，我不由得深舒了一口气。而司机小曲则苦笑着说：“我还得赶紧回去，不知道要到夜里几点呢?”我立即握住他的手，嘱咐他路上小心。小曲向我挥了挥手后，便驱车返回深圳去了。站在校门口，我不断为他担心——回去的路，又得折腾他一回了。

来到仙中门口，我有些旧地重游的感觉。但不知为何，校长并没有来见我。既来之，则安之，我也没有多想。我在门口站了一会儿，“老相识”胡汉金主任步履匆匆地赶来了，满脸笑容地握住了我的手。

我随着胡主任到了我的临时宿舍——校长办公室。胡主任帮助我放好行李，然后开始泡茶。我们两个人在办公室里边喝边聊，相互嘘寒问暖。这样一种情景虽然令我有些意外，但一想到自己的身份和使命，我又释然了。聊了大约半个多钟头，胡主任见有些无聊，便提议出去走走。我一听正中下怀，欣然同意了。

我们沿着学校旁边的一条小路前进，准备前往不远处的一个水库看看。一路上，草色青葱，野花遍地。田里的禾苗郁郁青青，散发出泥土的芬芳，让我呼吸到了久违的田野的气息。“野芳发而幽香，佳木秀而繁阴”，欧阳修先生当年郊游途中所见的景象是否就是如此呢?

不知不觉，我们走到了一座山前。山路弯弯，曲折而上，两旁的树木枝繁叶茂，在微微的秋风中摇曳。置身其间，身心皆畅。接着，我们登上了水库大坝。呈现在我们眼前的是一座巨大的水库。据胡主任介绍说，这个水库叫顶溪水库，是50多年前由当地的百姓人工修建的。当年为了修建这座水库，当地政府迁走了两三个村的居民，可见工程之浩大。

站在坝顶，极目远眺，水库宛如一颗明珠，静静地矗立在两岸的群山之中，宁静而庄严。湖水壮阔而清涟，由岸边至中央颜色渐深。清风吹来，湖面水波荡漾，泛起阵阵涟漪。偶有一两个巨大的波纹在湖中间泛开，那是湖底的鱼儿在嬉戏。这样的湖光山色，不由令我神清气爽，心旷神怡，旅途的劳累仿佛瞬间便消失了。在古代，迁客骚人们常常寄情山水，借以排遣内心的苦闷。在我看来，那只不过是失意时的一种精神寄托罢了。这好比现代心理学中的"情感发泄"，是符合人的心理发展规律的。范仲淹在《岳阳楼记》中曾这样描述过迁客骚人们两种截然不同的心境：淫雨霏霏时，有"去国怀乡，忧谗畏讥"之情；春和景明时，则有"心旷神怡，宠辱偕忘"之意。他认为这两种心境皆不可取，都是俗人的感受。他所追求的是一种"不以物喜，不以己悲"的至善境界。这种境界，是多少人难以企及的啊！我想，除非真有圣人，否则就是和尚及道士也难以达到。我是个普普通通的感性之人，女儿的一个电话都会让我挂牵，何况人生的际遇、环境的变迁！

站在坝顶远眺，巍巍山岳在湖水的映照下显得十分庄严。我的心情顿时变得轻松起来。

下得坝来，胡主任约上李副校长及两位教师，在镇上的奇香饭店吃了一顿饭，应该是为我接风吧。

一夜无眠，直至凌晨 4 点多钟，我才有些睡意。新的一天来临了，我要准备投入新的工作了。

6 开学第一天

2009 年 9 月 1 日

今天是 9 月 1 日，是开学的第一天。同全国的学校一样，仙庵中学也开始忙碌起来了。

早上 7 点不到，校园里便传来了喧闹声。我朝楼下望去，只见同学们有的骑车，有的步行，三五成群地来到了学校。

学校教学楼的东边有一片很大的泥巴地，用竹篱笆分隔成三大间。每一间的门口都挂着一个牌子，上面分别写着“初一”、“初二”、“初三”的字样。乍一看还以为是各年级承包的菜园，实际上这里是学生停放自行车的场所。同学们似乎早已习惯了这个场所，进门后便忙着选好地形，然后把车子一放就走开了。

7：20，预备铃响起，这是即将开始早读的信号。7：30，早读正式开始。校园里顿时书声琅琅，充满了浓郁的书香味。初一、初二年级的部分班级安排有值日劳动（初三一般不用）。不一会儿，便见到同学们三三两两地来到楼下打扫卫生。让我感到有些新鲜的是同学们劳动用的工具。他们用的是一种分了叉的竹耙，我估计是这里的地面石头较多的缘故。他们用竹耙把地上的树叶等垃圾扒好后，扫成一堆，再装入一个拴着绳子的垃圾桶内，最后由两个人抬到垃圾池倒掉。还有一些班级的同学蹲在地上拔草，拔好后再扫成一堆装入垃圾桶。我曾问过校长，天天这样拔，草还不都拔光了？校长一听乐了，说这里的草长得很快，隔几天就长得很高了。暑假一过，地面的草长得有筷子高了。清扫垃圾和清除杂草，是同学们劳动的主要内容。这样的劳动每天要进行两次，早上一次，中午一次。所以，虽是农村中学，却显得十分干净。而仙中的同学们似乎早已习惯了这种劳动，三五成群地围在一起，干得很快乐。这种情形在农村学校是很常见的，对于城市里一些被娇宠惯了的孩子们来说，是要皱着眉头避而远之的。

今天的主要事情，是落实我的工作。经过一番考虑，林校长决定让我教初三年级的实验班——初三（1）班。据说这是年级里最好的一个班，也是学校最为看重的一个班。

这个班的语文原本是柯振明老师教的。柯老师是教导处的副主任，是一位经验丰富的老教师，在仙庵中学享有很高的声望。我一听这样的安排，觉得很不妥，便坚决地拒绝了，要求去教一个普通班。一方面，我认为这是对柯主任的大不敬，有“喧宾夺主”之嫌；另一方面，我觉得普通班的孩子更需要关心，教育工作也更有挑战性。可无论我怎样推辞，林校长和柯主任都没有答应。僵持不过，我只好勉强应承下来。按照林校长的说法，实验班的课主要由我来上，教师培训的组织工作则由柯主任来负责。柯主任将按照教学计划，定期组织语文组老师开展教研活动。林校长希望我能将发达地区的教学理念及教学方式展现出来，与仙中语文组的教师们进行交流，帮助他们提高业务能力。听到这里，我觉得责任很大，同时又感到不安——我能否胜任这项重大的工作？我一时不知说什么才好，柯主任则极力劝我不要太谦虚。就这样，在一个多小时的拉锯式讨论中，我终于接受了学校的安排。

工作落实后，柯主任立即把语文教材和教师用书给了我，并介绍了教学进度及学生学习情况。接过教材，我才发现这里所用的教材是语文出版社出版的实验教材，与珠三角地区使用的人教版教材有所不同。翻开课本，扉页下方印有一行加了边框的文字：“本教材由政府免费提供。”看到这个，我不禁有些纳闷：全国都实行九年义务教育了，再添上这句话不是有些“画蛇添足”的味道吗？

这套教材和人教版的实验教材在内容和体例的编排上均有很大的不同，可以说各有千秋。从现代文部分来看，所选的课文及体例均有较大差异。以九年级上册为例，全册共有 7 个单元，共 29 篇课文。第一单元是散文单元，编选了茅盾的《白杨礼赞》、陆蠡的《囚绿记》、邓颖超的《西花厅的海棠花又开了》等；第二单元是小说单元，编选了鲁迅的《孔乙己》、毕淑敏的《一厘米》、姚雪垠的《差半车麦秸》、日本作家志贺直哉的《清兵卫与葫芦》等；第三单元是议论文单元，编选了鲁迅的《中国人失去自信力了吗》、邓拓的《吴汉何尝杀妻》、金克木的《大小猫洞》等；第四单元是专门的书信单元，编选了廖承志先生的《致蒋经国先生信》、刘亚洲先生的《给儿子的一封信》、苏霍姆林斯基的《给女儿的信》、雨果的《给巴特勒的信》等；第五单元是戏剧单元，编选了《茶馆》、《陈毅市长》、《开国大典》等名篇；第六、第七两个单元是文言文单元，编选了庄子的《秋水》、孔子的《论语》等先秦诸子散文及柳宗元的《捕蛇者说》、韩愈的《马说》等唐宋八大家作品。另外，这两个单元都附有古代诗歌作品。

这部教材选材广泛，选文全面而生动，体例划分也很细致，比较符合青少年的阅读习惯。但有些篇目内容过长，影响教学安排。如《差半车麦秸》这篇小说，单从文字上来说就已接近中篇小说的标准了，教师在教学安排上会有些困难。有些文章的可读性不强，如《吴汉何尝杀妻》、《大小猫洞》等，难以引起学生的阅读兴趣。综合性学习中的活动部分相对较为简洁，但写作指导更为具体。附录部分和人教社实验版教材一样，介绍了一些语法知识和写作常识，纠正了当前教学中普遍存在的"淡化语法知识"的偏激观念，但比起人教社实验版教材来则少了《名著导读》和"课外古诗词背诵"等内容。至于实际使用效果，有待我在未来的教学实践中去体会。

工作落实了，我心头的一块石头也落了地。我期待着我在仙中的第一堂课！

7　和木耳老师聊天

2009 年 9 月 1 日

9 月 1 日晚，同校的木耳老师来到我的住处与我聊天。木耳老师今年三十多岁，是仙庵本地人，是学校为数不多的正规大专毕业生之一。木耳老师人很清瘦，戴着一副高度近视眼镜，显得文质彬彬。

我原以为两人只是聊聊家常，没想到两人一见如故，一聊便聊了半夜。

最敏感的话题，当然是教师待遇问题。当地的教师待遇实在是低，正编教师平均每月的工资在一千五六百元左右（初级教师要更低一些）。代课教师每月的工资只有 400 元。这样一份收入，对于双职工家庭来说，只能说刚达到温饱线；对于那些靠“一条腿”走路的家庭而言，其中艰辛可想而知。更令人难以忍受的是，当地的物价并不低。拿猪肉来说，每斤要十五六元，并不比广州、深圳这样的大城市低多少。这样一种高物价、低收入的状况令很多老师的生活变得非常拮据。

由于经济落后，很多人的生活水平相对较低。除了这种被动性的“高消费”外，还有一些习惯性的消费存在。这种习惯性的消费主要包括以下几个方面：

一、喝茶。喝“功夫茶”是潮汕地区的传统，这是每家每户都必须开销的。和别处不同的是，这里几乎人人都要喝茶。家里人要喝，客人来了更要喝，而且还要拿好茶出来喝。据木耳老师讲，以前大家喝的茶一般是十几元一斤，上等的铁观音也只需三十几元一斤。随着物价的上涨，加上茶商的哄抬炒作，现在普通的茶叶已涨到四五十元一斤，好一点的涨到了七八十元一斤。有点身份的人要喝上百元一斤甚至更高价格的茶。这样的开销不是一天两天，而是每天。

二、抽烟。在中国，抽烟的人实在太多，难怪我国被称为“烟民大国”。潮汕地区也不例外，烟民众多。大多数人抽的是十元左右的“红双喜”（当地人称之为“特喜”），普通农民则抽几块钱的烟。一些有点身份的人则抽四十多元一盒的“中华”——这是非常昂贵的香烟。

三、游戏。打麻将是全国流行的游戏，这里当然也不例外。除此之外，买“六合彩”也成了一个连3岁小孩都知道的游戏。这里的家庭，无论贫与富，大多会购买一点“六合彩”，只是数量多少而已。少到一两元，多到几千、上万元。资金少的都是忠实的“彩民”，资金多的往往要当“庄家”。所以，这里常常可以听说一些人不做什么实业，却富得冒油的故事。只有那些老实巴交的农民，在坚守着脚下的一块土地，年复一年地劳作着。随着经济地位的变化，人与人之间的关系也悄悄发生改变。有钱的瞧不起没钱的，没钱的妒忌有钱的，从前那种淳朴融洽的邻里关系已逐渐消失。“过去那种屋不闭户，搬张椅子到晒谷场上看星星的日子一去不复返了！”提起童年时代的快活时光，木耳老师的脸上写满了惆怅。

工资太低了，成了老师们的一块心病，让他们每时每刻都能感受得到。什么时候能涨工资？这是所有老师当下最迫切的愿望。

我曾从新浪网上看到过一篇《教育发展从提高教师待遇开始》的文章。文章针对武汉市江岸区某中学的老师因感“待遇不如意”而集体“请假”的现象作了深入的分析。其中有一段精辟的论述：

> 经济学理论认为，教师待遇制度就是生产与分配关系的安排，其中最为典型的是最低生存工资论。最低生存工资论认为，谋取生活基本保障是人类最基本的活动之一，如果生活问题得不到合理解决，自然会影响到教师的工作情绪和服务精神。从长期来看，教师工资水准要维持在最低生存水准左右。如果工资水准高于社会的最低生活费用，则教师数量可能会增加而工资水平下降；反之，教师数量会减少，而工资应该恢复到最低生活费用水准。当物价上涨或者社会生活水准提高时，待遇也应随之调整。当个人劳动所得与劳动付出绝对或相对不对等时，教师对同工同酬的呼吁就会不断高涨。

显然，教师待遇没有得到基本的保障和社会分配不合理是引发这起事件的根本原因。教师虽说是一种高尚的职业，但如果没有基本的生活保障，是很难调动其工作积极性的。这些年来，“再穷不能穷教育”的标语随处可见，但我真切地希望各级政府真正落实到行动中去，而不要使之成为一句空话。

由于待遇过低，许多老师不得不发展“第二产业”，或由家人开一家小商店，或买彩票以期中奖，或者搞点课外兼职之类……总之，能想得出的办法都想出来了。从教育法规的角度来看，这些做法显然是不合理的。但如果不是生活所迫，谁会如此辛苦恣睢地工作着呢？

校园暴力是我们聊天的第二个话题。这个现象现在似乎各地都很普遍，网上也时有报道。据说这里一点也不少见，尤其是在城市。据介绍，当地的学生中帮派众多，互不理睬。他们之间一旦发生矛盾，往往以暴力解决。普通的同学因此变得十分谨慎，对这些人避而远之。谁要不小心惹着他们了，就得提防挨打，甚至连老师也不例外。据说县城某所中学的一名教师因批评了一名学生，竟然在下班时间遭到多人围攻，最后受伤住进了医院。这番话，不由得让我想起了前段时间在网上疯传的一段当地女生暴力围殴视频，不知是否印证了这种说法。

“比起珠江三角洲来，这里的发展至少要落后50年。不仅仅是经济的落后，更是人的素质、思想观念的落后！”谈起未来，木耳老师显得忧心忡忡。

毋庸置疑，经过这么多年的改革，我国的教育发展取得了令人瞩目的成就。尤其是基础教育全面实现了九年义务教育，这对广大的农村地区来说，是一个巨大的飞跃。但是，这一代青少年在思想上出现的若干问题也不能不引起决策者和广大教育工作者的注意。梁启超说过：“少年智则国智，少年强则国强。”如果我们的下一代在精神上不能健康发展，那么将靠谁来建设我们的国家？

夜深了，窗外已是灯火阑珊。木耳老师和我的谈话，久久回荡在我的耳旁。我将目光投向窗外，投向了遥远的星空。

8 听柯老师讲课

2009 年 9 月 2 日

按照事先的约定，今天上午第 3、4 节课，我来到初三（1）班听柯振明老师讲课。

柯老师上的课文是姚雪垠写的小说《差半车麦秸》。这是一篇相当长的文章，完全达到了一部中篇小说的规模。这么长的小说，对于一般老师来说，上起来是有很大难度的。而柯老师则毫不在意，主动承担了下来，这不由得令我心生敬佩。借这个机会，我也想学习一下柯老师是怎样讲长篇课文的。

讲课前，柯老师郑重地向全班同学介绍了我。同学们立即向我报以热烈的掌声。我理解同学们对待新鲜事物的好奇之情，站起身来，向同学们点头致谢。之后，我便坐在教室后面专心听起课来。

这堂课分为上、下两个课时，过程大致如下：

柯老师首先介绍了文章的历史背景和作者姚雪垠的有关情况，接着指导学生默读课文。

在通读完文本之后，柯老师要求学生找出文中的生字词，并依据小说的三要素——人物、情节和环境展开分析。

课堂讨论的问题主要有以下 4 项：

1.“差半车麦秸”的含义是什么？具体指谁？主人公“差半车麦秸”（即王哑巴的绰号）是一什么样的人？

教师总结：“差半车麦秸”——憨厚质朴但愚昧落后；胆小狭隘但勇敢干练。

2. 文章在细节描写上非常独到，使主人公王哑巴给我们留下了深刻的印象。请学生在文中找出几处典型的细节描写，并加以体会。

3. 作者塑造“差半车麦秸”这一人物形象的用意是什么？反映了当时怎样的社会情况？

4. 就小说的艺术手法作出简要分析。

听完这堂课，我有以下几点感受：

1. 柯老师是个严谨而敬业的人。柯老师50多岁，有30多年教龄，教学经验丰富。从整堂课的结构来看，设计周密，重点突出。柯老师紧紧抓住人物这一主线，让学生结合故事情节对人物形象展开分析。柯老师循循善诱，同学们分析得入情入理。在解释“舐”这个词的含义时，柯老师不顾年长，亲自演示。虽然看起来有些滑稽，但柯老师一丝不苟的严谨态度让我深受感染。在讲到“差半车麦秸”（北方方言，指不够数，做事能力总差半截）时，柯老师联系潮汕地区的绰号，旁征博引，信手拈来，引得学生发出阵阵笑声。

2. 柯老师是个经验丰富的老教师。稍有经验的老师都知道，语文教学中最重要的环节是问题的设计。对于这么一篇上万字的长文章，柯老师把问题设计得简洁而得体。既抓住了关键又节约了时间，处理得十分得当。在教学过程中，柯老师注意到了发挥学生积极主动性的问题，频频点名由学生起来回答问题。引导学生在思考中获得感悟，并加以指导。学生在获得文本知识的同时，也提高了文学鉴赏的能力。

3. 学生虽聪明但普遍胆小。从这堂课来看，同学们回答问题的准确率是很高的，说明学生对于文章的理解是很透彻的。但也有一个值得重视的现象——学生普遍胆小。课文中的主人公“差半车麦秸”是个极为胆小怕事的人，在逃命途中被抗日游击队当作“汉奸”活捉。“差半车麦秸”竟然吓得双腿筛糠，趴倒在地。而学习这篇文章的同学们的胆量如何呢？我看比“差半车麦秸”强不了多少！柯老师在台上讲得津津有味，同学们也听得入神，可从头到尾竟然没有一个人主动举手回答老师的问题。大多是群体回答，或者是随声附和。有时一个问题问了好几次，下面都没有反应。柯老师没有办法，只好直接叫号。被点到名的同学除一两个较为大胆的外，其他几名同学说话的声音都很小，简直细若蚊蝇，以致柯老师不得不凑到该学生面前去听。

十五六岁的少年，正是风华正茂的年龄，如此胆怯怕事怎能成才？我觉得，提升同学们的自信心是我今后在教学中的一个首要任务。

4. 教学条件简陋。教室里教学条件之简陋，令人吃惊。同学们坐的是两人一张的长板凳，面前是一张前后通透、凹凸不平的长方桌，上面涂满了密密麻麻的文字和图画。讲台是一张更为破旧的长方桌，上面摆放着一盒粉笔——教师们戏称是“一支粉笔打天下”。四面的墙壁千疮百孔，用手一抹，墙皮连着粉末便会翻滚而下。窗户上的玻璃也许好多年没换了，已有不少破洞。冬天的风吹来，不知孩子们如何忍受得了。由于窗户不大，教室里的光线比较昏暗，坐在后边听课的我需要睁大眼睛才能看清黑板上的字。教室里无任何电教设备，只有几台不停旋转的电风扇给这沉闷的教室带来了一些现代的气息。这样的教学条件，与我 20 多年前在江西农村上初中时毫无二致，这令我吃惊不已。在 21 世纪的今天，谁能相信号称 GDP 已经达到中等发达国家水平的广东省，竟然还有这么落后的教学场所存在呢？

学生人数多，也是一个突出现象。由于师资力量不足，加上教学场所不够，一间简陋的教室里一般要坐七八十人，最多的一个班坐了 102 人——这是怎样一种场面啊！时代在前进，这里的教育却在原地徘徊；积极的义务教育政策与落后的教学环境严重不相称……这是一个值得所有人深思的问题。

在支教的这段时间里，我能给仙庵中学留下一点什么呢？我思索着……

9　学泡功夫茶

2009 年 9 月 3 日

来仙中已有 3 天了，我发现这里的教师办公室非常特别。

说它特别，是因为与其说它是办公室，不如说是茶室。后来一打听，潮汕地区的农村学校基本上都是如此。办公室里很少有办公桌，都摆着一张大茶几，四周围着几张木制靠椅。茶几上面摆放着一个茶盘，茶盘的造型各具情态。有的平实质朴、简洁大方，有的雕龙画凤、精致玲珑。有实木制作的，也有其他材料制作的。茶盘上摆放着茶碗和茶杯。茶碗是用来泡茶的，上面盖着一个盖子。茶杯很小，大约一寸来高，数量一般根据喝茶的人数来定。这种摆设，不光家里有，办公室有，商店、工厂、酒楼等处都有。

下午 5 点多钟，同楼的曾铭飞老师过来同我打招呼。曾老师是一位 20 多岁的青年教师，平时住在县城，偶尔住在学校。我见他今天没有回家，便邀他与我一同吃晚饭。铭飞很不好意思，委婉地谢绝了。我再三邀请，铭飞终于同意了。大概是为了表达心意，他特意跑回房间拿来 3 根火腿肠，与我共享。晚餐比较简单，一份豆腐干，一盆紫菜汤，我俩却吃得很香。能在偏僻的农村地区相识并共进晚餐，是一种难得的缘分。

吃完晚饭，我俩决定一同出去散步。我们边走边谈，向着老地方——顶溪水库走去。晚风习习，吹来秋的凉意，我们的心情轻松而愉快。从谈话中得知，铭飞的父亲在县水利局上班，偶尔会来顶溪水库察看一下工程。言语之中，可以看出铭飞对父亲的崇敬。

散步归来，铭飞提议一起喝点茶。经他一提醒，我忽然有了学泡功夫茶的想法。我便要求他来教我，铭飞热情地答应了。

根据铭飞的介绍，我明白了泡功夫茶的大致程序：

首先用电水壶烧开一壶水，作冲茶用。在此期间，把茶杯摆好。茶杯的数量因人而异，有多少人就摆多少个茶杯。但也有些讲究的人，会有所不同。按照当地“茶三酒四”的说法，如果两个人喝茶，他们往往要摆上3个茶杯，以示礼貌。在我看来，这也许是为了避免浪费茶水而杜撰出来的一句戏言。

水烧开后，把开水倒入各个小茶杯，用木制的茶钳夹住小茶杯进行清洗、消毒。茶杯清洗完毕后，再开始泡茶。泡茶时，先将茶叶装入茶碗或茶壶当中。然后将开水冲入，盖上盖子。再用拇指按住茶盖，中指和食指托住茶碗底部，将茶碗倾斜过来，把渗出的茶水依次冲入各个小茶杯当中。倒茶时一定要将茶碗在各个茶杯上方来回游动，这叫“关公巡城”。倘若将剩余茶水一点一滴倒入茶杯中，则叫“韩信点兵”。如果在某一个茶杯上方停留过久，就会出现各杯中同一壶茶颜色深浅不一的现象，让人家一看便知道是个外行。

茶泡好后，主人会双手端上一杯茶放至客人面前，以示敬意。之后，主人喊一声“呹!”（喝），大家便可端起茶杯，享用醇香的功夫茶了。

我按照铭飞传授的方法实习了一遍，结果立刻就出了岔子。由于我端茶杯的姿势不对，被滚烫的茶碗烫得叫了起来，忍不住把茶碗往桌上一放，差点没将茶碗打翻。铭飞见状哈哈大笑，嘱咐我要多多练习，习惯了就会变好的。

没喝多久，林校长也来了。听说此事后，他也大笑不已。接着，他又对我做了一番补充说明，直到我基本合格为止。我们三个人一边喝着热茶，一边山空海阔地神侃起来，场面十分快活。

说起功夫茶的名字，我今天才明白它的来历。原来这只是一种泡茶的技法，并非什么喝了就能长少林、武当之功力的茶。因为潮汕人对泡茶的方式非常讲究，操作起来需要一定的“功夫”，故而得名“功夫茶”。据《清朝野史大观·清代述异》记载：“中国讲求烹茶，以闽之汀、漳、泉三府，粤之潮州府功夫茶为最。”可见功夫茶的烹泡技法在中国茶业发展史上的地位之高。

关于功夫茶的起源，最早要追溯到唐代。这一时期，随着唐朝的繁荣，在我国西南地区产生了以茶叶、骡马等商品交易为主的交通要道——“茶马古道”，在潮汕地区也逐渐产生了一种喝茶的方式——“潮汕茶道”。当然，这里的“道”指的是饮茶的方法。“潮汕茶道”兴盛于宋代，在广东的潮州及福建的漳州、泉州等沿海地区最为盛行。苏辙曾有诗云：“闽中茶品天下高，倾身事茶不知劳。”

据我的了解，功夫茶的茶具讲究小巧精致，茶杯以陶瓷为佳，茶盘以实木为上。

功夫茶的讲究不仅体现在烹茶的技法和喝茶的工具上，还体现在对茶叶的选择上。潮汕人一般选用的是铁观音、大红袍和凤凰茶等，其中以铁观音居多。这些茶叶大多产自福建，然后由茶商运到本地来包装。买的时候一定要看仔细，否则很容易碰到以次充优的情况。

在潮汕地区，喝功夫茶已成为一种约定俗成的习惯。家家户户都有一套功夫茶具，无论男女老少每天都要喝上几杯。虽我在仙庵中学住的时间还不到一个星期，但茶水已喝了好几壶了。潮汕人喝茶的地点很随意，不光在家里喝，在街边随便摆个桌子也能喝。喝茶的人也很投入，全然不顾路上来往的的车辆和行人。仙庵中学门口的街道上，一到傍晚便会出现这种悠然自在的景象。除此之外，远至海外，近到广州、深圳等地，凡是潮汕人，都会保留着喝功夫茶的习惯，这不能不说是一件奇特的现象。难怪有人说："有潮汕人的地方，便有功夫茶的影子。"

"读万卷书，行万里路"。人生的乐趣到处可寻，只在于我们的眼睛。

10 第一堂课

2009年9月4日

对于仙庵中学的学生来说，我是一位神秘人物，是来自大城市的教师，这一点他们早就用眼神告诉了我。昨天，一位初三（1）班的学生问我是不是真的要给他们上课时，我做出了肯定的回答。这位学生一听，激动地说了句："好期待啊!"对他们而言，这种好奇与期盼的心情，我是完全可以想象得到的。就我本人而言，想到即将要面对一群未受现代气息沾染过的农村学生，我也充满期待。我希望用我的绵薄之力，引导他们走向广阔的知识天地，开阔视野，增长智慧，品味经典，洞察人生，享受诗意的青春生活。

上午10点整，我在仙庵中学的第一堂课正式开始了。柯主任和同组的王国宝老师也来听课了。没有过多的客套，我直接进入了主题。

这一堂课我要讲的课文是日本作家志贺直哉的小说《清兵卫与葫芦》。小说讲述的是一个叫清兵卫的男孩，喜爱葫芦到了痴迷的程度。但他的这一爱好却遭到了他父亲的强烈反对与粗暴干涉。有一次，清兵卫在逛街时发现了一个令他感到惊喜的葫芦，便立刻把它买了下来。清兵卫把它奉为至宝，没想到带到学校后却被上课的教员发现并没收了。教员将这小葫芦当作一件脏东西交给了一名校役。不久，这名校役因为没有钱花而把这个葫芦卖给了一个古董商，没想到卖了个很高的价钱。后来，这个古董商又将这个葫芦卖给了另外一个富商，竟然卖出了更高的价钱。这篇小说意在展示儿童独特的审美眼光，揭露专制社会里成人世界对儿童个性的粗暴干涉与扼杀，具有很深刻的社会意义。

上课伊始，我并没有直接讲述课文，而是讲了一个故事来导入新课。前美国总统里根在任期间，有一位身染绝症的小男孩给他写了一封信，说自己生命中最大的愿望是想做一天美国总统。让他没想到的是，里根总统阅读了来信后竟然同意了他的要求。很快，里根总统便把这个小男孩请到了自己在白宫的办公室里，并亲自把他扶上了办公桌前的椅子上。当小男孩神情庄重地在一份国家文件上签上名字时，他的脸上露出了幸福的笑容……故事讲完后，同学们完全被吸引住了。此时，我提出了第一个问题："你对这个故事感触最深的是什么？"班里一阵热烈的喧动，可就是没一个人敢站起来说。这时我才发觉，比起城市的学生来，农村中学的学生要胆怯得多。我鼓励他们打消顾虑，畅所欲言。这时，一名身穿背心的男同学勇敢地站起来表达了感想："我觉得这个故事最感动我的是里根总统，因为他是一个真正尊重儿童个性的人。"我听后非常惊喜，同学们也啧啧称赞，我示意大家给予他鼓励，教室里立即响起了热烈的掌声。后来我了解到，这名同学叫吴焕章，他是我在初三（1）班遇到的第一个举手发言的同学。

随后我宣布：我将赠送这位同学一份礼物——一份由育才三中主办的文学刊物《晨笛》杂志。教室里顿时发出了一阵惊叹声，同学们都向他投去了羡慕的目光。接着，我带领同学们走进文本：在日本，也有一个男孩。他非常喜欢葫芦，甚至到了痴迷的地步。他收藏过的一个葫芦卖出了天价，可他最终却放弃了这一爱好，这是为什么呢？请同学们仔细阅读课文，告诉我其中的原因。

也许是强烈的好奇心在驱动，也许是受了吴焕章同学的鼓舞，同学们读书的兴致非常高。教室里静悄悄的，仿佛一潭静谧的湖水，水波不兴。有的同学一边看书，还一边在课本上圈圈画画，记录着什么。

默读结束后，我先组织大家学习生字词。然后，我把刚刚设置的问题重新提了出来：是什么原因使得清兵卫放弃了这一爱好？同学们议论纷纷，争先恐后地作出回应。有的说是他父亲，有的说是学校教员。我说道："你们说的都有道理，因为从年龄上来看，他们都属于成年人。一言以蔽之：是成人世界扼杀了清兵卫的爱好与个性。那么，他们是怎样扼杀清兵卫的个性的呢？"这时，好几个同学举起了手，有的说这句，有的说那句，都讲得有一定道理。为了让学生更深入地理解这个问题，我决定让大家分角色朗读课文，在朗读中去体会人物性格。

这一次，有 5 个同学勇敢地站了起来，分别要求扮演小说中的人物。这么多的同学主动要求读书，在初三（1）班也许还不多见。同学们感到很惊讶，后面听课的柯主任也瞪大了眼睛，默默地注视着他们。我按照他们的阅读要求并结合小说中的人物特点分好了角色，并安排其他同学串读课文中的非对话部分。一切安排停当后，同学们随即开始了分角色朗读。

令人惊讶的是，这几个同学读得异常投入、异常精彩。几乎所有的人都被他们的朗读深深地打动了。课文刚一读完，教室里便爆发出了暴风雨般的掌声。在掌声中，我看到无论是站起来读的“演员”，还是坐着读的同学，每个人的脸上都露出了兴奋的笑容。

接下来，我按照小说的要求，引导学生分析文章的结构，探究人物形象和主题思想。同学们情绪高涨，自始至终都非常投入。学到精妙处，一些同学或侧耳静思，或急于言表，或频频点头，气氛紧张而热烈。在最后的拓展活动中，小鹏同学将他喜欢打篮球却受到妈妈阻拦的事说了出来，并表达了内心的困惑。我听后，鼓励同学们帮他出主意。有的建议他找时间主动和妈妈谈一次心，阐明体育锻炼对身体发育的好处及对未来发展的重要意义；有的建议他向妈妈说明个性发展的重要性，争取得到妈妈的理解。小鹏听后点了点头，满意地坐下了。让我没想到的是，这一堂课上的小插曲，竟然真的给小鹏同学带来了很大的变化。这堂课后，小鹏同学果真找了一个机会和他妈妈谈了一次心，并且得到了妈妈的理解和支持。此后的日子里，小鹏同学不仅学习热情高涨，而且篮球也打得越来越好了。

这堂课的板书内容全部由学生归纳并书写完成，内容如下：

清兵卫与葫芦	清兵卫——纯真特别 父　亲——粗暴蛮横 教　员——自以为是 校　役——精明狡诈 母　亲——善良怕事	成人世界对儿童个性的扼杀

我在仙中的第一堂课顺利结束了。从同学们兴奋的表情中，我感受到了满足和欣慰。鲁迅说过：“尊个性而张精神。”我想，这就是我第一堂课的意义所在！

11 第一堂写作课

2009 年 9 月 5 日

今天下午第五、第六节课，我给同学们上了一次写作课。这是我在仙庵中学上的第一堂写作课。柯主任和语文教研组长林加明老师也来到了班里听课。

这次写作课的内容是续写《清兵卫与葫芦》。考虑到农村学校的教学条件和学生特点，我在备课时做了针对性的设计。但学生的反应会是怎样呢？这堂写作课的效果又会是如何呢？我难以预料。

为了充分调动同学们的写作兴趣，提高对写作的认识，我决定先从写作的意义谈起。我以“立言不朽”的古代写作价值观为中心，举出了司马迁的例子。我从司马迁“因言获罪”谈起，谈到了他生不如死的痛苦、知耻后勇的雄心及名垂青史的壮志，谈到了他的鸿篇巨制——被鲁迅称为“史家之绝唱，无韵之离骚”的《史记》在中国历史上的巨大意义。同学们完全被吸引了，听得津津有味。我在开学初认识的第一位同学李杰龙坐在最后一排，他异常专注，眼睛都不眨一下。

接着，我举出了深圳市育才中学郁秀同学的例子。郁秀曾是育才中学的一名学生，在高中阶段因创作了一部长篇校园小说《花季·雨季》而引起轰动。该小说公开出版后，销量达到 100 多万册，并被拍成电影广为流传。郁秀同学也以此为起点，在此后又写出过几部较有影响力的文学作品。

同学们听后，触动很大。他们也许从未想到，一个中学生竟然能够取得这样大的成就，而这竟来源于平时的写作活动。同学们的眼里闪出了耀眼的光芒，我知道那是希望之光，是写作的热情之火。

在强烈的写作诱因的作用下，我因势利导，把话题转移到了《清兵卫与葫芦》的续写训练中来。我抛出了一个问题：小说中的清兵卫对葫芦的爱好被迫放弃了，最终转向了绘画。那么，他对绘画的爱好能否坚守住呢？父亲对待清兵卫的态度有没有可能发生变化呢？我要求同学们充分发挥想象，不拘一格地设计出合理的构思。

“一石激起千层浪”。同学们听了，议论纷纷，跃跃欲试。在众人的掌声中，我请了几位同学起来表达自己的看法。一名同学说：清兵卫对绘画的爱好虽然坚守住了，但并没有取得多大成就，原因在于他父亲的阻拦。虽然清兵卫在绘画领域有了一定成绩，但专制的父亲没有让他继续深造，而是带着他到处绘画卖钱。就这样，一个“天才少年”便因缺乏大师的指导而被长久地埋没在人海之中。这个构思很符合原文的思路，也很符合实际，结局有点《伤仲永》的感觉。我鼓励他好好写，写出符合人物发展规律的小说来。

另一名同学则说：清兵卫对于绘画的爱好不仅守住了，而且取得了巨大的成就。一开始，他父亲认为他爱好绘画和爱好葫芦一样是不务正业，但一次偶然的事件改变了他的看法。他父亲在一个偶然的机会看到了这样一个场景：一个似曾熟悉的葫芦竟然被拍出了天价，而经打听后得知，这个天价葫芦竟然出自自己的儿子清兵卫之手。为此，父亲懊悔莫及。从那以后，父亲对于清兵卫的看法完全改变了。清兵卫在父亲的支持下获得了新生，在绘画领域里取得了令人瞩目的成就。

这是一个多么新奇的构思啊！同学们听后情不自禁地鼓起掌来，连坐在后面听课的柯主任和加明老师也禁不住点头称许。

另一位同学的构思更为奇特：清兵卫对葫芦的爱好被剥夺后，在绘画的爱好上又遭到了父亲的横加阻挠，于是一气之下离家出走。在出走途中，清兵卫遇到了一位著名画家。画家发觉了他的绘画天才并对其精心调教。数年后，清兵卫成了一名知名画家。

多么新奇的想象，多么精妙的构思！全班同学都兴奋得鼓起掌来。同学们互相借鉴，互相探讨，气氛十分热烈。在我的要求下，同学们很快便拟好了提纲，开始了现场写作。

也许是想象的内容太丰富了，教室里传来的只是同学们笔下的“沙沙”声。第六节课的下课铃声响了，竟然没有一个同学写完。幸亏是放学时间，我得以拖了一会儿堂。我明白，同学们太想写好了，怎么可能轻易停笔呢？著名特级教师于漪曾说过：“学习写作，技能、技巧固然重要，但最重要的莫过于写作的热情和写作的冲动感。没有想写、要写的强烈愿望，没有非写不可、非写好不可的迫切要求和责任感，再好的技能技巧也难以奏效。更不必说下笔千言，感人肺腑了。”① 第一堂写作课结束了，从同学们的表情来看，似乎都有一种巨大的成功感。我期待着快点阅读这些小小说家的作品。

当天下午，这个愿望便实现了。我收获了一份沉甸甸的果实。我特意挑选了胡晓虹同学的现场作文，与大家共享。

出 息

——续写《清兵卫与葫芦》

胡晓虹

“没出息的孩子，就知道干些没用的事。”这不，清兵卫的父亲又在嘀咕了。

清兵卫现在是如火如荼地画画。清兵卫没事就躲在房间里专心画画，每天对着呆板的画纸陷入沉思。窗外，伙伴们的嬉戏玩闹也不能让他分心。白天想着画，晚上想着画，连做梦都想着画！

学校新来了一位身材娇小的绘画老师——山口久美子。慧眼识珠的山口老师发现，平时功课不怎么好的清兵卫在绘画方面天赋禀异，对清兵卫赞不绝口：“这孩子将来一定有出息！”清兵卫心里美滋滋的，这是他出生以来最开心的一天。

山口老师时不时给清兵卫开小灶，指点他绘画。山口老师的鼓励让清兵卫在绘画时更加投入，他无时无刻不想着画画。考试将至，清兵卫丝毫没有放下画笔的意愿，满脑子都是奇思怪想。考试时，清兵卫的灵感又来了。他在试卷上挥洒画意，沉浸在自己的想象中，以至于无视站在他身后、脸上乌云密布的教员。

这位教员正是上次葫芦事件的告状者。作为一位现实主义者，他最讨厌搞艺术的人，艺术不切实际又不能当饭吃！面带愠色的教员给清兵卫下达了“死亡”通知书：“回去跟你父亲说，晚上我将亲临贵府拜访。没出息的家伙！”清兵卫愣在那里，万念俱灰。

教员给清兵卫家带来了狂风暴雨。父亲勃然大怒，拎起清兵卫狠狠地揍了一顿。怒火中烧的父亲撕毁了清兵卫好不容易画出来的宝贝似的画作：“我

① 于漪．中学作文教学导论．济南：山东教育出版社，2001．

让你画，让你画！”父亲的决绝蛮横撕碎了清兵卫的梦。他的脸刷地一下白了，只是咬紧嘴唇，握紧拳头，一声不吭。

父亲的武断激起了清兵卫的反抗。清兵卫将自己锁在房间里，不吃不喝，没日没夜地画着。父亲发现儿子不对劲，顿时慌了神。但父亲嘴上却还是很强硬，没有任何商量的余地，不肯就此答应儿子绘画的心愿。

山口老师听说后，急忙赶来劝说清兵卫的父亲：“绘画好呀，将来有大出息呢！您是不知道，前一阵子有一个贫困的学生办了个画展，单就一幅画就要卖好几百块钱呢！富商们把他的画当作宝贝似的挂在家里供人欣赏呢！你不信可以去打听打听！”

父亲最终被山口老师的一番话打动了。噢——清兵卫可以继续画画了！此刻，清兵卫满脸欢颜，他的坚持为自己争取了画画的权利。

多年后，凡是艺术界的人都知道一个人——清兵卫。他的画独具一格，以崇尚自由、批判现实而著名，成了新一代画家中的领航者。

12 温暖

2009 年 9 月 6 日

今天晚上，学校东边的综合楼上似乎特别热闹。邻居李昭文老师也感到很惊讶——似乎很难得见到这么多人来这儿喝茶聊天。柯主任来了，李创弟老师来了，林加明老师来了，李副校长也来了。不多一会儿，林明泉老师带着她可爱的小女儿也过来了。原因很简单，今天我“乔迁新居”。

还在下午，柯主任便主动联系胡主任，协调安排好我的住宿问题。没过多久，黄创文、林加明两位老师便买了一大堆生活用品来到我的新居。有水桶、水壶、水杯，还有几件床上用品。接着，他们便忙活起来——帮助我安装晾衣绳和窗帘挂钩。

说到这里，我不得不赞扬一下仙庵中学的老师们。在仙中，老师都是“全能”的。除了教书，还可以当水电工、维修员、摄影师、打字员，甚至还可以当厨师！仙庵中学的饮用水工程就是一个很好的例子。这是十多年前仙中的老师们跋山涉水、肩扛手抬修建起来的。据仙中的思斌老师介绍，这条饮水管道，足足有 5 公里长，用的是直径约 10 厘米粗的钢管。这么多的钢管，全靠仙中的老师肩扛手抬运上山去铺设。饿了，吃点干粮；渴了，喝点泉水。历经数月，才得以建成。水的源头在学校后面的一座山顶上，越近山顶，山势越陡。正是由于大家的辛苦努力，才有了这清澈甘甜的山泉水。这里的水质非常好，据说当初拿到汕头有关部门检测时，结果是优等。饮水思源，包括我在内，每一个喝过仙中水的人都应该好好感谢这些为仙庵中学提供生命之水的开拓者。

晚上 8 点半，明泉和创弟两位老师一起帮着我搬东西。我的全部家当，都放在校长室里。东西不多，我很快便收拾好了。在两位好友的帮助下，我正式乔迁到新居——综合楼来了。

综合楼是一座新的建筑，是上级体育和民政部门作为扶助项目修建的。不知道当年为了申请这样一个项目，学校付出了怎样的心血。楼房共三层，一楼是乒乓球活动室兼食堂，门上挂着一块“国家级青少年体育俱乐部”的牌匾。外面的大间是乒乓球活动室，里间改作了临时的食堂。我的吃饭问题就是在此解决的。

二楼是实验室兼会议室。这是召开大型会议的地方，如全体教职工会议、学生表彰大会等。这也是仙庵中学最富现代化气息的场所。

三楼是教职工单身宿舍。单身宿舍共有 7 间，一字排开，我住在第一间。由于顶楼没有了建筑，所以在楼梯拐弯处便多出了一个小房间。这样一来，这一套房便变成了一大一小的套间。学校根据相关规则，把它分给了李副校长。由于李副校长暂时住在他岳父家，所以学校便把它安排给我当临时宿舍。

察看了一番结构后，几位老师都劝我住在里间的小房子里，说里面舒服些。我却觉得住在里面不习惯，有点“躲进小楼成一统”的感觉。外边的房间大而空旷，通风又好，应该会很舒服。无奈拗不过同事们的劝导，我只好照他们的意思办了。搬进去不久，我就感到闷热异常，很不舒服。原来这间小房的外墙朝西，骄阳早已给外墙裹上了一层保温被，不知要到什么时候才能褪去。无奈之下，我决定改变主意，搬到外面的大间来住。

明泉老师十分辛苦，好不容易帮我在里间搭好了床，现在又搬出来。重新装床架、挂蚊帐，然后挂窗帘、摆放桌椅……就这样，我俩足足忙了两个多钟头，才算摆弄好。这时，明泉已经累得满头大汗了。为了让我住得舒适一些，明泉老师付出了巨大的劳动，这份情谊值得我铭记。

不多时，邻居昭文老师两口子来到我的新居参观。见我房间的东西有些杂乱，昭文老师和爱人娇琴老师赶忙帮着收拾了一通。

一切安排停当，已近深夜了。但老师们还未散去，围坐在走廊上喝茶、聊天。我们一起谈天说地，有说有笑，真是好不热闹！

这一晚，我感受到了家庭般的温暖。

13 参观惠来一中

2009年9月7日

今天是周末，我和明泉、创弟一行三人来到惠来县城，准备参观惠来一中。

惠来县城不大，街道也不宽，但人很多。和内地的许多小县城一样，街边站满了各式做小生意的摊贩，有卖菜的、卖小吃的、卖小商品的……琳琅满目，让人应接不暇。

惠来一中始建于1919年，至今已有90多年的历史了。学校坐落在惠来县城中心，外观宏伟，布局精巧。校门前有一口池塘，与学校连为一体，暗含“风水宝地”之意。

在明泉的指引下，我们踏进了学校的大门。只见校园内道路宽广，屋舍俨然，充满书香之气。最令人注目的是一座古建筑——“连登楼”。这座楼建于1936年，距今已有70多年的历史，是惠来县爱国华侨林连登先生捐资兴建的。林连登是惠来县溪西镇鲁阳村人，曾任马来西亚潮州公会联合会主席。他于1895年到马来西亚谋生，先后筹措资金开垦荒地，种植木薯和橡胶。经过多年苦心经营，建立了泰城、泰益、茶园和泰丰共4个园区，还开办了碾米厂、酒厂等。1936年，林连登先生捐款在惠来县立中学（即如今的惠来一中）和龙溪小学各建了一座教学楼，学校将其命名为“连登楼”。1957年，林连登先生还曾积极参与创建惠来华侨中学，为惠来的教育事业作出了很大的贡献。

这栋楼具有鲜明的20世纪初期的建筑风格，外墙为土黄色，共分上下两层。楼前有三座廊桥，有点天安门前“金水桥”的味道。廊桥下面是一座水池，称为泮池。我推测“泮池”这个名称，应该取自于周代对学校的称呼——泮宫。楼前中间的台阶上还有一幅石雕，刻着一条威武的巨龙。巨龙张牙舞爪，似有气吞万里之势。楼内绿树成荫，繁花似锦，显得庄严肃穆。楼后有三棵高大挺秀的樟树，足足有五层楼高，同样有近百年的历史了。站在楼下，古木参天，令人遐想。这座古老的校园，不知出过多少人才呢！树下，几个高中生正在激烈地打着羽毛球，不时发出阵阵欢快的喊声。这种幸福，仙庵中学的学生是难以体会得到的。

“连登楼”的后面，是一座高大的综合楼。抬眼望去，足足有八层楼高。据明泉介绍，这座楼主要承担行政办公、图书阅览、科学实验等功能。在一所县级中学，拥有这样一座巨大的综合楼是不多见的。

明泉的高中时代就是在这里度过的。故地重游，我想明泉一定有不少感慨，没想到明泉却显得有些淡漠。原来他高中时代的一名教师，曾给他留下过一段不好的印象。这使得他对母校的感情大打折扣，当然也就没有多少怀旧之感了。

我听后猛然一震：一个老师对待学生的态度，竟然可以造成这样深的影响。这是多么令人深思的事情啊！我不由得反省自己，过去在对待学生时的一些粗暴态度，也许早已伤害了他们的内心。记得刚从教那一年的冬天，天空下着大雪，我班有几个调皮的男生迟到了，我竟然罚他们在教室门口站了一个早上。看着他们冻得发抖的样子，我竟然冷漠地站在一边无动于衷。还有一次，一名学生因偷懒没有打扫卫生，并显出了不可一世的骄横神情，我一怒之下扇了他一记耳光。虽然冷静下来后我向这名学生表达了歉意，但印在他心灵上的伤痕一定永远也无法抹去……

因为年轻，我领会不到教育的真谛；因为年轻，让我背上了心灵的包袱。想起这些，我不由得感到深深的愧疚和自责！作为一名教师，关心、爱护学生是天职，怎么能利用手中的职权去伤害学生呢？这笔良心债，恐怕我永远都无法还清。想到这里，我暗暗告诫自己：教师是一门特殊的职业，光靠学识和勤勉是不行的，还需要用心去对待。我一定要行好路，做好人，对得起工作，更要对得起学生。

巧的是，在惠来一中，明泉遇到了他的一名学生。这名学生是个女孩，见到老师来到，显得十分高兴，陪着老师讲了很多话。言语之间，可以看到明泉往日对待学生的温和态度和殷切希望。我想，他一定不会让高中时代发生在自己身上的不快在学生身上重演的。

参观完毕，明泉、创弟和他们的两个同学，再加上我，一共五个人一同前往一家叫“金猪脚”的饭店吃了一顿饭。午餐很丰盛，有海鱼、鱿鱼、菜心等，当然最好吃的当属他们的招牌菜——“金猪脚”了。

一顿丰盛的午餐，一次愉快的旅行！

14　参观明泉老师家

2009 年 9 月 8 日

第一次走进明泉老师家，便有一种回归田园般的感受。

明泉老师的家坐落在仙庵村中的一条小路边，是一座典型的潮汕风格建筑。

站在村口，我就发现这里的建筑非常有特色。远远望去，一排排房屋整齐划一，中间的小巷四通八达，如同人体的血脉一般把整个村落连为一体。各家各户的房屋建筑风格几乎都是统一的，青砖碧瓦，仙庵村在蓝天下显得古朴而优雅。

来到明泉老师家，只见门牌上写着“瑞达居”三个大字，这是根据明泉伯父和父亲的名字拟定的。

进入大门，是一片 20 多平方米的小院子。与普通的院子不同，这个院子是和整个建筑连为一体的，上面盖有金属丝网，是用来防蚊的。院子的两边是洗澡间和卫生间，靠洗澡间位置处装有一口压水井，用水非常方便。紧接着洗澡间和卫生间的分别是两间厢房。明泉和妻子、小孩住在西厢房。东厢房现已改做了储物室。厢房后面各有一间房，明泉的母亲住在西侧的房间，东侧的那间改做了厨房。两房之间是大厅，有 20 多平方米。大厅外侧有一个小台阶，与院子相连在一起，显得愈发宽敞。大厅中央放着一张香台，上面摆着两幅明泉祖辈的画像。

潮汕人对待房屋建筑就如对待功夫茶一样讲究，这也使得潮汕民居成为我国建筑领域内一道奇异的风景线。

首先，是讲究建筑的选址和布局。潮汕人对居住地点非常讲究。按照风水学的观点，住址一般选在群山怀抱、地势平坦之处。从大的布局来看，全村围绕一个中心——祠堂依次向外伸展。有些村落外面建有围墙，围墙外有水渠，既有利于农田灌溉，又有利于保卫村民的安全。这种布局在潮汕人的心目中是“帝王世家”的象征，因此在潮汕地区有一种叫“潮州厝，皇宫起”的说法。

其次，是讲究建筑的结构。从单个的房屋结构来看，潮汕民居具有很强的实用性。房屋布局大体成围合式，潮汕人称之为“从厝式”。因房子的四角上各有一间“金”字形的房间压角，潮汕地区又称之为“四点金”。这种建筑有点类似于北京的“四合院”，外面由围墙围着，里面凿水井。大门左右两侧有“壁肚”，一间做卫生间，一间做洗澡间。进大门后是前厅，两边各有一间厢房，这叫前房；再进去就是天井，两边各有一间房，一间做厨房，另一间用来放柴草，一般称为“厝手房”，现在已经改作他用了；天井后面就是大厅，是祭祖的地方，两边各有一个大房，是长辈居住的卧室。一般说来，在家中地位高的人住东房，次者住西房。

潮汕民居的结构很有宫殿式风格。开阔的院子，开阔的厅堂，左右厢房的墙壁上雕龙画凤，颇有气派。潮州俗语有云，“京都帝王府，潮州百姓家”，看来这种结构并非建筑者一时心血来潮杜撰出来的，而是刻意仿照皇家建筑建造的。这其中有一个传说，可以当作参考。传说明代时期，潮州人陈北科在赴京赶考时，与一同前往京城认亲的国舅结为好友。没想到这名国舅在途中病死了，陈北科于是假借其名进京认了皇亲，做起了假国舅。有一次上朝时，遇天降大雨，陈北科慌忙躲进桌子底下去。皇上询问其中的缘故，陈北科回答说他乡下所住的房屋，都是黄泥作墙，茅草为顶的茅屋，因此不避风雨，所以风雨一来就会习惯性地爬进桌子底下以防不测。皇上听后，心生怜悯，特意安排朝廷准备好建筑材料，恩准他回乡后按皇家式样兴建国舅府“黄门第”。从此以后，潮汕人便因陈国舅的“皇亲”关系，纷纷效仿陈家，盖起了皇宫般的府第式大屋。

在我看来，这个传说显然不可信。除非吃了豹子胆，否则谁敢冒着杀头的危险去犯“欺君之罪”呢？但这种“从厝式”的房屋结构的确有它的来历。比较可信的说法是由于潮汕地区建筑的人大多是从中原地区经福建迁徙而来。尤其是明清时期海运业非常发达，潮汕成了对外贸易的主要集散地，导致很多商人在此安家落户。他们充分借鉴了京城皇家庭院、苏杭园林等国内建筑的优点，并吸收了南洋地区建筑的一些长处，精心构建了这种独具特色的庭院式住宅。

再次，是讲究房屋的用料与装饰。潮汕民居的用料多以石头为主，大门、横梁、门框、地面均采用上好的石头做材料。其中，对门面的装饰是最看重的，这也反映出潮汕人的文化思想。门面一般由大理石镶成，上面刻有文字和图案，花鸟虫鱼，人物故事，可谓琳琅满目。此外，也会题上一些祝福或励志之类的语句。讲究一点的人家还会给这些字镶上金粉，更显豪华。潮州居民对于房屋的装饰非常重视，这使得潮汕的民居显得更加富丽堂皇。相传历史上有个“一条牛索激死三个师傅”的故事，讲的就是潮汕师傅在装修房子时精益求精的事。

明泉的妻子是个热情好客的潮汕女子，见到我来，显得非常客气。她是一家乡村小学的代课教师，工资很低。在繁忙的教学之余，她还要负责照料小孩，完成每日的家务，负担很重。夫妻两人的工资加起来也不过两千余元，这对一家人的生活而言意味着什么，不言而喻。对此，明泉感到有些无奈，但只能默默承受。

明泉的女儿今年 4 岁，十分可爱，天真活泼，一举一动都让人欢喜得不行。也许是头一回见到我，还有些怕生，因而在我面前还有些拘束。

明泉老师留我在他家里吃了一顿晚饭。晚饭很丰富，有“哦泥”（一种贝壳类海鲜）、海鱼、排骨等，十分鲜美。虽然是第一次到他们家做客，我却体会到了一种田园牧歌式的感觉。

这次访问，我不仅领略了潮汕建筑艺术的精华，还感受到了明泉一家对我的热情，收获可谓不小。

15 逆境出人才

2009 年 9 月 9 日

今天上午，我给初三（1）班的学生上了两节课，课文是邓拓写的《吴汉何尝杀妻》。这是一篇驳论文，主要批驳当代舞台艺术随意篡改历史真实的现象，具有一定的现实意义。因为现在的电视剧或电影，歪曲历史的现象屡见不鲜，给青少年造成的不良影响也越来越大。及时端正艺术态度，是每一个艺术工作者必须承担的责任。

为了上好这堂课，我事先进行了精心的准备。除了设计好教案外，我还搜集了一些当今热播的历史剧梗概，以便在课堂上供同学们讨论。

我先介绍了传说中的“吴汉杀妻”的故事，接着介绍了史书记载的内容，引出历史真实与舞台艺术的不同特点。接着，我依照设计好的教学步骤，从内容感知到主题思想和艺术手法的探究，顺利地完成了这堂课的教学。课堂上，同学们听得十分专心，发言亦很踊跃。

就在我上完课走出教室大门的一刹那，一个男孩冲到我的面前，递给我一张纸条后便跑开了。我边走边打开纸条，只见上面写着：

敬爱的陈老师：

您好！

首先，祝您教师节快乐！明天就是属于您的节日——教师节，可我不知道要送给您什么。我只有呈上我的祝福：祝您教师节快乐！工作顺利，百事可乐！

从您第一次跨入初三（1）班的门槛，我就感受到了您的非凡。果然，在您的教导和鼓励下，我开始变得更加自信，对语文的兴趣也越来越浓。同时，我发觉同学们学习的主动性和自信心也提高了不少。

陈老师，我会带着您的鼓励发奋学习，力争上游，努力把语文学好。我在阅读和写作方面还有很大的不足，今后还请老师您多多指教！

就这样了，陈老师。

再一次祝您

工作顺利，身体健康，教师节快乐！

您的学生：吴焕章

2009年9月9日

在信的右上角，画着许许多多的星星，中间写着一行涂写过的大字："教师节快乐！"

看过这封信，我心中涌起一阵感动。没想到在我几乎把教师节忘却的时候，他却牢牢地记住了，并自己制作了一份礼物送给我。为什么他会想到给我写封信呢？难道仅仅是因为我表扬过他？我把信放进口袋后，沉思着回宿舍去了。

回到宿舍，恰好隔壁的李昭文老师过来喝茶，我便和他谈起此事。李老师看了说，这个孩子在初一年级曾是他教过的学生，住在离校较远的一个村子里。他的母亲几年前就因病去世了，家境很贫寒。但这个孩子非常懂事，每天自己做饭，自己洗衣，自己骑着单车上学。他学习很刻苦，成绩比较优秀。更重要的是，他对周围的同学都很友善，很多同学都喜欢和他交往。为此，李老师在教初一年级时特意委派他担任班长。一年下来，发现他对班里的事务处理得很有章法，在同学当中的威信也很高。

原来是这样，我听后十分惊讶！一个15岁的孩子，早早就失去了母亲，这是多么不幸的事啊！这个孩子又是这样懂事，能够时时考虑到他人的感受，这是多么可贵的品质啊！这也再一次印证了一个朴实的道理：穷人的孩子早当家！孤独的环境、艰苦的生活没有压倒他，反而激起了他奋发向上的斗志，这是何其可贵的精神！今天，他用自己微薄的力量做了这样一份礼物献给我，并写下了自己的心声，这份心意何其珍贵！

事实胜于雄辩，焕章同学的事例再一次印证了一个道理：逆境出人才！

过于娇宠孩子，对孩子的成长显然是有害的。这一现象在我们国家尤为严重，这也是导致现在校园里"小皇帝"、"小公主"越来越多的主要原因。有些家庭对于孩子的各种要求，无论是否合理，一律满足，因而造成了这些孩子骄横跋扈、懒惰自私的性格。这不仅给学校教育带来了巨大的困难，也给整个社会增加了负担。与之相反的是，许多西方国家的家庭都会让孩子学会在生活中去做力所能及的事情。例如，让孩子自己吃饭、自己穿衣、自己整理房间、自己上厕所等，以培养孩子独立自主的生活习性。

在西方许多国家（包括我国东边的日本、韩国），家长都非常注重培养孩子独立自主的个性和勇敢坚忍的性格，因为他们知道勇敢的性格和坚强的意志是一个人不断进取的保证。为此，父母常常带着自己的孩子去做一些富有挑战性的事情。如到野外郊游，到险恶的自然环境中求生存，在寒冷的冬季练习游泳，在荒野滩涂举行耐力比赛等，这样做的目的很明确，那就是为了磨炼孩子的意志，培养孩子克服困难的品质，为今后的人生打下基础。

焕章同学的自立意识，虽然是在被动的情况下形成的，但我们能不能学习一下西方优秀的教育方法，变被动为主动，在生活中改变我们的教育方式？在孩子的小时候为他营造一个不断接受挑战的成长环境，养成独立自主、富于挑战的个性，为他们今后形成健全的人格打下基础。这样做，对于家庭而言，无疑是一件好事；对于整个民族而言，更是一件幸事。

物质富裕了，但千万不要使得孩子颓废了。希望那些被父母娇宠惯了的孩子们看到后，能够有所触动，有所改变。

16　听创弟老师讲课有感

2009 年 9 月 10 日

今天下午 3 点钟，按照事先的约定，我来到初三（4）班教室，听李创弟老师讲课。

创弟老师今年 36 岁，长得浓眉大眼，虎虎生威，是个非常帅气的青年。第一次和他接触，就感觉到他谈吐文雅、乐观豁达，是个值得交往的人。创弟老师任教语文，是仙庵中学骨干教师之一，也是我在这里认识较早的一位老师。此后，我们成了挚友。

他这次上的课文是一篇驳论文——《中国人失去自信力了吗?》。作者鲁迅先生针对“九一八”事变后中国社会普遍存在的悲观论调作出了有力的批判，写下了这篇著名的驳论文，以振奋民族自信心。

这堂课的教学过程大致如下：

一、教师提问：

1. 文章哪个地方摆出了“中国人失掉自信力”的观点？（学生朗读课文中第一段）

2. 文章对对方进行反驳的部分在哪里？（指名一学生读）

3. 作者自己提出的观点在哪里？（指名一学生读）

二、教师范读课文。

三、学生齐读课文。

四、学习分段及概括段落大意。

五、重点问题探究：

1. 对方的论点是什么？有什么漏洞？

2. 作者提出的论点是什么？作者是用什么证据来论证自己的观点的？

课堂板书如下：

驳斥论证
- 自夸地大物博
- 希望国联
- 求神拜佛

有过他信力
发展自欺力

论点不攻自破

由于另有任务，我只听了第一节课。创弟老师的这堂课，给我留下了深刻的印象。

首先，创弟老师特别注重朗读。据我统计，这堂课先后有5次朗读教学，从方式上来看，分为教师范读、指名朗读、分组朗读、集体朗读等，可谓丰富多彩。在教学中，朗读课文是非常重要的环节。全国著名特级教师支玉恒老师来深圳做示范课时曾亲口嘱咐我："要把朗读放在极其重要的位置上！"我仔细揣摩过这句话，觉得很有道理。俗话说："书读百遍，其义自见。"一篇文章，只有用心去读了，就会在读中得到感悟，在读中明白事理。为此，我根据后来的教学实践，专门写了一篇《读中感悟，读中明理》的文章。一些语文教学专家也曾多次呼吁"少分析，多读书"，有些篇目甚至可以"以读代讲"。

第二，创弟老师的这堂课抓住了重点，逻辑性很强。由于年代久远，这篇文章在文字上有些艰涩，但通过多次朗读，学生对于文本的理解就比较通透了。创弟老师巧妙地运用了"以读代讲"的方式，让学生理解了文章内容。在这个前提下，创弟老师抓住重点进行第二步教学。他先让学生找出对方的论点及论据，再让学生找出己方的推断及观点，层次分明，条理清晰。众所周知，学习议论文的要点是要明白文章的论点、论据及论证方法。由于这是一篇驳论文，因此文章会有两个论点。创弟老师紧紧抓住对方论点和己方论点展开分析，让学生找出对方论点的错误，再找出己方论点的依据。虽然因只是第一课时的关系，己方论点尚未展开探究，但从第一个环节来看，课程的设计是很有条理的。

给我留下深刻印象的还有创弟老师的板书。本课的板书不仅字迹工整，且条理清晰，重点突出，显示出其比较成熟的教师素养。

在听课过程中，学生的表现也引起了我的注意。

首先，是回答问题的表现。我发现在教师提问的过程中，和其他班级一样，很少有人主动举手回答问题，起来回答的同学几乎都是教师点名的。这和我在初三（1）班听柯主任讲课时看到的情形几乎一样。

其次，是上课的注意力问题。我发现普通班的学生对待学习的态度差异很大。爱好学习的同学十分认真，一直随着老师的教学进程认真学习。而有一些同学则心不在焉，从上课的第一分钟开始就把注意力转移到其他事情上去了。坐在后排的几个男同学大概注意到了我的到来，显得有些拘谨，拿出书本装着认真听讲。但一名卷着头发的男生还是经不住诱惑，偷偷拿出一本小说来看，隔不了多久就会悄悄地瞟我一眼。他见我没什么反应，于是大胆起来，索性把书放到桌面上来看。

据创弟老师讲，这种现象在课堂上早已见怪不怪。毕竟这是普通班，不愿学习的人比较多。显然，这样一种学习现状在很多班级普遍存在。学生厌学，绝不仅仅是一个学习态度问题，一定有更复杂的社会因素在主导，比如家庭教育、社会环境、网络游戏、朋友交往等，这些因素对青少年的影响是非常大的。

还有一个现象也引起了我的注意，那就是同学们的普通话水平亟待提高。受方言的影响，潮汕地区学生的普通话普遍不标准。尽管课堂上老师一再指正，但一时很难扭转过来。我做了一下归纳，同学们的发音大致有如下特点：

一、前、后鼻音相反。一方面，是把前鼻音读成后鼻音，例如："钱"读成"强"、"严"读成"杨"、"谦虚"读成"枪虚"；另一方面，把后鼻音读成前鼻音，例如："看相"读成"看线"、"强大"读成"钱大"、"将军"读成"监军"等。

二、儿化音读成平音。例如："二"读成"扼"、"而且"读成"俄且"等。

三、声母 h、f 不分。例如："改革开放"读成"改革开晃"、"刮风"读成"刮轰"等。

四、韵母 i、ü 不分。例如："去年"读成"气年"、"吃鱼"读成"吃姨"。

五、声母 n、l、r 不分。例如："男人"读成"蓝人"、"光荣"读成"关龙"等。

看来，纠正学生发音的任务还很艰巨，绝非一朝一夕可以改变。一次亲身体验，一次虚心学习，对我来讲，又是一个很大的收获。

17　难忘的教师节

2009 年 9 月 10 日

今天，我在仙庵中学度过了一个难忘的教师节。

上午 9 点，老师们陆陆续续来到了学校综合楼二楼的会议室，准备参加 2009 年度教师节庆祝大会。

这是我第一次参加农村中学的教师节庆祝会议，所以很想知道仙庵中学是怎么过这个节日的。林校长见我进入了会场，要求我坐在主席台上，被我婉言谢绝了。我觉得自己本是一介布衣，坐在台上不伦不类。加上众目睽睽，一举一动都处于大众的监视之下，那种情形是极为难受的。对我这种容易开小差的人来说，尤其如此。我直奔台下，与后排的创弟老师并肩而坐，立刻感觉舒坦多了。

因为我在场，会议使用普通话举行。会议的第一项内容是林校长介绍近期学校的工作安排。林校长重点提到了认真备课、提高课堂教学效率的重要性。对于这个问题，他讲得很认真。他认为，提高教学质量的关键在于提高课堂教学效率，这是每个老师都应该重视的问题。只有精心备好课，制定好教学设计，课堂效率才能得到提高。教学质量是一个学校的生命线，是学校在社会赖以立足的根本，全体教师必须高度重视。

随后李副校长讲话。他强调了课堂纪律的重要性，要求教师们要严抓学生上课纪律，维持正常的教学秩序，防止出现个别学生扰乱课堂的现象。

第三位发言的领导用的是潮汕方言，所以我一句也没有听懂。

三轮讲话过后，教师节庆祝活动还没有开始。我不由得开始怀疑这次会议的主题了。就在这时，林校长宣布了教师节庆祝活动安排——分科组开茶话会，发放节日慰问金。

大会解散后，各科组立即在各自的活动场所举行茶话会。语文组有13人，加上我共有14人。这14人当中仅有一名女教师，给原本单调的语文科组增添了一抹亮丽的色彩。可惜她待了不到5分钟，就因事走开了。

按照学校规定，每个科组都分到了一袋水果。13个大汉便围着一张大桌子，一边喝茶，一边甩开膀子吃了起来，场面十分热闹。过了一会儿，节日里的重头戏开始了——组长林加明老师开始给众人发放节日慰问金，每人100元。令我意想不到的是，居然有我的一份。除此之外，还有前几天晚上评选诗歌时的加班费30元，共计130元。这让我感到很惊讶，同时又觉得很不妥——毕竟我是来支教的，怎么好意思拿这里的钱呢？这样一想，我便坚决地拒绝了这份礼金，并把它恭恭敬敬地交给了加明老师，作为语文组的活动经费。对于我的举动，加明老师和其他人似乎有些惊讶，说这是我应该拿的。我明白其中的意思，但仍然坚持我的意见。加明老师推辞了好半天，终于收下了。

这就是我在仙庵中学度过的教师节，虽然简单，但我觉得有特殊的意义。毕竟，这是我在从教18年以来第一次在农村中学过节。农村学校的简单朴实，与城市里的隆重庄严形成了鲜明的对比，这种感觉是在城市里面体会不到的。

18　手足情

2009 年 9 月 14 日

9 月 13 日中午 12 时，我在深圳休息了两天后，从蛇口坐上公共汽车来到深圳宝安汽车站，准备搭乘宝安至惠来的班车，返回惠来。之所以选择从宝安汽车站出发，是因为其他几个车站的发车时间都比较早。为了能在家与孩子多待一会儿，我只好选择了从这个车站出发。可我万万没有想到，这段旅程是何其漫长，何其曲折！

汽车自下午 1 点 50 分从宝安车站开出后，便向北驶向了沙井镇。车子沿着 107 国道向北行驶时，我立即感到有些不对劲——惠来在深圳的东边，车子怎么往北开呢？我问车上的乘务员，乘务员回答说沙井那边还要上客。一听这个回答，我当即懊恼起来——这要到什么时候才到惠来啊！但此时已经没有其他办法，只好听天由命了。我当时只是觉得很诧异——从正规车站发出的车，竟然也会搞这种动作！

大约开了一个多小时，车子晃晃悠悠地在沙井镇的一条公路边停了下来。接着，全车人员便陷入了莫名其妙的等待之中。我走上前去，向司机询问怎么回事。司机懒懒地应了一句："等一下就走！"大约等了近半个钟头，终于上来了几个人。司机一见到他们，便用惠来话骂开了，看样子是责问他们为什么这么拖拉。这帮人中有一个中年妇女，听了司机的话后似乎更生气，用惠来话回击他。就这样，两人你来我往，骂得不可开交，足足相持了十几分钟。我终于忍不住了，大吼了一声："别吵了！"说也奇怪，车厢内瞬间便安静了下来。中年妇女回头望了我一眼，再也没有言语。

车子接着往前开了半个多小时，在龙华镇汽车站停了下来。这时，又上来了几个人。其中一家人还从后车门推上来一台体型很大的电冰箱。

就这样，汽车在兜兜转转了2个多小时后，终于从龙华汽车站出发，驶向惠来。这样一种状况，是我怎么也没有料到的。

和上次一样，深汕高速仍在维修。汽车行驶到惠东县境内后便下了高速，沿324国道朝汕头方向行驶。相比起高速公路来，国道就显得粗糙多了。一路坑坑洼洼，车水马龙，仿佛一场大行军。我望着窗外扬起的烟尘，心不由得焦虑起来。这时，我的手机响了起来。我打开一看，是明泉打来的。他询问了我一下坐车的情况，并问我到了哪里。我一一做了回答，并发了一阵牢骚。

车厢是全封闭的，空气很差。我感到很不舒服，只能默默忍受，心里想着快点到达。最令人难以忍受的是，车上的两台电视里放着一些很粗俗的小品和歌舞。不仅内容低俗，说话也很下流。我很惊讶其中的一些女演员，说起话来竟然是这样的大胆，甚至下流！也许是我孤陋寡闻，但我确实不知道什么时候流行起这种小品来了。这些小品的演出场地，看上去十分气派，好像是一些大酒店之类的场所。车上的乘客，不管是有意还是无意，统统要接受这种“教育”。我真的感到很惊讶：如今这世道怎么了？经济发展了，社会风气却倒退了。这种状况，怎不令人痛心！

晚上8点多钟，汽车在历经6个多小时的奔波后，终于到达了惠来县城。令我发愁的是我还没有到达目的地，因为仙庵离县城还有近30公里。这可怎么办呢，难道今晚要在县城住一晚？就在我茫然无措的时候，奇迹出现了——明泉和创弟两位老师打了一辆车来县城接我来了。这种场景，真是让我既惊奇又感动！

原来，我还在车上时，明泉便问清楚了我的乘车时间，并估算了我到达的大概时间。他们两个担心我这个外地人人生地不熟，在县城可能会有麻烦，于是一合计便打了一辆车来接我。听完他们的叙述后，我的内心涌起无限的感动——这真是兄弟般的情谊啊！的士司机是仙中校门口的一位大哥，同样非常热情，一个劲地同我嘘寒问暖。

半个小时后，我终于到达了目的地——仙庵中学。此时，已是晚上9点多钟了，距离我从家中出发足足过去了9个多小时。这段辛苦的旅程，真是一言难尽！

下得车来，创弟送我回宿舍放置好行李后，立即要我去他家吃饭。我觉得太晚了，便婉言谢绝了。没想到创弟说他家里早已准备好了饭菜，是专门等我回来吃的，并说还邀请了明泉、柯主任和我一起吃。听到这里，我不由得瞪大了眼睛——想不到仙中的老师们对我这样热情。我的心再次被感动了，一时竟然语塞。

在清凉的晚风中，柯主任、创弟、明泉和我，四个好朋友聚在一起，把酒畅饮，共叙友情，直到深夜。

兄弟情，如手足！虽远隔千里，也割舍不断。无论今后命运如何变迁，这份珍贵的友情，我永远也不会忘记。

19 生命的意义

2009年9月16日

生命是宝贵的，生命也是脆弱的。今天，我在散步途中目睹的心酸一幕，令我再次感受到了生命的脆弱。

傍晚，我和柯主任一起外出散步。出了校门往右拐，是一条通向顶溪水库的小路。我们顺着这条路往前走，准备欣赏这里的田园风光。正走着，忽然从路旁的镇卫生院里传来一阵哭声，声音极其悲切。我俩一怔，站在卫生院门口往里张望。一位穿着白大褂的中年女大夫告诉我们，里面刚死了一个小孩。据说是病死的，在半路上就断气了。

我和柯主任听后都很惊悚，沉默不语。两人继续往前走，先前的那点愉悦心情早已抛到九霄云外去了。走不多远，身后传来一个妇女凄厉的哀号，接着便看见几个大人正抬着一样东西往车上放。妇女悲痛欲绝，挣扎着扑向车子。不多时，传来了车子发动的声音。车子，连同妇女的哀号，一同消失在滚滚的烟尘中……

柯主任看罢，叹了一口气："生命脆弱啊！"

俗话说："黄泉路上无老少。"人世间，又少了一个鲜活的生命，多了一方矮矮的坟墓。这是多么令人心酸的事啊！我在想：这个小孩，如果家庭条件好一些，患了病能够得到及时救治的话，情况是否会得到改变？

我又一想，世上遇到这种遭遇的人还有多少呢？也许，在贫困的山村里，还有更多不幸的人儿在夭折，还有更多不幸的母亲在哭泣。我多想拥有一双魔手，挽回这一切不幸人儿的生命，把欢乐送进他们的家里。

当日，一则新闻让我受到了鼓舞：我国民政部与中国少年儿童基金会9月15日宣布，我国将建立孤儿重大疾病公益保障制度。如果孤儿获得此项保险，他们在保险期限内如果不幸患上包括恶性肿瘤在内的重大疾病时，就能获得保险公司提供的10万元赔付款，用于医疗救治。

我热切地盼望政府的这一举措尽快落实，并且要扩大。不止对孤儿，而应包括所有的贫困儿童，给所有需要帮助的儿童一个看到希望的机会。

在我国广大的农村地区，还有很多生活处于贫困线上的儿童。这些儿童的成长，关系到国家的未来。要落实这一政策，需要全社会的力量。

我想起了12年前，我的一名高中学生贵福。当时他正读高中二年级，在毫无征兆的情况之下肚子鼓了起来。他到医院检查，被告知患了白血病。我率领几名班干部奔赴街头，为这名不幸的农村学生筹款。但3个月后，病魔还是无情地夺去了他年仅17岁的生命。

我又想起了11年前，我接到父亲亡故的噩耗，赶回老家奔丧的情景。我的父亲，是个多么朴素的农民。在罹患肺癌的情况下，他还坚强而乐观地到田里干活，甚至与我一道去工地上挑水泥。不久之后，父亲便带着无数未实现的梦想悄悄地离去了。

人们不是整天在为科技的发达而欢呼吗？为何在病魔面前却显得束手无策？人们不是整天在歌颂生命的伟大吗？为何在病魔面前却显得如此脆弱？

生命是美好的，生命又是何其脆弱。在大自然面前，我们和身边的所有生命一样，谁也无法预知下一步会是怎样。人生的每一天，都应该珍惜。

“存者且偷生，死者长已矣！”逝去的人已告别世界，却给活着的人留下了无尽的哀思。得过且过、随波逐流，这与行尸走肉有何两样？只有不懈奋斗，活出精彩，生命才能彰显出存在的价值。

愿逝者安息，愿生者珍惜！

20　看病有感

2009 年 9 月 19 日

也许是这两天为申报职称的事忙坏了，也许是天气开始变凉了，这两天我的身体突然出了毛病。晚上睡觉时，我突然觉得左侧胸部肋骨处剧烈疼痛。吸气倒好，一呼气便痛得厉害，连翻身都有些困难。

今天一大早，我便赶往医院看病。医生给我做了 X 光检查，并拍了一张片子。过了大约半个钟头，结果出来了。王大夫告诉我，X 光片显示：我的左侧胸部后排第 9 根肋骨曾经骨折过。虽然现在已经长好了，但遇到天气变化，还会引起疼痛。原来如此！我总算弄清了病因。不过我什么时候骨折过？我不由得陷入了沉思。经过一番回忆，我想起来了——应该是在 10 多年前打篮球时留下的祸根。那时我酷爱打篮球，加上年轻气盛，比起赛来总有一股不服输的劲头。在一次篮球比赛中，我与一名高大的中锋撞在了一起，两个人都倒在地上，半天才爬起来。但一起来，我就觉得不对劲，左胸有些疼痛，且呼吸有些困难。但当时人太年轻，我竟然没有去医院看看。就这样拖了 10 多年。看来，这个病根开始发作了。

不过，按王大夫的说法，骨折的部分已经基本痊愈了，但遇到天气变化，还是会引起疼痛，因此要吃一点药进行恢复治疗。

在我等待取药时，来了几个体检的人。由于时间仓促，王大夫便让我在透视室等一下。

这期间，有一位六十多岁的老年妇女在女儿的陪同下来做“钡餐”检查。王大夫让她躺在 X 光机上，接着指示她把“钡液”喝下去。X 光机的屏幕上立刻显示出一道阴影。从上面流下来，流到一个地方后开始拐弯，形成一个葫芦状的东西，王大夫告诉我这是胃。随着钡液的流动，王大夫指示患者或翻身，或侧身，钡液的流动方向也在时时改变。不一会儿，王大夫便发现了患者的毛病——慢性胃炎。

接着，一个椭圆形的阴影在不停地颤动，我立即意识到这是一颗心脏在跳动——躺在X光检查台上的是一个鲜活的生命。

我不由得再次想到一个问题：生命固然伟大，但其实是很脆弱的。就像一台机器，倘若你爱护她，保护她，她便会健康运转；倘若你作践她，挥霍她，她就会受到损害，最终将会停转。

而如今，随着社会经济的发展，很多人为了赚取更多的金钱而不得不超负荷工作，给身体健康带来了严重的威胁。尤其是中青年知识分子，因长期超负荷劳动而发生猝死的现象日渐增多。

2006年6月20日，《韩国经济》杂志上刊登了一篇题为《疲惫的中国，加班现象蔓延，每年60万过劳死》的文章。文章称，中国已成为全球工作时间最长的国家之一，人均劳动时间已超过日本和韩国。随着加班的“普及”，年轻人死在办公室的例子屡见不鲜。

据《新民晚报》报道：2006年5月28日晚，深圳华为公司员工胡新宇在广州中山医科大学第三附属医院病逝，年仅25岁。他因工作任务紧迫持续加班近一个月，导致过度劳累，全身多个器官衰竭。

据悉，胡新宇2005年从成都电子科技大学毕业后，到深圳华为公司从事研发工作。他的日常作息习惯从此改变：晚上10时，坐上公司班车，颠簸到家已过11时；第二天早上7时准时起床上班。对于他的死因，胡新宇的一个同学在网上留言说，“他是一个阳光男孩，运动细胞发达，精通多种球类，是班级乒乓冠军和足球队主力。2001年准备考研时，我们曾约定2006年一起看世界杯。本科时，他经常连续踢五六个小时足球。如果不是过度劳累，小胡不会变成这样。长期超负荷工作，削弱了他的免疫系统，使他的生命变得如此脆弱”。

据《中国青年报》报道：2005年4月10日，59岁的艺术家陈逸飞去世。如果再算上同年1月去世的36岁的焦连伟和46岁的高文焕两位清华大学教师，以及2004年10月去世的均瑶集团董事长——38岁的王均瑶，中青年知识分子“过劳死”的现实已经不容回避地摆在了我们面前。

4月12~13日，中国青年报社会调查中心和央视资讯科技有限公司合作实施了一项调查，在接受调查的1 218人中，每天工作时间在8小时以上的人占65.6%。其中，每天工作10小时以上的人已经超过20%。

上海社科院最新的调查数据表明，北京知识分子平均寿命已从10年前的59岁降到调查时的53岁。“造成‘过劳死’现象最关键的原因是人们不关注自己的身体变化，没有定期维护自己的健康。”佰众体检中心的健康管理部主任鲍学娟医生说，很多疾病都是在慢慢侵蚀、消耗身体的机能，如果不细心观察和定期体检，这些变化很难被发现。一旦发作，后果会很严重。

毫无疑问，“过劳死”现象的频繁发生，是由于压力大造成的。人一出生，就开始面对各种有形的、无形的压力：升学压力、就业压力、工作压力、家庭压力、住房压力、养老压力……如果不能正确对待，其中任何一种压力都能够累瘫一个人！

谁都知道，健康重要！但不一定谁都知道，如何去保证健康。人生的一切事业，都是建立在身体健康的基础上的。否则，一切都将化为乌有。愿天下的人们在辛勤工作的同时，多多注意保重身体。用一句口号来说，就是“每天锻炼一小时，健康工作40年，幸福生活一辈子。”

21 读学生来信

2009年9月22日

今天一早，我收到了全班同学的来信。这是我在上一节课布置的任务，我希望通过这种方式增进师生之间的了解，听取同学们对我的教学的意见，看看我还有哪些地方需要改进。

看着眼前厚厚的一沓来信，我的心情很激动。仿佛摆在我面前的不是信，而是69位同学的心。我迫不及待地拆开信来看。从来信中，我看到很多同学满怀激情地表达了对学习语文的浓厚兴趣，也看到了他们提出的中肯建议。

李杰龙同学是我在仙中认识的第一位学生。他的来信饱含真情，令人深思：

敬爱的陈老师：

您好！

早在上学期，我就听老师们说这个学期会有一位从深圳来的老师到我们学校支教。从此，我就整天盼望，这个老师能够来教我们班。

没想到上天果然帮助我实现了这个愿望，更没想到我在开学之初就提前认识了您。在那几次的谈话中，您的开朗、豁达，以及平易近人的态度，让我对您产生了好感，也让我有勇气在此后的课堂上举手发言。

也许因为您是从深圳特区来的，也可能是因为您讲的课实在太精彩了，听您的课，我总觉得是一种享受。我和同学们一起坐在教室里，津津有味地听您讲课，其他班的同学则羡慕不已，常常站在窗户边上旁听。更可贵的是您对待我们一视同仁，非常平等。您会努力记住每个学生的名字，您也总是表扬有进步的同学。您还会坦诚地与同学们交流学习感受，听取学生的意见。这对我们而言，既新鲜又兴奋。受到表扬的学生虽然表面上有些不好意思，其实心里甜滋滋的。每个学生都希望获得老师的表扬，有时还会吃老师的醋呢！

在此之前，我对老师的看法是很不好的。在这里，我想坦诚地和您交流一下。以前，我总可以在一些书上看到赞扬老师的话，说有的教师多么伟大，多么无私……每每看到这些，我总会冷笑一声。

我承认我不是一个好学生，成绩向来不是很好。所以许多老师对我们这些成绩差的学生不闻不问。时间一长，“教师”这个词在我的心目中成了一个贬义词。在小学的时候，我对老师的态度只有两个字：“害怕”。我依稀记得小学快毕业那年，我因为上课注意力不集中而被老师狠拧了一下耳朵，疼得我当场就哭起来了。

等到上了初中，随着年龄的增长，我的叛逆心理也随之增长。我对周围的事情也有了独立思考和评判的能力，对老师的态度却依然没变。我所能感受得到的只有厌倦和嘲笑。让我印象深刻的是在初二时上的一堂课上发生的一件事。那堂课讲的是学生一定要接受义务教育的道理。为此，老师举了一个事例来说明：一个学生因家庭贫困辍学了，学校命令其回校读书，这名学生却不肯回去。于是学校找到相关部门，强制要求该生回校学习。这名学生的家长也因为没有尽到责任被罚了一笔钱。可与之相反的是，我常常听到一些老师叫那些成绩不好、不守纪律的学生不想读书就出去打工。这难道不是莫大的讽刺吗？这就是“千教万教教人求真，千学万学学做真人”的神圣的学校吗？在我的心里，老师给我留下的印象更多的是痛苦。引用鲁迅先生说的一句话，那就是：“不要被表面的现象所迷惑，要到地底下看个清楚。”

但是，在这漫长的求学之路上，也有一些老师让我倍感尊敬。他们对待学生公平公正，热爱学生，热爱工作——您就是其中的一位。在我的印象中，我是您在初三（1）班第一个认识的学生，也是第一个被您叫出名字的学生。这一点，让我非常感动，也非常自豪。您努力地记住每一个学生的名字，平日里关心学生的学习与生活。同学们考得好时给予他们表扬，考得不好时给予他们鼓励。在我的印象中，您从来没有发过一次脾气，总是像父亲一样宽容地对待我们。我曾在网上看到过这样一则新闻，一位乡村女教师为了能让学生继续学习，而不得不出卖自己的身体，最后因此而死去。她的生命定格在 21 岁，但她赚的每一分钱都捐给了学生。渐渐地，同学们有了书本，不用赤脚来上学，不用趴在地上写字……同样，在汶川大地震中，一位教师张开双臂，顶住了落下的巨石，保护了学生，而自己却献出了宝贵的生命。每当看到这些感人的事迹时，总会让我这个“流血不流泪”的大男孩泪流不止。

看了这些事例，我对老师的看法渐渐发生了改变。老师也是人，虽然有一些教师品质不高，以至于他们的一些所作所为让学生反感，但是大多数教师都是很敬业的。他们时时以最大的努力去教育学生、关心学生，这样的老师才是值得我们真心尊敬的好老师。我们当学生的，能够得到老师的关心和鼓励，就是最大的幸福。

您的到来，彻底改变了我对老师的态度，也使我能够正确地看待事情。在这里，我要衷心地对您说一声：“谢谢您，陈老师！”

教师节那天，其实有很多同学都想向您表达祝福。但由于不好意思，我没有开口。我在这里向您和所有老师补充一句祝福：“教师节快乐！”

祝您桃李满天下！

您的学生：李杰龙

2009年9月22日

胡晓虹同学是班上的学习尖子。自上第一节课以来，我就发现这个同学不仅基本功扎实，学习认真，而且为人大方，处事果敢，是个有理想、有抱负的女孩。她在信中朴实的话语，真切而动人。下面是她的来信：

陈老师：

您好！

您可知道，自从上学期听说您要来学校支教的消息，我们便开始盼望您能够教到我们。千呼万唤，我们终于把您盼来了。能当您的学生，我感到荣幸之至，以后可要请您多担待了！

您的到来，让我看到了前进的曙光，尝到了学习语文的乐趣，让我彻底改变了对语文的看法。它的枯燥乏味被您绘声绘色的故事所替代，它的艰涩难懂被您的幽默诙谐所融化。我坚信，有您的悉心教导，学好语文不再难如登天！

老师，您讲课生动有趣，总是由一个小故事轻而易举地引导我们学习，丰富我们的课外知识。您耐心地纠正我们的发音错误（这些连我们自己也没有意识到），您努力开发我们学习的积极性，锻炼我们的口语，让我们由课本延伸到生活实际。您还教导我们要懂得感恩，不要忘记昔日的恩师。请您放一百个心，我们会做到的。

老师，您让我们这些当学生的对老师提意见，这是我们想都不敢想的事。

在这里，我首先要向您说一声感谢：谢谢您对我们的信任！在我看来，您的教学方式对我们来说十分新颖，但也有一些需要改进的地方。在此，我斗胆说几句，还望您海涵！其一，您讲课的速度快了一点儿，我们还是不能完全跟得上，请您稍微放慢一点。其二，对于课文中一些难于理解的句子，我们有时不大明白，希望您多分析一下，毕竟我们是农村的孩子。其三嘛，当然没有了，呵呵！

即使是这样，您还是我们最喜欢的陈老师！对您的教学我只有三个字：很满意！

谢谢您！

您的学生：胡晓虹

2009 年 9 月 21 日

杰龙和晓虹两位同学的来信，既带给我喜悦和振奋，又带给我深深的思考。俗话说："亲其师，信其道。"一个老师要想获得学生的尊敬，靠棍棒与威严是没有用的，要靠学识与心灵。一些原本不喜欢某一学科的同学，却因为对某位老师的喜爱而改变了学习态度，这难道不值得每一个教育工作者深思吗？

从信中，我感受到了身在农村的孩子对知识的渴望，对外面世界的向往，对真善美的追求，对我的一片赤诚之心。俗话说："金杯、银杯不如老百姓的口碑，金奖、银奖不如老百姓的夸奖。"同学们朴实的语言是世界上最美的语言，是授予我的最高荣誉。这份珍贵的情感，我将永远珍藏！

读完来信，我觉得我肩上的责任更大了。我是他们了解外面世界的窗口，是他们追求理想的桥梁。我是他们的良师，也是他们的益友。我将更加努力，以高度的责任心完成我的使命！

这里，我要特别提一下李杰龙同学。他是我在初三（1）班认识的第一位同学。从以前的交谈中，我得知他的学习基础不怎么好，人也显得有些自卑。这次竟然写出了这么长的一封信，真是让我惊讶不已。这大概就是真正的"有感而发"吧！我在班上朗读这封来信的时候，特意隐去了这位同学的名字。但当我读到这封信的时候，我看到杰龙同学把头埋在桌子下面，他在专心地听讲。我对大家说："这位同学很谦虚，因为基础不好就说自己是差生，其实这个同学一点也不差。他写给我的这封信，光字数就有 1 000 多字。"同学们听后，顿时发出"哇"的一片惊叹声。我接着说："这位同学非常坦诚，在信中和我坦诚交流了一些真实的想法。对于这样的学生，我怎么会批评他呢?”顿时，班里响起了热烈的掌声。杰龙同学抬起头来，脸上露出了羞涩而幸福的红晕。

对于同学们提出的上课进度快的问题，我将根据实际情况进行调整。当然，经过调查，我发现这里面也有一些原因，第一个原因是他们以前的上课进度比较慢。由于课时较多，一篇课文常常要上 3 到 4 个课时。而我，常常是 2 个课时完成一篇课文，对于同学们来说，肯定有些不习惯。第二个原因是很多学生在学习文言文时，会把老师所讲的翻译当作圣旨一般照抄下来。而当某个同学站起来翻译课文时，同学们则会停下笔来，一直等到老师的肯定后才会继续抄写。这样一来，课堂不慢才怪！找到了原因，事情就好解决了。我决心帮助同学们改变这种机械的学习方式，尽快掌握科学的学习方法，做到活学活用。

“深圳亲友如相问，一片真心在尺素。”初三（1）班的同学们对我的拳拳爱心，我将好好珍藏，细细品味。

对于教师，人们提得最多的是“为人师表”，强调教师要注重自己的言行。说实话，起初我并没有在意这句话。我甚至认为这是一些人对老师的过高要求，但一位名叫林丹锋的同学的来信改变了我的这一看法。我刹那间感觉到了“为人师表”这句话的重要性。他在来信中写道：

尊敬的陈老师：

您好！

经过这几个星期的接触，您的一举一动都给我留下了很深的印象。我发现您有以下几个好习惯：不抽烟、不赌博、说话文明、不随地吐痰，还有一点，上课绝不接听电话（您好像没有手机）。

从工作上看，我认为您是一个尽责的老师。您总是上课铃刚响就来到了教室门口。您以认真、细致的态度为同学们解读课文上的重点和难点，上课所引用的历史资料非常丰富，很多是我们从未听过的。这使得我们很容易理解。为了让我们学好普通话，您把我们常常读错的“儿”、“而”、“是”等字一个一个揪出来，为我们纠正发音。

还有一点，我发现您是一位朴素、和蔼的老师。我以为，像您这样从大城市来的老师，穿着一定是很讲究的。但我发现您的穿着非常普通，没有一丝高贵得让人不敢接近的气派；您的手表，用的是普通的皮质表带，而不是金光闪闪的那种；您的皮带，上面的一个扣环已经破损了。还有，您的肚子也很朴素。很多您这个年龄的中年人都有一个将军肚——那是喝酒太多的缘故。您的肚子却是普普通通的，没有一点傲人的气势。我妈妈说过，从一个人的五官和打扮就可以看出他的性格和命相，我认为一点也没错，您一定是个正直而平和的人。

我希望在母校的最后一年里，能与您多交流，建立起美好的友谊！

您的学生：丹锋

2009 年 9 月 22 日

这位同学的来信令我大吃一惊——想不到他把一个平凡的我观察得这么仔细，连我自己都没有注意到的东西他都注意到了。这真应了一句话——“一千个读者就有一千个哈姆雷特”。事后我了解到，丹锋同学是学校一位体育老师的儿子，身材修长，目光敏锐。从我到仙中的第一天起，他每次见到我都会很有礼貌地同我打招呼。这封特别的来信，更是令我对他刮目相看。信中不仅可以感受到他对老师的一片赤诚之心，也可以感受到他对老师言行的重视。俗话说：“身教重于言教。”作为老师，自身的言行是多么重要啊！

窗外，清凉的海风吹来，令人神清气爽。我不由得深吸了几口气，悄悄地打开了下一个同学的心灵之窗。

22　车祸猛于虎

2009 年 9 月 24 日

仙中的老师大多住在学校教工宿舍或附近村镇，大多数人在家里吃饭。有几个住得稍微远一点的，也只在这里吃午餐。到了晚上，就只剩下我一个人在食堂吃饭了。今天下午 5 点半左右，我照例去食堂吃饭。隔壁的李昭文老师招呼我和他们一起吃。我觉得有些不好意思，便婉拒了。没想到昭文老师很热情，说他家里今天煮了“芋头饭”。我一听觉得很新鲜，决定把食堂的饭菜端上来和他们合吃。于是，我便高兴地接受了邀请。

李老师的太太名叫李娇琴，是附近一所小学的语文老师。她是个非常贤惠的女子。平常屋里屋外，她总是忙个不停。光拿门前的走廊来说，她几乎每天都要拖洗一次。这次听说我要和他们一起吃饭，连忙到厨房做菜去了。

娇琴老师做的是她的拿手好菜，有胡萝卜烧肉、清蒸排骨、炒青菜等，加上我端上来的两个菜——鱼和汤，桌上显得非常丰盛。就这样，李老师夫妇和他们的孩子，加上我一共 5 个人，围坐在一张小方桌上，开始了愉快的晚餐。我们边吃边聊，言谈甚欢。

席间，我从娇琴老师口中听到了一件骇人的事。据她说，她班上的一名年仅 7 岁的女同学，昨天傍晚在放学路上被车撞死了。据说场面很惨烈，令人不忍谈起。小女孩的母亲得知消息后，当场哭得昏死过去了。一个鲜活的生命就此消失了，一个家庭的幸福就此画上了句号。

我一听，顿时惊呆了！吃饭的滋味顿时烟消云散！我仿佛看到了小女孩生命被夺去时的惊恐与无奈，我仿佛听到了女孩母亲撕心裂肺的呼喊，我仿佛看到了“杀手”们的冷漠与麻木。痛哉，世间又失去了一个鲜活的生命！痛哉，世间又多了一个破碎的家庭！

据有关资料统计，2008 年全国共发生道路交通事故 265 204 起，造成 73 484 人死亡、304 919 人受伤，直接财产损失 10.1 亿元。2009 年，全国共发生道路交通事故 238 351 起，造成 67 759 人死亡、275 125 人受伤，直接财产损失 9.1 亿元。平均每天近 700 起事故、180 多人死亡、800 多人受伤，每年因车祸而死亡的人员总数超过汶川大地震中的遇难人数——这是一种怎样残酷的场面啊！孔子曰："苛政猛于虎也"。今天，我要说一声："车祸猛于虎也！"

导致这起悲剧发生的原因，也许是汽车速度太快，也许是道路设计存在隐患。但无论如何，责任都不在小孩身上。成人社会对生命的漠视，是导致小孩死亡的最重要因素。试想，倘若这名司机的安全意识强一点，就不会不顾鲜活的生命而肆意驾车了；倘若当地的交管部门安全意识强一点，就不会在无数起血淋淋的交通事故后仍然置若罔闻，而不采取任何防护措施了；倘若我们的家长责任心再强一点，就不会让一个幼小的孩子独自在众多的"马路杀手"面前戏耍了……

太多太多的假设，都可以避免悲剧的发生！一个鲜活的生命消失了，下一个又将会是谁？

人们不会忘记，最近在全国引发关注的"成都醉驾案"。2008 年 12 月 14 日下午 5 时，成都市民孙伟铭驾驶一辆别克轿车由成都成龙路向龙泉驿方向行驶。行至蓝谷地路口时，与一辆正常行驶的比亚迪轿车发生追尾。接着又先后与相对方向行驶的长安奔奔、奥拓、蒙迪欧等车相撞，造成 4 死 1 伤的重大交通事故。经事后调查得知，孙伟铭在开车前曾在一场宴会上喝了大量白酒。

2009 年 9 月 8 日上午，四川省高院作出二审判决，法院以"以危险方法危害公共安全罪"判处孙伟铭无期徒刑，剥夺政治权利终身。这起恶性事件，受到了社会的广泛关注。网友们纷纷发表了各自的意见。一名网友写道："我们的交通法规太软了，撞死一人也是 7 年，撞死 10 人也是 7 年，实在到了非修订不可的时候了。美国对醉酒驾车的处罚是以'一级谋杀罪'起诉的，道理十分简单：成年人应该知道醉酒驾车的严重后果。现在交警集中整治酒后驾车行为，以我之见，就是把这些交警累死，也难见成效。扬汤止沸不是办法，釜底抽薪才是根本。"

无独有偶，2009 年 6 月 30 日晚 8 时许，南京个体包工头张明宝在喝了大量白酒后，驾驶一辆别克君威轿车在南京金盛路由南向北行驶，车辆失控后先后撞倒 9 名路人，造成 5 死 4 伤的重大交通事故。2009 年 12 月 23 日上午，张明宝因犯“以危险方法危害公共安全罪”被判处无期徒刑，剥夺政治权利终身。

一桩桩血淋淋的事例提醒我们，交通安全关乎亿万百姓的生命健康，它是何等重要！在此，我要大声疾呼：全社会的人都应该遵守交通法规，增强安全意识和责任意识。只有人人都树立起交通安全意识，社会才能得到真正的安宁。

23 给初一（5）班孩子讲课

2009 年 9 月 25 日

在孩子的眼中，一切新鲜事物都是令人好奇的。这些新鲜事物中就包括我——一个来自大城市的老师。开学之初，昭文老师代表初一（5）班向我发出了邀请，请我去给他们班开一次讲座。我没有丝毫犹豫，一口答应了下来。

今天下午第三节课，我在仙中的第一堂专题讲座开始了。

一走进初一（5）班的大门，我就感受到了孩子们的热情。李老师对我做了简单的介绍后，教室里响起了热烈的掌声。同学们瞪着眼睛，仿佛在等待一场演出。

讲座的内容是《话说杜甫》。这个内容也是我在前一天才想好的。我觉得初一的孩子，年纪尚幼，不宜大讲道理，应以生动精彩的故事为佳，在故事中渗透道理。在确定主题后，我收集了一些资料，并根据自己的思路做了一些梳理。

我以《话说杜甫》为题，开始了我的演讲。我从杜甫童年的读书生活谈起，讲到杜甫年轻时游历四方的经历，讲到杜甫“会当凌绝顶，一览众山小”、“致君尧舜上，再使风俗淳”的雄心壮志，再讲到杜甫暮年因躲避战乱而举家外迁、过着颠沛流离的生活情景，同学们被深深地吸引住了。大家仿佛在听童话故事一般，沉浸在对文学巨人艰难生活的感叹之中。

在讲述杜甫的人生经历时，我穿插了杜甫在相应时段所作的诗篇，让学生加深理解。当我讲到杜甫客居成都，茅屋被秋风吹破的情景时，全班同学和我一起朗诵起了《茅屋为秋风所破歌》；当我讲到杜甫听到河南、河北已被收复的消息时，同学们又兴致勃勃地和我朗诵起了《闻官军收河南河北》：

剑外忽传收蓟北，初闻涕泪满衣裳。

却看妻子愁何在，漫卷诗书喜欲狂。
白日放歌须纵酒，青春做伴好还乡。
即从巴峡穿巫峡，便下襄阳向洛阳。

一曲吟罢，同学们情不自禁地鼓起掌来，教室里充满了欢快的气氛。当听到杜甫因贫病交加而客死他乡时，同学们顿时陷入了深深的惋惜之中。

最后，我以“立言不朽”这一儒家思想的经典之句作为结尾，结束了我的讲座。我让同学们认识到，杜甫在短暂的人生旅途中为后世留下了大量的诗歌，这是人类文化史上最宝贵的财富。

下课铃声响了，可同学们丝毫没有要下课的意思，执意要求我再讲一些。无奈，我只好留下来和他们交流了几分钟。从同学们的目光中，我看到了他们对文学巨人的深深敬仰，对诗人不幸生活的深切同情。

一课终了，同学们感到意犹未尽。有的跑上前来，有的跟在老师身后，要和我一起探讨，有几位胆大的同学向我谈起了听课的感受。小蔡同学说：“这堂课让我受到了很大的启发。我明白了要想成就一番事业，就要像杜甫一样持之以恒，用文字记录生活。这样，即使身在艰苦的环境里，也能创造出巨大的成就！”小韩同学说：“这么长的时间内没有一个人分心，真是让人不可思议！这样的课，我很喜欢！”

讲座结束了，我想无论是对初一（5）班的孩子而言，还是对我而言，这都是令人难忘的一堂课。我感受到了山区孩子对知识的渴求，对未知世界的向往，更感受到了教育均衡发展的重要性和紧迫性。

在《国家中长期教育改革和发展规划纲要》中，我欣喜地看到这样一则文字：“推进义务教育均衡发展。均衡发展是义务教育的战略性任务。推进义务教育学校标准化建设，建立健全的义务教育均衡发展保障机制，均衡配置教师、设备、图书、校舍等各项资源。”倘若这项政策能够早日实施，广大农村地区的儿童就可以像城市的孩子一样，得到更大的发展。

我热切地盼望这一天早日到来！

24 有朋自远方来

2009 年 9 月 26 日

“有朋自远方来，不亦乐乎?”今天是个让我很高兴的日子——深圳市育才三中的领导们来仙中慰问我了。

前来慰问的有傅经中校长、魏艳侠副校长、万丽华、赵凌云、李鑫、李艳等中层干部。经过一路的颠簸，几位领导已是人困马乏。他们早上 8 点多钟从深圳出发，直到下午 1 点多才到达仙庵。由于舟车劳顿，几个人下得车来便有了倦意。不过见到我，大家立刻又兴奋起来，又是握手，又是寒暄，好不热闹。

我们在奇香饭店门口见了面，用过午餐后，便步行来到了仙庵中学。早已等候在此的林庆达校长快步迎了上来，与傅校长握手寒暄。这天恰逢初三年级月考，我们便在第二栋教学楼一楼会议室里举行了一次座谈。

在座谈会上，傅经中校长向仙庵中学捐赠了两个红外线体温检测仪，以帮助仙中预防流感。另外还捐赠了一面锦旗，当作纪念。仙中的林校长向傅校长介绍了我在仙庵中学支教的情况。傅校长听后，露出了满意的笑容。

座谈会后，傅校长等人来到我的宿舍参观。傅校长、魏副校长、万丽华主任等领导仔细地询问了我的生活情况，并给我带来了三箱纯净水、一盒月饼和一箱水果，这让我很是感动。前面我已提起过，由于这里的生活用水是从学校后面的山上引下来的，平时非常干净。一旦下雨，水便变得混浊不堪。而我有时会因为忘了储水而不得不去商店里买矿泉水喝。有了这三箱纯净水，我的难题就可以解决了。中秋快到了，这些礼物让我倍感慰藉。

下午 1：10，两校的领导及部分老师一起来到综合楼二楼会议室，参加“2009 年迎国庆、颂中华原创诗歌大赛”颁奖大会。80 多名获奖学生早已等候在会议室了。仙中的领导对此很重视，昨天下午，胡主任、柯主任及加明组长等人就忙着悬挂标语，并派学生把会议室冲洗了一遍。

大会开始了，柯主任首先表达了对育才三中无私支援行动的感谢，并特别提到了我。此时，会场上响起了热烈的掌声。我知道，那是仙中同学们对我的真诚鼓励。从孩子们纯真的笑容里，我体会到了幸福的含义。接下来，两校领导分别为获奖选手颁发了获奖证书和奖品。奖品很丰富，一等奖奖品是一本《现代汉语词典》；二等奖奖品是一本《汉英词典》；三等奖奖品是一本励志图书；鼓励奖奖品是一本笔记本。在欢快的乐曲声中，同学们依次上台领奖，气氛十分热烈。

接着，获奖代表曾浩生同学上台发表了获奖感言。也许是头一回看到这样的大场面，曾浩生同学显得非常紧张，半天说不出一句话来。这可急坏了主持人，在老师们的再三鼓励下，浩生同学终于开了“金口”，表达了参加这次活动的激动心情。

接下来，傅经中校长发表了讲话。他高度评价了这次活动的重要意义，并为仙中学生的热情所感动。他指出，在今后的学习生活中，将选择适当时机邀请仙中的学生访问深圳。

魏艳侠副校长也发表了热情洋溢的讲话。她高度赞扬了仙中学生身上体现出来的淳朴与乐观的精神面貌，积极鼓励同学们好好读书，实现人生理想。她表示，将来在合适的时机，会派育才三中的学生来仙中与同学们交流，也会邀请仙中的学生去育才做客。

最后，林庆达校长对育才三中领导的来访表示了诚挚的感谢。他高度赞扬了育才三中对仙庵中学的帮扶工作，认为这对仙庵中学来说，是一次难得的学习机会。

会议在欢快的气氛中结束了，同学们仍然沉浸在获奖的喜悦之中。这一天，真是令人难忘！

25　令人深思的一代

2009 年 9 月 27 日

昨天，育才三中的领导来仙中访问后，因镇上没有住宿的地方，便带着我一起前往县城寻找住处。

经过一番寻找，我们决定在文苑酒店住宿。这是一家很普通的酒店，房里的设备比较简单。但比起仙庵来，那要好多了。

正要上楼时，我们忽然发现有许多十五六岁中学生模样的人在楼梯间穿来穿去。他们的打扮十分怪异，不仅衣着奇特，发型也很另类。有的是爆炸式，有的是瀑布式，还有的是板鸭式；头发的颜色也各不相同，有红的、白的，还有绿的……最让我们感到奇怪的是，几乎每个人的手上都夹着一支烟。

在好奇心的驱使下，我和另外两名同事决定上前看个究竟。我们沿着这些青少年行走的踪迹来到一间卡拉 OK 包房前，只见房门虚掩着。不一会儿，便有人开门出来。我们借机往里一瞧，只见这间包房内围着一大群十五六岁的青少年，粗略估计应该有二三十人。这些人或手舞足蹈，或放声歌唱。里面烟雾缭绕，场面之疯狂，令人咋舌。

一打听，原来这些孩子大部分是县城里的中学生。他们白天在校上课，晚上则来酒店唱歌。他们不仅穿着怪异，行为举止也有别于常人。我们所见到的，也许只是这群中学生生活状况的冰山一角而已。

这就是现在的青少年？这就是祖国未来的接班人？目睹这种状况，我不由得感到深深的失望，同时陷入了深深的思考！

君不见，近年来网上频频曝光的 90 后“××门”事件，已成为当今社会最令人关注的现象。其行为之大胆，举止之出格，无不令人瞠目结舌。

这一代青少年究竟怎么了？全社会都在发问，全社会都在思考。是教育的缺失、家庭的作用，还是社会的影响？

不可否认，社会的影响是其中最重要的一个因素。遥想上世纪 80 年代，在雷锋精神的感召下，在张海迪等一批榜样人物的鼓舞下，那一代的中学生思想单纯，而且大多志存高远，为了实现心中的理想发奋学习。“好好学习，天天向上”是那个时代最响亮的口号！1977 年恢复高考后，全国的读书人都看到了光明，看到了希望。怀着对理想的执著追求，无数读书人拿起久违的书本，如饥似渴地投入到学习当中去。时至今日，当年那种考上大学后举家欢庆的场景仍然让很多人记忆犹新。

然而，随着社会经济的发展和高考制度的改革，如今考上大学已不再是什么新鲜的事。大学生也由过去人们羡慕的对象逐渐淡化为普通民众。这本是社会发展的趋势，但在人口众多的中国却形成了一个巨大的难题——大学生增多了，工作却难找了。于是，“现在的大学生不值钱了”、“读书不如打工”等论调便随之而来。大学生的“贬值”，直接影响着了中学生学习的热情。一些原本就不愿学习的学生在不良风气的影响下，逐渐走向沉沦。

家庭因素也是其中的主要原因。家长综合素质的高低，在很大程度上影响着青少年的身心发展。俗话说，“有其父必有其子”，家长的思想素质在孩子的成长中起着重要作用。有些自身素质较高的家长，会注意自身的言行，并在自身行为上为孩子做出表率。相反，有些家长本身素质较低，在社会公德、为人处世等方面表现得自私狭隘。久而久之，就会对孩子的思想造成潜移默化的影响。此外，离婚、家庭暴力等现象也在深刻地影响着青少年的成长。在心理学中，有一种“暴力习得”的说法，指的是青少年如果是在暴力环境中成长，必然会形成“以暴制暴”的心理特征。可见，和谐幸福的家庭对于孩子的成长具有多么大的作用。

教育的缺失，显然也是个不可回避的问题。学校是青少年思想道德成长的主要场所，学校肩负着教书育人的重要职责。然而，时至今日，不少学校仍然把“高考”、“中考”作为学校发展的唯一目标，而把未成年人的思想教育放置到了一边。在这种功利化的思想引导下，学生的学习心态也不可避免地发生了变化。一些成绩优秀的学生以考上一所理想大学或高中作为最高目标，一些成绩较差的学生则产生了焦虑、急躁等消极心理。这种“唯成绩论”的思想，带给学生的直接影响是自身思想的日益功利化。这也是导致中学生厌学、早恋、沉迷网络、离家出走等现象的重要原因。

未成年人的思想道德问题已经引起了党中央、国务院的高度重视。2004

年，中共中央、国务院颁布了《关于进一步加强和改进未成年人思想道德建设的若干意见》。《意见》指出："未成年人是祖国未来的建设者，是中国特色社会主义事业的接班人。目前，我国18岁以下的未成年人约有3.67亿。他们的思想道德状况如何，直接关系到中华民族的整体素质，关系到国家前途和民族命运。高度重视对下一代的教育培养，努力提高未成年人思想道德素质，是我们党的优良传统，是党和国家事业后继有人的重要保证。"这段文字充分说明了提高未成年人思想道德素质对于我国未来建设的重要性和紧迫性。3.67亿的未成年人，占到总人口的28%，是社会的巨大组成部分。任何一个有识之士都应该看到，未成年人的思想道德状况，不仅关系到中华民族的整体素质，而且关系到我们民族的未来，关系到国家的前途和命运。只有采取有力措施，扎扎实实地把未成年人培养成有较高素质的人才，我们的社会才能变得更加和谐，我们的国家才能兴盛不衰。

学校教育显然是重中之重。因为"学校是对未成年人进行思想道德教育的主渠道，必须按照党的教育方针，把德育工作摆在素质教育的首要位置，贯穿于教育、教学的各个环节。要把弘扬和培育民族精神作为思想道德建设极为重要的任务，纳入中小学教育的全过程"（《关于进一步加强和改进未成年人思想道德建设的若干意见》）。广大中小学只有端正办学思想，把德育工作摆在素质教育的首要位置，淡化"唯分数论"思想，把未成年人思想道德教育渗透到教育、教学的各个环节中去，青少年的身心健康才会得到健全发展。

除此之外，网络、影视等部门要进一步增强社会责任感，要站在民族发展的高度重视青少年的思想道德建设。积极传播先进文化，倡导文明健康的社会风气，把推动未成年人思想道德教育工作的发展作为义不容辞的职责，这样才能更为全面而深入地保护未成年人的思想健康，促进未成年人的身心发展。

26　从月考试卷看中考命题

2009 年 9 月 28 日

今天上午，按照语文组的安排，我来到教学楼评阅初三年级第一次月考的试卷。

我仔细察看了一下试卷内容，题目类型主要包括：一、基础知识 28 分。其中现代汉语基础 18 分，古诗文默写 10 分。二、阅读题 4 篇，共 42 分。其中课内文言文阅读 1 篇，课内现代文阅读 1 篇，课外现代文阅读 2 篇。所选的课内阅读篇目分别是《生于忧患，死于安乐》和《智取生辰纲》，课外现代文是《雪灾，让我们学会居安思危》和《母亲的目光》。三、写作 50 分。题目为：《做人，请从__________开始》，要求考生根据自己的理解将题目补充完整，自选文体（诗歌、戏剧除外），写一篇不少于 500 字的文章。四、附加题 10 分。阅读课外文言文《五柳先生传》，回答文后问题。整张试卷 120 分，加上附加题共计 130 分，考试时间为 110 分钟。

据介绍，这份试卷是按照广东省中考标准来设计的，说明这份试卷是广东省中考命题的一个缩影。纵观整张试卷，我总的感觉是题量偏大，尤其是现代文比重偏大。我没有想到，在国家明确规定要切实减轻学生负担的大背景下，竟然还有如此繁杂的阅读题。相比较而言，在题目的难度和数量上，深圳市的考试内容是比较适度的，值得其他地区参考。除此之外，这张试卷竟然还有附加题。在我的印象中，考附加题是很多年前的事了，没想到今天仍然在沿用。

从评改后的结果来看，试题内容偏难。年级最高分是 98 分，大部分同学的成绩在 70 ~ 90 分之间，全年级不及格的同学很多。学生的成绩是评判试卷难易的主要参考，就如一面镜子，反映了我们的教学及命题状况。

拓展过多，也是这次考试带给我的真实感受。在第一大题“现代汉语基础知识”部分，名为基础知识，实为不着边际的课外拓展。题目如下：

很快就要初中毕业了，你班将要组织一场“毕业晚会”活动，你经历了下面一些事情，你是怎么解决的？

1. 班级征集晚会主题语，要求是简洁、形象的一句话或一个短语，你将写什么？（1 分）

2. 根据节目表，合唱《让我们荡起双桨》之后是舞蹈“友谊地久天长”。请你为连接这两个节目写几句串台词。（3 分）

3. 晚会后，你感到收获很大。第二天上学路上，邻班的一位同学问你：“学习这么紧张，花这么多的时间搞活动，划得来吗？”请你用几句话得体地回答他的提问，表明你的看法。（3 分）

总共 18 分的现代汉语基础题，拓展就占了 7 分，现代汉语基础还考些什么呢？这不由得使我想到现在教学改革中存在的一个普遍毛病——矫枉过正。即过于强调课本之外的内容，而忽视了课内知识的积累。

还有一点感受，考试与教学脱节较严重。考试的内容并不是平时教学的内容。从题目设计来看，似乎具有较强的操作性，但是学生在平时的学习中很少进行这方面的训练，考起试来只能是闭门造车。例如口语交际、文艺晚会之类的活动，学生很少参加。对于教师而言，平时所教的与考试相脱节，教学质量可想而知。这种做法，无论是对学生还是对老师，都是弊大于利的。讲评试卷时，我问起此事，果然不出所料——学生平时很少开展这方面的活动，当然也就无法进行这方面的训练了。因此，教学方式的转变是当务之急。

补充一句，我所评论的是由本次月考试卷所窥见的中考命题方式，与本次月考试卷的命题者毫无关系。因为，他们只是中考指挥棒的执行者。

20 多年前，我所看到的初中试卷与此类似；20 多年后，我所看到的试卷依旧如此。应试教育之路，不知道什么时候才是尽头。

27　动人的一刻

2009 年 9 月 28 日

人的外表各不相同，但心灵却会在某一个时刻相通。今天上午的语文课上，一篇题为《母亲的目光》的散文感动了众多同学，一名女生当场流下了眼泪，在我讲课的过程中一直在抽泣。

这名同学叫做小蓉，坐在教室第一排靠近大门口的位置。她的反应引起了我的注意，显然，是这篇文章感动了她。

“做了母亲之后，十分喜欢看着儿子睡觉。他泥鳅一样光滑的背，黝黑健康的胳膊，饱满茁壮的腿，眉宇间不可言说的可爱神情……看着看着，我常常觉得，单是为了这么一看，女人就不能错过做母亲的机会。

忽然又觉得，自己这么小的时候，一定也是在母亲的目光里熟睡的吧？然而快乐的童年又是懵懂的，在这种目光里我一次也没有被看醒，所以也不曾记得。对这种目光开始有感受是在渐渐长大之后，那一年我大约十三四岁，正是女孩子刚刚有心事的时节……”

课后，我特意找到了小蓉同学，询问她上课为什么哭。小蓉低着头，一句话也不说。我知道她一定有心事，便要求她把内心的想法写出来。在我的鼓励下，她拿起笔来，写下了她的心绪：

今天上午的语文课上，听了您讲的《母亲的目光》这篇文章，我的内心被深深地感动了，所以，忍不住哭了起来。

听到“母亲”这两个字，我的心里百感交集。这次月考，我本以为一定能考出很好的成绩。可当试卷发下来的时候，我沉默了。面对成绩单，我感到羞愧。我觉得愧对家人，也愧对自己。父亲从不关心我的学习，特别是这两三年。我母亲不识字，所以她一心希望我能够懂事，也希望我为了自己的前途能够好好读书，将来做一个让她引以为傲的孩子。妈妈的话，一直是我学习的动力。

对我来说，和父母进行语言上的沟通是很困难的事。当然，有时候我也会顶撞他们几句。但每次顶撞之后，我又感到很后悔。我恨自己为什么要伤老实憨厚的父母的心。我告诉自己，以后绝不能再这样做了。我已经长大了，我要学会理解父母的苦。

渐渐地，我发现我对母亲的爱，比对父亲要深很多。

事情还得追溯到两三年前，当时我家里正在建房子。这段时间，我父亲的性情发生了很大的变化。人变得慵懒了，胆子也变小了，遇到一点事情就会不知所措，睡觉倒成了他的"爱好"。家中种田、种地的责任全部落到了我母亲的身上。亲戚、家人跟我父亲说了一大堆好话，劝他挑起家庭的重担。可一切都无济于事，他依旧我行我素。为此，我感到很伤心。有时候，我便用极其狠的话语来"命令"父亲去帮助母亲。可父亲对我的话毫无反应，依然如故。

母亲见了这种情景，心里更加难过，带着哀怨的眼泪日夜操劳着。看着她日渐消瘦的身体，我于心不忍。妈妈说，她从 4 岁开始就帮助家里干活，直到现在。长期繁重的劳动使得母亲的身体出了问题，一到天气变化时她的腰就会剧烈地疼痛，有时还疼得彻夜难眠。每当看到这种情景，我的心就会像刀绞一样疼，我觉得我欠母亲的实在太多太多了。十六年的养育之恩，我知道是难以偿还的。我唯一能做的就是好好读书，考上理想的学校，因为这是母亲对我的希望。

面对这份月考成绩单，我无语了，我觉得我违背了自己的诺言。有时候，我真的好恨自己为什么没有这个能力，有时甚至想到过自残。但我仔细一想，我这样做对得起生我养我的父母亲吗？对得起身边的恩师益友吗？不，我不应该自暴自弃！生命是我父母赋予我的，我必须善待自己，才能对得起父母的付出，才有希望实现远大的理想。

这堂课，我是在无尽的眼泪中度过的。老师，您那饱含深情的话语，对我来说是一种刻骨铭心的记忆……我永远也不会忘记。

"可怜天下父母心！"再多的语言，此时也显得苍白无力，因为它难以表达小蓉同学内心澎湃的情感。

看完小蓉的文章，我的眼眶湿润了。我万万没有想到，一篇普通的散文，竟然能带给她如此深刻的感受。我也没有想到，一个十五六岁的女孩，心中竟然承载了如此之多的痛苦，如此复杂的情感。也许，这篇动人的散文勾起了她对母亲的爱怜；也许，我的一番言语触动了她多愁善感的心。但无论如何，这种情感，不在其中是永远也体会不到的。“树欲静而风不止，子欲养而亲不待。”我告诉小蓉，不要等待，要从现在开始为父母尽一分力。

俗话说：“穷人的孩子早当家。”从小蓉待人处事的态度和方式上，我看到了她身上最闪光的东西，也感受到了一个青少年纯真善良的天性。我相信，假如小蓉的母亲看到了这一幕，也一定会感动不已的。

在灿烂的阳光下，有多少贫穷志坚的青少年在默默地奋斗着。如果我们能多一分爱心，多一分支持，就能为他们的心灵撑起一片爱的天空。

28　由外地读书热想到的

2009 年 9 月 29 日

当地有一个奇怪的现象，小孩大多喜欢到外地去读书。仙庵村就有不少小孩，每周要坐车往返于当地与遥远的普宁市，每一趟要花去 2 个多小时，其间辛苦可想而知。

这种去外地读书的现象，已经成为当地的一种时尚。谁家的小孩要是被外地的学校“录取”了，是一种很荣耀的事。

为什么放着好好的当地学校不读，而要去外地求学呢？我很是疑惑。

经过了解，我明白了其中的原因。

首先是金钱的作用。一些私立学校为了招到更多的学生，为学校带来更丰厚的经济利益，便想出了“挖人”的点子。他们往往在初二或初三学年的中途，开着校车到各地散发资料，以“免费就读”为诱饵吸引各农村中学学生报考该校，然后从中挑选出成绩优异者到该校就读。对于被录取的学生而言，可以免费获得交费生的待遇。因此，这个点子使得很多学生趋之若鹜。

另一个原因是农村中学的教学条件（包括师资条件）与私立学校存在着很大的差异。一些私立学校凭借着雄厚的财力，从全国各地招聘经验丰富的教师前来任教，加上优质的教学条件，农村中学根本无法与之竞争。

在这两方面因素的作用下，去外地读书渐渐形成了一股热潮。

据统计，当前全国各地的高中学校争夺生源的现象十分激烈。2006 年 6 月，江苏灌南县教育局一位官员提供了该县近两年来被淮安市“掠夺”去的优秀生源数目：2004 年，中考总分在 600 分以上的学生共 400 余名，其中有 200 多名流向了淮安市。2005 年，总分在 600 分以上的学生共 502 名，流向淮安市的学生有 192 名。其中，淮安市某省重点中学因跨市招生而成为众矢之的。

2005年起，河南省巩义县教育部门开始推迟公布中考成绩及录取分数线，目的是防止优质生源外流。该县2003年的数据显示，流失到外地的优秀学生人数达300多名。

2006年7月，河南偃师市推迟11天才公布中考成绩，目的也是为了防止优质生源外流。据当地一位教育官员透露，偃师每年的初中毕业生有1.3万多人，优质生源不到总数的三分之一，但每年从偃师流失到周边地区的尖子生达到1 000多人。

由于竞争激烈，一些学校不得不派出老师亲自前往各地招生。因此时常发生矛盾，甚至发展到“武力冲突”。2007年7月，郑州两所高中的部分老师在一所初中学校进行招生宣传时，因争夺生源发生口角，继而发生肢体冲突。

2009年7月31日，四川泸州市两所高中学校的部分招生教师为争夺当地的优质生源，在合江县某宾馆内展开“肉搏”。最终5名泸县教师因寡不敌众，仓皇逃离。

为了争夺生源，各校使出的招式也层出不穷。最常见的做法是物质奖励。即高中学校按照当年的中考成绩给予成绩优秀的学生不同等级的奖金。如江苏淮阳某中学的省招班面向普通学生收取的学费是每学期1 000余元，而面向外市招收的高一新生，文化测试成绩名列前10名的，各奖励人民币7 500元；名列第11至20名的，各奖励人民币3 000元。西安某省重点高中的做法是：对第一志愿报考该校并获得西安市前10名的考生，免交学杂费，并奖励现金5 000元，并安排总分前30名的学生到上海等地著名高校免费旅游。地处西部的贵州省锦屏县也不甘落后，该县某中学的招生奖励制度如下：中考成绩居全县前100名且第一志愿报考该校并被该校录取就读的学生，免交三年学费；学期统考成绩居全县前50名者，各奖现金500元。

……

看到这些现象，我的心里涌起一股难言的悲哀。教育的功利化，带来了教育管理者思想的功利化，也带来了教师教学的功利化。一些学校只追求升学率，追求社会效应，而忽视了对学生思想品德与综合素质的培养，由此产生了一系列引人注目的社会问题。司马迁在《史记》中有一句话：“天下熙熙，皆为利来；天下攘攘，皆为利往。”难道我们今天的教育发展也应了这一句话？

呜呼，何时我们的教育能回归净土，何时我们的教育发展能走上健康的轨道？我们拭目以待！

29　与小凯同学的通信

2009 年 9 月 25 日

“横看成岭侧成峰，远近高低各不同。不识庐山真面目，只缘身在此山中。”一个人处在众人的注视之中，是很难发现自身的缺点的。作为教师，如果不能常常跳出圈外检讨自己，就会陷入一种盲目自信的境地。这种状况，无论是对教学工作，还是对自身的发展都是有害的。在上周，为了更实际地了解我的教学反馈情况，改正教学中的不足，我曾让同学们就我的教学情况提出意见，以便进一步提高教学质量。

人都是喜欢听好话的，同学们似乎也很“自觉”。来信绝大多数是表扬性的话语，真正带有批评性的意见很少。这让我在虚荣心得到满足的同时，又觉得缺了点什么。在所有同学当中，小凯同学的来信写得最为特别：

从 9 月以来，我们大多数语文课都是您来教的。我想借此机会向您提几点意见。第一，您的教学方式对我们来说是很新鲜的，但我发现您上课总是用老一套。如果不加变化，我想过了一段时间我们就会厌倦的。第二，您分析课文时比较简单，您不要以为板个书就算分析课文了。第三，您不觉得您教学的速度太快了吗？一篇课文只花 2 个多课时，照这样的速度，我想差不多期中考试时就结束这本书了吧。我们以前学课文，一般都要花 3 到 4 个课时，甚至更多，那样才能分析得仔细。如今天讲的文言文，您翻译的速度太快，我们很难全部记住。希望您对那些重要的课文多花一些时间，太快的话会让我们觉得不适应的。第四，您有时会拖堂，这是个不良的习惯。希望您深刻反省！

看到这封信，我非常吃惊！如此直言不讳，而且没有称呼，也没有落款，用语又是如此不客气，真是让我难以接受。我的的确确是想听取意见的，但如此无礼的语言还是让我很不痛快。由于其他同学都署了名，所以信的作者很快便被我查了出来——是小凯同学。吃过饭后，我发热的头脑很快便冷静了下来。我发现尽管小凯的话语很不客气，但他有着其他人没有的一项优点——敢提意见，而且有些意见是中肯的，比如上课有时拖堂的问题，需要我及时改正。在给他回信前，我做了一番了解，得知小凯同学性格有些孤僻，与其他同学很少交流。也许正是性格原因，使得他说话有些偏激。基于以上情况，我决心好好与他笔谈一下。于是我提起笔来，做了如下回复：

小凯同学：

你好！

谢谢你的来信，你所提的意见我已记下了。首先，对于你的直言，我要表示感谢——你是一个敢提意见的人，希望你在今后的人生道路上保持这份可贵的品质。其次，对于你提出的部分意见，我会在以后的工作中努力改正，把课上得让你们更满意。

但是，你信中提到的几个问题，我有不同看法。在此，需要对你说明一下：

一、你提到的分析课文比较简单的事，应该辩证地去看待。语文教学最重要的在于朗读和感悟，而非像解析几何题一样进行大量的分析。过多的分析只会导致语文基础培养的缺失，学习语文也会因此减少许多乐趣。另外，我从未认为板个书就算分析课文了，如果是这样，我 5 分钟就可以完成了。板书只是课文的结构和线索，其中的内涵希望你在听课时多加理解。

二、你提到的讲课速度快的问题已有几个同学提到过，但我认为这是正常速度。我是按照课文的内容和教学参考的建议来安排课时的，教学进度是比较适中的。至于你和其他几个同学提到的一篇文章上 2 个课时较少的问题，我则认为这是正常的速度。我做了一次调查，由于条件所限，你们在初三阶段体育、艺术、美术等课程没有开设，因此语文、数学、英语等主干课程的课时相对较多。老师在时间充裕的情况下，放宽了教学进度，造成了一篇课文上 3 到 4 个课时的现象。我认为这对于语文学习来说，费时又费力，未必是好事。另外，文言文学习是要灵活掌握的，切忌死记硬背。所以，我课上所讲的内容，完全照抄是不可取的。另外，由于你们下学期 6 月份要参加中考，所以这个学期要适当加快速度，以便在下学期腾出一定时间进行系统复习。

至于你提到的教学方式和拖堂问题，我诚恳地接受你的意见，并将在以后的工作中努力改正。

从信中可以看出，你是一个要求很严格的人，希望保持这份品质。但我也希望你在对他人提出意见的同时，语气要尊重一点，这是礼节问题。

祝你学习进步！

陈剑华

2009 年 9 月 25 日

9 月 25 日，我在小凯同学的大作文本里发现了他的回信。信是这样写的：

陈老师：

您好！

很感谢您的回信，没想到我提的一个小小的意见，您竟然会亲自给我回信，这让我很是感动。未能尊重您我深感抱歉，请您多多包涵！我已认识到了自己的无礼。我以为您上次让我们写意见书，意见归意见，就没有把好听的话都写上去——因为我想说的都被其他同学写了。您说的那几点我都明白了，请放心。您毕竟是老师，看问题的眼光比较长远，我以后会逐渐理解的。

还有，您应该好好帮我保管那张意见书，这也是一个特别的纪念。不然，您就是偏心了！

祝您身体健康！

小凯

2009 年 9 月 25 日

看完这封信后，我被小凯同学坦诚求实、敢于反省的精神感动了，觉得他似乎懂事了很多。我再次提起笔来，给他回了一封短信：

小凯：

你好！

谢谢你的来信，看得出你坦诚的品质和求实的精神，也看到你能够喊我老师了。我认为，无论怎样提意见，尊重他人是必需的，这是做人的基本原则。长大后你就会明白这个道理。你的语文基础比较扎实，如能深入学习，提高综合素养，定能成大器。

陈剑华

2009 年 9 月 25 日

收到回信后，我发现小凯的态度有了很大的变化。不仅对老师变得礼貌起来，学习也变得积极主动了。在此后的教学中，我几次点名让他起来回答问题，他都能出色地作答，而且回答的声音比以前要洪亮很多。这种变化让全班同学都感到惊奇。

教学是一项特殊的工作，是人与人之间心灵交流的活动。作为老师，来不得半点武断，只有用心去交流，才能得到学生的理解，才能收获丰硕的果实。在学生的心灵上洒下阳光雨露，就会闻到学生心灵的土壤里散发出的芬芳。

与小凯同学的通信，是我支教生活中一段珍贵的记忆，也是我一份宝贵的收获！

30 来自初三（1）班的问候

2009 年 9 月 30 日

今天上午 10 点，我照例来到初三（1）班上语文课。预备铃刚响，我便走进了教室，准备上课。此时，离上课还有三分钟。我把书本放在讲台上，开始在教室里查看同学们的上课准备情况。当我走到杰龙同学的旁边时，我看到他悄悄地把脑袋侧向我，似乎有话对我说。我探下身来，杰龙悄悄地告诉我："老师，您还没喊上课呢！"我微微一笑，说："打完铃就喊！"我万万没有想到，杰龙的提示是有目的的。

上课铃响后，我喊了一声"上课！"初三（1）班的全体同学齐刷刷地站了起来，喊出了以往不曾听到的声音："祝老师国庆快乐、中秋快乐，合家欢乐！"声音洪亮、气势宏伟，刹那间让我惊喜交加！我一时语塞，不知道用怎样的言语回赠他们。

显然，这是同学们精心准备的节目。同学们一张张热情洋溢的笑脸，这一声惊天动地的问候，不正是他们发自内心的祝福吗？在未来的日子里，无论我和他们相隔多远，无论我们的命运如何变迁，我都会珍惜这份珍贵的情谊。

两节课后是放学的时间。我站在教室门口，等同学们都离开后才走。我发现杰龙同学坐在最后一排，磨蹭了好久都没有走。在我收拾好书本即将离开教室的一刹那，杰龙同学追了上来。他递给我一包东西，对我说："老师，这是给您的月饼！"

霎时，我怔住了！我望着这一袋散装的月饼，再看看杰龙朴实黝黑的面庞，动情地对他说："谢谢你，杰龙！难得你这么有心，你的心意我心领了，这月饼请你带回家去给弟弟妹妹们吃，好吗？"杰龙听了，似乎有点不高兴，他坚决地说："不用了，老师！这个月饼是我特意送给您的中秋节礼物，您一定要收下！"说完把月饼往我手里一塞，一溜烟地跑出了教室。

回到宿舍，我拿出其中的一块月饼吃了一口，感到非常香甜。吃着这香甜的月饼，我禁不住心潮起伏，思绪万千。

一个月来，初三（1）班的同学们给了我最高的敬意和最真挚的关怀。从第二周开始，他们便自发地开展了一项工作：每周一下午，他们都会在劳动之余派几名同学给我的宿舍打扫卫生。这些孩子，自幼便劳动惯了，一到这里便挽起手臂忙活开了。有的扫地，有的拖地，有的抹桌子，有的洗家具。他们从不喊脏，从不叫累，做得十分仔细。我不敢偷懒，要和他们一起做，可他们几次用力把我推开，说："老师，您太累了，多休息一下吧！这点活，对我们来说不算什么！"我怔怔地站在一旁，心中感到无限的幸福：还有什么比孩子们淳朴的话语更能打动人心呢？

一个月来，初三（1）班的孩子们发生了很大的变化。在语文学习上，比以前更投入了。举手、发言、朗诵、辩论……孩子们的每一点进步都令我感到欣慰。谁说农村的孩子就低人一等？他们相信"人不是生来就会被打败的"；谁说农村的孩子胆子小？口语交际课上精彩的辩论至今让大家难以忘怀；谁说农村的孩子没有追求？在他们心中，有着更多的梦幻。

一个月来，初三（1）班的孩子们似乎更加懂事了。在集体活动中，他们变得更加团结。出板报，一起干；搞卫生，一起干；有人上学途中单车坏了，同学帮忙扛起来修；有同学家庭困难想出去打工了，全班同学一起来劝导……这样一个团结的班集体，怎不值得珍惜？同学们似乎也意识到了这一点。于是，一个名为"天下第一 301"的 QQ 群建立起来了。同学们真够抬举我，竟然推选我担任群主，直到发现我实在没有多余时间来管理才作罢。

青春的岁月，像一条河，更像一支动人的歌。若干年后，也许我已白发苍苍，但初三（1）班留给我的美好记忆，将永远定格在我心中。

31 国庆有感

2009 年 10 月 1 日

今天，是中华人民共和国成立 60 周年的日子。60 年啊，对共和国而言是多么不易！我和全国人民一道，心中怀着期待，怀着感动。当国歌响起的一刻，我带着女儿在电视机前肃立——我知道这是一个庄严的时刻。

在隆隆的礼炮声中，国庆大阅兵仪式开始了。三军仪仗队手持国旗，走在队伍的最前列。那铿锵有力的脚步声，不正是中华民族这么多年奋斗的声音吗？紧接着，陆军学员方队、步兵方队、特种兵方队、海军陆战队……14 个徒步方队依次走过天安门前。步伐整齐，气势雄伟，女儿看了激动得欢呼起来："解放军好棒啊！"当身着紫红色裙装、手持 85 式微型冲锋枪的女民兵方队经过天安门时，女儿一下子就被迷住了。她指着电视机屏幕说："哇，太漂亮了！我也想去当解放军！"据报道，这些受阅的女民兵们与其他受阅方队有很大的不同。她们的来源非常广泛：有公务员、企业职工、社会青年，甚至在校大学生。看着她们飒爽的英姿，用"铿锵玫瑰"来形容再合适不过了。

身着洁白色军服的水兵方队英姿勃发，器宇轩昂。他们紧握钢枪，目光炯炯，充满了青春的朝气。据了解，这个方队的士兵平均年龄只有 18 岁，难怪特别引人注目。

三军女兵方队阵容最为庞大，总人数达到 378 人。女兵们身着夏季军装，昂首挺胸，正步前进。英姿飒爽、气势如虹，真可谓"巾帼不让须眉"！如果说女民兵方队还略显几分妩媚的话，三军女兵方队就是真正的"女中豪杰"。

分列式过后，是 30 个装备方队。在隆隆的履带声中，99 式主战坦克方队以箭头形状缓缓驶来。而在 60 年前的今天，情况则完全不同：天安门前驶过的各式武器，大多数是从战场缴获的战利品。据开国大典时任华北战车团代团长的田申回忆说：“60 年前的战车是从华北各地缴获而来的，日式、美式的都有。大部分还是缺胳膊少腿的，所以不得不连夜修复。这种临时组装的战车能不能顺利通过天安门，我心里没底。”听到这段话，我不禁感慨万千。斗转星移，这一次阅兵中展示的武器，全部是我国自行生产的。其中仅装甲车就展示了 500 多辆，充分显示了我国 60 年国防工业发展的巨大成就。对于一个饱受过外族侵略的民族而言，还有什么比这更让人激动的呢？

接下来，轮式战车方队、陆战车方队、空降兵战车方队等，依次通过天安门前。最让人感到震惊的是战略核导弹方队。作为这次受阅地面方队中的最后一个方队，战略核导弹方队仿佛一支神秘的部队，在昭示着中国的潜在威力。这也是 60 年来中国能够巍然屹立在世界民族之林的重要保障。在国际形势复杂多变的情况下，中国在向世界展示最“硬”实力。

庄严肃穆的阅兵式过后，是激情欢快的群众大游行。鼓声隆隆，喊声阵阵，10 万群众在尽情欢唱。

60 年弹指一挥间。我们的祖国经历了几多磨难、几多沧桑。对一个人而言，一生开始步入了老年。但对一个国家而言，此刻正值年轻。她以更加饱满的斗志迈向世界、迈向未来。孟子有言：“生于忧患，死于安乐。”一个国家、一个民族如果没有忧患意识，那么国家就不会进步，民族就不会发展。国家如此，人亦如此。愿我们在举国欢庆之余，各怀忧患之心。

这 60 年，是我国综合国力大发展的 60 年。与我的童年时代相比，温饱问题已不再是一个难题，人们的思想已转移到如何提高生活质量上来了。随着政治、经济体制的改革发展，公民的权利将会得到更大的保障。

让我们共同期待，百年的中国！让我们共同期待，兴盛的中国！

32　带母亲看病

2009 年 10 月 2 日

今天是国庆长假的第二天，我利用这个机会带着身体不适的母亲前往医院看病。

医生诊断了一下，说是肾病综合征。由于母亲的身体十分虚弱，医生建议除了服用“尿毒清”、“开酮”等降尿酸、降蛋白的药物外，还需要补充氨基酸和钙，以防止骨质疏松。我遵照医生的嘱咐，开了药，并让母亲在医院打吊针。母亲躺在病床上，面容十分憔悴，皮肤也有些松弛。望着母亲疲倦的面容，我不禁悲从中来。

母亲是一个地地道道的农村女子，这辈子吃过的苦我是难以想象的。由于家里穷，连结婚这样隆重的事情也令人难过得要落泪——结婚的被子是我父亲临时借来的，第二天就还给了人家。这 60 多年来，母亲走过的沟沟坎坎，经历的风风雨雨，没有几件不让人难过。我想起了上学前母亲的叮咛、家遭不幸时母亲的呜咽、我步入婚姻殿堂时母亲的激动……一桩桩、一幕幕，如浮云一般在我眼前飘过。

记得 1982 年夏天的一个夜晚，我 12 岁，一场特大的风暴给我家带来了巨大的灾难。我清楚地记得那个夜晚，凄厉的风声响遍了赣东北大地。我的父亲、母亲听到风声不对劲，早早地带着哥哥给梁柱下了桩。我和弟弟一起，蜷缩在被窝里，听着屋外恐怖的声音。风声夹杂着雨声，呼啸着袭来，整个房子都在动摇，到处是咯吱咯吱的响声，我们简直恐惧到了极点。突然，一阵异常尖厉的声音传来，紧接着“轰”的一声巨响，家里的房子坍塌了，我突然之间躺在了雨里。母亲迅速跑到我们几个兄弟的床前，搂着我们大哭。我听见母亲凄厉地喊叫：“老天啊，你睁开眼看清楚啊……”

在这样贫寒的家庭中，一日三餐都难以保证，更别说吃零食了。记得有一次，我和几位同学放学回来，路过一片红薯地。不知哪位提了一句："我们挖点红薯吃吧！"大家互相望了一下，又四面看了一圈，确信没有人后，便动手挖了起来。那时正是6月，红薯还未成熟，刚结了几个小果果。挖出来后，我们都欣喜异常，便拿到地边的河里去洗来吃。我吃得最香，也吃得最慢。不知何时，我的周围变得异常安静起来。我仿佛意识到了什么，不安地抬起头来，只见不远处走来一个扛着锄头的中年人。他的出现，让我觉得空气都要凝固了。情急之下，我悄悄地把那半个还没吃完的红薯扔进了水中。他问了一句："小鬼，你刚丢出去的是什么？"我说："是……皮球！""皮球？皮球怎么会沉呢？"我的脑袋"轰"的一下大了。伙伴们恍如惊弓之鸟，立即四散奔逃。

这一天，我度过了童年时代最漫长的一个夜晚。我的母亲带着尴尬的笑容，带着家里仅有的几个鸡蛋，亲自到人家家里，给人赔礼道歉。而我，则躲在家里，流着眼泪等待最艰难的时刻的到来。然而，令我惊叹的是，母亲回来后竟然一个字也没有提起我的过错，只是抹着泪说了一声："阿毛啊，母亲没有能力，让你饿着了！"

这一句话，犹如五雷轰顶，令我羞愧万分，我深深自责！这一夜，我辗转反侧，难以入眠。我在心里暗暗发誓：从今以后，我绝不再做对不起母亲的事，我一定要好好读书，将来用我全部的力量，报答母亲。

6年后，当我以优异的成绩考上大学时，家中响起了喜庆的鞭炮声。我的母亲，也露出了久违的笑容。这笑容是那样的温柔、那样的动人。她笑在欢庆的人群中，笑在儿子的心坎里……

如今，母亲和我生活在南国的深圳，在平凡的日子里，母亲阅读经书，照料孙女，过着单纯而快乐的日子。

如今的我，如果还能找到一些吃苦耐劳、踏实做人的品质的话，我得感谢我的母亲！没有她，就没有今天的我。

"谁言寸草心，报得三春晖。"母亲以她柔弱的身躯撑起了一个家，撑起了一片天。我所能做的，就是尽我的所能，赡养母亲，回报母亲，让她在人生的晚年过得幸福、安康。

母亲，是我生命中永远的阳光！

33　月圆之夜

2009 年 10 月 3 日

“海上生明月，天涯共此时。”今天是中秋节，是万家团聚的日子，更是亲情交融的日子。

在外面待得久了，对家的感觉似乎特别好。为了庆祝这个重要的节日，我提议全家到外面的餐馆去吃一顿晚饭。但母亲提出了不同意见。在她看来，中秋是万家团圆的日子，理应在家里吃。我们听后，都觉得有道理，便遵照母亲的意见，一起在家里过节。

弟弟两口子也过来了，还带来了他们的孩子洋洋。一见到洋洋，女儿高兴得不得了，两个小家伙迅即玩闹开了。

不多时，热腾腾的饭菜便端上了桌子。大家围坐在一起，打开啤酒，举起酒杯，一起庆祝这个美好的日子。两家的孩子则闲不住，围在桌边嬉闹。对他们而言，这样的节日是盼来的——他们的人生才刚刚开始；对母亲而言，这样的节日是守来的——以她残弱的身体，下一个日子不知会是怎样的光景？因此，我们对这场聚会都异常珍惜！

弟弟和弟媳很懂事，帮着做了不少家务。菜好吃，酒也香，人更热闹，在家过节的感觉的确很美好。母亲静静地坐在一旁，看着嬉戏的两个孙儿，露出了欣慰的笑容。这大概也是千百年来中国人所追求的至善境界吧。

吃过饭后，我们搬出桌椅，围坐在阳台上赏月。在柔和的夜色中，吃着香甜的月饼和水果，一家人有说有笑，好不热闹。

清风拂过，带给人一丝凉意。我抬起头，仰望星空。由于云雾迷茫，月亮似乎躲着不肯出来。也许，她要把最美的清辉留在半夜，给那些远行的人们多一份慰藉吧！这正如人生的劳作，只有经历过长久的磨砺，才会收获甜美的果实。

“但愿人长久，千里共婵娟。”近在深圳，远在惠来的友人们，一定也在欣赏这同一轮明月吧。这不，我的思绪刚停，就收到了许多友人发来的短信。

“节日接踵而至，让短信乘着翅膀带上我的问候。曹燕侠真诚地祝您快乐！”

“陈叔叔，我祝您节日快乐，合家欢乐！——您帮助过的学生祖霞。”

“假如一棵小树代表快乐，我就送您整片树林；假如一滴水代表祝福，我就送您整个大海。值此中秋佳节之际，祝陈老师快乐幸福、万事如意！——万丽华。”

“秋风送爽，皓月当空。一年又一年，转眼之间又到了中秋节。祝你和你的家人身体健康，心情愉快，工作顺利，生活如意！——余娟。”

“借一朵秋云，呵护您永远好运；采一缕秋阳，保佑您平安健康；借一场秋雨，滋润您灿烂笑脸；捕一缕秋风，拂去您满身的疲惫。真诚地祝愿老师您中秋快乐！——您的学生袁洋。”

“但愿人长久，千里共婵娟。祝你和家人中秋快乐，幸福安康！——仙庵中学李昭文。”

“赶在十五看明月，你的健康是第一。祝你及家人中秋快乐！——侯亚文。”

……

人生漫漫，友情珍贵！我的友人们啊，无论你近在咫尺，还是远在天涯，我都会在明月的清辉中悄悄为你祝福。

夜渐深，人已醉。在朦胧的夜色中，月亮终于露出了她清丽的面孔。我站在阳台上，望着这皎洁的月光。不由得想起了《红楼梦》中的一首诗：“时逢三五便团圆，满把晴光护玉栏。天上一轮才捧出，人间万姓仰头看。”这首诗的后两句，常常被认为是影射贾雨村的狂妄野心的，但我却有更普通的看法——这不过是贾雨村在月圆之夜的即兴所感而已。诗歌更多的是写明月的美好，万家的欢乐，用不着过多地附会。

对着清丽的月光，再回头望望这全家团聚的场景，我的心中升腾起无限的幸福。亲情是多么可贵，友情又是多么令人珍惜！我在心中默念着：愿牵挂着我的亲人们、友人们幸福平安！

34 和同学们共赏古诗

2009 年 10 月 9 日

人是很奇怪的动物，放假之前盼望放假，希望早点和家人团聚。一旦假期时间长了，便又开始厌倦，希望早点重返工作岗位。也许，这就是生活的乐趣吧。

七天长假很快过去了，直到最后一天我才明白时间的珍贵——日子失去了永远不会再回来。这七天，我陪母亲看病、与妻女一起游玩，过得很充实。但一到假期末，我对仙中的思念就愈加强烈。这当中，我最想念的当然是初三（1）班的同学们。

今天是节后上班的第一天，我带着几许期待走进了初三（1）班教室的大门。一进教室，我就感觉到了同学们火一般的热情——一声响亮的“老师好!”喊得我心头发热。

在简单的问候之后，我开始了今天的课程。今天我给同学们上的是两首古诗:《使至塞上》和《泊秦淮》。

《使至塞上》是唐代诗人王维的名作。为让学生深入理解诗歌的内涵，在教学这首诗时，我有意对诗歌的写作背景做了一番介绍：唐开元二十五年（公元 737 年），河西节度副使崔希逸率兵战胜了长期袭扰大唐边塞的吐蕃。为表彰戍边将士的军功，唐玄宗命王维以监察御史身份赴边疆慰问。王维历经跋涉，来到茫茫大漠。在雄奇的黄河岸边，王维目睹了大漠孤烟、落日西下的奇丽风貌，也听到了戍边的将士们仍在前线作战的消息。这壮阔雄奇的景象与沙场肃杀的气氛，深深地打动了王维。他伫立在黄河岸边，挥笔写下了这首著名的诗篇：

单车欲问边，属国过居延。

征蓬出汉塞，归雁入胡天。
大漠孤烟直，长河落日圆。
萧关逢候骑，都护在燕然。

这首诗文辞质朴，意境深远，充满诗情画意。尤其是其中的“大漠孤烟直，长河落日圆”一句，写出了茫茫大漠中狼烟四起、落日横空的壮观景象。同学们对这首诗产生了浓厚的兴趣，也产生了无限的遐想。

在诗歌欣赏的过程中，同学们纷纷发言，畅谈了对此诗的感想。在谈到千古名句“大漠孤烟直，长河落日圆”时，一位同学站起来提出了质疑：大漠无边无际，没有高山的阻隔，风应该是很大的，为何诗中会写“孤烟直”一句？

这个问题问得真好，它与《红楼梦》中香菱学诗时对黛玉谈的问题是何其相似。为了充分引导学生理解这句诗的含义，同时掌握诗歌的欣赏技巧，我朗读了《红楼梦》中“香菱学诗”这一节的内容，供同学们借鉴思考。

当林黛玉问香菱是否领略了一些诗的滋味时，香菱答道：

据我看来，诗的好处，有口里说不出来的意思，想去却是逼真的。有似乎无理的，想去竟是有理有情的。”黛玉笑道：“这话有了些意思，但不知你从何处见得？”香菱笑道：“我看他《塞上》一首，那一联云：‘大漠孤烟直，长河落日圆。’想来烟如何直？日自然是圆的：这‘直’字似无理，‘圆’字似太俗。合上书一想，倒象是见了这景的。若说再找两个字换这两个，竟再找不出两个字来。再还有‘日落江湖白，潮来天地青’：这‘白’、‘青’两个字也似无理。想来，必得这两个字才形容得尽，念在嘴里倒象有几千斤重的一个橄榄。还有‘渡头余落日，墟里上孤烟’：这‘余’字和‘上’字，难为他怎么想来！我们那年上京来，那日下晚便湾住船，岸上又没有人，只有几棵树，远远的几家人家作晚饭，那个烟竟是碧青，连云直上。谁知我昨日晚上读了这两句，倒像我又到了那个地方去了。

香菱的话道出了诗歌欣赏中的一个法则：只可意会，不可言传。这句诗中的“直”与“圆”两个字，未必就是真景象，为的是更能表现大漠的特点。大漠孤烟，一个“直”字，方显其苍凉；长河落日，一个“圆”字，更显其雄壮。这句诗的妙处在于，除此之外再也找不出更好的字来表现这种意境了。同学们听后，连连称许，感悟到了其中的奥妙。

《泊秦淮》是唐代诗人杜牧泊舟秦淮河畔所写的，诗歌写出了诗人对烟花歌女的同情，也抒发了诗人的亡国之悲。其中的名句“商女不知亡国恨，隔江犹唱后庭花”也引起了同学们的深思。为了帮助同学们加深理解，我引导同学们结合时代背景进行了探究。

金陵是多个王朝建都之地，秦淮河则以其旖旎的风光成为官僚贵族及文人雅士寻欢作乐的地方。金陵虽然不是唐代都城，但秦淮河的风月依然繁华。一些有钱有势的豪门贵族常常来此寻欢作乐，纵情声色。杜牧乘舟夜泊秦淮，在船上听见歌女唱《玉树后庭花》。词曲艳丽，歌声低沉，充满靡靡之气。这让杜牧非常感慨，他提起笔来，写下了这首传颂千古的名篇：

烟笼寒水月笼沙，夜泊秦淮近酒家。
商女不知亡国恨，隔江犹唱后庭花。

我联系孟子所说的“生于忧患，死于安乐”这句话，引导学生加深体会：诗人表面在嘲笑歌女的无知，实则在讥讽晚唐政治的衰败和当权者沉湎酒色的庸俗生活，暗示了国家即将消亡的大势，抒发了历史兴亡之感。

短短的一首诗中，竟然蕴涵着这么深沉的思想，这让同学们感慨不已。他们对于诗歌的兴趣似乎更加浓厚了，读得异常投入。

在朗朗的读书声中，同学们似乎进入了远古的岁月。或与诗人一同遨游于广袤的草原，欣赏茫茫大漠的奇景；或与诗人一同徜徉于烟花烂漫的秦淮河畔，领略繁华市井中的落寞。我和同学们一道，诵读诗句，品析含义，一起沉浸在诗情画意之中。

更让我感到高兴的是，同学们都很懂事，两首古诗全都在课堂上背完了。这不由得使我想到了一个尽人皆知的道理：“兴趣是最好的老师！”在日常教学中，我们常常抱怨学生的注意力不集中，学习效率低下。其中的一个重要原因，是我们没有在调动学生的兴趣上下足工夫。凡事只要用心去做了，就一定能够做好。

35 访问惠来二中

2009 年 10 月 10 日

今天是周末，天气非常好，是个郊游的好日子。我和柯主任、明泉、创弟一行4人，骑着摩托车来到靖海海滨，准备参观著名的惠来二中，并欣赏这里雄奇的海滨风光。这次海滨之旅，给我留下了深刻的印象。

上午10时许，我们首先参观了远近闻名的惠来二中。惠来二中是一所创办于新中国成立之初的学校，在60年的发展史上，为当地的教育作出了不可磨灭的贡献。但它在20世纪90年代中后期开始陷入低谷，不仅教学质量下滑，学习风气也发生了急剧变化。有的学生不仅学习态度差，而且对老师很不尊重。一些学生公开顶撞老师，甚至发展到在课堂上摆开桌子喝茶、抽烟。

世易时移。近几年这所学校取得了飞速发展，已成为一所远近闻名的完全中学。1999年，该校学生总数为1 500多人，如今达到9 000多人。高中部的发展更为突出，人数由10年前的300多人发展到现在的3 800多人，增加了10倍。随着社会名气的提升，出现了学生不远百里来此求学的盛况。学校的环境也由10年前的单一校园发展成为初中、高中分区规划的现代化综合性校园。

这所中学之所以发生这么大的转变，与两个人有关——香港著名实业家林宝喜先生和惠来二中现任校长陈汉生先生。

林宝喜，1931年出生，祖籍惠来县靖海镇，1962年赴香港定居，现任香港宝景实业有限公司董事局主席。1980年至今，先后投资2千多万元用于惠来教育的发展，是惠来教育发展史上值得大书一笔的人物。

据介绍，2004年，时任校长的陈汉生在兴建惠来二中初中部综合楼时，向当时为此楼提供资金支持的香港实业家林宝喜先生提出了一个要求：希望林宝喜先生能够提供更大的支持，兴建高中部。林宝喜先生听后，感到面前的这位校长志存高远，欣然同意了这个要求。在随后的3年多时间里，林宝喜先生先后投入了1千多万元，帮助惠来二中兴建高中部。2007年，一所按高标准建设的学校——宝喜高级中学正式落成了。

陈汉生校长是一个敢说敢干的人。他以坚毅果敢的作风和超前的发展思维，带领全校师生励精图治，把一所地处农村的普通中学发展成为一所校舍优美、学风严明的现代化完全中学，成为当地教育界的一个奇迹。他是惠来教育发展史上又一位值得大书一笔的人物。

在该校曾副校长的带领下，我们先后参观了高、初中部校园。一走进高中部，我就被眼前的景象惊呆了——我没有想到在一个小小的镇上竟然矗立着一所这么美丽的校园！学校的建筑和深圳同类学校相比毫不逊色，甚至有些地方还要强一些！错落有致的学生宿舍、教工宿舍，高大整洁的教学楼，还有端庄肃穆的孔子像，兴建中的体育馆……其规格之高、建筑之美，令人惊叹！更令我感到惊奇的是，这么大的一所中学，竟然在没有一名清洁工的情况下，保持得非常整洁——学校的管理水平可见一斑。

这种大手笔，不要说在惠来，在任何一个地方，都可以称得上是一个奇迹。

带着惊讶而愉悦的心情，我们离开了惠来二中，驱车前往靖海海滩，准备饱览这里的海上风光。

与闻名遐迩的漓江山水和声震华夏的五岳名山相比，惠来的风景在名气上几乎微不足道。但真正到过这里的人，一定会对这里的风景惊叹不已，因为这是一块真正的处女地，只是不为外人知道罢了。这里有许多地方的景致非常独特，靖海就是其中之一。

我们走在靖海海边的沙滩上，面对着波澜壮阔的大海，不禁心潮起伏。走近一看，远处的海浪随着海风滚滚涌来，好似千军万马一般冲向岸边。海浪冲击着岸边的礁石，激起层层巨浪，大有“惊涛拍岸，卷起千堆雪”之气势。

我们四人登上水中的礁石，极目远眺。只见海天一色，烟波浩渺。面对雄伟的大自然，人会不由自主地感觉到自身的渺小。更远处，隐约可见几艘巨轮停泊在大海上。海风习习，阳光和煦，令人心旷神怡。

此情此景，不由得让我想起了一首沉睡多年的台湾民歌《外婆的澎湖湾》：

“晚风轻拂澎湖湾，白浪逐沙滩。没有椰林缀斜阳，只是一片海蓝蓝。坐在门前的矮墙上一遍遍怀想，也是黄昏的沙滩上有着脚印两对半……”

在瑟瑟的秋风中，大海的壮美与挚友的情谊，一齐涌上我的心头。

柯主任、明泉、创弟，还有我，一起走向海滩最险处，去体会那气吞山河的造化之气和惊涛拍岸的壮阔情怀……

36　登客仔湖山

2009年10月11日

双凤展翅上北斗，狮虎拱护开南局。
石牛眠山近景来，鲤鱼拜水远流去。
蜡烛峰峦未定穴，金钟倒吊已断丝。
揽石观音尊莲花，蛇龙入水不见底。
玄武群山汇真气，千午水库映明堂。
主峰石笔来龙强，天造石井常滋润。
仙中山后起三峰，形似笔架势如凤。
旗杆奇峰聚仙气，蟾蜍零石守羊神。
两水相会流入海，桥观古寺锁水口。
若问谁人住此地？须知福人安福祉！

这首题为《仙庵环境三部曲——天造自然景观》的诗并非出自什么名人大家之手，而是由仙庵中学林思斌老师写的。林思斌老师今年46岁，是仙庵中学资深教师。他虽然是教政治的，却颇具文采，并写得一手好字，人称“仙中秀才”。

惠来虽然经济比较落后，但自然环境保护得很好。不少景点未经开发，有其独特的韵味，仙庵就是其中之一。对此，思斌老师感受很深。他没有停留在表面的欣赏之中，而是以诗歌的形式把仙庵的美景描绘了下来。

仙庵是惠来一个风景优美的小镇，这里的湖、山外形独特，充满情趣。为了一睹这里的风采，今天下午，我和林思斌老师、李昭文老师、林明泉老师一道，前去攀登学校后面的客仔湖山。

客仔湖山是这座山的名字，来历已不可考。山并不高，上面有很多大小不一的鹅卵石，仿佛花台上的盆景一般。

我们一行4人，沿着崎岖的山路蜿蜒前进。由于山路太狭窄，我们只能排成一条纵队前行。途中几次遇到陡坡，必须由先上去的人拉一把才行。走到半山腰，思斌老师指着一处点满香火的洞穴说，这里是山神庙。随后，思斌老师点上香火，把在山下买好的绿豆饼放在供坛上。我们几个对着山神作揖行礼，算是祭拜了山神。祭拜完毕，思斌老师便把刚刚摆上去的绿豆饼收了回来，说要留给大家爬山饿了时吃。我感到很惊讶，说这不是用来祭山神的东西吗？思斌老师说："山神已经吃过了，现在给我们吃了。"我们几个听了，忍不住哈哈大笑起来。这个小插曲，也算是这次登山之行中的一个花絮吧。

上到山顶附近，思斌指着远处一块向前凸起的巨石说，这叫蛤蟆石，下面可乘凉。我和昭文、思斌两位老师费了好大一番力气，才爬到了蛤蟆石的底部。大家坐下来后，果然觉得清凉无比。山风吹来，顿觉神清气爽，舒服至极。顺着山势，我往山下望去，仙庵中学的校园尽收眼底。在苍松翠柏之中，两栋教学楼显得古朴而庄严。明泉则站在远处，抓住时机给我们三个照了一张相，当作纪念。

越过山顶，我才发现山的后面还有无数座山——真是"山外有山，楼外有楼"啊！

顺着山路，我们披荆斩棘，缓缓前进。大约过了半个钟头，山下突然出现了一个大湖。湖水清冽，静静地伫立在群山包围之中，仿佛一颗明珠，发出璀璨的光辉。"养在深闺人未识"，我们的喜悦之情溢于脸庞。思斌老师介绍说，这个湖叫"千午水库"，是50多年前仙庵村的村民们举全村之力建成的。我朝底下望去，高大的水泥堤坝将水库拦腰围住，仿佛在无声地记录着当年百姓挥汗劳动的情景。

湖面十分平静，仿佛一个恬静的少女，安详地坐在群山之间。与之极不相称的是，湖的另一边是一个巨大的采石场，不时传来机器的轰鸣声。两相对比，这是一幅多么不协调的场景啊！

在美景的诱惑下，我们迫不及待地疾步前驱，想近距离饱览湖光山色。下到半山坡的一个悬崖边上，我们停住了脚步。原来此处有一块巨石，石上有一个窟窿，直径约半米，窟窿里面竟然有一口清泉。据思斌老师介绍，这口清泉长年不干，山中高飞的鸟儿常来此处饮水解渴。或许是风沙的侵蚀，泉水有些混浊。然而，在高山之上的石缝中长出一口泉眼，本身就是大自然的造化。

下得山来，我们来到了千午水库的岸边。近距离观看湖水，感觉更有味道。微风吹来，水面漾起阵阵微波。这时，不知谁大叫了起来。我们朝着他手指的方向看去，只见远处的岸边有一小块绿洲，水草丰美，树枝摇曳，几头水牛正在上面悠闲地吃着青草。我们宛如见到了神奇的九寨沟一般，兴奋地冲了过去。身材微胖的昭文老师此时的身手也变得敏捷起来，遇到小坡一蹦就上去了。明泉则在一旁不停地拍照，仿佛要留下这里的每一处景色。

绿洲上的青草长得非常茂盛，牛儿们吃得十分欢快。我们的到来，似乎令它们有些惊慌，在不知不觉中离我们远去了。有一头黄牛却十分特别，一点也不怕人。我用棍子指着青草和它对话，它竟然凑近棍子，仿佛没听仔细一般侧耳细听。这个有趣的场面引得众人哈哈大笑。

水库边上围着好几座山，山上的石头外形各异，大多被当地人冠以名字。靠东边的山上有一圆形石头，形似橄榄，名曰“橄榄石”。靠西面的山顶上有一块蜡烛形状的山峰，名叫“蜡烛峰”。北面有两座大山，山峰均向上凸起，中间部分则凹陷下去，微露出一座小山头，形似凤凰展翅，当地人称之为“凤凰山”。

愉快的登山之旅结束了。在回去的路上，我们却觉得意犹未尽，一一拍照留念。昭文老师还在山上的一汪清泉里打了一壶泉水，带回家中烹茶。

回来后，思斌老师有感而发，写了一篇关于此行的文章，令我大感惊喜。现敬录如下：

游山随感

林思斌

2009年10月11日下午，天气凉爽。我与剑华、昭文、明泉三位老师一道，前去攀登客仔湖山。

景点之一——仙中山后“牧羊神”。来到“牧羊神”前，我们将带来的绿豆饼和矿泉水奉上，作为见面礼。接着，我们向山神老爷诚心一拜，以表敬意。

景点之二——蛤蟆石。此石体形巨大，形似蛤蟆，能把剑华、昭文、我三人装进嘴里。明泉老弟在远处举起相机，给我们留下了一张珍贵的合影。

景点之三——千午水库。水库岸边绿草油油，几头黄牛正在低头享受它们的美餐，极富诗意。远眺湖光山色，我们惊叹于大自然的鬼斧神工。在感谢自然恩赐的同时，我们也看到了远处山冈被人为破坏的伤痕。仿佛一个完美的身躯被撕破了一个伤口，让人目不忍睹。尽管我们在拍摄景物时想尽量避开这个伤口，可终究还是无可奈何！也好，就让它作为一个警示，留给后人去思考吧！

思斌老师的文章，既有对自然美景的热情赞颂，也有对破坏环境行为的深深忧虑。也许，只有懂得欣赏的人，才懂得生活的真谛，才具有包容的胸怀。只有用心灵去欣赏自然之美的人，生活才更有意义。

一位哲人说过："大自然并不缺少美，只是缺少发现美的眼睛。"今天的旅程，不正印证了这一句话？

37　呼唤文明与良知

——批阅学生随笔有感

2009 年 10 月 13 日

“亲其师，信其道。”良好的师生关系，有助于提高教育质量，有助于培养和谐、团结的班级氛围。建立良好的师生关系的途径很多，写随笔是其中较好的一种方式。自上周开始，为了深入了解学生的思想状态，我给初三（1）班的同学布置了一道作业——写随笔。我要求篇数、字数不限，但每周至少一篇。为体现写随笔的重要意义，我提出了一句口号：“用文字记录生活。”

周一上午，学生们的随笔一本都未交上来。我感到奇怪，难道学生们都没写？或是学习太紧张写不出来？令我大为意外的是，我走进教室问及此事时，全班同学竟齐声回答“写好了！”说完，纷纷交了上来。

我恍然大悟，原来同学们觉得随笔属于隐私，不能让其他人看到，所以没有交给科代表。看来，是我没考虑周全。

下得课来，我立即兴致勃勃地开始翻阅学生的随笔。在随笔中，很多同学表达了对这种新方式的赞赏，并写了学习中的烦恼、生活中的趣事、个人的理想等。我越看越有味，一口气批阅了十多本。这其中，元伊捷同学的随笔引起了我的注意。她一共写了 4 篇，其中一篇是以一首打油诗开头的：

一副眼镜挂鼻梁，满面春风众人赏。
满腹经纶为人谦，温文幽默满课堂。
家居深圳育才人，远道仙庵支教忙。
学海茫茫谁最念，吾师剑华永不忘！

呵呵，有点搞笑吧！老师您不要见怪，虽然您来这儿的时间还不长，却给我们留下了深刻的印象。我想，这也是大家的心声吧。同时我也发现，把自己的心得写出来竟是这么舒服。谢谢您提倡的这种新方式！下面，我把这两天发生的一件小事写出来，与您分享一下。

前天晚上，邻居家阿姨刚吃过晚饭，就上我们家来喝茶了。从表情上看，阿姨似乎显得有些不高兴。她一坐下，便讲起了刚才骂女儿不认真学习的事情，并愤怒地说了一声："她再不好好读书，我就不要她了！"妈妈一听，随口问了一句："如果你们三个孩子都是男孩，你要不要？"没等妈妈说完，阿姨接过话柄果断地说："要，当然要！女孩能有什么用？"我在旁边一听，心里很不高兴——男孩真的比女孩重要吗？

现在什么年代了？为什么重男轻女的思想仍在主宰着不同性别的孩子的命运？特别是作为女孩的我，更是倍感不满。我的身边有不少例子，都是姐姐打工供弟弟上学。更有甚者，妹妹打工供哥哥上学。父母大多认为女儿不用读书，读了书，还不是要嫁人？嫁出去的女儿就像泼出去的水，根本没必要花力气去培养。

但是，事实却否定了这一观念。花木兰、刘胡兰、张海迪等众所周知的人物，无不证实了女人同男人一样有能力。有了这些生动的事例，我们还有什么理由相信，男孩就比女孩重要呢？我真想大声呼吁：男女平等，请不要再用有色眼镜看待女孩了！

不一会儿，有一个同学到我家来坐了。她说她的舅妈前几天又生了个儿子，已排行第七了，一个月后要去喝满月酒，舅舅家正为这件事乐得不可开交呢。我苦笑了一声，一时无言以对。

"多生几个儿子好啊！"阿姨随声附和着。是啊，对于一个家庭而言，快乐和温馨固然重要，但是如果家家户户都多生几个，对于地球来说，能快乐吗？能温馨吗？老实说，听到这个阿姨的话，我很伤心，为什么"多生儿子好"的观念在农村人的头脑中仍这么牢固？人们迂腐的思想什么时候才能有所改变？能为地球着想一下吗？

老师，您曾经说过：一个少女结婚后，如果整天被一群黄毛孩子包围着，谁会知道她们曾有过花一般的青春，曾有过无数的理想和梦幻？所以，人生不要过早定位。回家后，我细细地琢磨这句话，感觉真的很有道理。一个曾有过远大理想的少女成了麻木的生育工具，这是一件多么悲哀的事啊！对她的人生而言，这将是永远的伤痛！

小品《超生游击队》里有一段顺口溜："我叫少林寺，我想上学上不了；

我叫吐鲁番，一年四季缺衫穿；我叫海南岛，一天三顿吃不饱。”从中我深刻地领悟到了超生的危害性。它不仅影响人口素质的提高，制约着我国人民生活水平的提高，还会带来人口素质低下、就业压力增大等一系列社会问题。所以说，少生、优生才是最正确的发展之道。

开头的那首诗，显然是在写我。看来，老师的一举一动，在学生的心中是多么重要啊！他们年纪虽小，但观察力极强，能写出他们这个年龄的独特感受。这首诗让我感受到了学生对我的一片真情，更感受到了肩头沉甸甸的责任。

这篇随笔中对农村百姓的生育思想作了真实的记录和深入的分析，给我留下了深刻的印象。我也没有想到，在21世纪的中国，这种思想竟然还如此牢固地占据着部分人的头脑，以致根深蒂固，毫不动摇！想到此处，我提起笔来，在她的随笔中写道：“你的认识很深刻。在文明社会里，仍然过着旧时代的生活，固守着旧时代的思想，怎能说不是一种悲哀？男女平等，少生、优生的道路，在这里也许还有很长一段路要走！你的思想令人鼓舞，希望你珍惜青春年华，刻苦学习，用知识改变命运，给自己开辟一条崭新的人生之路！”

我感受到了伊捷在人生思想上的升华。我衷心地希望她能用知识提升自己，做一个地地道道的文明人，而不要重走她祖辈、父辈的老路。

“用文字记录生活”，是我为写随笔而提出的一句口号。同学们似乎很理解其中的含义，他们在随笔中或记录校园生活，或评述世间万象，或倾诉内心困惑，或畅谈人生理想。每一篇文章都充满了真情实感，让我越阅读越有味。其中，有一篇随笔，反映了一件令人震惊的社会事件，读来令人深思。

正义为何？天理为何？这一切，要到哪里去寻找答案？说？说不清！道？道不明！或许，只有作为局外人的我们才能体会到。这种感受只可意会，无法言传，怎不令人伤心？

“丁零零……”铃声又响了。放学了，我背起书包，骑上自行车走了。到了市场，我买了几条鱼。出来时，我看见市场前有一家摆有各式小商品的货摊，于是也赶上前去凑个热闹。这时，一件意想不到的事情发生了。一个年约八九岁的小学生从货摊上偷了一样东西，不巧被摊主发现了。摊主冲上前去欲逮住他。那个小孩身手却十分敏捷，一边求饶，一边伺机逃脱了。摊主虽然没有追到小偷，但东西拿了回来，倒也没有再追究。

就在我购买好一件东西准备走人时，货摊的老板娘忽然对着她的丈夫大喊了一声："老公，又有人偷东西了！"老板听后非常生气，立刻闪电一般追了出去。我转头一看，这个迅速向市场跑去的"小偷"是个年纪更小的男孩。

过了不到两分钟，老板终于回到了货摊，继续做他的生意。就在我以为万事大吉时，一幕令人惊心动魄的场面出现了。

一个四十几岁的中年男人从市场里走出来，样子显得非常愤怒。他一边走，一边问旁边一个孩子："是谁打了我儿子一耳光？"说完走到货摊前，大喊一声："谁打我儿子，给我滚出来！"那架势，简直可以把人吃进去！

老板应声站了起来，听口音是外地来的，故作镇静地为自己辩驳着："那小孩偷我的东西！""是你打我儿子吗？"中年男人凶狠地盯着货摊老板。也许是见势不妙吧，货摊老板把双手挡在胸前，后退了一小步。

中年男人不依不饶，推了货摊老板一下。货摊老板不甘示弱，奋起还击——一场冲突不可避免地发生了。这时，不知从哪里窜出来一个女人（看样子是小孩的母亲)，怒气冲冲地赶到货摊老板面前，挥起拳头向那货摊老板狠狠地砸去。我离着四五米远，分明听到了"呼呼"的拳击声。我的心怦怦直跳，怎么会这么凶狠啊！货摊老板奋起还击，但双拳难敌四手，很快便落入下风。此时，货摊老板娘大声喊着自己的丈夫："快打电话报警！"可他的手机刚掏出来，便被中年男人一掌打落在地。老板还没反应过来，便被这对夫妻打进旁边的水沟里去了。中年男人似乎还不解气，举起拳头往死里打，差不多把平生的力气都使出来了。手一次比一次举得高，拳一次比一次砸得重。可怜那个货摊老板被压在水沟下面，动弹不得，几乎死去。我的心跳得更厉害了——这种只有在电视上才能看到的画面，如今就发生在我的身边，怎不叫我心惊肉跳？

这时，老板娘从地上捡起手机，拨着号码报警。"喂、喂——是公安局吗？这里有人打架——他们两个人打我老公。你们快来呀！快出人命了……什么？这里太吵了，我听不到，你们快来呀……"她近乎哀号地哭求着，几欲下跪。突然，电话断了。她便立即转过身来哀求过路的人："你们谁有电话，借我用一下，我给你们钱。"围观的人不知是假装听不懂，还是他们没有任何的同情心——没有一个人理睬她！她回过头来，哀求打她丈夫的那两个人："你们放开我老公吧！求求你们了，他有病在身。""放他？他凭什么打我儿子？你们亲眼看见他偷东西吗？""我发誓，如果他没有偷，那我被车撞死，被雷劈死……"老板娘指着天发誓，以证实自己没有撒谎。"就算他偷了，那也不能打孩子呀！他还那么小。"中年男人恶狠狠地说。

“他怎么能打孩子？孩子还那么小。”这时，人群中一位30来岁的男人说了一句话。我转过头去一看，咦——这个人不是我以前认识的老师吗？我很惊异他竟然在这个时候站出来说话了！

就在这时，村里的治保主任闻讯来到了现场。双方便围着治保主任，各自说着事情的原委。过了几分钟，治保主任说了一句“换个地方谈”之类的话。货摊老板夫妻俩立即像领了圣旨一般开始收拾货摊，准备前去“公堂”讨回公道。结局究竟如何，我不得而知，但我完全可以想象得到！

直到我离开，我也始终没有看见一个警察来到，甚至连一声警笛也没听见。

在回家的路上，我不停地思考：如果孩子偷了人家的东西，当父亲的应该好好教育孩子才是。即使受了别人的打骂，也应该先认识到自己的过错，然后再与别人交涉。没想到这个父亲竟然以暴制暴，打起人来了。是护犊心切，还是恃强凌弱？这种做法，只会把孩子一步步推向深渊。而那位为人师表的教师，不但不主持公道，反而为虎作伥，有何表率可言？又如何能教育好孩子？

我不禁要问：正义何在？天理何在？

读罢这篇文章，我不寒而栗！如此残暴的事件在这些十五六岁的孩子们面前公然上演，对孩子的心灵是多么深重的伤害啊！面对现实生活中的丑恶和不公，再深入的教育也显得苍白无力。这种令人震惊的事件在当地发生却得不到制止，反映出了什么？毫无疑问，社会的正义遭到了践踏，狭隘的地方保护主义和封建家族势力在作怪。这种落后的思想，在21世纪的今天仍然牢牢地占据着人们的大脑，这是多么令人感到心寒的事啊！

想到这里，我不由得提起笔来，在他的随笔中写下了如下批语：“读罢此文，我深感愤怒。社会上的丑恶现象令人发指，而那些冷漠的看客和帮凶，更令人心寒！希望你好好读书，早日成才，将来以实际行动改变家乡的面貌！”

我们这些成年人，在是非面前的言行，必将对孩子造成深刻的影响。这篇随笔反映出来的问题，值得每一个人深思！教育，仅仅是学校的职责，还是全社会的职责？这是我们每一个人都必须好好思考的问题。

38 谈谈新形势下的师生关系

2009 年 10 月 15 日

时代在发展，社会在变化，学生的思想也在不断发生变化。一些教学年限较长的老师常常感叹：现在的学生不如以前听话了，不如以前好学了，不如以前有礼了……对此，他们常常笑言："老革命遇到新问题了！"老教师们的话，反映了当前师生关系的尴尬状况。从老师的角度看，学生的思想变化应该是社会环境的影响造成的，学生有必要净化思想；从学生的角度看，迎合潮流是大势所趋，老师们应该作出调整。由于看问题的立场不同，这两种观点都有一定道理。其实，师生关系也是随着时代变化而变化的。随着社会经济、文化思潮的发展，社会环境对学生的影响越来越深刻，对教师也提出了新的要求。在改变不了环境的情况下，教师只有不断提升自身内涵，努力探究新的教育方式，才不会落伍。

学生心目中期望的教师究竟是什么样的？2008 年第 17 期《中国教师》杂志刊登了一篇题为《谁是学生心目中的好教师》的文章。该文章以"你心目中最喜欢什么样的教师"、"你心目中最不喜欢的教师"和"最渴望的师生关系"为题，通过对北京市 9 所学校的 2 349 名中学生的调查，考察了学生心目中的教师形象及师生关系的特点。

表1 学生心目中所喜欢的教师特征

次序	初中生（$N=1\ 170$）	百分比	高中生（$N=1\ 179$）	百分比
1	和蔼可亲、有亲和力、脾气好	49.1	和蔼可亲、有亲和力、脾气好	35.3
2	听取学生意见，关心、鼓励学生	22.5	听取学生意见，关心、鼓励学生	19.6
3	幽默风趣，有人格魅力	20.2	讲课好，清晰、生动、有激情	17.7
4	讲课好，如清晰、生动、有激情	14.6	幽默风趣，有人格魅力	17.3
5	理解学生	14.5	理解学生	14.6
6	要求严格又不苛刻	11.3	知识丰富、广博、有涵养	11.5
7	认真、负责	8.7	认真、负责	10.1
8	知识丰富、广博、有涵养	8.3	要求严格又不苛刻	6.7
9	外貌形象好，如有气质	7.7	外貌形象好，如有气质	6.2
10	信任学生，不猜疑	3.6	信任学生，不猜疑	4.2

表2 学生心目中最不喜欢的教师特征

次序	初中生（$N=1\ 170$）	百分比	高中生（$N=1\ 179$）	百分比
1	脾气大，随便发火	31.3	脾气大，随便发火	21.2
2	批评、讽刺、挖苦学生	20.9	批评、讽刺、挖苦学生	20.9
3	整天板着脸，严肃、不幽默	16.8	偏心，根据学习成绩判断学生	11.2
4	偏心，根据学习成绩判断学生	13.5	没有责任心	10.9
5	不愿意与学生沟通交流	12.7	整天板着脸，严肃、不幽默	9.0
6	上课没有激情、沉闷	8.7	不愿意与学生沟通交流	8.0
7	没有责任心	8.1	知识水平差，没有见解	6.2
8	不信任、怀疑学生	6.5	上课没有激情、沉闷	5.9
9	不关心学生	6.2	不关心学生	5.7
10	上课放任学生不守纪律	5.6	没有耐心	4.2

从上面两份调查表中的数据可以看出，学生心目中的好老师，应该是充满人格魅力的老师。如和蔼可亲、有亲和力、脾气好，听取学生意见，关心、鼓励学生，理解学生，知识丰富、有涵养等；学生心目中最不喜欢的教师则包括脾气大、随意发火，批评、讽刺学生，缺少与学生的沟通等。其中，教师的人格魅力与教学水平是当今中学生评价教师的主要标准。

基础教育课程改革重视学生的主体性，对师生关系提出了新的要求。新课程理念下的师生关系应当是民主、平等、互相尊重的关系，是和谐融洽、共同进步的关系。

学生进入初中以后，个性问题逐渐显现。随着身心的发展变化，学生的行为规范管理已成为摆在老师们面前的一个难题。这些难题，恰恰是师生关系中最敏感的神经。管理过严，学生容易受到伤害；管理过松，学生纪律会受到影响。一旦处理不好，师生关系就会变得复杂僵硬。要处理好这些棘手的问题，我认为，掌握学生的心理规律，正确把握谈话的方式显得尤为重要。

一、晓之以理，动之以情。师生关系是一种在特殊工作环境中形成的相互关系，是教师和学生在教育过程中形成的道德、教育、心理等方面的关系。在传统教学观念的作用下，不少教师在教育活动中逐渐形成了以“我”为主的“强权”意识。他们要求学生在学习活动中绝对服从教师的领导，即所谓的“师道尊严”。长此以往，学生与教师的关系便会逐渐疏远，甚至产生对立。研究表明，师生关系出现对立倾向时，教学效果远远不如民主平等型的师生关系好。因此，教师必须以尊重、平等的态度来对待学生，与学生展开谈话。

进入中学阶段，学生中有一个需要引起重视的问题——学生逆反心理的处理。处理得当，会引导学生顺利地度过青春期；否则，很容易引起师生之间的矛盾。随着身体的生长发育，有些同学开始追求新奇的发型，以引起异性的注意。我曾教过一个名叫威威的学生，情况比较突出：长期留长发，且举止怪异，学习态度很差。在做了一番准备后，我找他谈了一次心。我没有以家长式的口吻教训他，而是耐心地和他分析了留长发的利弊。我的理由很实在：这看上去是一个简单的外表问题，实际上是一个思想问题。标新立异无非是想引起他人的注意，这是青春期少年爱美的典型心理。然而，美应该是建立在大众认可的基础上的。如果一样东西不被大家接受，显得过于另类的话，美就不存在了，这样的追求就显得毫无意义。我的话不多，但威威觉得很有道理，频频点头。我接着又以军人、警察等人物为例子，和他谈到了中学生行为准则实施的意义以及如何选择正确的人生观等问题。这一次和风细雨的谈话过后，威威有了很大的改变。不仅理了一个标准的发型，而且此后在和我的交往中显得非常亲近。在班里，我当众表扬了他，夸他比以前更帅了。威威听后，感到很满足。我认为这次谈话的成功，首先应归功于对学生人格的尊重，其次才是谈话的技巧。

教师要充分尊重学生的人格，用真情去关怀学生。在与学生的谈话中，教师应根据每个学生的个性特点，在思想上进行分类指导。既要表扬其优点，又要指出其不足，让学生在表扬中得到批评。这比一味地训斥更能让学生接受，也更有效果。只有在充满关爱的环境中，学生才能获得心理上的安全感和信服感，才能正视其自身的优势与不足，激发自身的奋斗动机，使个体得到更大的发展空间。

二、言传身教，榜样教育。在班级工作中，对学生大吼大叫是没用的，这是没有方法的体现。教师在与学生谈话时，应事先了解学生的内心状况，根据实际情况选择合适的话题。对于学生出现逆反情绪或遇到一时难以解决的问题时，切忌操之过急、武断行事。教师应沉着应对，先“王顾左右而言他”，发挥自身的才智，尽量从学生最感兴趣的话题谈起，激发起学生谈话的热情。然后顺藤摸瓜，逐渐导入正题。这样，学生在心理上更易接受。

学生小琳是我班的一名卫生委员，学习认真，工作负责。不知为何，近来她的成绩急剧下降，精神状态也不如从前。我料想其中必有原因，便想找个机会了解一下。没想到第二天，小琳的妈妈便匆匆赶到学校，向我讲述了小琳近来的异常表现。据小琳妈妈所述，近段时间以来，常有男生打电话到她家里，每次接到电话，小琳都显得很兴奋。妈妈为此十分担忧，便旁敲侧击地对她进行规劝，没想到小琳听后竟然异常恼怒，认为妈妈干扰了她的人身自由，侵犯了她的隐私。妈妈气愤不已，打了小琳一巴掌。这样一来，小琳彻底与妈妈“决裂”了，从此再也不理她妈妈，与妈妈进行“冷战”。我了解到这些情况后，赶忙安慰小琳妈妈，提醒她要意识到女儿已经长大了，特别要面子，绝对不能以骂代教，以打代罚。只有从心理上与她交流，才能取得良好的效果。

在与小琳谈话前，我先让小琳妈妈在一旁回避。接着，我与小琳进行了一次长谈。当我问及他与老师相处这么久，是否了解老师的童年时，她连连摇头，并表现出一丝疑惑。在她的好奇与期待中，我给她讲述了我童年时代的求学经历。当我讲到我家的茅屋在一次暴风雨中轰然倒塌，母亲抱着我痛哭失声时，她低下了头。当讲到母亲在一贫如洗的家境中为我借钱交学费时，她忍不住流下了眼泪。我因势利导，话题扯到了她身上。我讲到了她现在所过的幸福生活，讲到了她母亲为了工作日夜奔波的情景，讲到了她与母亲赌气后妈妈茶饭不思、日渐憔悴的身影，小琳禁不住失声痛哭起来。我进一步分析了她目前的年龄与学习状况，指明了利害关系，要她把同学的友情化为学习的动力，为今后的美好人生打下坚实的基础。

小琳听后连连点头，敞开心扉讲述了最近一段时间以来内心的矛盾与痛苦，认识到自己的冲动行为给家庭和睦带来的伤害。我见时机已到，便把小琳妈妈从旁请出。在简单的问候之后，母女俩抱头痛哭。妈妈为自己的鲁莽向小琳表达了歉意，小琳也哭泣着请求妈妈原谅自己。就这样，一场风波便在泪水中化解了。

三、宽严相济，奖惩分明。在学校教育中，教师是教育者，又是服务者；学生是受教育者，又是学习的主人。教师在与学生的谈话中要摒弃“师道尊严”，学会倾听，要站在学生的立场去理解他们，做学生的良师益友。研究表明，学生在内心深处十分希望老师能放下架子，以人的本来面目与之交往。这样的老师，会让学生感到更可亲、更可敬。

在一次运动会上，我恰巧有事不能在现场，维持纪律的事便交给了几位班干部。运动会结束后，班干部们纷纷反映运动会期间大家的纪律不好，有高声喧哗的，有乱扔垃圾的，有到处乱跑的，并指出了具体的同学。我听后，专门为此事开了一个班会。为了慎重，我特意邀请了年级组长参加。我先让班干部们认真汇报了运动会期间大家的表现，既提到了成绩，也提到了不足。接着，我发表了我的看法。我首先站在学生的立场上，回顾了前几天的天气情况，我认为炎热的天气是造成同学们无心久坐的主要原因。同学们听后，纷纷点头称是。接着，我对这几天在运动场上克服困难，勇敢拼搏并取得优异成绩的同学进行了表扬。之后，我话题一转，做了一个假设。我请同学们设想一下，假如因为阳光暴晒的原因，其他班级都和我们班的一些同学一样跑走了，运动会由谁来当观众呢？不少同学愣住了，脸上露出惭愧的神情。我进一步从个人与集体关系的角度阐述了形成优秀班集体的重要性，明确了“建设集体，人人有责”的观念。接着，我让同学们就自身的情况，开展了一次批评与自我批评。同学们就自身的表现和班级的关系畅所欲言，活动取得了很好的效果。

显然，以上观点仅仅是从教师的角度来谈的。从学生和家长的层面来看，还有很多复杂的问题需要解决，这需要全社会的共同努力。但我们当老师的，吃的是教育这碗饭，所以有必要认认真真地站在教育者的角度分析问题，解决问题。只有自身的素质提高了，方式改善了，很多问题才有可能迎刃而解！只有懂得尊重学生的教师，才是真正受学生尊重的教师。

39　给初一（9）班上课

2009 年 10 月 16 日

我的到来，对于仙中的学生来说，是一件很新鲜的事。自从我给初一（5）班的学生开了一堂讲座之后，其他班级也有了这种想法。今天下午，我应初一（9）班班主任朱淑莲老师的邀请，为该班做了一次专题讲座。

一走进教室，我就感受到初一（9）班同学们的热情。90 多个学生济济一堂，一双双天真的眼睛里充满了好奇与期盼。朱老师的介绍刚结束，教室里就响起了热烈的掌声。

我今天主讲的题目是《玄奘的故事》。我先从电视剧《西游记》入手，谈到了唐僧这个人物。接着我从神话与历史的联系入手，开始讲述唐僧的原型——玄奘的故事。

我从玄奘的童年谈起，谈起他如何艰苦求学，如何离开洛阳奔赴长安，之后周游各地，最后矢志西行，前往印度取经。我讲到了他如何克服千难万险，九死一生抵达印度，游历四方，最终取得了巨大的成就。最后讲到他如何返回大唐，为祖国的佛教事业作出了巨大的贡献等。

同学们听得津津有味，似乎不想放过每一个细节。在我讲课的过程中，他们不时作出回应。当我讲到玄奘在印度巡游期间路遇强盗，最终用德行感化强盗，并使他们主动放下武器改恶从善时，同学们异口同声地说出了一个成语："放下屠刀，立地成佛！"说完，教室里发出了会心的笑声。

这样一种专注的神情，每一个来上课的老师都会为之感动。我也不例外，在课程即将结束的时候，我由衷地表扬了同学们。孩子们显得非常开心，不由自主地鼓起了掌。朱老师静静地坐在教室里听着，显然也被感染了，露出了满意的笑容！

课后，朱老师看到同学们意犹未尽，便提出了一个要求：请同学们回去后写一篇听后感，表达自己的感想。我觉得很有意义，也很期待阅读到他们的心声。

次日一早，初一（9）班的学生们便把他们写好的听后感交了上来，整整一大沓。我选取了其中的三篇，附在这里与诸君欣赏：

其一

今天的最后一节课，对别的同学来说也许并不重要，但对于我来说很重要。

我小时候很喜欢看《西游记》这部电视剧，但是我一直不大了解这部戏中四位主角的真实身份。今天听了陈老师这样生动具体的讲述，我终于知道唐僧的原始身份。今天的这节课上得太有意义了。我不仅知道了唐僧的原型是谁，也懂得了“老马识途”、“放下屠刀，立地成佛”这两个成语的涵义。此外，我还得到了这样的启示：要想读好书，必须要像玄奘一样花很大的工夫才行。我们应该从小就要养成不怕困难、勇于奋斗的好习惯，将来才能成就一番大事业。我真希望下次能再有这么好的机会来听陈老师的讲座。

初一（9）班学生：小兵

其二

今天下午的最后一堂课，我将终身难忘！因为这堂课是由来自深圳的陈剑华老师为我们上的。

陈老师是一位和蔼可亲、学识丰富的老师。他给我们讲的这一堂课让我感到非常开心、非常兴奋。陈老师这堂课讲得非常认真、非常详细，让我懂得了很多知识和道理。我们个个听得入了神，甚至都痛恨时间过得太快了。我迫不及待地想让老师多给我们讲一点，可是由于下课铃响了，这堂课很快就结束了。

不过，我还是非常感谢陈老师的到来。谢谢您，陈老师！能够认识您是我的荣幸！如果有机会的话，我还想听您为我们讲课。

初一（9）班学生：小武

其三

今天，一位我从未见过面的从深圳来的老师给我们讲了一堂课——玄奘取经的故事。

如果有人问："陈老师讲得怎么样？"我会毫不犹豫地竖起大拇指说："太棒了，陈老师实在是太棒了！"

我听了陈老师的讲座，真是羡慕极了！我没想到陈老师竟然读了那么多的书，懂得那么多知识。我真希望有机会陈老师再来给我们上一次课。

陈老师真是见识宽广的人，连这些我们从未知道的知识他也能查到，真是太厉害了！如果可能的话，我希望我以后也能跟陈老师一样，成为一个见识宽广的人。

在这里，我还要感谢朱班主任。是她给我们邀请来了这么一位知识丰富、学问广博的老师，给我们带来了一节令人印象深刻的课。

谢谢你们——尊敬的两位老师！

初一（9）班学生：小燕

农村孩子们纯真质朴的情感令我非常感动，我不由得提起笔来，给每一个同学写了一则回信。

40 参加语文组教研会议

2009 年 10 月 19 日

今天下午，语文教研组在团委办公室召开了一次教研会议，这也是本学期语文组第一次开教研会议。这次会议之所以这么晚才开，与上级教研部门迟迟未能下达教研计划有关。由于这个原因，学校的教研工作一直处于闲置状态。按照这个发展趋势，估计到期末也未必能等得来。由于本学期所剩时间不多，语文组决定结合本校实际，自行开展教研活动。

会议由柯振明主任主持。他首先介绍了本学期的工作展望，然后提出了一个希望。希望我在支教的这段时间里多和语文组的老师们开展教学研讨活动。他建议近期由我给全组老师上一堂公开课，然后展开讨论。同时希望我在最近一段时间多听听老师们的课，相互探讨。我觉得这个建议很好，有很强的实际意义，便爽快地答应下来了。

随后，柯主任正式提出了本学期的工作设想：

一、开展一次征文活动。在全校范围内征集学生优秀习作，由语文老师进行点评。最后编印一本优秀作品专集，面向全校发行。

二、开展听课活动。先由我给全组老师上一堂公开课，之后开一次讨论会。然后由我分别去听各位语文老师的课，再与大家进行交流。

柯主任发言完毕，大部分老师觉得很有意义，表示就照这个设想去办。有几位老师表达了不同的看法。他们认为一是这里的教学环境比较特别，学生整体状况差异较大。相对而言，实验班的纪律较好，素质也要高一些；普通班的学生纪律较差，素质要低一些。所以希望我集中到实验班听课，普通班的课就免了。二是由于条件有限，缺乏相应的电教设备，学生的学习兴趣难以调动。

我听后，觉得这几位老师说的都是实情，有一定的道理。但对因班级状况不同就拒绝听课的提议感到有些不理解。

为了打消他们的顾虑，我结合此次支教的意义谈了一下感想。我首先谈到了这次支教的目的。我希望利用自己微薄的力量，帮助仙中的部分青年教师更新教学理念，改进教学方式，促进青年教师的成长。这也是广东省“千校扶千校”行动计划的主要目标。同时，我也会学习这些老师的长处，不断提升自己。

其次，我谈到了老师工作的积极性问题。我说，由于社会经济发展相对滞后，当地教师的工资待遇偏低，导致一些老师工作积极性不高。我认为这是一个社会问题，涉及政治、经济各个方面，不是一两个人能解决的。我觉得随着群众呼声的日渐高涨，这个问题迟早是会解决的。教学是我们的职责，我们不能因噎废食，更不能停滞不前，大家应该用发展的眼光来看待问题。

再次，积极探索教学方式的改革，不仅是自身专业发展的需要，也是提高教师威信、密切师生关系的重要途径。老师们注重教学研究，对自身专业素养的提高非常重要。另外，教学中发生的师生冲突、学生不守纪律等现象值得大家反思。我们既要看到学生的缺点，也不能把责任完全推给学生，因为没有一个学校的学生是十全十美的。作为成年人，我们应该学会反思自己。学生中出现对立情绪，不是突然间产生的，是长期积怨的结果。一方面是有些学生在思想上出了问题，这是由家庭教育和社会环境等因素造成的；另一方面说明我们的教学存在需要改进的地方。如果一个教师认真研究教材，不断改革教学方法，充分调动学生的积极性，不守纪律的现象必然会大大减少。

我的发言得到了老师们热烈的掌声。会后，柯主任、创弟、秋顺、映生、加明等老师热烈地谈起了这一观点。大家谈到，对于个别极端调皮的学生应采取相应的惩罚措施，但在无法改变现状的情况下，改变课堂教学方式是当务之急。这也是教师树立威信、赢得学生尊重的重要方式。

会议结束了，老师们的讨论还在继续……

41 远亲不如近邻

2009 年 10 月 20 日

远亲不如近邻！今天，我意外受伤的事，很生动地说明了这个道理。

事情起因于宿舍阳台上的一道门。在我的房间外面，有一个阳台，正对着后面的客仔湖山。在房间与阳台的交界处，有一个门框，但没有门。一到秋冬季节，狂风呼啸，整个屋子都会感到寒冷。

学校考虑到我的生活处境，请来师傅在门框上装上了一扇门。这扇门高约1.8米，宽约60厘米，分上下两层。上层是一面玻璃，厚度只有0.5厘米，下层是铝合金门板。虽然有些单薄，但有了它的保护，屋子里一下子暖和多了。

可是由于风力过大，加上门吸的磁力很弱，这扇门常常被风吹起，然后“砰”地一声合上，这种情形很是吓人！隔壁的昭文老师看到这副情景，担心会出危险，马上帮我找来三块砖头垫在门下，以抵挡大风。这个土办法还真管用，一连多日均平安无事。

就在我毫无防范时，意外发生了！上午10时左右，柯主任来找我，商谈学生习作的征集及排版问题，我急忙开门迎接。就在这时，一阵狂风吹来，我身后传来“砰——”的一声巨响——玻璃门被风卷起猛扣在门框上，玻璃被震碎了！我和柯主任都吓了一大跳，赶紧躲开。隔壁的昭文老师闻声匆匆赶来，查看究竟。我们仔细一看，只见门已合上，上层的玻璃震得粉碎，散落一地。北风从破碎的玻璃洞中吹进来，冷飕飕的，仿佛屋顶开了个天窗一般！

意外发生在当天中午。我午睡之后，爬起来跪在床上整理被子，忽然感到左膝钻心似地疼。我爬起来一看，吓了一跳——一块锋利的玻璃碎片扎进了我的膝盖。我急忙将玻璃拔出，鲜血顿时冒了出来，流个不停。

我一看情况不妙，立即来到昭文老师家求助。昭文老师的爱人——娇琴老师一看，吓了一跳，急忙帮我找来药膏让我敷上。接着又找来一张创可贴让我贴上，血总算给止住了。同楼的严老师也急忙赶了过来，关切地询问情况。

不知是谁走漏了消息，下午一放学，杰龙就领着初三（1）班的伟汉、诗民、丹锋、坚真、海涛等5位同学来帮我清扫“战场”。同学们有的扫，有的捡，干得非常起劲！特别是伟汉同学，干起活来胆大心细，从不叫累。他小心地把门上的玻璃残片清理干净，装进三个垃圾袋中。我担心他伤到手，提醒他用扫帚扫。伟汉立即拿起扫把，把地上的玻璃扫得干干净净，然后提到楼下的垃圾场去扔掉了。

看着同学们这么辛苦，我十分过意不去。在他们劳动完后，我立即招呼他们坐下来休息，并端出当地的特产——石花来招待他们。石花是昨天下午明泉夫妇送给我的。我舍不得吃，便拿出来给孩子们吃。这是一种海底植物，熬成汤后放在盆里冷却，等到第二天才能倒出来吃。冷却后的石花晶莹剔透，宛如水晶。食用时加入适量白糖，味道清凉可口，跟南方的“凉粉”十分类似。同学们一边吃一边同我聊天，气氛非常温馨。

随后，我把从深圳带来的课外书全部拿出来了，让同学们借去阅读。同学们非常高兴，呼啦啦地围上来抢着借。有的要借《繁星》、《春水》，有的要借《史记》，有的要借《资治通鉴》，还有的要借《钢铁是怎样炼成的》……看着同学们读书的热情这么高，我不禁开心地笑了。

远亲不如近邻！尽管我今天受伤了，但同事、同学们的热情和关心令我感动不已。独在异乡，竟然感受到了亲人般的关心，这种心情是何等愉悦啊！

42　小雪的心事

2009 年 10 月 21 日

如今，中学生“早恋”早已不是什么新鲜事了，这也是青少年身心发展过程中的正常现象。苏霍姆林斯基在《致女儿的信》中就专门谈及这个问题，教导女儿要理解爱情的真谛，成为一名“真正的人”。

前几天，有一名学生问及我，该如何处理遇到的这类问题。我的观点和苏霍姆林斯基一样，要正确地理解爱情。对于青少年时期的恋情，我认为是非常美好的，是最纯洁的。作为师长，切勿武断地“棒打鸳鸯”，因为很多情况下他们并非“鸳鸯”（少数情况除外）。尤其是教师，对待学生应该循循善诱，耐心引导，让他们懂得爱情的神圣，并学会分辨爱情与友情的关系。

今天，我收到了班上小雪同学的一封来信。在信中，她向我诉说了内心的困惑，袒露了内心的情感。现摘录如下：

陈老师：

您好！

谢谢您愿意与我们分享心事！这段日子里，在我的心里有很多烦心事。我找不到可以倾诉的人，也不愿意向谁倾吐我的忧愁。就只有您了，这次我想把我心里的秘密向您说一说，也想请求您的帮助。

真的不知道该从哪里说起，也不知道该怎么说才好。青春期的我，烦恼真的很多。我想老师您会明白的。我认为，我一直是在烦恼中走向成熟的。

老师，我曾听您说起过中学生早恋的事，我也许就是其中的一员。虽说这是人生必须经历的事，但这件事给我带来了很多烦恼。去年，我与班上的一个同学互有好感。起初我们只是普通朋友，到后来慢慢熟识。最后，我们的交往竟逐渐变成了“爱情”。因为对彼此都有好感，也许是由于一时的不理智，或是不成熟，就说好了彼此是“男女朋友”。对于那个男同学，我真的是很欣赏他的——因为他对我真的很好。一开始，我真的没想那么多，或许是因为我很孤独，或许是他常常关心我，那时候我感觉很快乐。我们就像好朋友一样，打几个电话问一问，聊一聊学习或生活的情况，互相督促，了解对方而已。渐渐地，我发现自己越来越在乎他了，甚至感到有一点迷茫了。我开始感到有一点影响情绪，影响学习。

直到第二学期期末考试，情况才有了改变。那次我考得不大好，主要就是因为他。由于那次考试对我们来说很重要——优秀者可进入实验班，所以考完后我感到很失望。一开始，我自信应该是能进入的，因为我的成绩还可以。但我考得并不理想，只考了个全级第61名。我以为进不去了，在家里哭了好几天，也反省了好几天。我想这都是因为我与他的这种关系，导致了我的成绩下降。那次考试以后，我的思想发生了很大的改变。我认为对我而言，现在最重要的任务是学习，这件事情是不可替代的。于是，我鼓起勇气和他讲清楚了这个道理。尽管心里很不情愿，但我还是决定和他分手。为了不打击他，我告诉他我们分手以后一样是好朋友。

可是，接下来发生的情况很糟糕，令我始料未及。不知什么原因，我幸运地进入了实验班。可自从我进入这个班，我们的关系就发生了根本性的改变。一开始，他说过不管两人在哪个班，他都会珍惜彼此的友谊，不会在意分班这类事情。但分开了之后，我发现我们的关系渐渐地疏远了。尤其是我和他谈过那次话后，两人的关系开始变得遥不可及了。而我却感觉自己越来越在乎他了，我想说的是我真的不是故意的啊！在路上碰面时，我们就像陌生人一样互相躲避。我见到他，想逃走，想躲避。我也不知为什么，这种场面真的很尴尬——我不知道要怎么去面对他。在我心里，我又时时总会想起他。在学习中，我也时常会想起这件事。我到现在才明白了一个道理：一件东西只有在失去时，才会懂得它的珍贵。这种情况一直在影响着我的情绪和学习。我多么希望这种局面赶快消失啊，可我又办不到……

老师，我只想调整好自己的情绪，不要让它来干扰我的学习。我也希望能和他好好聊一下，以化解这种尴尬的局面。而现在，他和我都很沉默，根本没有办法交流。老师，我该怎么办呢？您给我些建议好吗？

此致

敬礼！

您的学生：小雪

10 月 20 日

小雪同学的来信令我意识到了问题的重要性。从信中可以看出，小雪同学受这段感情的困扰比较严重，已经影响到了她的学习及情绪。经过一番考虑，我决定以书信的方式和她谈谈我的看法。我在回信中写道：

小雪同学：

你好！非常感谢你对我的信赖。如果不是出于发自内心的信任，你是不可能向老师倾诉此事的！

我已仔细阅读过你的来信，我也被你们单纯而美好的情感所打动。我认为，人在青少年时期的情感是最美好、最纯真的，值得永远珍惜。你们刚刚走在通往成年的路上，带着希冀、带着迷惘蹒跚着上路了，你们的未来就像一张刚刚展开的画卷，里面的图画想看却看不着。在这条路上，你们也许觉得孤单了，想找一个伙伴同行，这是多么美好的事情。这是个知心的伙伴，可以倾诉心事，可以分担忧愁，这是人生中最重要的伙伴。

但是，这个年龄也是最冲动、最危险的年龄。由于年幼无知，对社会的认识尚不清楚，对情感的把握尚不稳定，因而，这时的情感就像一个花瓶，虽然妙不可言，但轻轻一击就会摔得粉碎，更不用说把它放置在室外，经受风雨的吹打了。真正的爱情，是坚不可摧的！

所以，这个人生中最重要的伙伴必须要经历过真正的考验才能找到。而这个考验，不在现在，而在未来。俗话说："路遥知马力，日久见人心。"真正的爱情是在长期的考验中体现出来的。一个能够轻易放弃爱情的人，不能称为真正的爱人！

基于以上的理由，我的看法是：顺其自然，快乐生活。像以前一样，快乐而单纯地学习。相信在未来的岁月里，你会遇到生命中真正的爱情。人生就是这样，属于你的不会溜走，不属于你的随它而去。

送你一首俄国诗人普希金的诗《假如生活欺骗了你》，与你共勉：

假如生活欺骗了你
不要悲伤，不要心急
忧郁的日子里需要镇静
相信吧，快乐的日子将会来临

心儿永远向往着未来
现在却常是忧郁
一切都是瞬息
一切都将会过去
而那过去了的
就会成为亲切的怀恋

祝阳光洒满心田！

你信赖的朋友：陈剑华
10 月 22 日

学生的情感，就像一泓清水，纯真而美好。而师生间的信任，会使学生内心的困惑得以解开，闭塞的心灵之窗得以开启。正如一位外国作家所言：信赖，往往创造出美好的境界！

43　听秋平老师讲课

2009 年 10 月 22 日

今天上午，应王秋平老师的约请，我和柯主任一起前往初一（2）班听他讲课。

秋平老师讲的是朱自清先生写的散文《春》，这是一篇经典课文。半个多世纪以来，这篇文章以其清新的风格和蓬勃的生命气息，赢得了众多读者的喜爱。本文和《背影》、《荷塘月色》等散文一道，被称为“天地间第一等至情文学”。

秋平老师先由古诗《春晓》入手，导入新课。接着播放了课文录音（录音机是学校仅有的电教设备）。录音机里播出来的乐曲非常优美，把学生带入了一个充满诗意的季节。随着播音员深情并茂的朗诵，我和同学们都受到了感染，仿佛春天已经来临一般。

在学习完生字词后，秋平老师提出了两个思考题：一、作者抓住了哪些景物来写春？二、作者在字里行间流露出了怎样的感情？秋平老师让同学们带着这两个问题自由朗读课文。

接下来，秋平老师指导学生学习课文、朗读课文，并根据学生的讨论及问答，归纳出了《春》的结构：

盼春（急切）

绘春：春草、春花、春风、春雨、迎春

赞春（新、美、力）

结构：总—分—总

接着，秋平老师引导学生开始品析文章的优美词句。学生分别找出了作者赞美春天的句子进行朗读："盼望着，盼望着……"、"吹面不寒杨柳风，像母亲的手……"、"像牛毛、像花针、像细丝……"、"春天像刚落地的娃娃，从头到脚都是新的……"

在朗读的基础上，秋平老师把学生分成几个小组，开展合作学习。要求每个小组围绕景物特点、词语运用、修辞手法等方面进行赏析。

同学们的学习过程进行得很顺利。现以其中一个小组的学习过程为例：

1. 教师：指导朗读。要求读好"赶趟儿、甜味儿、桃儿、杏儿"等句中的儿化音。

2. 学生：学习写法。包括实写与虚写等手法。

3. 教师提问："闹"写出了怎样的特点？（热烈、喧闹；静中有动）

在赏析了好词好句之后，秋平老师要求学生用一句古诗等方式概括上述春景图，进行概括能力训练。

最后，秋平老师以当地的北风为例，要求学生发挥想象，联系自己所见的景象说说的当地的"北风图"。

两节课听下来，我感觉收获不少。我不能不赞叹秋平老师是一位年轻有为的教师，从两节课来看，秋平老师具有以下几方面的优点：

一、基本功扎实，具备良好的专业素养。无论是教师的朗读还是教学的设计都显示出良好的专业素养。二、备课用心，设计周密。从整个教学过程来看，整堂课的教学流程非常清晰，显示出一个教师比较成熟的教学风格。三、指导细致，教态自然。从这堂课来看，老师教态很从容，显然是"久经沙场"的能手。从语文教学的角度来看，秋平老师具备了成为一名优秀教师的潜力。对此，柯主任和我都持同样的观点。

当然，受环境和条件等因素的影响，这堂课也有一些有待改进的地方。

如果在以下两个方面做得更细致一点，效果将会更好。一、教学中应适当减少环节，把问题设计得更精练一些。问题就是老师教学的重点，就是学习的方向。教师备课中最注重的应该是问题的设计，因为这是整个课堂的主线。精练地设计问题，就等于减少了教学环节。二、要进一步加强朗读。本堂课教师在朗读训练及指导上花了不少的工夫，取得了较好的效果，但还不够深入。课后第一大题的朗读指导是很好的示例，如果加以利用会增加课堂的厚度。对此，柯主任也表达了同样的观点。相比之下，他更强调环节的精简，认为一堂课能抓住一两个问题来解决就算达到目的了。

毫无疑问，秋平老师是仙中的优秀教师之一。“金无足赤”，对于仙中这样一所农村中学来说，有秋平这样的教师，是一件幸事。如果多加学习、多加锤炼，秋平老师的教学水平一定能得到更大的提高。

秋平老师踏实的工作态度和谦虚的求学精神，值得我好好学习。

44 人生的重要一课

——学习《给女儿的信》有感

2009 年 10 月 26 日

十四五岁的孩子，正值人生的花季。在这个季节里，爱情的种子也在悄悄萌芽。而这个年龄段的学生，往往羞于谈及此事，甚至避之不及。如何引导这一年龄的孩子正确认识爱情，是教学中不可忽视的内容。

今天，在学习苏霍姆林斯基的名作《给女儿的信》中，我带领同学们品析文章、领悟内涵，走进了探寻爱情真谛的世界。

和天下所有的家长一样，苏霍姆林斯基在女儿 14 岁的时候遇到了一个难题——什么是爱情？当女儿把这个问题抛向苏霍姆林斯基的时候，他有些“忐忑不安”，并作了认真的思索和回答。他在信中写道：

“我的心经常为这种思想而跳动，就是今天我不再是和一个小孩子交谈了。进入这样一个年龄时期，你将是幸福的。然而只有你是一个明智的人，你才是幸福的。”

接着，苏霍姆林斯基以自己的祖母所讲述的故事生动地诠释了爱情的含义。童话中，由上帝创造的一对男女相爱了。他们的身旁放着一个摇篮，摇篮里睡着一个婴儿。这一对男女的眼睛相碰在一起，显现出“一种不可思议的美和一种从未见过的力量。”这种美和力量，“比上帝所创造的一切都美，这种美使上帝颤抖、惊异、以至惊呆了”。

由于他们对爱情忠贞不渝，他们生活到老年时，上帝从他们的眼神里看见了更加美丽、更加强大、更加忠诚的力量，以至于上帝无法理解其中的意义。

女人去世后，孤独的男人坐在山坡上，思念着心爱的妻子。他的眼睛里呈现出非常忧虑的神色，却仍然表现出一种不可思议的美和力量——不仅有忠诚，还有永久的记忆。最终，上帝为之感动，带着沉思离开了。

这就是爱情——人类永恒的美与力量。苏霍姆林斯基通过祖母所讲述的童话将爱情的内涵诠释了出来：爱情是人世间最美好、最圣洁的感情；她使人忠贞不渝、永葆青春；她有着不可思议的美和力量……

苏霍姆林斯基告诫女儿，只有理解了爱情的真谛，成为一个真正的人，明智地对待爱情，才能获得真正的幸福。如果缺乏高尚的道德观念，对爱情采取轻率、任性的态度，就有可能产生人生悲剧。

同学们被文中的童话深深地吸引住了，也被人类美好而坚贞的伟大爱情深深地震撼了。我看到，同学们在朗读课文的过程中，眼中放射出好奇而欣喜的光芒。的确，在这个闭塞落后的农村地区，一个成长中的青少年，是多么渴望在人生的道路上得到长辈的指引。今天的这一堂课，与其是在学课文，不如说是在学做人，学习如何树立正确的人生观、爱情观。

同学们的发言开始了，一个个含蓄而坦诚的表白，一个个生动而晓畅的说理，无不令人感到新奇和欣喜。我渐渐明白，教师的职责何其重要，不仅要教给他们知识，更要教他们如何做人。相比于知识的传授，育人更为重要。倘若这些学生在今后的人生之路上，能够成为思想高尚、明理慎思的人，我一定会为之感到满足的。

落笔之际，我忽然看到了小雪同学夹在随笔中的来信。她在信中写道：

敬爱的陈老师：

您好！

非常感谢您给我的回信。看到您夹在笔记本里的回信，我的心里既惊喜，又感动！

我也是由于内心困惑，才鼓起极大的勇气向老师您诉说的。我知道这的确是一种很幼稚的行为，但非常感谢老师您的开导和建议。我仿佛在一夜之间明白了很多事情。我很用心、很专心地品味着老师您的每一句话。您诚挚、中肯的话语，让我恍然大悟。我明白了老师您的用心，也明白了我该怎么去做。虽然这次我写信的举动显得有些幼稚，但我从中得到了很大的收获。

其实很多事情是很简单的，只是我们把它想得复杂了而已。以前那些过于单纯、过于幼稚的思想，会随着人的成长而渐渐消退。学习是件很快乐的事，学习能让自己变得充实、变得高尚。以后，我一定会用心去学习，顺其自然，快乐生活！

我知道我还不是很成熟，所以有些想法还不健全，希望老师您多多指导我。

我只是一只迷惘的小鸟，刚刚学会飞翔，渴望飞向远方，期待着您的引领；而老师您就像经历了风风雨雨的大雁，有着丰富的人生经验，指导我们前行！

我会以平常之心看待过去，好好把握现在的美好时光！衷心地感谢老师您对我的悉心教导！耽误您的宝贵时间了。

祝您

工作顺利，身体健康！

学生：小雪

10 月 25 日

小雪想通了："其实很多事情是很简单的，只是我们把它想得复杂了而已……我只是一只迷惘的小鸟，刚刚学会飞翔，渴望飞向远方，期待着您的引领……"

从来信中可以看出，小雪是鼓起了极大的勇气和我诉说的。单就这份勇气而论，就足以看出她的不凡，我的开导也许起了一点作用，但她如此用心品味着我的每一句话，仍然让我深受感动。我忽然感悟到，心灵的交流才是解开学生思想困惑的最好途径。

小雪思想上的疙瘩已经解开了，她对于青春期恋情的认识也明晰多了，我真心地为她感到高兴。一个花季少女，在人生的成长阶段，能够在我的帮助下初步理解爱情的含义，处理好感情与学习的关系，这对于她的未来将会有多么深远的影响啊！如果人生过早定位，对她的未来而言，将会是一个多么大的遗憾！

愿小雪这只迷惘的小鸟，能够张开双臂，迎接更美好的明天。正如苏霍姆林斯基所说的那样，明智地生活，快乐地成长，用智慧的双手去开拓美好的人生。

45　聪明人与坚强者

——学习《给儿子的一封信》有感

2009 年 10 月 27 日

做父母的，哪个不希望自己的孩子成才？哪个不希望自己的孩子健康成长？然而，随着社会经济的发展和计划生育政策的实施，青少年的教育问题日益突出。许多父母为子女的教育问题伤透了脑筋。刘亚洲先生于 1998 年 6 月 4 日在《光明日报》上发表了一篇文章《给儿子的一封信》，引起了社会的广泛关注，至今读来仍让人心潮澎湃。今天，我们学习了这篇入选了语文版教材的文章。

在文中，刘先生首先阐明了一个观点：14 岁是人生的一个台阶，要慎重把握好人生的方向。他在信中肯定了儿子的两大优点：心地善良、具有平民思想。刘先生列举了大量的事例来佐证这两大优点：儿子心疼花、心疼树、爱护动物，甚至对无意中偷看到的正确答案也不作修改，这是个多么善良而正直的孩子啊！关于儿子的平民思想，刘先生列举了儿子喜欢胡同生活，拒绝汽车接送等平凡小事，读来令人赞叹不已！

随后，刘先生笔锋一转，告诉儿子“14 过了，就是 18；18 过了，就奔 30；30 过了，就如江河一泻千里”。作为人父，他向儿子提出了两点希望。

首先，做人要有博大的胸怀。刘先生以邓小平爷爷为例子，告诫儿子要“豁达、豁达、再豁达”。既要珍惜生命，又不要太过看重生命。对于生活中遇到的挫折，要举重若轻，拿得起，放得下。如果整天患得患失，将会一事无成。

其次，要有铁一般的意志。刘先生指出了儿子身上的一个缺点：在意志力方面，小事尚可，中事不够，大事更不够。他告诫儿子：聪明是一种财富，意志是更大的财富。聪明人办小事，坚强者办大事。他以长征时期红九军军长孙玉清的妻子为例，叙述她在怀孕的情况下被马匪蹂躏，被娶做小老婆。之后讨饭回南方，将孩子养大。新中国成立后，又受到了30年不公正的待遇。在长期残酷的折磨与打击下，她几回欲死。但每每濒临绝望时，就会有一个坚定的信念在支撑着她——一定要把丈夫的骨肉抚养大。最终，她顽强地活了下来。获得平反后，白发苍苍的孙玉清带着年过六旬的儿子去河西走廊烈士陵园看望了丈夫的陵墓。此时，孙玉清老人和她的儿子都是白发苍苍，瘦骨嶙峋。而陵墓前的石碑上，照片里的丈夫年轻英俊，栩栩如生。此情此景，任何铁石心肠之人也会为之落泪。还有什么事例，能比它更深刻地说明意志力的重要性呢?

同学们学完课文后，深受感动。几个一向胆小的同学，也纷纷举起了手，站起来表达各自的感受。焕章同学站起来说："我今天才知道，意志原来比聪明更重要!"小欣同学饱含深情地说："学了这篇课文，我明白了我在生活中遇到的一点挫折是多么可笑。我与邓爷爷、孙奶奶相比，是多么渺小!"她在课后的随笔中，以饱含深情的笔调写下了学习感受：

今天早上，陈老师给我们上了两节语文课。这两节课非常有趣，也非常有意义。这篇课文的内容是刘亚洲先生写给儿子的一封信。在这封信中，刘亚洲先生深情地回忆了儿子成长中的点点滴滴，肯定了儿子"心地善良"和"有平民思想"两大优点，也指出了儿子遇到挫折时"举轻若重"和做事时"意志稍缺"两项不足，并针对这两项不足提出了希望：希望儿子有博大的胸怀和铁一般的意志。文章质朴生动的语言，让我体会到了为父母者对孩子的博大情怀和深厚的爱。

不知道为什么，自从学了这篇课文之后，我的思绪便像黄河决堤般汹涌澎湃，一发不可收拾。刘亚洲先生对儿子胖胖的谆谆教诲，如清泉般滋润了我干涸的心田，如阳光般温暖了我冰冷的头脑，让我久久不能忘却。

课文里有这样一句话：学校是课堂，人生也是课堂。这句话启发了我：人的一生要不断学习，不断充实自己。知识是学不完的，要在学习中提升自我。文中还有一句话："14过了，就奔18；18过了，就奔30；30过了，就如江河一泻千里。"这句话充分说明了时光流逝之快。我们应抓紧时间，努力学习，不要让时光走得不留痕迹，不要让自己的一生碌碌无为。我们要把握每一寸光阴，珍惜每一分每一秒，在有限的时间内做出无限的事业。有一句话说得好："比陆地更广阔的是海洋，比海洋更广阔的是天空，比天空更广阔的是人的心灵。”我们应该像刘亚洲先生所说的那样，要有博大的胸怀。凡事不要斤斤计较，对待别人要懂得宽容。要知道，原谅他人也等于原谅自己。有人说过：“饶恕是世界上最大的美德”，我们每个人都应该有这种美德。

刘亚洲先生还告诫胖胖：“既要珍惜生命，又不要过于看重生命。生命是一种宣泄，生命是一种咆哮，生命也是一种有无。”这句话对许多人而言可谓一针见血。在现实社会中，有很多人都非常看重自己的生命。我也不例外，因为我一直认为有了生命，我才有机会创造属于我的奇迹，创造我五彩缤纷的生活，才能让微不足道的我在时光隧道里留下一个脚印。前段时间，社会治安不好的时候，我总是提心吊胆地生活着。看了刘亚洲先生的这句话后，我才恍然大悟：生命是脆弱而短暂的，我们应该珍惜，但不必过分看重。我们要学会在有限的生命里实现最高的目标。

在这篇文章里，令我印象最深的一句话是“黎明前最黑暗，胜利前最绝望，成功前最渺茫。坚持住，你就会迎来光明，迎来胜利，迎来成功”。我是一个意志薄弱的女孩，每次考试不理想时，我总会下定决心好好学习，但总是坚持不了几天便放弃了。这么小的事我都不能坚持下去，还谈什么实现理想、成就事业呢？正如刘亚洲先生所说的：“聪明是一种财富，意志是更大的财富。聪明人办小事，坚强者办大事。”这篇文章让我意识到：“言必信，行必果！”说过的话一定要做到，而且一定要坚持做下去，才能获得成功！

看得出来，这篇课文对小欣同学的影响非常大。她的随笔，也写出了大多数同学的心声。这不由得让我心生感慨：“教书育人”这四个字的分量实在太重了。它在提醒着我们：教师的职责不仅仅在于教书，更重要的在于育人！

46 走近爱情

2009 年 10 月 28 日

这个单元所选的几篇文章，都是贴近青少年且富有现实意义的作品，引起了同学们的强烈兴趣。学习完苏霍姆林斯基的名作《给女儿的信》后，很多同学感到深受教育，纷纷要求我把这篇课文讲得更深入一点。我一听觉得很有道理，爱情是人类永恒的话题。对成人如此，对青少年同样如此。在青少年眼中，“爱情”这一字眼更为敏感，更为神圣，以至于不敢触摸。苏霍姆林斯基的《给女儿的信》生动而清晰地诠释了爱情的内涵，是一篇非常有教育意义的文章。这么好的机会，我何不联系实际在班上开展一次青春期爱情观的大讨论？这对他们今后的人生观和爱情观的形成将会有多大的影响啊！拿定主意后，我带领同学们继续深入文本，拓展视野，探寻爱情的真谛。

为了便于理解，我决定先从文本入手，引导学生理解爱情的内涵。这样做的好处是，学生既不会感到突兀，又容易放开来谈。

首先，我要求同学们根据课文内容谈谈对爱情的理解。同学们或细品文段，或凝神静思，脸上充满了好奇与兴奋之情。也许，在他们的心中，爱情被赋予了更多的内涵。很快，几位同学便站了起来，用诗一般的语言表达了他们对爱情的理解：

爱情是最美好、最圣洁的一种情感。

爱情有着不可思议的美和力量。

爱情使人忠贞不渝、永远怀念。

爱情是纯洁的。

爱情是无私的。

……

我让学生将这些珠玑之语板书到黑板上，再让他们齐声读出来。同学们一边读，一边用心在品味，在他们尚显稚嫩的心灵中，有着许多美好的憧憬与幻想。

爱情是美好的，是神圣的。但在现实生活中，爱情是一种怎样的情景呢？我让同学们联系所见所闻和社会实际谈谈感想。

这个问题一抛出，犹如一块石头落入水中，激起层层浪花。同学们或沉思、或讨论、或私语，沉浸在思考之中。

不一会儿，便有几个同学勇敢地举起了手。

小欣同学说："爱情是最美好的情感，婚姻是爱情最好的体现形式。在婚姻中，夫妻之间应该忠贞不渝，相互关爱。但在现实生活中，婚姻并不等于爱情。我的邻居是一对年轻夫妻，生有两个五六岁的孩子。可他们俩几乎是天天吵、天天闹，好一阵又吵一阵，最后闹到要离婚的地步了。这样的婚姻怎能算作爱情？"

小芳同学说："我看到时下一些中学生，年纪轻轻就学着谈恋爱。为了所谓的爱情，把学业抛到了脑后，然后去追求所谓的生死相依。我认为这样一种糊涂的爱是愚蠢的，也是没有结果的。"

焕章同学说："当下，中学校园早恋的现象屡见不鲜。有的学生的行为已不仅仅停留在恋爱阶段，而是做出了一些超出常规的举动，甚至造成了灾难性的结果。每当这时，一些男主角却不闻不问，甚至溜之大吉。我认为这样的爱情是自私的，也是极不负责任的。"

小雪同学说："我今天认识了爱情的真谛，青春期的爱情固然美好，但就如花瓶一样，轻轻一碰就碎了。我们在青少年时期就应该做这个年龄应做的事，好好学习，为将来的事业打下坚实的基础。这样的人生，才真正有意义！"

小林同学说："中学生中的所谓恋爱，并不是真正的爱情，而是出于一种青春期的冲动。有的男生看中某个女生长得漂亮，有的女生看中了某个男生长得帅，就想把对方追到手，这实际上是一种生理上的需要，根本就不是爱情。有一些人，以追求到俊男或靓女为荣，在同学面前炫耀，这更是一种虚荣的表现。他们眼中判断爱情的标准只有一条：以貌取人。今天跟这个谈，明天又跟那个谈，这样一种游戏式的恋爱，怎么可以称得上是爱情呢？"

小玲同学说："爱情是神圣的事情，不可以轻易踏入这块领地。苏霍姆林斯基告诫我们：只有理解了爱情的真谛，做一个真正的人，明智地认识爱情的含义，才能获得真正的幸福。如果缺乏高尚的道德观念，对爱情采取轻率、任性的态度，就会产生人生悲剧。现在，在一部分人中流行着一句话：‘不在乎天长地久，只在乎曾经拥有！’这是一种极不负责任的思想，也是非常低级的人生观。作为当代中学生，我们一定要自觉抵制这种思想，树立正确的人生观和爱情观。”

几位同学的珠玑之语，引来了同学们的热烈掌声，就连几位最内向的同学也发出了啧啧的赞叹声。教室里飘荡着青春的气息，充盈着从未有过的热情……

一堂异彩纷呈的课结束了，同学们却仍然沉浸在思索之中。他们感到惊奇，这是他们懂事以来上的第一堂关于人生观与爱情观的探讨课；他们感到满足，这堂课的收获如此之多，令所有人都倍加珍惜！正如课后小芳等几位同学所说的那样：“这是这一周来最好的一堂课！我们需要这样的课！”

47 我的公开课

2009 年 10 月 29 日

今天，在仙庵中学校园内，一堂语文公开课正在悄悄进行。

根据两周前语文组的安排，今天由我来为语文组的老师上一堂公开课。接到任务后，我做了一番考虑：是按照正常进度来上，还是另选课文来上？思虑再三，我决定按照正常的进度来上，因为这样做更能体现教学的真实性。

按照进度，我要上的课是法国作家雨果写的文章《给巴特勒的信》。这是一篇充满爱国主义思想的文章，笔调优美，言语犀利，字里行间充满了对圆明园的赞美和对侵略者的谴责。

我先由鸦片战争这一时代背景导入，引导学生了解圆明园被掠夺、被焚烧的史实。在熟读课文的基础上，我重点引导学生对文本展开了探究。这次探究的重点，主要落在两个问题上：一、雨果是怎样评价圆明园的？二、雨果是怎样谴责侵略者的？

同学们根据文章内容，很快便找出了答案：

“圆明园：一个世界奇迹。它集中了一个超人的民族所有的想象力，是幻想的某种规模巨大的典范，是亚洲文明的剪影。”

“侵略者：两个强盗。一个洗劫，一个放火；一个塞满了腰包，一个装满了箱箧；丰功伟绩，收获巨大！”

我指导学生依次读出这两段文字，体会作者的情感。从同学们的朗读声中，我听到了这一群年青人对于强盗的愤慨，对于国力衰弱的叹息，对腐朽政治的痛恨……

在探究完这两个问题之后，我引导学生重点欣赏作者高超的语言艺术。同学们读出了雨果想象中的圆明园的宏伟壮丽，也读出了雨果对侵略者的无情嘲讽与强烈谴责。

接着，我抛出了一个问题："如果这封信的作者是一名中国人，你的感受会如何?"同学们回答说：很正常，因为热爱祖国是天经地义的事！我接着问："本文的作者雨果先生却是一名法国人——一个侵略者国度的公民。他不但没有帮侵略者唱赞歌，反而站出来谴责这帮强盗犯下的罪行。你对雨果产生了什么看法?"

一石激起千层浪，同学们的情绪一下子被调动起来了。大家情绪激昂，纷纷站起来表达各自的感想。有的同学认为，雨果摒弃了狭隘的民族主义立场，站在全人类的高度看待问题，值得全世界人民尊敬。有的同学认为，雨果珍视人类的文明成果，认为圆明园是世界人民的共同财富，应受到全世界的保护，雨果先生宽阔的胸怀值得我们永远尊敬。

在第二课时，我以今年2月26日圆明园兽首在法国被拍卖一事作为范例，进行拓展教学。2009年2月26日，法国佳士德拍卖行将中国圆明园流失的文物鼠首和兔首高价拍卖，最后以1 400万欧元的天价被中国收藏家蔡铭超拍得。令人惊讶的是，事后蔡铭超先生却表示不会付款。蔡先生的举动使得这次拍卖最终流产。这一事件在国际上产生了巨大的影响。针对蔡铭超先生的做法也产生了各种各样的议论。赞同者有之，反对者有之。孰是孰非，莫衷一是。我要求同学们就这一问题展开辩论。

同学们听后，热血沸腾，展开了激烈的辩论。赞成者认为，蔡先生的这一做法是爱国主义的表现。虽然他做事的方式看起来不妥，但这些文物本来就是属于中国的，本来就不应被外国人拿出来拍卖，因而对待这些"强盗"的非法所得，就应该采取"强盗"的方式，正所谓"以其人之道，还治其人之身"。反对者则认为，蔡先生的爱国心情可以理解，但方式不对。这些文物虽然是一百多年前被侵略者掠夺去的，但毕竟这是当时的反动政府所为，与现在的法国人民无关。这种拍卖却不付款的行为，将会进一步加深西方国家对中国人诚信问题的偏见。这对中华民族的形象而言，显然是有害无益的。

争论十分激烈，以致我不得不以叫停的方式中止了辩论。我给大家做了一个演示：一支粉笔，从不同的角度看会产生不同的形状。我提示同学们，看问题的角度不同，结果当然也会不同。

辩论结束后，我给同学们安排了一道现场作业：给雨果先生写一封信。同学们提起笔来，以极大的热情写下了各自的感想。其中，胡晓虹同学写的信言辞犀利、思想深刻，引起了听课师生的强烈共鸣。以下便是她在上课现场写出的文章：

尊敬的雨果先生：

您好！

自从读了您《给巴特勒的信》以后，我对您的公正与正直万分敬佩。您不畏强权，没有狭隘的民族观念。您代表世界的正义与人类的良知，辛辣而深刻地谴责了英法联军的滔天罪行。在此，我代表全体中国人民向您表示十二万分的感激——感谢您发出的正义之声！

阅览全文，我掩卷沉思。

您，一个惜墨如金的世界大文豪，用无所不尽其极的文字来赞颂圆明园："一个几乎是超人的民族的想象力所能产生的成就尽在于此。""这是幻想的某种规模巨大的典范。"诸如此类的句子，不胜枚举，以至于100多年后的今天，仍能引起人们心灵的震撼。看到这些文字，我心潮澎湃，久久难平。

在您细腻的描绘下，我如临其境，仿佛见识到了这座旷古达今的圆明园。它的雄伟壮观令我惊叹。正如您说的："岁月创造的一切都是属于人类的。"圆明园已不再只是帝王的，属于中国，更是属于全人类的。

更令我敬佩的是，您用极其犀利的文字揭露了强盗的丑陋行径，谴责了侵略者对人类文明犯下的罪恶。在我看来，这是需要莫大的勇气的。当时，面对英法联军对中国的洗劫，很多人都无动于衷。而您，一个法国人，却挺身而出，冒着受迫害的危险，毅然决然地与被侵略的中国人民站在同一立场上，勇敢无畏地主持着公道。您不可能不知道，您这样做会被同胞辱骂为"卖国贼"，甚至会受到民族狂热分子的迫害。您抛下一切谬论和偏见，站在正义的立场上呐喊，为了正义的事业而活！您不愧是正义的化身，历史的审判者！

100多年的屈辱史过去了，昔日的"东亚病夫"蜕去了懦弱的外壳，摒弃了腐朽的思想，挺直腰杆站起来了！中华民族历经沧桑，饱受磨难后，巍然屹立于世界民族之林。相信您在泉下有知，一定也会感到欣慰的！

雨果先生，我以您为豪！请允许我再次向您致以衷心的感谢和崇高的敬意！愿您安息！

此致

敬礼

一位21世纪的中国读者

2009年10月29日

48　一则板报稿带来的启示

2009 年 10 月 31 日

今天晚饭过后，我应思斌老师之约前往他家喝茶。

从摆设上看，思斌老师的家和学校很多老师的家并无二致，都是典型的潮汕式布局。客厅中间摆着一张大茶几，茶几的侧面摆着两排木制沙发。两张沙发之间的结合处正好是墙角，摆着一张正方形的小桌子。桌子上面摆放着茶炉、水壶等饮茶用具。茶几上摆着一副茶盘，盘上有一个碗和几个茶盏，边上有一条水管连接到茶几边上的小桶内。

与别处不同的是，客厅的墙上挂了一幅字，用一个镜框镶着。上书“鹰击长空，鱼翔浅底”几个大字，这是思斌老师亲笔书写的。这幅字笔力遒劲，于沉稳中可见大气。思斌老师是教政治的，竟然写得这样一手好字，不禁令我肃然起敬！联想到前些天，思斌老师特意拿出自己的诗作和几幅书法作品给我看，让我惊叹不已。在这偏远的农村地区，竟然还有这样热衷于文化艺术的人。姑且不论其水平，单就这份热情就足以动人了。

喝完茶后，我和思斌老师一同散步到学校前门。在一栋教学楼底下，我停住了脚步。原来这里有一期由思斌老师亲手出的黑板报。这期板报从内容到形式都很别致：右侧是思斌老师书写的一幅毛泽东的诗作——《七律·长征》，笔力苍劲，虎虎生风。另外一位散步至此的老师见了，也赞不绝口。最有趣的尚不在此，而是左侧的一则笑话。这则笑话讲的是一个县长的故事：县长独自一人前往一处理发店理发，却受到冷遇。县长很不高兴，质问服务员是否知道自己的身份。服务员回答说不清楚。这让县长非常生气，于是他严肃地告知服务员自己是本县的县长，岂料服务员冷笑一声：“我这儿只管剃头，对他事概不关心!”最终，县长讨了个没趣，灰溜溜地离开了。

这个故事听起来虽然有些搞笑，却有着很强的社会意义。它讽刺了在现实社会中一些狂妄自大的人遭遇尴尬时的窘迫情形。这种人的特点就是自以为是，目空一切，以为一离开他地球就不转了。这种人虽然数量不多，但只要旦存在，则害人不浅。

我觉得思斌老师选择这则笑话很有意义。不是吗？生活中一些人表面装腔作势、自高自大，实则孤陋寡闻、无视民众权益的人很少吗？大家一定不会忘记，去年某月深圳市海事局一名高官在一酒楼用餐时，在厕所附近猥亵了一名11岁的小女孩。令人匪夷所思的是，在女孩家长愤起指责时，这名高官竟然恬不知耻地叫嚣："我就是干了，怎么样？要多少钱你们开个价吧。我给钱嘛！"正当大家愤怒难耐时，这名高官更加张狂地叫嚣道："你知道我是谁吗？我是北京交通部派下来的，级别和你们市长一样高。我掐了小孩的脖子又怎么样，你们这些人算个屁呀！敢跟我斗，看我怎么收拾你们！"

无独有偶。今年上半年，在广深高速某收费亭前，一名醉酒驾驶的司机因对收费不满，对着收费亭狂吼乱叫，并挥起老拳狂殴工作人员。一边打一边叫嚣："我是广东某某银行的行长，你敢得罪老子，你不要命了！"无论工作人员如何苦口婆心地哀求，这名行长就是不肯罢休。其气焰之嚣张，态度之恶劣令人发指。如果不是收费站的摄像头记录下这惊心动魄的一幕，恐怕此君的真面目也难以昭示在世人面前。

就在笔者整理此文的过程中，河南睢县发生了一件更令人匪夷所思的"杯具"事件。一位农民去找乡长谈事情，见办公桌有杯水，便端起来要喝，没想到这个茶杯是乡长专用的。农民被乡长厉声喝止。两人随即发生口角并出现肢体冲突。随后，乡长喊来警察，将该农民拘留7天。为此，《长沙晚报》以《治治那些乡镇领导的张狂病与焦虑症》为题发表评论称：少数乡镇领导的张狂病，病根仍在于"官本位"思想，封建等级特权观念依旧阴魂不散。虽然我们时时在强调"权为民所用、情为民所系、利为民所谋"的执政理念，但一些基层干部在内心深处并未摆正自己的位置。这些人不但没有把人民群众放在"主人"的位置上，甚至连平等相待都做不到。这种现象，若不尽早遏制，将会祸患无穷。

人贵有自知之明。只有懂得尊重他人，才能得到他人的尊重。处处指高气扬，颐指气使，最终会搬起石头砸自己的脚！

愿我们都能以谦逊的态度对待他人，以广博的心胸对待万事。和谐社会的建设要靠所有人的努力，更需要一些身居官位的人做好表率。这就是这期板报带给我的启示。

49 参观四美村

2009年11月1日

今天是周末。早上9点，在凉爽的秋风中，我和昭文老师骑上一辆摩托车，前往他的老家——四美村参观。

按照计划，我们先到附近的京陇村理了个发。据说这家理发店的老板娘胡女士是昭文老师妻子的同学，曾在深圳专门学过理发，在当地口碑甚好。

这家理发店是夫妻二人一起开的，理发时也是夫妻二人一起上阵。先是男主人给我理，大约花了20多分钟的时间，算是完成了“基础工程”。接下来，女主人再帮我理，这次应该进入“装修阶段”了。这一回的手法果然不同，只见她上上下下，左左右右理得十分细致，并不时对着镜子左瞧右看，似乎非要找出某个不合理处来不可！她理完发后再给我冲水，洗得非常细致，仿佛我的头发10年都没有清洗过一般。然后，理发师拿起刮刀，上上下下给我刮了个遍，连眉毛眼眶都没放过。我躺在椅上，一动不敢动，仿佛一头已宰好的猪，浸过水后在屠凳上等待刮毛一般。不过，这份滋味却是十分享受，比起幼时被剃头师傅按在脸盆里号叫，不知要舒服多少倍。

过了一个多钟头，我和昭文老师都理好了发（他的程序与我相反）。在主人家喝了一通茶后，我俩便启程了。行驶了不到5分钟，我们来到一所中学门口。昭文老师介绍说这是京陇中学，是一所九年一贯制学校。这所学校包括3所小学，一所初中，主要面向京陇村招生，在校学生有四五千人。我听后大吃一惊，一所农村学校，怎么会有如此大的规模？据该校李老师介绍，京陇村是个非常大的村庄，有2万多人口，是仙庵镇最大的村。由于人口太多，村委负责人便把该村划分为4个片，每个片建一所学校，因而形成了京陇中学拥有三所小学和一所中学的局面。

走进学校的大门，只见道路左边的两栋教学楼巍然矗立，在阳光的照耀下显得很是雄伟。右边是操场，由两个篮球场组成，几群十五六岁的少年正在那里欢快地玩耍。教学楼的后面是两栋教师宿舍楼，并排连在一起。两分钟后，我们来到了一栋稍显陈旧的宿舍楼前，昭文老师的好友李老师正在那儿等着我们。

在李老师的指引下，我登上了屋顶。极目远眺，整个仙庵尽收眼底。北边的客仔湖山巍峨挺立，山下的顶溪水库闪着银波。东西两边是广阔的稻田。金黄的稻穗随风舞动，宛如一道道金色的海浪在田间翻滚。东南方向最为特别，可以看到整个京陇村的风貌。一排排潮汕式的房屋整齐地矗立在粤东大地上。屋顶是清一色的灰瓦，屋檐呈“人”字形状。一栋接一栋，仿佛海市蜃楼一般。也许真应了一句话：“不识庐山真面目，只缘身在此山中。”当地村民对眼前的美景早已习惯甚至淡漠了，依旧在忙碌着各自的生活。只有像我这种初来乍到的人，才会有这种惊鸿一瞥的感觉。

从京陇村出来，我们便向着目的地——四美村进发。大约行驶了 10 分钟的路程便到了。刚进村口时，我们还特地到杰龙家开的小店里坐了一会儿，可惜杰龙没有在家。

我们来到昭文老师的家门前，一栋典型的潮汕式建筑呈现在我的眼前。房屋正门上方大书“和兴居”三个字，大门的左右两侧用大理石雕刻着几幅文字，显得雍容华贵。

进入前厅，豁然开朗。地面铺着平整的大理石，前厅的上方悬挂着一张防蚊网。前厅左侧是一间小房，右侧是卫生间。紧挨着小房和卫生间的两侧各有一间中房，左侧是厨房，右侧是一间卧室。进入正厅，左右两侧各有一间正房，分别是昭文老师和他父母的卧室。正厅的东侧摆放着一张茶几和两排木椅，这是各家必备的陈设。

据昭文老师介绍，这栋房子是他为父母修建的，至今已有 10 多年历史了。我听后不禁肃然起敬——哪怕地方再偏远，也无法掩盖浓浓的亲情。再看昭文老师的父母，均已年过七旬，但精神依然矍铄，身体依然硬朗。从他们的身上，我仿佛看到了老一辈农民的辛劳，看到了他们历经的风雨和沧桑，看到了他们的淳朴与善良。

我不由得忆起了我的父亲，一个强壮而稳重的男人，历经了大半辈子的风雨后迎来了安定幸福的生活，没想到病魔却无情地夺去了他的生命，甚至还来不及见我最后一面便匆匆离开了人世。作为儿子的我，却没能让他在有生之年过上几天好日子。这份哀痛，痛彻心扉！这份哀痛，让我永远不得心安！

父母的教养也深刻地影响着子女的言行。昭文老师一家为人淳朴善良、热心坦诚，这与他们的淳厚朴实的家庭教育是密不可分的。祝愿昭文老师的父母健康长寿，晚年幸福！

一天的时间很快过去了，然而这一天的收获却非常大。我不仅领略了潮汕大地的农村风光，也感受到了当地村民的热情好客，更体会到了不露痕迹的浓浓亲情。

50　怎样做一个合格的教师

——校长谈教师职业态度

2009 年 11 月 2 日

在新的时代，怎样才能做一个合格的教师？仙庵中学林校长和李副校长在今天下午举行的全体教师会上，就这一问题先后谈了他们的看法。这些看法，既有一定的理论性，也有一定的现实意义，给老师们留下了深刻的印象。

李副校长首先围绕这个主题谈了四点看法。一、人生态度决定工作态度，一名教师应有健康、明确的人生态度。教师是一份职业，是一份特殊的职业，这份职业对人的要求比其他行业都要高，必须以认真的态度来对待工作。教师要经常站在学生的角度来思考问题，想学生之所想，急学生之所急，不能一味以师长自居。二、教师要有耐心，有爱心。教师要把学生当作自己的孩子来看待，把班级当作自己的家。作为教师，千万不要轻易发火，轻易批评学生，不要把学生放在对立面来看待。三、教师要有精湛的业务能力。教师要努力学习，勤奋钻研，不能总在原地踏步，要努力提高自身的业务素质。教师要改进教学方法，努力培养学生的自主学习能力，创新能力，让学生学会做事，学会做人。四、教师要有高度的责任心。教师要关注学生的心理变化，并加以引导，使之能健康成长。对于学生中出现的不良行为，教师要及时制止，并根据具体情况采取适当的方式进行教育，绝对不能视若无睹，放任自流。

林校长把教学管理和教师职业态度两个问题结合起来谈了他的看法。他认为，近段时间以来，一些学校发生了个别师生冲突的现象，值得大家警惕，要防微杜渐。造成这些现象的原因是什么，值得大家认真反思。一个优秀的教师既要学会了解学生、体谅学生、关爱学生，也要学会艺术地处理师生之间的冲突。对待后进生，教师更应多一分冷静，多一分关心。

针对学生中出现的不守纪律、破坏公物、不尊重教师的行为，学校专门召开了一次班主任会议。会上，学校行政指出了当前班级管理中存在的问题，也提出了对班主任工作的指导意见。这次会议的精神，希望大家好好领会。

对于教学管理，林校长认为应该强化以教学为手段来进行管理的理念。他指出，一个教师如果能够静下心来钻研教材，认真备课，以生动活泼的课堂教学来吸引学生，课堂纪律自然会好起来。一个教师若能以渊博的学识去影响学生，自然会赢得学生的尊重，课堂纪律也不用去管，因为他们打心眼里尊敬老师。他还以上周我给语文组上的公开课为例，谈了他的感受。他认为“兴趣是最好的老师”，学生在学习中兴致高昂，学得有趣，才能够投入到学习中去。能够激发学生求知兴趣的教学方式是值得研究和借鉴的，既有利于教学质量的提高，又有利于师生关系的健康发展。他认为，善于组织教学是进行教学管理的重要手段，这比起那些强迫式的管理方式要艺术得多。

对于这个问题，创弟老师在对我的课堂点评中也谈到过类似的看法：“教学这东西需要我们这些老师去动脑筋。广泛涉猎知识，精心组织教学，我想很多困难都会迎刃而解。连学生都懂得‘皇天不负有心人’的道理，何况是我们教师？想办法、用心去教育学生，用智慧去启发学生，就是失败了，也无愧这一生。抛开一切的顾虑，只要还记得自己是一名老师，你就得想方设法去为教育服务，真实地、真心地去带好你的学生。更进一步地想，你得用立竿见影的信念去感染学生。雨果说过：‘比陆地更广阔的是大海，比大海更广阔的是天空，比天空更广阔的是人的心灵。’我想，我们只要实实在在地为学生们着想，包容他们的不足，鼓励他们的优点，我坚信再调皮的学生心里也会明白老师的良苦用心，再不爱学习的人也会给予教师尊重。这是铁的事实。我深信到那时，师生定会尽开颜。俗话说得好：‘是金子就会发光’。有责任心、知识渊博、经验丰富的老师是经得起考验的，时间是最好的证明。”创弟老师的这段珠玑之语既切中了教学的实质，也痛陈了教学中的弊病，可谓入木三分。

最后，林校长向老师们提出了一个希望，希望教师们在工作中要具备大局意识，树立“仙庵中学是我家，办好学校靠大家”的意识。只要大家齐心协力，就一定能把学校办得更好。

两位校长从情感、态度、价值观等方面畅谈了做一名合格教师的基本要求和重要性，既入情入理，又有很强的现实意义。苏霍姆林斯基说过：“要像对待荷叶上的露珠一样，小心翼翼地呵护学生幼小的心灵，晶莹的露珠是透明可爱的，但却十分脆弱，一不留神就会破碎。”教师是一个非常特殊的职业，一定要站在人格塑造的高度来看待这份职业。如果我们能够在工作中多一分理解，多一分冷静，师生之间相互关心，就能真正形成健康、和谐的师生关系。我衷心希望仙中的教师们，能够在林校长的带领下，团结一心，齐心协力抓教学，让仙庵中学成为一所学风优良、教学严谨的优秀学校。

51 孩子们的心愿

2009年11月3日

自从我到仙庵中学支教以来，初三（1）班的孩子们就在以他们独特的方式表达对我的关心。帮我打扫卫生就是其中特有的一种方式。我认为偶尔来一下可以，经常这样做很不妥，于是我正式向同学们提出了谢绝的意见。没想到话一出口，就遭到了他们的反对。同学们在与我的谈话中流露出了一个非常淳朴的想法：希望能够以这种方式留住我，教他们的时间能长一点。我一听感慨不已，半天说不出话来。想拒绝已不可实现，我只好同意了他们的要求。但我要求他们不必每周都来，偶尔来帮忙一次就够了。

就在昨天下午我去会议室开会期间，楚叶、伊捷等人来到我的住处，主动要求帮我打扫房间。我不好拒绝，就随口答应了。由于要开会，所以我临走时对她们说了一句："扫完后你们帮我关上门就行了！"

等我开完会回来，已是5点多钟了。我回到了房间，只见这几位同学仍然在房间里看书。我很奇怪，问她们为何还没回去。伊捷说："我们怕你没带钥匙，所以不敢关门，只能在这里等你回来了！"我一听，感动不已——多么有责任心的孩子啊！在完成本不属于她们的任务后，竟然还会想到我可能遇到的困难。这种责任心，在都市的孩子身上相对要少得多。

待她俩走后，我看到房间里的东西发生了很大的变化：桌子、椅子被擦得干干净净，桌上的书本被整理得整整齐齐，甚至连折叠伞也帮我卷起来了——和新买的几乎一样。抽屉里的纸巾、蚊香、饭盒、茶具一一摆放得整齐有序。还有一个我从未见过的塑料袋，鼓鼓囊囊的。我打开一看，只见里面包裹着更多的塑料袋。地面上，旅行箱被立着放置了起来。棉被、水桶、电饭煲被摆放得整齐匀称……

看着眼前的这一切，我的心中涌起了无限感慨：多么懂事的孩子们啊！她们在用一颗颗诚挚的心对待我，这份情感何其珍贵！这些孩子，没有优越的学习环境，有的只是简陋的教室；没有城市孩子的锦衣玉食，有的只是艰苦的生活；没有一些城市孩子身上特有的娇骄之气，有的只是朴实无华的品质。与很多活泼好动、能言善辩的城市孩子相比，他们大多沉默寡言，行动多于言语。我知道，他们是在用行动来表达对我的喜爱。而我，除了更努力地教导他们之外，还能用什么方式来表达我对他们的感谢之情呢？

在和同学们的聊天中，我问了她们一个问题："你们现在最大的愿望是什么？"结果却大大出乎我的意料，她们没有回答要考上哪所重点高中，也没有回答要当上什么光辉的职业，却说了一句："希望老师教我们的时间能长一点，教到高中！"我听后十分吃惊，也十分感动。这些淳朴的话语是世界上最动听的语言，像原始森林中的一片片新叶，未受到任何污浊气息的沾染。我默默地看着这些学生，心里暗暗地默念道：请放心，我会尽力！

就在此时，楚叶说了一句让人吃惊的话："我可能不会读高中了！"我问她为什么，她说："爸爸妈妈希望我考师范学校，将来早点参加工作。"我听后劝她说："读高中对人生的发展有更大的价值，今后有机会上大学！"楚叶听了，沉默了一下说："家里经济不好，所以很难！"楚叶的话一说完，同学们都陷入了沉默。我知道，同学们的内心都有一种难以明状的痛苦。只是令很多人没有想到的是，这样的痛苦竟然还存在于今天！

"穷人的孩子早当家！"楚叶的话，实际上说出了很多农村学生的心声。他们不是没有理想，没有追求，而是没有条件。贫寒的生活促使他们不得不早早地为家里考虑，希望用自己的能力为家里分担忧愁。勤劳朴实、善良懂事，这些词语用在这些孩子身上，一点也不过分。

孩子们离去了，我的内心却久久不能平静。高尔基说过："苦难是一所最好的大学！"我祝愿这些孩子在苦难的人生历练中，能够奋发向上，用勤劳的双手去开创美好的人生之路。

52　我在看一笔财富

——批阅学生随笔有感

2009年11月4日

开学以来，我在学生中倡导的写随笔活动已经开展一段时间了。每次批阅学生的随笔，我都会有新的发现，新的收获。这些随笔，是同学们用自己的心灵写就的。因此，我不敢有丝毫的懈怠，每次都是以敬畏而珍重的心态来看待。每到周一，我上完课后就会搬出小桌椅，独自坐在走廊上批阅刚刚交来的随笔。每当秋日的阳光洒在我身上时，我就会感觉到生活的温暖和无穷的希望。

今天下午，我照例搬出小桌椅，坐在走廊上批阅学生的随笔。一封学生的来信引起了我的注意，信中写道：

敬爱的陈老师：

您好！这段时间以来，您给我们讲了《致女儿的信》等四篇课文，我感到收获很大。我感慨良多，禁不住心血来潮，想给您写一封信，以表达我对您的感谢与祝福！

转眼间，你任教初三（1）班已有两个多月了。虽然我们与您相处的时间不长，但彼此之间建立了深厚的师生情。我发现我们班的同学，甚至是别班的同学都对您表现出了十二分的爱戴与喜欢（我想您一定感觉得到吧）。您可知道，为什么您会成为最受学生欢迎的老师？我想，这与您在日常生活中的一言一行分不开吧！

您曾说过，老师的一言一行都被学生看在眼里。对您的这句话，我十分赞同！老师，您还记得您对另外一位老师说过的一句话吗？“我不是在看作文，我是在看一笔财富。”言者无心，听者有意。这句话此后经常浮现于我的脑海中，久久不能忘怀。它好似一股神奇的力量，时时触动着我的每一根神经。感动之余，我不禁将其视为前进的动力！您可能惊讶于您这不经意的一言：什么话呢——哦，我也许忘了！但您一定不会想到这句话会对我产生如此大的影响吧！对于写作文，一直以来都是我们学生最头疼的事了。每次都得绞尽脑汁地想啊想，最后才勉勉强强地凑成一篇文章。可就是这些我自认为写得“烂”的作文，在您的心里，竟成了一笔宝贵的财富。老师，您知道我当时是多么感动吗？此刻，我想对您说一声：您是最了解我们学生的！作为学生，最希望得到的不就是老师的肯定吗？是您，是您肯定了我们；是您的肯定，让我重燃了自信之火；是您的肯定，让初三（1）班的同学们每天都沐浴在阳光里。老师，谢谢您！

老师，虽然我们与您相处仅有两个多月的时间，但是，为了我们，您费尽了心思——这一点初三（1）班的所有学生都是明白的。为了能够增加我们的阅读量，您将自己从深圳带来的图书拿到班里给同学们轮流借阅——这在我们以前可是从未有过的事啊！虽说您的图书数量有限，但对我们来说已经足够了。在我们的心中，您带来的书籍甚至比学校阅览室里的书还要丰富。所以，再一次感谢您——感谢您的良苦用心。

老师，在这两个多月的时间里，您为我们付出了太多太多，以至于所有的学生都那么喜欢您，愿意在您的教导下愉快地学习，愿意在语文的天地里健康成长，更愿意敞开心扉与您交流！

老师，能够在人生的成长阶段遇到您，是我们初三（1）班全体同学的荣幸！但是，我们又不敢肯定您会不会教到我们毕业，我们也时常会为此感到忧虑。在此，我诚挚地希望您能在仙中多教一段时间，千万不要不声不响地离开我们！

老师，您还记得您问过我们最大的愿望是什么吗？燕真说：“我的愿望是在我们的毕业照上留下您的身影。”我亦如此。老师，这个愿望，您一定能让我们实现吧！我希望您能陪我们走完初三，让我们带着您的期望与祝福迎接中考！

最后，我把最真诚的祝福送给您：祝您工作顺利，身体健康，家庭幸福！

您的学生：素贤

2009 年 11 月 1 日

我不由得忆起了这位同学，她是一个性格文静、勤奋好学的女同学。每次上课时，我总能看到她专注的神态和那股极其认真的劲头。从来信中，我可以感觉到素贤和初三（1）班的同学们对我的真挚情感。这一切，在我这段时间的教学中就感觉到了。一位同学曾对我说过："每周一早上，只要看到了您的身影出现在教室门口了，我们心头的一块石头就算落了地！"听到这句话后，我内心的感动是无法形容的。对他们来说，我的到来也许给他们带来了光明和希望，因而他们时刻担心会失去我。

我没有想到，我的一句玩笑式的话——"我不是在看作文，我是在看一笔财富"竟然引起了素贤同学的注意，并给她的写作形成了巨大的影响，以至成了她前进的动力！我再次感受到，在学生面前，教师的一言一行是多么重要！"作为学生，最希望得到的不就是老师的肯定吗？是您，是您肯定了我们；是您的肯定，让我重燃了自信之火；是您的肯定，让初三（1）班的同学们每天都沐浴在阳光里。"还有什么东西比这发自肺腑的心声更美呢？

教师的一句话、一声鼓励，对于学生而言是多么重要。反过来，学生的一句鼓励，一句表扬，同样也会成为老师前进的动力。美国著名心理学家詹姆士曾说："人性最深刻的原则是渴望获得赏识！"对孩子如此，对大人又何尝不是如此？我曾与一位同行交流过学生的管理问题。他非常认同我的观点："优秀的学生不是管出来的，是用心教出来的！"你对学生用了真心，学生就会对你用真心，这是一个相互作用的过程。但是，我们绝不能排除用适当的惩戒措施来对待一些行为恶劣的学生。这些因社会、家庭、环境等各种原因造成的个案，必须用严厉的制度加以约束。

我们在教育工作中，如果能试着换位思考，就会降低教学中师生冲突的发生几率，也会使教学气氛和教学质量得到升华。所谓"亲其师，信其道"，说的就是这个道理。

在这封信里，我深切地体会到了作为一名教师的幸福，体会到了初三（1）班的同学对我的一片真情。如果说初三（1）班因为我的到来而增添了一些欢乐的话，那么我要说一句：我的生活也正是因为有了初三（1）班，才变得更加丰富多彩！

我衷心地祝愿素贤同学健康成长，好好学习，天天向上，将来成为一个有用之才！

53　亲情无价，友谊长青

2009 年 11 月 5 日

前天晚上接到妻子打来的电话，说女儿生病了。一开始我还不以为然，认为这是平常小事，就没把这事放在心上。昨天晚上，妻子又打来电话，说孩子发高烧，已达 39 度。这可把我吓坏了！我问她有没有送去医院治疗，她说前天就去了。据医生诊断，患的是细菌性感染。由于仙中在周末要举行期中考试，安排了我监考，所以我没有打算回去，只是嘱咐妻子好生照料孩子，及时到医院就诊。我心想，当年大禹三过家门而不入。妻子生了病、怀了孕甚至生了儿子，他都忍着心没进家里去探望，最终完成了治水的使命。和他相比，我这点小事又算得了什么呢？

不知为何，学校领导也知道了这件事。晚上 9 点多钟，林校长来到我的住处，关切地问起了我孩子的病情。他还嘱咐我有需要可以随时提出来，照顾家庭更重要。我听到这句话，心里涌起一阵温暖，也感受到了林校长的殷切关怀。在得知孩子病情较为稳定后，林校长稍稍放宽了心。接下来，我们就教学工作、学校管理等问题聊了很久。从谈话中，我再一次感受到林校长是一个有理想、有抱负的领导。我期待若干年后的仙中能有一个较大的变化。

今天一早，妻子再次打来电话，说孩子身体很虚弱，希望我回去照看一下。我一听这句话，吓了一跳。我知道孩子此次病得不轻，顿时改变了念头，决定立即回深圳看望孩子。我先向林校长请了假，并给教务处赖主任打了电话，让他另行安排人员监考。

我迅速收拾了一下行装，坐上昭文老师的摩托车来到仙庵车站。9 点 30 分，我坐上了由汕头开往深圳的班车，踏上了回家的路途。

经过一路的颠簸，下午 1 点 30 分，我到达了位于深圳蛇口的家中。只见女儿正半躺在沙发上，端着一碗中药在喝。一见到我回来了，女儿的脸上顿时露出了惊喜的神色，高兴地喊了一声“爸爸”。我立即冲上前去，抱起女儿一看，发现她比以前瘦多了，身子也轻多了——我不由得一阵心疼。我不在她身边，女儿少了一份照顾，我的内心感到有些愧疚。问起她的学习，竟然各科都考得不错，这让我感到既高兴又心疼。

我仔细地询问了孩子的病情，妻子说已打了三天的吊针了，这个星期都不能去学校上课了。大夫说现在吃点中药，在家休养几天，过些日子就会好的。我一听这话，感到轻松多了。

为了弥补我心头的歉疚，我提议一家人出去吃一顿晚餐。母亲、妻子、女儿和我，一家四口来到位于蛇口四海公园旁边的“老西安”餐厅，在柔和的灯光下，开始了这顿不寻常的晚餐。我点了几个清淡的小菜，并给女儿和母亲各点了一碗小米粥。隔了这么一段时间，我感觉母亲似乎又苍老了不少：面色有些黯淡，走路也很慢。自从11年前父亲去世后，母亲头上的发丝就开始渐渐变白了，那时母亲还只有五十来岁。母亲一辈子都在劳作，用她的话就是：“不干活就不自在！”母亲的双手就是这样劳作过来的。即使身体不好，也一样忙个不停。我把她接到深圳来长住，她却感到很不习惯。过惯了农村生活的母亲，来到这个遥远的通都大邑，总是对悠闲自在的农村生活充满了留恋。虽然从物质上看这里要比老家好很多，但从人情上看就差远了。在这里，除了家人的关心，邻里之间几乎不相往来，母亲怎么能习惯呢？但我除了给予母亲安逸的生活和细心的关照，还能拿什么来关心她、感谢她呢？

再看妻子，这段时间似乎也憔悴了不少。在柔和的灯光下，她对我说了一句话：“再过几天，就是我的30岁生日了！”我一听猛地一怔——是啊，妻子已经30岁了，已不再是从前那个天真单纯的“小单”了。而我已近40，已向不惑之年迈进。岁月无情人有情，今夜这份温暖，让我动容！

在溶溶的月色中，我们回到了桃花园。园中的花木非常茂盛，似乎隔了一段时间未见，有意长得快了一些。“年年岁岁花相似，岁岁年年人不同！”光阴易老，亲情无价，愿天下的亲人们永远幸福！

这天夜里，我收到了许多仙中好友发来的短信。言语虽短，却表达出了友人的殷切挂念：

“到家了吧？孩子怎样？——柯振明”

“陈老师，小孩身体康复了吗？——林庆达”

“陈老师，听说你小孩生病了，现在怎么样？你对工作太认真了。工作虽然重要，但家人更重要！孩子还小，她非常需要父爱！我祝她永远健康快乐！——朱淑莲”

“可心好吗？祝她健康快乐！——林思斌”

“陈老师，昨天的车顺畅吗？你女儿的感冒好了吗？借这几天时间，好好陪陪你的家人吧！——李娇琴”

……

“海内存知己，天涯若比邻。”人世间，亲情无价，友谊长青！

54　期中考试阅卷有感

2009 年 11 月 9 日

上周末，仙庵中学举行了一次期中考试。试卷是由县教研室统一命制的，对教学水平的检测应该具有较大的参考性。由于女儿生病，我上周四请假回了一趟深圳，因而缺席了本次考试的监考及评卷工作。加上创弟老师因岳父生日也请了假，所以评卷的任务便落到了柯主任、赖主任、国宝老师三个人身上。400 多份试卷，3 个人来评改，其工作量之大，可想而知。但他们坚持下来了，仅用了一天时间便评完了全部试卷。在此，我特向以上三位付出了辛劳的老师致以由衷的敬意。

今天拿到这份试卷，我认真看了一遍。试卷的具体安排如下：一、基础知识部分。包括古诗文默写及词义理解、课内现代文阅读及综合性活动三项内容。二、阅读部分。共有 4 篇文章，包括 1 篇课内文言文阅读和 3 篇课外现代文。三、写作。为一道半命题作文：“ __________中的__________”。要求字数不少于 500 字，占 50 分。四、附加题。为一道课外文言文阅读题，占 10 分。此次附加题的内容为《庄子》中的一篇文章——《庄周家贫》。问题包括解释词义、翻译句子、回答问题等。

据说此次命题是依据广东省中考命题标准来命制的，可见此次考试的内容无论是在难度还是在题量上，都与广东省的中考试题大致相当。综合来看，这份试题难易适中，但题量偏大。全卷共有四道大题 25 道小题，要求学生在 120 分钟内完成，显然负担较重。

针对这份试卷，我想谈谈我的几点看法。从整体上看：一、难易适中，适应大多数同学的学习水平。二、课外阅读题题量偏大，课内阅读题题量偏少。三、作文为半命题，入手较易，但评价标准不好统一。

这份试卷存在的问题也很突出。首先是课内现代文的考查太少——只考了毕淑敏写的《一厘米》（选段），共 7 分，仅占总分的 5.4%。而课外阅读所占的比例又太大。3 篇课外现代文不是个小数目，如果加上附加题的课外阅读，就有 4 篇课外阅读了。对一个初中毕业生来说，要在 120 分钟内完成如此之多的阅读题和一篇作文，是一件很不容易的事。我不禁要问，既然所考非所学，那么平时的现代文教学有多大的实际意义？课内现代文在整个阅读题中所占的比例太小，会直接导致教学与考试相脱节。我觉得在语文学习上，初中与高中还是有很大区别的。初中教育属于基础教育，语文学习主要以课内知识的识记与理解为主，而非高中阶段以逻辑思维训练为主。因此，我认为在初中语文的考试中应该降低课外内容的比重，适当增加课内内容的比重。

第二个问题是附加题不应再保留。附加题是很多年前出现的试题类型，是针对学有余力的同学设计的一项题型。这类题型往往由于超出了学习者的能力范畴而成为广大考生的“绊脚石”。在义务教育阶段，考试主要是以评价为目标，而非以选拔为目标。因此，很多地方早已将这类题型废除了。想不到广东省的中考仍然沿用这种试题，实在令人匪夷所思。2008 年 7 月 2 日，《广州日报》上《中考语文试卷评卷结束，附加题难倒不少考生》一文曾报道了广大考生被附加题所难倒的事情：“从最后的评卷结果看，考生得分高的题型大都来自课内内容，如古诗文默写和课内文言文阅读等板块题，考生的得分率均比较高。而今年考生考后反映难度较大的议论文阅读题和以课外文言文为内容的附加题，则是考试中得分低的题型，尤其是附加题。”这则报道从一定程度上反映了附加题对学生中考的影响，应该引起命题者的重视。

附加题的分值为 10 分，这实际上将试卷总分增加至 130 分，也意味着增加了学生的身心负担。一方面，对于学习优秀的学生可以进一步增加分数；对于学习较差的学生来说，放弃该题就意味着进一步拉大了与优秀生的距离。另一方面，附加题为课外文言文，对于刚学文言文不久的初中生来说，无疑进一步加重了他们的学习负担。这种考试方式，与以过程性评价为目标的义务教育评价体系是不相适应的，切望命题者三思！

综上所述，我的意见是：考试的目的不是为了难倒学生，而是为了检测学生真实的学习水平。如果所考非所学，无论对学生，还是对教师而言都不是一件公平的事。当前，改革教育评价体系的呼声日渐高涨，改革传统的评价机制，代之以科学、适度的评价方式，注重对学生的学习过程进行评价已是大势所趋。为了减轻学生过重的课业负担，改革传统的评价模式，重庆江津、江西南昌、广东深圳、山东潍坊等地已先后出台了相关的中考改革措施。这些改革措施，或改革考试内容，或改变录取制度，或改革评价标准，总而言之是在追求更科学、更均衡的评价体系，以期达到义务教育的发展目标。切望广东省中考命题领导机构能够高瞻远瞩，改革考试体制，调整考试内容，为广大初中毕业生提供一个更科学、更合理的考试平台！

55　阳光总在风雨后

2009 年 11 月 10 日

这次期中考试，初三（1）班的学生交出了一份较为出色的答卷：平均分和及格率都达到了比较理想的状态。单就成绩而言，我是比较满意的。

但也有令人意外的地方，有些平时基础较好的同学这次发挥得很不理想。小芳同学就是其中之一——她是全校公认的学习尖子，连续多次获得年级总分第一名。这次她屈居第二，语文成绩不好是主要原因。这一次，小芳的语文只考了 89 分（全班平均分为 86 分）。对于像她这样成绩优秀的学生来说，显然是难以接受的。尽管我认为这是正常现象，并没有把这当回事，但小芳心里却不是这么想的。在讲评试卷的时候，我发觉她有些不自然，也不敢正视我。尤其是在我讲到这次考试的整体状况时，她的眼圈红了——我知道她一定是在为这次考试失利而难过。另一名情绪消沉的是小华同学。她几乎是一接到试卷就哭了。她这次只考了 71 分。对于她来说，这次考试的确是一个很大的打击。因为她此前的语文成绩一直很好，而且曾经是小学时代班里的“学习标兵”。正如她自己所说的，由过去的标兵到现在的不及格，她无论如何都不敢相信。其实，这次语文考试的成绩昨天就已经公布了，只是试卷要讲评，发得晚一些而已。但事情过去后，我看到她们对于成绩的好坏仍然有这么大的反应，立即感到了问题的严重性。我决定抽时间和她俩好好谈谈。

语文课后，我在教室里找她俩谈了一会儿心。还没等我开口，小芳就说了一句：“老师，我这次考砸了！”小华则站在一旁，默不作声。我连忙安慰她俩不要过于在意，一两次的失败不代表永远失败，何况成功与失败是每个人都会经历的！我提醒她们注意总结经验，调整学习方法，以更长远的目光、更广阔的视野去看待学习，学习就会更有意义。再说“塞翁失马，焉知非福！”失败往往会激发起人们更大的斗志，也会让人看清楚自己的缺点，这比那些被胜利冲昏了头脑而看不到自身不足的人来说更为可贵。听了我的话，两人渐渐平息了内心的失意，似乎有了很大的信心。随后，我要求她俩回去好好想一想，想通了再来找我聊。

下午放学后，小芳跑到我面前对我说：“老师，谢谢您开导了我！我觉得这次失败对我来说或许是件好事！”我微笑着点了点头。接下来，她详细地谈起了她此次考试的心路历程。这次期中考试，她本来对语文是充满信心的，但试卷一发下来，却令她懊恼不已。看着平时比自己学习差的同学一个个洋溢着满意的微笑，她的心痛苦到了极点！虽说总分仍位居年级前列，但这一科令她倍感失落，甚至有些气馁——一向充满自信的她担心毕业后考不上心仪的高中！

利用中午的休息时间，她懊恼地向远在外地读书的姐姐汇报了此次语文考试的情况。她本以为会挨一顿责骂，没想到却得到了姐姐最真挚的鼓励。姐姐在电话里告诉她：“终点还没到，不要放弃希望，不到最后一刻就不要轻易说放弃。轻言放弃的人是懦弱的，要想成就大事业必须学会坚强。人的一生不可能一帆风顺，一次小小的挫折并不能代表什么。相反，我们要感谢这些挫折，感谢它们使我们看到了自身的不足。青少年是每个人一生中最美好的时光，如不加珍惜，老来只能空悲伤了！”姐姐还告诉她：“不经历风雨就见不到彩虹。要学会在挫折中变得坚强，要学习鲁迅先生‘遇见森林，可以劈成平地；遇见旷野，可以栽种树木；遇见沙漠，可以开掘井泉’的精神。”

姐姐的话如同一缕春风，滋润了小芳的心田，鼓起了她自信的风帆，也使她认识到：考试对一个初三的学生来说是家常便饭，考后几度欢喜几度愁更是正常不过的事情！作为朝气蓬勃的青少年，一定要不懈努力，燃烧出炽热的火焰，为人生开辟出一片明朗的晴空！

这次谈话，让小芳似乎变了一个人，看问题更长远、更全面了。尤其是她所说的“困难并不可怕，可怕的是一个小小的挫折就把你打入万劫不复的地狱！”这句话，简直就是一句格言。因为它让我想起了刘亚洲先生在《给儿子的一封信》中所写的一句话：“这个世界没有打不倒的敌人，只有打不倒的自己。人只有征服自己，才能征服世界。”我惊讶于小芳不仅能够从这件事中解脱出来，还能够从中悟出这么深的道理。

我感到异常欣喜，对她说：“不去攀登的人，不会跌倒；没有挫折的人生，是不完美的人生。坚定信念，知难而上，才会开创出美好的未来。”小芳点点头，轻轻地说了一声：“放心吧，老师。我知道该怎么做了！”

小华同学则在第二天早上交给我一则随笔，上面写了长长的一篇随感：

窗外下着蒙蒙细雨，树叶在窃窃私语，好像在诉说着今天的不幸，清冷的月光照进窗子，照在我这个无眠的人身上，房里显得格外冷清。回头看看躲在角落里的试卷，我又一次流下了眼泪。

试卷发下来后，看着同学们一张张笑脸，听着同学们一声声甜美的笑声，我感到非常失落。眼泪在眼眶里打转，眼前的试卷既清晰又模糊。

不知何时，门被推开了，一个熟悉而模糊的身影出现在我的面前。

“孩子，你怎么了——怎么哭了？”

“妈，对不起！我失败了，我彻底失败了！”

“孩子，坚强些吧。你没有失败，分数不能衡量你的能力。”

“妈，您别安慰我了。失败没有理由！”

“孩子，坚强些吧！有话向我说，有苦向我诉。别忘了在你的心中，还有一个爱你的妈妈！孩子，苦水能让你成长，我会看着你成长！坚强些吧，一切都可以从头再来！”

从小学时代那个班上的“语文焦点”沦落到如今的“语文奴隶”，无论如何我也不会甘心。我还有什么勇气去面对关心我的亲人？母亲的一句句深情而感人肺腑的话语使我再次落泪了。我知道，那是对我的安慰和鼓励。

从踏进校园的那一天起，我从一个无知的娃娃成长为一名中学生。这一路走来是何等不易！父母的付出不容易，老师的教导不容易，我的经历更不容易。当我失落时，我无数次想放弃，但每当这时，我的耳边就会响起父母的安慰、老师的鼓励，我心中的那些想放弃的念头又渐渐地消失了。昨天，陈老师和我谈了很久，他殷切的话语，入情入理的分析，让我又充满了希望，充满了信心。谢谢您，老师！我会擦干眼泪再一次站起来，我会正确地看待成绩的起伏，带着希望去追求美好的人生。

这篇充满感情的随笔，让我看到了小华外柔内刚的坚毅品质和顽强不屈的奋斗精神。从开学到现在，她上课一直非常认真，回答问题积极而主动。她的这份勇气和信心，在农村中学生里非常难得。她懂得自立自强，生活再艰苦，也不能阻挡她好学上进的心。我相信，这个挫折对她而言或许大了一些，但也更能激起她奋斗的勇气。

张海迪说过：“即使跌倒一百次，也要一百零一次地站起来。”我衷心地希望初三（1）班所有经受了挫折的同学，都能够勇敢地站起来。因为，风雨过后，便是一片阳光。

56　这次掌声格外响亮

2009 年 11 月 12 日

人世间，最能打动人心的事，毫无疑问是亲情。人世间最大的不幸，是失去亲情。有人曾经将人生的三大不幸做过一个总结：幼年丧父、中年丧偶、老年丧子。其中的一件就发生在初三（1）班。在这个班上，竟然有两位幼年失去父母的同学。一个是前面文章里提及的焕章，一个是我昨天才知晓其事的小欣。

得知这事，缘于近期我布置的一篇作文——《月光下的遐想》。小欣在文中以饱含深情的笔调回忆了父亲生前对待自己的关怀与疼爱，倾诉了对父亲的无限思念，表达了人生路上自立自强的决心，读来令人动容。

在今天上午的作文讲评课上，我宣读了这篇文章《月光下的遐想》。全班鸦雀无声，大家都随着小欣的笔调走进了她的思绪里，体会她失去父亲的切肤之痛。文章还未读完，已有很多学生感动得哭了。

事后，我从同事的口中得知。小欣的父亲曾是一名教师，4 年前因一场大病夺去了他年轻的生命，去世时年仅 42 岁。他这一走留下了三个年幼的孩子，现在全由孩子的母亲一人抚养。

“亲戚或余悲，他人亦已歌。死去何所道，托体同山阿。”逝者长眠于地下，留给生者的却是无尽的痛苦与悲伤。我难以想象如此年幼的孩子，在当时经历了怎样的痛苦与煎熬。我仿佛看见了小欣凄惨的哭号，看见她孤寂的身影和无奈的脸庞。

然而，小欣是坚强的。人们常说：“穷人的孩子早当家”，这句话一点也不假。她的姐姐今年以优异的成绩考上了中国人民大学。小欣则把姐姐当成了自己学习的榜样，入学以来学习非常刻苦，多次考出了优异的成绩。她坚强的意志赢得了老师、同学们的称赞。能够以优异的成绩进入实验班学习，也是她努力的明证。

这一堂作文课对小欣而言太难忘了！我的朗读刚结束，教室里便响起了异常响亮的掌声。这掌声，是同学们对小欣不幸命运的同情与安慰，是对小欣坚强品质的热情鼓励。在掌声中，小欣流下了晶莹的泪水。我知道，这是痛苦的泪，也是幸福的泪。

我对同学们说："多么坚强的一个同学，我为初三（1）班拥有如此坚强的同学而感动！同时，我也为你们而感动。你们为同学而喜，为同学而悲，这是多么团结的班级。是缘分和友情让大家走到了一起。大家要牢牢记住这份同学情、师生情。半年之后，你们各奔东西，但有一样东西永远不会消失，那就是同窗的情谊。愿大家珍惜！"

我的话音刚落，教室里爆发出了雷鸣般的掌声。在掌声中，我看到了小欣闪着泪光的笑容。这笑容是那么真、那么美，像一朵盛开的花，开放在初三（1）班同学的心中！

这堂作文讲评课后，小欣同学怀着激动的心情写下了一篇随笔。现摘录如下：

当陈老师在讲台上念完我的作文时，教室里响起了比以往更为响亮的掌声。我告诉自己别流泪。但掌声响起后，我的眼泪还是忍不住落了下来。我不仅是为想念父亲而流泪，还为同学们对我的鼓励而流泪。我知道那是世上最美好的声音，是同学们对我的最大安慰。

从小学到中学，我与同学们相处在一起。有的只有一两年，甚至几个月，有的已近九年。这期间，我们的心融在了一起：一起开心，一起欢笑，一同讨论问题。这一切，搭建起了我们之间友谊的桥梁。

除了亲情，还有什么能比友情更珍贵呢？当你伤心时，你可以找朋友倾诉；当你高兴时，你可以找朋友分享。这种有福同享，有难同当的味道，只有经历过的人才会体会到其中的滋味。在我以后的人生中，也许会遇到更多的挫折，但只要一想起这份珍贵的友情，我想我一定会充满力量。因为，这份友情是如此刻骨铭心！

感谢老师和同学们，我永远会记得这次格外响亮的掌声。它将带给我前进的动力，更会让我永远记住初三（1）班的每一个同学。在今后的日子里，哪怕岁月将我们摧残得认不出彼此，我依然会怀念这次格外响亮的掌声和这群曾给我鼓励、催我前进的同学们！

57 特别的礼物

2009 年 11 月 12 日

礼物，是人世间最特别的东西之一，因为它能表达心愿，传递情意。在成人的世界里，它或许是表情达意的工具，或许是维系关系的纽带，或许是实现目的的手段。它的含义要复杂得多。但在少年的内心世界里，礼物便回归了它的本性，显得纯净而美好。

今天下午放学时分，伊捷和少敏两位同学送给了我一份特殊的礼物——一个带牙签盒的纸巾筒。我感到很意外，忙问其故。伊捷说上次她们帮我打扫卫生时，发现我房间的纸巾和牙签是随意放在桌上的，显得很零散。她觉得很不卫生，便和少敏一起用零花钱给我买了一个带牙签盒的纸巾筒。我觉得很意外，忙问她们花了多少钱，可这两个人转身就跑了。

回到宿舍，我饶有兴致地观看起这个东西来。只见这个带牙签盒的纸巾筒做得十分精致：乳白色的纸巾筒上面罩着一个淡蓝色的盖子，旁边镶着一个两寸多的牙签盒，显得小巧精致！恰好隔壁的昭文老师过来喝茶，见了这个纸巾筒，也不由得夸赞起来。他迅速找来纸巾和牙签，把它们放进筒子里去。盖上盖子一看，既美观又实用，真是妙不可言！

看着眼前的这份礼物，我的心里充满了欣喜与感动！同学们对我的关心，体现在如此细小的事情上。摆在我面前的何止是一个纸巾筒，分明就是一颗学生的心！看着这份礼物，我不由得想起了这两位学生的点点滴滴。

先说伊捷。在我的印象中，伊捷是个非常懂事、非常好学的孩子。她的母亲在学校图书室工作，父亲在外做些杂工。伊捷有三个姐姐，姐妹四人都在读书。这几个人中，要算伊捷的成绩最好。因此，母亲最大的心愿是希望她能够考上重点大学。而伊捷也很争气，学习成绩一直排在年级的前五名。

伊捷的出色不仅表现在学习成绩上，还表现在她的求学精神上。据昭文老师介绍，他所教的几个班中，很少有学生主动问问题的，伊捷是仅有的爱问问题的学生之一。

除了学习好之外，伊捷还有一个非常可贵的品质——孝敬父母。我曾和她谈及过她的父亲，伊捷在谈话中提到过一件买书的事。有一次，她要买一本资料书，父亲听说后立即打电话到县城一家大型书店询问。得知已售完后，父亲立即跑到附近的一家乡镇书店寻找。经过千挑万选，最终找到了这本书。我记得说到这里时，伊捷的眼眶中充满了泪水。父爱深深，点点滴滴的关爱已铭记在她心中。相信她的父亲得知女儿的这份心愿，一定会深感欣慰的。

再说说少敏。相比之下，少敏则内向得多。她住在离校不远的一个村子里。长期以来她都和伊捷同坐一桌，放学也一起回家。在求学的道路上，两人已结下了深厚的友谊。少敏性格内向，属于那种文静秀美的女孩。但在她文静的外表下，却潜藏着一颗积极进取的心。记得在学习苏霍姆林斯基的《致女儿的信》一课时，我要求学生结合社会现实谈谈对爱情的看法。很多同学都表示爱情的最高体现是婚姻，双方一定要忠贞不渝。即使在生活中出现了裂痕，双方也要以家庭为重，为孩子的未来着想，相互体谅，共同维护家庭的完整。少敏则提出了与众不同的观点。她认为有真正爱情的婚姻固然值得珍惜，但一些毫无感情基础的婚姻对双方来说都是一种折磨。这样的婚姻，散了更好！一时语惊四座，引来不少同学的惊叹声。

少敏的独特思想不仅表现在学习上，还表现在对人生的思考上。在上一次的作文讲评课上，同学们都被小欣作文中的真挚情感所感动，少敏的眼眶里也泛着眼花，几欲落泪。课后，她对我说："老师，谢谢您！这不仅是一堂写作课，更是一堂人生的教育课！"短短的一句话，可见她的思想多么与众不同，更可见到她一颗多愁善感的心。

这份小小的礼物，是伊捷和少敏两人的一份心意，我将倍加珍惜！

58　给语文版教材编者的一封信

2009 年 11 月 13 日

这个单元结束后，有一篇作文训练，内容是给教科书的编者或课文的作者写一封信。

在写作前的讨论会上，我要求同学们不拘一格，可以就对课文的喜好、体例的编排、练习的设计、综合性学习的安排等各方面进行思考，并提出自己的意见。由于是要写真实的意见，同学们对此显得很有兴趣。大家经过一番思考后，立即动手写开了。

我的作文训练课全部是在课堂内完成的。因为我觉得这样做有几个好处：首先，现场作文不会给懒惰者留机会，可以杜绝抄袭现象的发生。其次，现场作文可以充分激发学生分析、构思及遣词造句的能力。第三，现场作文是在其他同学的无意监督下完成的，可以最充分地激发学生的创作热情。从第一堂写作课开始，我就坚持现场写作，取得了很好的效果。

课后，作文全部交齐。在交来的作文中，我发现同学们的作文大致分为两类：一类是写给课文作者的，主要是谈学习课文后的心得和体会；另一类是写给教科书编者的，主要是对教科书的编者提出意见。

在写给课文作者的信中，反响最大的莫过于刘亚洲先生的《给儿子的一封信》了。写给刘亚洲先生的信最多，感悟也最深。很多同学在信中表达了对这篇文章的由衷喜爱和深深感激。一鹏、静燕、丹锋、海涛、吉燕等同学的感悟尤其深刻，现将一鹏同学的信摘录如下：

尊敬的刘亚洲先生，您对儿子的殷切希望和真挚情感令我动容。因为您让我明白了怎样才能成为一个真正的人，还让我懂得了如何去关爱他人。

十五六岁正属于花季中的雨季，我们正在茁壮成长，向更灿烂的人生阶梯迈进。但这条大道上并不是只有鲜花而没有荆棘，我们就像欲挣脱父母怀抱的小鸟，也像一群需要关爱的小羊羔。您的信让我们明白了：我们其实太幼稚，以至于目空一切。实际上，我们是太无知，总以为父母是捆绑我们自由翱翔的锁链。是您的教导，让我明白了父母的唠叨也是一种爱。在信中，您表扬了儿子的优点，同时也希望他能拥有博大的胸怀以及铁一般的意志，这不正是爱的写照吗？这种温暖人心的爱，我想天底下每位父母的心中都有。一句"可怜天下父母心"，就足以说明这一点。

现在的我们，时时处在爱的光环中。我时时刻刻都感受得到，享受得到——我们是幸福的一代。但是，读了您的文章，我懂得了我们不能只是享受爱，还需要付出爱。要学会关心他人，做个让父母感到骄傲的人。

您在信中说："黎明前最黑暗，胜利前最绝望，成功前最渺茫。"这是多么有意义的话语啊。读了您的话，我的意志会变得更加坚强。我相信，只要能坚持住，我就会迎来黎明，迎来胜利，迎来成功。谢谢您，我的人生导师！

读完这篇文章，我心中生出许多感慨。首先，同学们是用心在学习课文。在他们眼中，有些文章已经超出了一般语文的意义，成为他们人生路上的导航灯。例如刘亚洲先生的《给儿子的一封信》，可以说打动了无数年轻人的心。刘亚洲先生对儿子的热情鼓励和谆谆教诲，是说给儿子听的，也是说给千千万万成长中的少年听的。他在文中的几句话尤为令人注目："既要珍惜生命，又不要太过看重生命。""人生应有博大的胸怀，要豁达、豁达、再豁达。""聪明是一种财富，意志是更大的财富。聪明人办小事，坚强者办大事。""黎明前最黑暗，胜利前最绝望，成功前最渺茫"……这些发人深省的话语，深深地打动了同学们。要知道，在他们成长的路上，总是伴着挫折、烦恼，还有迷惘。现在，他们学了这篇《给儿子的一封信》，就如在茫茫的大海中找到了灯塔，找到了方向。正如静燕同学所写的那样："这篇文章帮我指明了人生的方向，照亮了前进的道路。"又如吉燕同学所写的那样："先生，您不愧为一代作家，说出了多少青少年的心声。我也要把这句话当作座右铭，鞭策自己，努力奋斗！"

在给教科书编者的一封信中，同学们结合自己的学习体会，将自己的使用心得和建议写了出来。我归纳了一下，主要有这几个方面：一、这套教科书无论是内容还是形式都显得比较完善，受到了绝大部分同学的欢迎。特别是一些富有人生哲理的文章和现代小说，他们尤为喜欢。很多同学对书中的口语交际、专题探究活动和经典诗文也表现出了浓厚的兴趣。二、大部分同学阅读名著的兴趣很大，但书中缺乏"名著导读"这一部分，使得难以看到此类书籍的农村学生得不到满足。因此，大部分同学希望增加“名著导读”这一章节。三、缺乏课外古诗文阅读篇目。对于广东省的初中生来说，每年中考都要考为数不少的古诗文默写和附加题。这些内容（特别是附加题）常以课外文言文为主，而学生对这些东西平时少有涉猎，因此考起来有些茫然无措。因此，许多学生希望本套教材增加课外古诗文阅读篇目。

以下是初三（1）班张静燕同学写给语文版教科书编者的一封信：

尊敬的教科书编者：

你们好！当我迈入初中的门槛时，这套教科书就伴随着我，至今已走过了两年多的时间。今天，当拿起第五本语文教科书时，我感慨万分。它给我带来了欢乐，带来了思考。我们在语文书里学到了许多，领悟了许多。在此，我向你们说一声“谢谢！”

初三这一年，是整个初中阶段最重要的一年，也是人生的一个转折点。这一本小小的语文书，让我得到了很多收获。它使我领悟到了爱情的真谛，青春的美好；它帮我指明了人生的方向，照亮了前进的道路；它让我领悟到了母亲的伟大和愚公的坚强；它让我认识了一身正气的雨果先生和注重言传身教、关爱孩子的刘亚洲先生。那一篇篇极富人生哲理的文章对我的影响很大，它使我认识到自己的不足与浅陋，也使我认识到父母养育我们的艰辛；它让我认识到人应该有博大的胸怀，也使我认识到在困难面前不能低头……

但是，我个人觉得这本书也有一些需要改进的地方。主要有以下几点：其一，课外古诗文背诵篇目的比例较小。初中阶段是打基础的时期，增加课外古诗文的数量对于我们课外阅读能力的提高是很有帮助的。其二，我觉得一些对我们影响不大的文章不必选入教材，像《世上没有傻问题》、《大小猫洞》等文章，虽然富于哲理，但在语文上没有什么太值得我们学习的地方。所以我希望你们不要把这些文章选入教材。其三，在这本教科书中，名著导读的内容比较少。我觉得应该适当增加这方面的比重。这样，能进一步丰富我们农村中学学生的阅读量，拓宽我们的视野。

以上是我给你们提出的一些建议，希望你们能够采纳。如果能实现，我相信同学们一定会更加喜爱这套语文教科书的，也会更加喜欢语文这个科目！

此致

敬礼

广东省惠来县仙庵中学初三（1）班　张静燕

2009年11月13日

59　小足球赛

2009 年 11 月 14 日

今天下午，我和铭飞老师在仙庵中学组织了一场小足球赛。

同许多农村学校一样，仙庵中学由于条件所限，足球活动很难开展起来。大部分老师和同学都喜欢打篮球。自从曾铭飞老师向我提议组织一场足球赛后，我就计划着要把这个活动开展起来。一来可以锻炼身体，丰富校园生活，二来可以增加教师凝聚力，何乐而不为？

说干就干，我和铭飞决定先做好准备工作。中午，我和铭飞、楚杰一行三人来到书店买了一个足球。足球外观挺不错，属于风火轮式的，但价钱却极低，仅售 25 元。经过一番讨价还价，最终以 22 元成交。我们觉得物超所值，在回去的路上显得异常开心。到了宿舍后，昭文老师询问了一下价格，说了句："哈哈，就怕便宜无好货，踢一场就破了！"我们都说不可能，但不料竟然被他言中了。

球准备好后，我来到一家小商店买了一双运动鞋。至于运动服，我已从深圳带来了。现在，就差球场和球门了。关于球场问题，铭飞主张在学校后面的篮球场边进行。但楚杰提出了不同意见。他认为那里乱石很多，容易伤人。我们认为楚杰讲得很有道理，便放弃了这一建议。最后，我们一致决定在学校升旗台前的一片空地上举行这场球赛。那里地势平坦，下面全是沙土，不易伤人，且大小适中，是块比较理想的场地。

至于球门，我想到了一个办法。我从昭文老师的鞋架上借来两双红拖鞋，一边放一对，不就可以做成两个"球门"了？大家一看，乐不可支，觉得很有趣味。

至于队员，我们约好了几名老师。除了铭飞、楚杰和我外，还有创弟、明泉等人，以及命键、杰龙、奇岚等几名同学。比赛开始前，明泉因家中有事，临时决定不来了。正在发愁时，映生老师走了过来。我们向他发出了邀请，映生老师高兴地答应了。

一切准备停当，下午 4 点 20 分，小足球赛正式开始了。我和命键、杰龙、奇岚三位同学一组。铭飞、创弟、楚杰和映生四位老师一组。双方你来我往，踢得好不热闹。杰龙的技术最好，只见他带着球左冲右突，如入无人之境，不一会儿便进了三个球。杰龙曾在一篇随笔中提到过喜欢踢足球，所以这次我特意通知他来踢。这场球赛，可让他过足了瘾。另一方也不甘示弱，铭飞老师凭着过硬的功底左盘右带，连过几人，突然间将球传给创弟老师，创弟老师接到传球，背对防守队员转身怒射，皮球应声入“网”。“哇——”场边顿时响起了惊叹声。性格内向的楚杰老师是第一次踢球，虽然有些拘谨，但踢得十分认真，不时获得众人的喝彩。

此后，双方你争我夺，踢得不可开交。令人意想不到的是，足球场边竟然来了一名女将——杨丽华老师。在我们的热情邀请下，杨老师欣然上阵，加入了战斗队伍。虽然她是个女将，但踢得非常投入，颇有“巾帼不让须眉”之势。

不知何时，球场旁边围观的同学渐渐增多了，他们自发地当起了“拉拉队”。场上龙争虎斗，场外加油助威，这种情景真是热闹非凡。一位“拉拉队员”说了一句：“这就是传说中的足球赛吧！”呵呵，“传说中的足球赛”，如今已经变成现实了！

经过一个多小时的鏖战，这场师生联谊小足球赛终于落下了帷幕。虽然已近冬天，寒风吹来有些寒意，但大家的脸上都写满了兴奋和喜悦。但愿这一场球赛，能激起仙中师生参与运动的热情与活力，能进一步增进老师们的团结和友谊。

60　问渠哪得清如许

2009 年 11 月 15 日

惠来的山水很美，到处充满了生机。仙庵地处惠来的最东边，是一个沿海小镇，也是一个鱼米之乡。这里不光空气新鲜，景色也很秀丽。由于较少受到现代工业文明的干扰，惠来的自然环境保持得非常良好。当地的山泉水很多可以直接饮用。

就拿仙庵镇的饮用水来说，这里的居民大多就地取材。他们在自家的院子里打一口井，俗称“天井”，所有的生活用水便取自于这口井。仙庵中学的方法更妙，直接从学校后面的山上取水，可以说是真正的“自来水”。在这里，是很难见到水务公司的影子的，更不必说“交水费”这个词了。

这里的水质究竟如何？据同事介绍，当初决定要从后山上取水的时候，就曾派人将水样拿到汕头市有关部门检测。经过汕头市质检部门的严格测定，这里的水质非常好，矿物质含量丰富，完全达到饮用水标准。这个结果一出来，很多单位或居民都自发修建水管，从山上取水。我来仙庵两个多月，也觉得这里的水质确实好。以前我在深圳生活时，几乎每隔一段时间就会患一次口腔溃疡，而且要过很久才痊愈。说也奇怪，自从到了这里，我的口腔溃疡一次也没有发作过。这难道不是水质优良的一个佐证吗？

这么好的水，究竟是从哪里来的呢？为了一睹究竟，我决定亲自去水源察看一番。

下午 2 点，我和思斌、昭文、创弟老师一行四人带上水和干粮，循着山路前去探寻水源。思斌老师是个“活地图”，有了他的带领，我们就用不着走弯路了。

我们沿着狭小的山路前进，路过不久前游历过的千午水库。时隔一月，千午水库的景致已是大不一样。进入初冬季节，天气寒冷干燥，岸边的绿洲已变成了一片荒草地。原先在上面悠闲地吃着青草的牛儿们，此时也不见了踪影。只有几只水鸟偶尔在水面掠过，寻找它们的美食。

看到我们的到来，水边养鸭场里传出了几声犬吠。此情此景，改编刘长卿的诗句来形容，可谓是“柴门闻犬吠，风中探路人”。我禁不住挑逗，学着狗儿叫了几声。这一来，狗儿叫得更欢了，纷纷伸长脖子朝我们示威。还好我们人多势众，狗儿们不敢近前，只是象征性地叫了一阵便罢了工。看来，除了“狗仗人势”这个说法外，还应该有“狗惧人势”的说法才行。

我们行了大约 1 公里路，来到了半山腰。此时，山势忽然变得陡峭起来。据目测，坡度大约有四五十度。我们不敢掉以轻心，侧着身子向上攀登。一边前进一边相互提醒，艰难地向上攀登。好不容易过了一个山头，接着又出现了一个山头。这是一个半山洼处，草木异常茂盛。尤其是上山的小路，此时几乎难以寻见了。幸亏思斌老师熟悉路径，略一观察便摸清了方向。我们一路披荆斩棘，借着路旁的枝条曲折前行。昭文老师可能平时较少运动，还未爬到山顶，就已经开始喘上了。途中遇到一处水沟，大约有半丈远。我们几个不得不后退几步，然后摆开姿势，纵身一跃跨了过去。跨过水沟后，我们又陷入了荆棘的包围之中。两旁长满了锯齿状的叶片，非常锋利。我们用棍子将其挑开，小心翼翼地钻过去。上到山顶后，我们发现手背上被划出了好几道血口子。

爬了一个多小时后，我们终于抵达了水源地——客仔湖坑。说实话，未见水源之前，我对此地充满了幻想——这里一定是一汪清泉，或是一处深潭。潭边流水潺潺，绿树掩映。但到达实地后，我却感觉有些失望。所谓的小潭只是一个不足十平方米的小池子，池子的上游是一堆乱石，泉水便是从这些石缝中流出来的。池子的下游用水泥和石头砌成了一条坝，将水挡住。池子两边均为石壁，其中西侧是一块巨大的石头，上面可坐人。坝底接有两根水管，一根是进水管，上面有个很大的过滤罩。整个仙庵中学的生活用水就是从这根管子里流出去的。另一根是排污管，又粗又短。一般要在清洗过滤罩时才会打开，以便排出污泥。

“饮水思源”，每一个站在这里的人都会想起这个词。谁能想到，这个小小的水池竟然供应着一千多人的生活用水。水流一刻不停地从石缝中涌出，汇入水池，再通过一条水管流入每家每户。可以说，这潭池水是仙庵中学的生命之泉。这条水管也是仙庵中学的生命线。这么陡、这么长的山路，不能用机器，只能靠人工，当初铺设水管的人该花了多少心血啊！据思斌老师介绍，从山顶到山下，铺设的水管总长度约为 5 公里。铺完这么长的路线，没有坚定的意志和团结协作的精神，是不可能完成的。据说有一次，为了更换一截损坏的水管，思斌等十多个老师肩扛手抬，走了三个多小时，费了九牛二虎之力才到达山顶。期间辛苦，可想而知！听到这里，我不由得对这条“生命之线”的建设者们肃然起敬！如果没有他们的辛劳，就没有仙中今天的幸福生活。

在池边停留了半个多小时后，我们一行四人顺着原路返回。在回去的路上，我们还发现了好几条水管，据说是当地居民从山上接入村子里的。望着这些蜿蜒曲折的水管和山下苍翠的山村，再看看不远处烟囱高耸的火电厂，我不由得心生感慨：大自然赐予了人类甘美的乳汁，就像母亲一样滋养着人类。如何去保护它、爱护它，是摆在所有人面前的一道思考题。

当晚，思斌老师亦文思泉涌，写了一篇短文记载这次游览经历。现敬录于下：

10 月 15 日下午，我和剑华等一行四人前去登山。历尽辛苦，我们登上了仙中“自来水”的源头——客仔湖坑一探究竟。在客仔湖坑的石堆里，我拾得一石。此石似拳头一般，表面乌黑光滑，煞是讨人喜欢。我把它带回家中，仔细欣赏，并作此颂：

我爱此石，因为它经受了岁月和风雨的洗礼！我敬此石，因为它有比白玉更坚硬的质地！我赏此石，因为它的棱角经受过切肤之痛的考验，原有的峥嵘变成了光滑的外表。它的光滑不是圆滑，而是把不平的外表磨合成韧性的合金钢，深沉而有分量。我颂此石，因为它有坚韧不拔的品质和愈挫愈坚的精神。

它朴素自然，安逸自在，与世无争。它让忧伤随流水而去，却把快乐留给了涓涓细流，直到永远……

61　语文评课会

2009 年 11 月 16 日

今天下午，语文组在团委办公室召开了一次教研组会议。会议的主题是评价我不久前在初三（1）班上的公开课。学校对这次会议似乎比较重视，因为林校长也来参加了。在加明组长的主持下，研讨会正式开始了。

柯主任首先发言，他说：“陈老师上的这堂课，给我留下了很深的印象。首先，是教学环节的处理比较得当。例如导语的设计，很吸引人。再如第二课时就圆明园兽首拍卖一事展开讨论这个环节，也很有现实意义。其次，是陈老师在教学中，很注意培养学生的主动学习能力。让学生动手去写、去说，十分新颖，也很有效果，令人耳目一新。教师能够充当导演的角色，让学生通过对文本的阅读去体会内容、梳理结构。学生能够真正地动起来，比如让学生自己板书，自己改字句；让学生每人写一句话评价雨果等，学生表现得很自然，也很出色，看不出什么雕琢的痕迹。这在教学中是很难得的。第三，陈老师的教学设计很严密，也很自然。比如从描写‘远征军的胜利’到‘对远征军的谴责’的教学转换上，过渡非常自然，一下子就让人看到了侵略者接受历史审判的结局。最后，第二课时的互动环节，既培养了学生的爱国意识，又培养了学生运用语言的能力和现场写作能力，起到了多方面的作用。总体而言，陈老师的这堂课，把学生学习的气氛真正调动起来了，是一堂实实在在的好课。我认为，语文教学发展的方向就应该像这堂课一样！”

柯主任讲完后，加明、国宝、秋顺、映生、创弟等老师也先后发了言。以下是他们的发言内容：

加明老师说：“我是抱着学习的态度去听课的。让我感触最深的是陈老师能把学生学习的积极性调动起来。学生学习的积极性、发言的胆量、课堂上活跃的气氛等，都是我们目前所欠缺的，也是我们今后要加强的。”

国宝老师说：“陈老师在调动学生的学习能力、表达能力方面做得非常到位，令我自叹不如！语文教学主要在表达、写作能力上，这堂课可以说表现得近乎完美。这篇文章中的很多反语是很难把握的，老师能组织学生自己去读，去板书，这种做法很好，值得我们好好学习。”

秋顺老师说：“听完这堂课后，给我印象最深的是陈老师以问促读，以问代问的教学方式。语文教学最重要的不外乎是读和写两个方面，这堂课在这两个环节上处理得非常好！”

映生老师说：“听了这堂课，我感到受益匪浅！这堂课从导入、教学到学生总结，都很有特点。我平时也想过尝试一下，但始终不敢这样做。这堂课的效果毋庸置疑，但我有一个疑问：假如按照陈老师这种方式在普通班上课，效果会不会有这么好？学生在互动过程中是否会配合？”

创弟老师说：“我认为陈老师的这堂课的成功是他长期教学素养的反映，因为很多知识是在课本中找不到的。这堂课之所以近乎完美，是因为陈老师在课前进行了精心的准备。对课程的精心准备，是语文教学最重要的环节。阅读与写作结合，向写作迁移，是当今语文教学的趋势。语文教学的外延是生活，我们引导学生从文本中探究，还要引导他们联系包罗万象的生活，学会应用。教师要有从容的心志，很清晰地去引导学生掌握知识、运用知识。”

老师们讲完后，林校长接过话题谈了他的看法。他说：“大家的发言有一个共同点，从这堂课学到东西了！这堂公开课，对语文科组来说是个很好的学习机会！我也去听了课，和很多老师一样，感到耳目一新。我听的是第二节课，对课堂上就兽首拍卖这件事进行辩论这一环节印象特别深刻。在陈老师的引导下，同学们讨论得十分热烈，辩论得很激烈，也很有深度。这种教学，不仅培养了学生的表达能力和论辩能力，也激发了学生的爱国热情。这堂课给我的第二个感觉是学生的写作能力也得到了训练。老师要求学生现场给雨果先生写一封信，写好后让学生起来朗读。让学生在短时间内调动自身的潜能进行读写训练，写出自己的心里话。这种教学方式，真正做到了阅读与写作的有机结合。第三，认真设计教学，是课堂生动活泼的基础。语文课上得好不好，关键在于课堂准备工作是否完备。一堂课，要是准备得不充分，老师的心里就会没底，要上好课肯定是不可能的。正如创弟老师说的那样，这堂课之所以这么完美，是因为陈老师在课前进行了精心的准备。一句话：备好课是上好课的前提。语文教学要敢于打破常规思维，不要总是老调重弹。

教师要善于用精湛的教学设计去激发学生的兴趣，就会起到事半功倍的效果。第四个感受是，教师要善于鼓励学生、信任学生。学生回答得好，其他同学给予他掌声鼓励。对这位学生而言，会有一种成就感，能激发他更大的积极性；对班级而言，会产生相互促进的作用，会调动全班同学的学习热情。这种方式，我认为大家应该多采用。”

校长的话很有条理，也很令人深思。大家听得十分专心，有的不时做着笔记。从校长的谈话中，我感觉到了他的殷切期盼。显然，林校长是一个注重教学质量和教学态度的人。在他的心目中，认真对待教学，提高个人素养，才是提高教学质量的根本。

校长和老师们说的都是溢美之词，我自身却感到了很多不足。我主要谈了以下三点：一是对作者谴责侵略者强盗行径这一重点内容的朗读还不够充分；二是学生的发言面还不够广；三是留给学生写作的时间相对较短，影响了部分学生的写作质量。这三个缺点很明显，只是老师们为了照顾我的面子没有说出来而已。对于老师们的厚爱，我既感动又不安。能在一所农村中学与同事们进行这么深入的教学研讨，我感到非常荣幸。

会议结束了，但大家的心情却不平静。关于如何提高教学有效性的讨论，会后还在进行着……

62 家访

2009 年 11 月 17 日

来仙庵已经有一段时间了，我对初三（1）班的学生也有了一定的了解。但学生的家庭状况如何，学生家长对子女学习的态度如何？我不得而知。为了一探究竟，我利用课余时间，分别访问了杰龙、伊捷和燕真等几位同学的家庭。

到杰龙家访问是在半个月以前，即我和昭文老师游四美村的那天进行的。我们到访的实际上是杰龙家开的一家超市。迎接我们的是杰龙的父亲和母亲。杰龙的父亲今年 43 岁，杰龙是男孩，因此颇得家里的重视。

这家超市位于四美村旁边，面积约有 100 多平方米，在农村算得上是规模较大的了。杰龙爸爸非常热情，泡上功夫茶，与我们聊天。可惜杰龙不在家中，其母亲找了半天也没找到，最终未能见面。对于目前的生活，杰龙的父亲似乎比较满足。他说自己最大的心愿就是希望杰龙能考上一个好的高中，将来考上大学，出人头地。而杰龙又处于青春期，有了独立的思想和个性，感觉不如以前听话了。他希望我能多和杰龙沟通，帮助他把学习搞上来。我耐心地向他谈了我的看法。我讲了一下青春期孩子的心理特征，同时希望他能够尊重孩子的个性，多鼓励，少批评，孩子长大后自然会明白父母的心愿的。杰龙的父亲听后，觉得有些道理，若有所思地点了点头。

11 月 14 日晚，我和昭文老师一起来到伊捷家中访问。伊捷家在镇上的一家食品公司内，是一排不大的平房。从头到尾共有 3 户，我们刚去时，不知道她住在哪一间，但门口挂着的一件红色外衣还是让我们判断出了她家的位置。

见到我们来访，伊捷的母亲非常高兴，端茶倒水，忙个不停。伊捷的母亲不到50岁，是一个非常朴实的人，现在在仙庵中学图书室工作。因为伊捷的父亲长年住在靖海镇她爷爷家中，伊捷便和她妈妈一起在离仙中较近的仙庵镇生活。我告诉伊捷的母亲尽量让孩子读高中，将来考大学。对于这个建议，她显得很高兴。对于伊捷，她说一定会让她读高中，将来考大学。听到这里，我感到很高兴。一旁的伊捷听后，也露出了开心的笑容。我总觉得，这么优秀的孩子（学习成绩一直排在年级前5名左右），不让她去读高中上大学，实在太可惜了。

由于学校有同事找我，我们的访问不得不中断了。就在我们提出告辞的时候，伊捷的母亲坚持要送我一袋茶叶，被我婉言谢绝了。伊捷妈妈见我如此，又拿来一罐黄豆，说是自家产的，无论如何也要我收下。见此情景，我只得收下了。回去的路上，我和昭文老师都很感动。不为别的，只为伊捷和她母亲身上体现出来的朴实无华的品质！

第二天下午，燕真同学的家长打来电话，邀请我和昭文老师夫妇去他家做客。我们高兴地答应了。昭文老师曾是燕真初一时的班主任，妻子与燕真的妈妈又是同学，因此这次家访实际上是三位老师的联合访问。

燕真的家位于仙庵村内，是一栋三层的小楼房。房屋结构精美，矗立在小巷之中，格外引人注目。燕真的父母都是老师，并且在同一所小学任教。燕真的父亲是这所小学的领导，夫妻二人过着名副其实的“教书育人”的生活。

因为都是教师，燕真的父亲讲话显得很客气，也很有礼貌。他的普通话非常好，在当地可以用“优秀”来评价。不仅如此，他还写得一手好字。在他家的墙上，挂着一幅他的书法作品——《沁园春·雪》。笔迹遒劲，柔中带刚，颇有大家风范。据介绍，他是普宁师范学校早期毕业生之一，曾专门练习过书法。

我们边喝边聊，谈起了当地的教育发展和生活状况，谈起了他们对子女的期望……一直到夜里十点多钟，我们才起身告辞。

通过这几次家访，我进一步了解了当地学生的家庭状况，也了解了家长对子女的教育态度，同时更加深入地了解了学生的学习环境。相比从前，现在的潮汕地区的家长在对子女的教育态度上已发生了很大的转变：过去那种重男轻女的思想正在逐步淡化，过去那些只求眼前利益而不顾子女长远发展的思想正在逐步转变。我祝愿仙庵的明天更美好！

63 给初三（6）班讲课

2009 年 11 月 18 日

这个星期四，明泉老师因家中有事，让我代他上一节课。记得上次来这个班监督自习时，发现一些学生无事可做，在教室里玩，白白浪费了许多光阴。为了教育学生利用好这段时光，我决定给初三（6）班的同学作一次小讲座。

由于事情较突然，我把上次在初一（5）班讲的《话说杜甫》再讲了一遍。只是相比前一次，这次讲座的内容更深一些，穿插了很多杜甫在不同时期写作的诗歌。

讲座的效果出乎我的意料。在这样一个所谓的普通班里，同学们照样听得津津有味。讲到杜甫客居成都，因茅屋被风吹破而写下《茅屋为秋风所破歌》一诗时，很多学生自发地随着我背诵起来。在听到诗人贫病交加、客死他乡时，许多同学露出了惋惜的神色。一堂课下来，很多人觉得意犹未尽。

讲座结束后，教室里响起了如潮的掌声。有位同学喊了一句："老师，希望您下次再为我们讲个故事！"我微笑着答应了。看看还有多余的时间，我便利用这点时间与同学们谈了一次心，讲了讲对未来的看法。同学们听得很专心，有几名同学还主动站起来谈了自己的感受。

课后，一些学生应班主任的要求，写了听后感。其中，一名叫李佳彬的同学的来信引起了我的注意。他在信中写道：

陈老师：

您好！

今天听了您的一节课，我感到受益匪浅。在这堂课上，我有幸得到了您的表扬。您不知道，自初一到现在，还没有几个老师说过我好呢！小学的时候，我曾被老师表扬过很多次，所以读书也很认真。今天，这种感觉我又在您的身上找到了。不管现在努力晚不晚，首先我要说一声："谢谢您鼓励了我！"

老师，您的到来对于有些人来说也许是一件很平常的事，可对我来说就像是苦海之中的一盏明灯。我知道自己不是一个读书的料，我也早就不想读了。再加上某些偏见，所以上起课来根本就没有专心去听，成绩就不值得一提了。您来我们班之前，我对您一点也不了解。我以为您和其他人一样，认为我们是个普通班，上课不会太用心。可是事实证明我错了。您对待课堂是如此用心，您的课堂是这样生动有趣，我不得不说我想错了。对不起，老师。我误会您了！

您在课堂上说过，人这一生不必做太多的事，只要专心做好一件事就够了。或许您说得对，有时候一件小事就可以成就你的一生，有的人做了很多大事可到头来却一事无成。您还教导我们年轻时要多努力，不要轻易说放弃。我听了很感动，我代表全班同学谢谢您！

老师，不知道这是不是您唯一一次给我们上课。如果是这样，那真是太珍贵了。不过，我还是希望您能再来一次。我还想听听您的课，也想当面向您道一声谢！

学生：李佳彬

佳彬同学的话引起了我的深思：一个被认为是"差生"的同学，却能写出如此流畅的书信；一个成绩不大好的学生，却对老师表现出异乎寻常的尊敬。这说明了什么？这说明学生不是天生就是差的，更说明所谓的"差生"更需要关怀。在他们的成长过程中，会遇到各种因素的干扰。如果拥有良好的师资和学习环境，同样会取得良好的学习效果。正如孔子所言："有教无类。"一个再调皮的学生，倘若你用真心对待他，久而久之，他就会与教师产生亲近感。"亲其师，信其道。"在良好的师生关系中，这样的学生会不由自主地对老师产生一种信任感，学习自然会花心思。

从另外几封来信中，我还看到了他们对知识的渴求。这些来信都有一个共同点，那就是渴望得到更多的教育机会，了解更多的外部世界。"人非草木，孰能无情"，无论是基础好的学生，还是基础差的学生，每个人的内心都有一个渴望，都有一个理想。如果我们当教师的能够深入学生的内心世界，了解他们的所思所想，教学中的矛盾就会少一些，教学效果也会更好一些。

我突然想起在上次科组会议上，一位老师向我提出要求，希望我能去普通班上一段时间的课，我不假思索就答应了。我觉得凡事只要用心去做，就不怕办不好。

64 论知人不易

——学习《论语》有感

2009 年 11 月 25 日

世界上最难了解的是什么？不是深奥的科学技术，不是艰涩的古代典籍，而是人。

今天上午，我在给初三（1）班的学生讲评试卷时，讲到了《论语》中的一则故事——“知人不易”，令我深受启发：

孔子穷乎陈蔡之间，藜羹不斟，七日不尝粒。昼寝，颜回索米，得而爨之，几熟。孔子望见颜回攫其甑中而食之。选间，食熟，谒孔子而进食，孔子佯装为不见之。孔子起曰：“今者梦见先君，食洁而后馈。”颜回对曰：“不可，向者煤炱入甑中，弃食不祥，回攫而饭之。”孔子叹曰：“所信者目也，而目犹不可信；所恃者心也，而心犹不足恃。弟子记之，知人固不易矣。”故知非难也，孔子之所以知人难也。

这篇文章的大意是：孔子与他的弟子们一起受困于陈、蔡两国之间，没有东西吃，一连七天也没有进食一粒米。一天，孔子白天在室中睡觉，颜回外出讨米。讨得米回来烧火煮食。就在饭快要熟的时候，孔子突然看见颜回从锅中捞起饭来吃，孔子故意装作没看见。不一会儿，饭煮好了，颜回恭请孔子用餐。孔子说：“今天我梦见先父了，要吃干净的饭，然后才能赠给他。”颜回一听，明白了孔子话里的意思，回答说：“不是这样的，刚才是煤灰掉入锅里，我觉得丢了可惜，只好捞起来把它吃了。”孔子一听，顿时感叹不已：“一个人应该相信自己所想的，但所想的也不能全信。弟子们记住，了解一个人确实是一件很不容易的事。”

孔子的话，既是有感而发，也是经验总结。这则故事带给我们的启示是，要了解一个人是很不容易的，轻易地怀疑他人是不道义的，正所谓“用人不疑，疑人不用”。所幸孔子能够及时反思，并告之于弟子。要了解一个人，单凭外貌、语言、动作等这些外在的东西是不足为凭的。所谓“路遥知马力，日久见人心”，要真正了解一个人，需要时间去检验。

记得好几年前，我在学校担任班主任。对于当时任教的那个班，我倾注了很大的心血，几乎从早到晚泡在班上。学生之中有一个是我曾教过的××同学，我对他寄予了很高的期望，将他选作班长。由于我的努力，班级的学习风气比较浓厚。到第一学年结束，有不少学生的成绩进入年级前列。但由于我的工作方式欠妥，得罪了几个学生，这几个学生竟然联合起来“造反”，给我罗列了几条罪状，要将我赶下台。这其中就有××同学。我当时完全被蒙在鼓里，直至学生处主任谈及此事，我才知道竟然有这么一回事。在此期间，这位同学一直在我面前表现得很正常，甚至比平时更努力，完全看不出有“反叛”的迹象。这件事令我感到非常失望，学期结束我便辞去了这个班的班主任工作，转教别的班去了。尽管学校也做了一些劝慰工作，但我仍然坚持了自己的意见。这件事给我的教训是：学习固然重要，做人更重要。要真正了解一个人是很不容易的，绝不能凭表面的现象去判断。

除此之外，我对自身的工作方式也作了深刻的反省。首先，我的工作存在方向性失误：在抓学生学习的同时，忽视了学生思想的变化，尤其是忽视了学生个性自由的发展，否则不会出现“内乱”的现象。其次，我对学生的了解还不够深入。学生进入青春期后，随着身体的发育，内心也开始变得复杂起来，逆反心理逐渐加重。而我过于重视学习成绩，实际上是从另一个方面压制了学生的个性发展。由此，我得到一个体会：在教学工作中，老师要学会了解学生。只有“知己知彼”，才能成为一个真正受学生欢迎的教师。要真正了解学生，就必须将心比心，把工作做到他们的心里，才能真正取得效果。倘若仅凭主观印象去评价学生，到头来会吃尽苦头。由于吸取了这次带班的教训，我在此后的工作中很注意了解学生的思想变化，班级带得很顺利，与学生的感情也很深。毕业之后，班里的很多学生仍然会抽空来看望我。

还有一件令我印象深刻的事。许多年前，我在一所学校任教。一个星期六的下午，我和几位同事在篮球场运动。正玩得起劲时，只听“砰”的一声，一位保安员骑着摩托车撞到乒乓球台上去了，顿时，我们几个人围了上去。只见这名保安昏倒在地，已经不省人事了。我急忙拨打了120急救电话，并与几名同事一道将该名伤者送到附近的医院抢救。抢救前，由于医院需要付押金，我便立即为该名患者垫付了800元的医药费。人脱险后，我便把这件事交由该保安所在的公司去处理了。

大约过了一个星期，这名保安所在的公司派人给我还来了800元钱，并说了许多感谢的话。我和所有人一样，听到表扬后乐不可支，还一个劲地向他打听伤者的情况。得知伤者已完全康复后，我感到很高兴，觉得是做了一件好事。他还说见我之前送来了一封感谢信，想当面交给校长，但没见着人，就让××老师代为转交了。我对公司的负责人说这是小事，没必要弄得这么张扬。他说，交给校长的目的就是要让他在全校大会上表扬我一下，让大家知道有这回事。

后来有次吃饭时，不知是谁聊起了学校保安的事。我突然想起了感谢信的事，便顺便问校长是否有人转交过信件给他。校长听后显得很惊讶，说从未有过此事，并追问我是谁转交的。我一听也觉得很惊讶，但立刻意识到这里面可能另有文章。我沉默了一下对校长说："开个玩笑，不要当真。"校长直愣愣地看着我，懵懵懂懂地说了声："开玩笑?"之后又很不解地喝酒去了。我不想点破这件事，有两个原因：一来不想张扬，毕竟主动申请表扬是件不光彩的事；二来不想让那位老师受到批评，毕竟那位老师还很年轻。再说妒忌也是人的本性，为这么小的一件事伤害了那位老师实在有损我的人格。知识分子的脸面薄，但心绝对不浅。这就是这件事带给我的体会。

当然，凡是无绝对。这其中，也有截然相反的例子。前文中我提到的初三（1）班的一位女同学小欣就是一个例子。从开学的第一天起，她给我的感觉就是开朗大方、坚强勤奋、好学多思。在她柔弱的外表下，潜藏着一颗坚强进取的心。谁曾料到，她竟是一个幼年丧父的孩子呢？家庭的不幸并没有压垮她，反而激起了她的斗志。这样的人难道不值得敬佩吗？

对于成长中的青少年，有些事情不必"知"得太多，有时候糊涂一些会更好。据仙中的李老师介绍，初三（1）班有一个女生小美，去年读初二时，因一件小事和他发生了矛盾。小美一气之下决定不来学校读书了，说要出去打工。为此，李老师讲了很多道理，做了很多工作，但都不见效果。最后，李老师火了，对她说了一句："你若决意要走，那就再也不要跨进这个学校的大门！"没想到这句话反倒让她怔住了。在冷静下来后，小美反而安安静静地坐在教室里认真学习起来了。之后，小美给李老师写了一封很长的信。她在信中详细记述了她的心路历程，也表达了自己的歉疚之情。就这样，在李老师一片赤诚之心的感召下，一个学生被成功地留在了学校。这个学期，小美同学学得异常认真。对于以前的事，她知道我不了解，所以毫无思想顾忌，为人主动大方，学习勤奋刻苦。而我也乐得糊涂，甚至希望这种糊涂保持得更久一点。就这样，小美的学习劲头越来越足，成绩也越来越好了。我想，“得糊涂时且糊涂”！人们常说：“水至清则无鱼，人至察则无徒。”对于学生，教师要学会“难得糊涂”。糊涂，不是真糊涂，而是宽容大度的表现，是教育的至高境界。

“知人不易”，这是孔老先生早已明断的箴言。这句话听起来好像很复杂，但若把它简单处理，我觉得会过得很轻松。因为事由心生，你不把它当回事，则什么人都无需去知了。

65 谈读书

2009 年 11 月 26 日

“生活里没有书籍，就好像没有阳光；智慧里没有书籍，就好像鸟儿没有翅膀。”这是英国著名作家莎士比亚的说过的话。“书籍远不止于是书本，它们就是生活，是过去岁月的精华，是人类生生死死的奥秘，是生命的本质与精髓。”这是美国洛厄尔的名言。书，对于人的一生而言，有着何其重要的意义！

读书可以增长智慧。在人类社会中，人的知识一般有两个来源：一是来源于生产劳动与社会活动——这是人在生活中自然形成的低级智慧；二是来源于书本及其他媒介——这是人在生活中间接获得的高级智慧。由于每个人活动的范围有限，时间和精力也有限，读书便成了获取知识、增长智慧最便捷的来源。

隋末李密年少时勤奋好学，当他打听到缑山上有一名士叫包恺时，就决定向他求学。李密骑着一头牛前往拜师，牛角上挂着一部《汉书》，一边赶路一边读《汉书》。越国公杨素骑着一匹马在山中见到这幕情景，对其赞叹不已。后来，李密成为隋末起义瓦岗军的首领。

大家熟知的《孙权劝学》里记载了这样一件事：吕蒙本是东吴的一介武夫，对于学习常怀有抗拒心理。在孙权的耐心劝导下他开始学习。过不多久，鲁肃过江东与吕蒙谈论时事，发觉吕蒙已完全变了一个人。他赞叹道：“卿今者才略，非复吴下阿蒙。”并和他结为好友。“士别三日，刮目相看”这一成语也因此广为流传。

可见，读书可以增长才智，可以赢得他人的尊重，可以提高自身的修养，一举数得，何乐而不为？

读书可以修身。人是高级动物，在复杂的大千世界里，各种矛盾错综复杂。这个时候往往需要更高的修养来应对。读书，便是修养身心的一个重要途径。

相传公元前496年，56岁的孔子去卫过匡。因为孔子的长相很像当地的恶人阳虎，而阳虎又是曾经欺侮过匡人的人。于是匡人一哄而上，将孔子及其弟子团团围困，欲磨刀杀之。在弟子们惊恐不已时，孔子说了一句话："天之未丧斯文也，天生予，匡人其如何？"意思是上天都不想让文化灭绝，匡人能把我怎么样呢？这种大无畏的精神令人称道，直至后来颜回搬来救兵才得以解围。这其中，孔子与弟子颜回的一段对白尤为引人注目。子曰："吾以女为死矣。"回曰："子在，回何敢死？"孔子在这么危难的时刻还不忘调侃一番："我以为你死了呢！"而颜回的回答也极为幽默："老师您还健在，弟子怎么敢死呢？"幽默之中更可见他们身处逆境时的乐观、豁达的态度。孔子在生死存亡的危急关头，还能保持如此镇定的态度，不能不令人佩服。是什么成就了孔子如此高的修养，是读书！饱读诗书，使得孔子能够在复杂的情况之下认清形势，处变不惊。

历史上廉颇与蔺相如的故事，更是千古美谈。蔺相如因渑池会有功受赏，廉颇深感嫉妒，并四处扬言要当面羞辱他。而蔺相如饱读诗书，修养极高，他始终不肯和廉颇会面，更不愿和廉颇发生正面冲突。他对手下人说："连秦王那样威风的人，我在朝廷上都敢呵斥他，难道还怕廉颇将军吗？但强大的秦国之所以不敢侵犯赵国，只因为有我们两个人存在啊！如果两虎相争，势必不能都活下来。我之所以忍让，是以国家之急为先而以私仇为后啊！"廉颇听后，即解衣赤背，背着荆条，通过门客引导来到蔺相如家请罪，说："我这个粗陋卑贱的人，不知将军宽容我到了这样的地步啊！"自此，蔺相如和廉颇和好，结为生死朋友。如果蔺相如没有高度的个人修养，结局恐怕就不会是这样了。

可见，读书对于一个人来说，增长智慧是一个好处，修养身心更是一个好处。这两者相得益彰，对于一个人的学识、性情有着重大的意义。读过霍金的《时间简史》的人都想得开，在一个以亿年为计算单位的大宇宙中，我的生命实在"如白驹过隙，倏然而已"。对于世间万物以及人事纷争，还有什么想不开的呢？

冰心女士在《谈读书》一文中说："我永远感到读书是我生命中最大的快乐！从读书中我还得到了做人处世的'独立思考'的大道理，这都是从'修

身'课本中所得不到的。"（修身，是指旧时代的思想品德教育课程。——笔者注）

现代人对于读书的态度各不相同。大部分年轻人选择了速食快餐，以电视剧、故事梗概、网络小说的方式来代替原始的阅读。对于书的内容也颇具倾向性：趣味性与实用性并重。哪类书好玩就读哪类，比如言情类的、武侠类的，还有"少帅传奇"、"清宫秘史"之类带有猎奇色彩的；哪类书实用就读哪类，比如"瑜伽健身秘诀"、"家庭理财妙招"之类。这类书籍在书店大多摆在显眼位置，看起来十分畅销。真正能静下心来阅读经典书籍的，只是大千世界中的极少部分。这一部分人坚守着读书这块乐土，沉迷其中不能自拔，乐而忘忧，乐而有得。他们往往读写并进，在广泛阅读的基础上心有所得，乃至凝神静思，提笔耕耘，或执著于学术探究，或沉醉于文学创作。他们耕耘得广、耕耘得深，奉献给社会的产品亦散发着恒久的芳香。

还有一类人，我称之为"半读书人"。这一类人书读了一些，但读得不多，更谈不上精。稍懂一些皮毛便到处炫耀，生怕别人不知道他的学问有多深。我曾听过一位"学术权威"的讲话，在批评一位青年时说了一句："孰可忍，是不可忍?"此语一出，满座皆惊。这样幼稚的错误也可以犯，孰不可犯?

总之，读书是一件辛苦的事，也是一件快乐的事。人生苦短，唯有读书，才能缩短人对自然、对社会、对历史的认知过程；唯有读书，才能充实人的头脑，丰富人的情感，开拓人的视野，净化人的心灵。

就在此文行将结束时，我的学生小敏也写来了一篇《谈读书》的文章，现摘录如下，当奇文以与诸君共赏：

耳边传来一阵阵电视广告的声音，无非又是在介绍某种化妆品的"神奇之处"了。这立即使我产生了厌恶之感。现在有很多人，为了永葆青春，费尽了心思和财力，到头来上当受骗的却不在少数。

其实，有一种不用花费太多金钱，但需花费大量时间与精力的保健方式却被人们忽略了——那就是读书！

用珠宝来装饰自己，不如用知识来充实自己。当你运用知识，轻而易举地解开别人的难题时，美丽的花环就会悄然无声地罩在你的头上。我相信，此时的你所拥有的魅力，绝不亚于用昂贵的化妆品。

当你在读书时，你会因书中的内容为之一笑，为之一哭——这是全人类共同的语言，也是心灵的化妆品。在微笑中，你的心灵得以释放、解脱；在哭泣中，你的情感得以宣泄。

“子在齐闻韶，三月不知肉味。曰：‘不图为乐之至于斯也！’”对于读书人而言，书就是“韶乐”，使人迷恋于其中，三月而不知肉味。或许当你全神贯注地欣赏一本书时，会从口中蹦出一句话来：“不图为书之至于斯也。”

但读书这种方式所带来的保健作用，却往往被人们所轻视。现在的人们读书持有两种心态：一是用来装饰自己；二是用来解决生计。其实，这两种心态都带有严重的功利性，无法使人真正享受到读书的乐趣，又如何能够得到永葆青春的效果？

做一个美丽的人，是许多人的愿望，那就从现在开始读书吧！持之以恒，我相信美丽会降临到你的身上，那时的你会感悟到：读书，是永葆青春最简单、最有效的方式！

66　快乐有挚邻

2009年11月27日

俗话说："远亲不如近邻"，此语一点不假。不知不觉，来仙中已近三个月了。要问这三个月我过得如何，那就是两个字：快乐。我不是矫情而说的，我是实实在在地感到快乐。这份自然的快乐，是我在深圳无法体会到的，因此我非常珍惜。

带给我这份快乐的因素有很多，人也很多，我的邻居——李老师一家就是其中之一。

李老师全名李昭文，今年44岁，在仙庵中学教化学和生物；妻子李娇琴，在仙庵一所小学教语文。我和李老师一家，由陌生到熟悉，到彼此关心，建立了亲如家人般的感情。这期间，李老师一家给我的帮助难以计数。

先说接车。由于我初来乍到，对于坐车路线很生疏，因而发生了开学初明泉、创弟两位老师亲自打的去县城接我的事情。之后，我逐渐摸清了乘车路线，改乘深圳至汕头的班车，直接在仙庵高速路口下车。说起来这是违反高速公路规则的，应该罚款才对。但仙庵这个地方实在太小，没有专门的汽车站，只能如此了。每次往返仙庵，我都要乘坐下午1点来钟从深圳至汕头的"国兴"快车。仙庵在惠来县的东边，距惠来县城有27公里，离汕头约有50公里。因此，我每次都会在快到仙庵时同司机打好招呼，要求他在仙庵高速出口暂停一下。这样，我就不必要再从汕头返回了。一来二去，司机和我也熟了，见到我上车，便会自动在仙庵停一下。我如果下午一点半从深圳出发，常常要到晚上6点多钟才能到达仙庵。此时暮色降临，从高速公路出口到仙庵中学长约2公里的路上显得更加灰暗。据说以前这一路段曾发生过飞车抢劫的事件。因此，我每每走上这条路，都会十分谨慎。

不知什么时候开始，李老师提出要开摩托车去收费站接我。我听后十分高兴，感激不已。此后，每当我从深圳回到仙庵时，都是李老师开着摩托车去接我。每当夜色降临，寒风骤起，我提着行李行走在仙庵高速出口宽阔的马路上时，远远就会看到一个身影守候在不远处的收费站前，迎接我的到来。每到此刻，我的心中都会涌起无限的温暖和感动！这份珍贵的情谊，我必将永远珍藏。

再说吃饭。“民以食为天”。人无论在哪儿工作，不吃饭是不行的。上学期我来仙中时，是林校长一家热情地接待了我，给予了我周到的照顾。林夫人十分贤惠，弄了许多“驳壳”、“哦泥”之类的海鲜给我吃。这在当地是名贵的菜肴，可惜我口福浅，吃不惯这些东西，辜负了林校长一家的盛意。

这学期学校的食堂开伙了，这令我十分开心。我心想，总算不用再为吃饭发愁了。镇上的饭店少得可怜，除了“奇香饭店”就没有什么像样的饭店了。

食堂负责给我供应中餐和晚餐，早餐自己解决。为此我买了一台豆浆机，每天早上磨豆浆喝。豆子是自己在镇上买的，但后来思斌老师和伊捷同学分别送了我一罐，足足让我喝了两个月。在这里，我再次对他们的深情厚谊表示感谢。

中餐我和几个年轻的教师一起吃，时间久了，便熟识起来。接触最多的要数楚杰老师了。楚杰老师刚刚参加工作，月工资只有800多元。为人极为朴实，也非常勤劳，可惜尚未找到对象。我相信今后一定会有好运降临到他头上的。

晚餐就我一个人吃。由食堂的柯阿姨和严师傅轮流做给我吃，每月轮一次。由于一个人吃饭孤寂，我征得昭文老师的同意后，决定将饭菜端上楼来和他们家一起吃。这样一来，我的晚餐顿时变得丰盛起来，气氛也变得热闹起来。对于身在偏远地区的我而言，真切体会到了家庭般的温暖。娇琴老师是个贤惠而大方的女子，勤劳朴实，心地善良。很多人都夸奖昭文老师有福气，能娶到这么一个贤惠的老婆。

为了吃好，娇琴老师花了不少心思。经常变换菜的品种，荤素搭配，且口味甚佳。很多次我在工作或活动完后，回到宿舍已是饥肠辘辘。突然间看到这么一桌丰盛的饭菜，顿时垂涎三尺，心旷神怡！

除了吃饭，娇琴老师还帮我洗衣服。记得一开始，我还是自己洗。后来娇琴老师见我事情多，就对我说：“衣服就放在我这儿洗吧，反正用的是洗衣机，洗多洗少一个样。”自此，我洗衣服的重任就由她代为劳作了。每天傍晚，我把浸透汗味的脏衣服送过去；次日下午，娇琴老师的孩子再把叠得整整齐齐的干净衣服送过来。这份辛劳，可想而知！

再说说喝茶。潮汕人有个习惯，饭后爱喝一通功夫茶。由于我的到来，这栋楼也变得热闹起来。每天晚饭过后，来喝茶的人都很多。来的大多是学校里的老师和领导。他们出于对我的关心，常常过来看我——这一点，在深圳是很难体会得到的。每当这时候，昭文老师就会摆好茶具，拿出茶叶，给大家泡茶。如果来的人多，坐的时间又长，通常要换好几次茶叶。这边的人喝的大多是铁观音，贵的一斤要上百元，中等的也要五六十元。我的到来，显然加重了昭文老师的负担。对于我所带来的麻烦，昭文老师却从来没有抱怨过一声。显然，李老师是一个把友情看得很重的人。虽然此后我也买过几次茶叶，但无论如何都难以表达我的心意。

最让我难忘的，还是家访活动。我所任教的初三（1）班的学生中，有一些住在仙庵村内。一些家长得知我的到来后，纷纷邀请我去家中做客。为此，昭文老师自告奋勇，担任导游，带着我一起前去每个学生家中访问。在我的记忆中，至少有八九家都是如此。记得去静燕同学家中访问时，昭文老师夫妻二人都出动了。在回来的路上，北风呼啸，路上光线昏暗，多亏娇琴老师带来一把小手电，照亮了回去的路。一路走来，虽然寒风凛冽，但我的内心因为他们无微不至的陪伴而感到无比温暖。在访问杰龙同学家时，由于路途较远，昭文老师骑着摩托车，载着我走村串巷，在风尘仆仆中抵达杰龙家中。访问完毕，他又骑着车，载着我前往四美村探访他的老家。期间辛苦，难以形容。

昭文老师夫妇两人性格极好，我从未听见过他们吵过一句嘴，骂过一回孩子。他们教育孩子很民主，非常关心孩子的成长。孩子在这样的家庭环境中也变得十分可爱，乖巧懂事，谦虚懂礼。一有家务劳动，孩子立即投入，从不矫情拖沓。正所谓“身教重于言教”，在昭文老师夫妇纯朴善良的品德感召下，孩子得以健康成长！一切空洞的说教，在此也显得苍白无力。

离期末不远了，今日想起李老师一家对我点点滴滴的关怀，我感慨万千。对我的人生而言，这是一段非常珍贵的友谊。

67 一堂口语交际课引发的思考

2009 年 11 月 28 日

口语交际是语文学习的主要内容之一，也是培养学生说话能力的有效途径。由于受到教学条件及中考等因素的影响，口语交际课在农村中学尚未得到真正重视。我来到仙中后，有意对学生加强了这方面的训练。在开学初的第一堂口语交际课上，我以“网络使人们变得亲近了还是疏远了”为题，让同学们展开辩论，引起了非常热烈的反响。这堂课后，同学们对于口语交际课的兴趣越来越浓。

本周上的一堂口语交际课，主题是“谈谈名人效应”。我要求学生就课本中提供的一则“伯乐相马”的故事展开讨论，并结合生活中的现象谈谈对名人效应的看法。

书中的故事是这样的：古时候有一个卖马人，一连三天牵着马站在马市上，没有一人理睬他。卖马人就去求见伯乐，并付给伯乐一些钱，请他去看一看自己的马。伯乐来到马市，看了看那匹马。结果，一天之内，那匹马的价钱就涨了十倍。

读完故事，我要求同学们说说故事的含义，并联系生活中类似的现象展开讨论。

一石激起千层浪。这个故事立即引起了同学们热烈的讨论。5 分钟后，吴焕章同学首先站起来发言。他认为，这个故事是名人效应的典型例子。正是由于名人的作用，才使得马的身价陡然上涨。但这匹马是否真的那么值钱，令人怀疑。名人是公众人物，他们的一言一行在公众中有着巨大的影响作用。因此，他们的举止更须谨慎，切不可贪图眼前利益而牺牲公众的利益。焕章同学的话音未落，泽茵同学就站起来举了个例子。说某位明星代言一种药品广告，不但没起到应有的治疗作用，反而给人们的身心健康带来了很大的危害，这个明星的形象也因此在广大群众心目中一落千丈。

小芳同学则从旁观者的角度，畅谈了每个公民都应该肩负起社会责任的观点。她认为，对于不良现象，每个公民都有义务站出来指责，否则大家就会像《皇帝的新装》里面描写的群众一样，成为一个个无聊的看客。这种状况对于社会的进步是非常不利的。

晓琴同学从马本身的角度出发，谈及了商品的市场价值问题。她指出，此马还是原来的马，不能因为某一个名人的夸奖就变成了“彼马”。由此应该想到，公众自身对于商品的价值应有清醒的认识，不能人云亦云。

命键同学认为，名人对一件事物的评判，影响巨大，因此必须谨慎对待。与普通人相比，名人的责任更大。名人要担负起社会的责任。公众亦可从名人的言行判断出他的品质。因而，公众既是商品的判断者，也是名人的评判者……

课堂上，每个同学都在倾听、在思考。这里，撞击着思想的火花；这里，激荡着青春的热血；这里，彰显着社会的良知。

是啊！随着社会经济的深入发展，名人做广告早已不是什么新鲜事了。随着电视、网络的普及，名人的广告范围也早已由城市推广至农村。在我国这样一个以农业人口为主的大国里，农民的文化程度普遍不高，对外界事物的评判能力也相对较弱。倘若某位大众眼中耳熟能详的名人不顾及自己的良心和责任，轻易为一些伪劣产品做广告代言人的话，他给广大百姓造成的危害岂可估量？

前两年在社会上引起轰动的“三鹿”奶粉事件，不就是一个深刻而惨痛的教训吗？这样一个活生生的事例，应该引起某些名人的深刻反思。在金钱与良知面前，最能看出一个人的本质。不要忘了，老百姓能把你捧起来，也同样能把你推向深渊。

68 游青屿岛

2009 年 11 月 29 日

今天，天气非常晴朗。艳阳高照，和风习习，是个郊游的好日子。在初冬季节，这种天气尤其令人兴奋。根据昨天晚上的“会议”精神，我们几个老师决定今天去青屿岛举行一场烧烤活动。

天刚亮，我就起床了。我邀上创弟老师，一同前往仙庵市场购买烧烤用品。明泉老师已先买好了鸡翅和牛肉丸，思斌老师则买好了啤酒。我买了一些海鲜食品和炊具、调料之类的东西，再问学校门口的肠粉店要了几个饭盒，就算把准备工作做完了。

上午 9 点半，我和柯主任、林主任及思斌、明泉和创弟老师一行六人，骑着三辆摩托车，浩浩荡荡地向目的地进发了。我们沿着仙庵镇的街道往东行驶，大约过了 20 分钟，就到了望前村。沿途经过几个村落，我都看不清名字。在一个叫东圃村的地方，我忽然看到了一个熟悉的人影，正在那里帮着大人砌墙。咦——那不是诗民同学吗？我忙向他大声打着招呼。诗民也看到我了，连忙停下活来，向我招手致意。

在望前村右转，不一会儿就到了大海边。我们沿着村边的小路向前行驶了一会儿，前面突然开阔起来。驶过一小片沙滩，展现在我们面前的是一片汪洋大海。啊，大海！辽阔的大海！我们来了！海风卷起海浪，一阵接一阵地涌向沙滩。这样壮美的景色，即使看一万遍也不过瘾。

此时正是渔船返港的时间，大批渔民正在收网取鱼。我们沿着沙滩往前走，只见渔民们三人一群，五人一伙，正在紧张而忙碌地劳动着。不少渔民穿着长筒雨衣，站在海中作业。有男人，也有女人。每个人的皮肤都呈现出海边居民特有的棕褐色。

见到我们，渔民们有些好奇。但很快又恢复了平静，各忙各的活去了。我们来到一位老渔夫面前，看到他船中有不少小鱼，非常适合烧烤，便决定买一些。老人很爽快，装了一小袋递到我们面前，说了声："不用称，四块钱!"我一听这么便宜，惊得目瞪口呆。我忙接了过来，生怕他反悔似的付了五块钱就走了。行了一百来米路，我们便到了一座小岛边。这便是我们的目的地——青屿岛。据林主任介绍，他小时候常来此玩耍，对岛上的一景一物已经很熟识了。青屿岛由两座小岛组成，面积不大，看上去就是两座小山，加起来大概也只有半个平方公里。

我们停好摩托车，沿着岛上的小路爬了上去。上到岛上，远处的大海尽收眼底，东侧的渔船似有几百艘。百舸争流，沉鳞竞跃，好不壮观！向西望去，只见有两座呈对称状的半圆形山峰，恰似一双玉乳，挺立在海天之间。再看南方，烟波浩渺，一片茫茫，真是令人心旷神怡。岛下，则是"惊涛拍岸，卷起千堆雪"的奇异景观。白浪翻滚，涛声震天，令人心潮澎湃。

欣赏了好一阵美景之后，我们此行的重头戏——烧烤活动开始了。我们就地取材，搬来三块石头一拼，一个灶台便搭好了，然后又去找来了一些干树叶，铺在地上作引火用。我们在干树叶上面铺上带来的木炭，吹的吹，扇的扇，不一会儿就把火点着了。伴随着熊熊的火光，我们将鱼、火腿、鱿鱼、鸡翅、玉米等食物依次摆上，开始烧烤。林主任负责涂油，思斌老师涂烧烤汁，创弟扇风，柯主任和明泉烧烤，我涂调味料，六个好朋友忙得不亦乐乎！在这样一个偏僻的海岛上，一群中年男人，正用他们的热血燃烧着青春的激情，用他们的心灵品味着珍贵的友情。

喝着醇香的啤酒，品着香喷喷的烤肉，我们六人有说有笑，沉浸在快乐的气氛中。不知何时，岛上来了几个少年，其中一个还给我们送来一条大鱼。一问，才知道是创弟老师的学生。我们直夸创弟老师有福气，走到哪里都有得吃。随后，又上来几名年轻的女子，肆无忌惮地嬉笑着，更给这偏僻的山头增添了几分瑰丽的色彩。

吃完烧烤，我们翻过深涧，爬上了那座更靠近大海的小岛。我站在山头，目视着波澜壮阔的大海，不禁思潮起伏。"东临碣石，以观沧海。水河澹澹，山岛竦峙。树木丛生，百草丰茂。秋风萧瑟，洪波涌起。日月之行，若出其中。星汉灿烂，若出其里。幸甚至哉，歌以咏志。"曹操的著名诗篇《观沧海》，写的可是眼前的奇景？

愉快的烧烤活动结束了，但它带给我们的欢乐却永远也难以忘怀。

69 千里返校

2009 年 11 月 30 日

教师是一个特殊的职业，因为这份工作的对象是人而不是物。教师的一言一行，自己不会有多大觉察，但在学生眼中却是另外一番感觉。

两周前，我接到四川师范大学文学院蒋老师的电话，要我去学校参加论文答辩。这是我三年来攻读硕士学位历程中的最后一个考验，耽搁不得。我于上周日出发，乘坐深圳航空公司的班机赶往成都。周一上午，在教授们挑剔的目光中，我终于有惊无险地通过了论文答辩。之后，我特意逗留了一天，请导师熊良智先生吃了一顿饭，以谢师恩。

周二一早，我便打的赶往成都双流机场，搭乘深航班机返回了深圳。到达深圳已是上午 10 点 50 分，再赶到位于蛇口的家中，已是 11 点 40 多分了。母亲早早为我准备了饭菜，妻子也为我收拾好了衣服，我匆匆吃完中饭，立即打车前往福田中学“国兴”班车接待处，准备乘坐深圳至汕头的班车。我到达乘车点时是 12 点 59 分，而接送车的发车时间是下午 1 点——前后仅相差 1 分钟。真是惊险啊！我几乎是刚坐上车，车就开动了。在布吉独树村乘车点登上大巴后，再经过 4 个多小时的奔波，我终于在当晚 6 点多钟回到了仙庵中学。

前后三天，行程约 3 000 公里，如果没有现代化的交通工具，是不可能实现的。我这么急着赶回来，不为别的，就为了第二天上午初三（1）班的两堂语文课。

周三上午 10 点，我准时站在初三（1）班的讲台上。同学们都露出了惊喜的神情，仿佛天方夜谭一般。

我的行动感染了同学们。同学们的心中泛起了波澜，纷纷在随笔中表达了各自的感想。少光同学在随笔写道：

星期三的上午，出乎所有人意料的是，陈老师竟然分秒不差地赶来为我们上课了！我简直不敢相信这是真的，因为从这里到四川似乎相距十万八千里，我认为您不可能这么快就回得来。可是您竟然回来了，而且一如既往地给我们上语文课，这让我感到很吃惊。您来去四川的时间还不到三天，这一路的辛苦可想而知。您本可以在家里休息几天，顺便跟家人团聚一下，可您没有这样做。您为了尽到教师的责任，不顾旅途的疲劳赶回了学校，这让我对您充满了敬佩与感激。

毫无疑问，您是一位负责任的老师。能做您的学生，是我的荣幸！祖国的美好未来需要像您这样的老师来创造！我们在您的心里就是一棵棵幼苗，时时需要您的呵护和照料。您放心，我们一定会绽放出最美的花朵！

读罢此文，我的心里感到非常温暖。我的奔波虽然累了一些，但却是值得的。如果我的言行能够给他们的成长带来一点有益的影响，我就感到很满足了。

记得小芳同学曾在一篇随笔中谈到过教师对学生的影响，其中的很多话语值得为人师者深思。

人在学生时代，如果能遇到一位能指引自己人生的老师，真是一件很幸运的事，因为这是人生中可遇不可求的。在老师与学生之间，似乎总有一道无形的墙，让人心存畏惧。在学生心目中，老师似乎永远都是主宰者，而学生只是被支配者。在这种情形下，师生之间是不可能形成所谓的民主、平等的关系的。

我很幸运，到现在能遇到包括您在内的三位人生的启蒙老师。除了入学之初那位把我带进知识殿堂的老师外，我小学毕业时的班主任林老师，是一位令我永远铭记的人。她让我认识到人应该有理想、有抱负，这样的人生才有意义。她让我认识到读书也是一种乐趣，读好书是受益一生的财富。而您，则是我人生旅途中的另一位启蒙老师。您不仅教给我们书本上的知识，您更像是一盏明灯，照亮了我们前进的道路，扫清了蒙在我们眼前的那一片阴霾。您教给我们许多人生的哲理，一次次地鼓起我们自信的风帆，让我们对未来充满了希望。您每一次课后所讲述的道理都深深地影响着我们每一位学子。您更像一位父亲，为我们讲述成长的道理。特别是您在给我们上苏霍姆林斯基的《给女儿的一封信》时，您把许多老师都不敢讲述的“爱情”讲得精彩至极，使我们第一次如此深刻地认识了爱情的真谛。

在这里，我想对您说："老师，您辛苦了！老师，谢谢您！"

小芳同学的话语，道出了他们这一代青少年心中隐秘的情感。为人师者，除了知识的传授外，还有什么比言传身教更能教育学生的呢？

"学高为师，身正为范"，教育前辈们的谆谆教导，值得我们深思。

70 作文教学探索之路

2009 年 12 月 1 日

2006 年 10 月，我参加了在职人员攻读硕士学位全国联考，被录取为四川师范大学教育硕士。从此，我开始了长达三年的读研生涯。今年 11 月 23 日，我顺利地通过了毕业论文答辩，这段求学生涯顺利结束。

对我而言，读研有两个目的：一是为了提高自己的学历，以便在竞争日益激烈的社会中求得一份安稳的工作；二是我的人生观有了一些变化，想让自己曾经急切而浮躁的心灵平静下来，静下心来做些实实在在的事。当然，如果能在专业领域做出一些鸡毛蒜皮的小事来，那将是我最大的心愿。前者对我而言是一个实实在在的目标，我需要一份工作养家糊口；后者对我而言有些虚幻，甚至有些可望不可即。我深知，在专业研究这个领域我连一个蹒跚学步者都算不上，很可能连山崖的边沿都未够着就摔个粉碎。但我记起了刘亚洲先生在《给儿子一封信》中的两段话：“这个世界没有打不倒的敌人，只有打不倒的自己。人只有征服自己，才能征服世界。”“聪明是一种财富，意志是更大的财富。聪明人办小事，坚强者办大事。”这两段话深深地震撼了我，使得我对教书育人这个追求充满了热情。若能在人生旅途中给他人留下一些有益的东西，亦不枉此生。

为此，我在攻读硕士学位的过程中，开始着手我的研究工作。我发现在当今中学语文教学领域，写作教学是一个薄弱环节。就写作教学的现状而言，大部分地区缺乏专门的写作教材，更缺乏系统的写作指导用书。即使有，也是一些不切实际的书籍。或是理论性多于实践性，或是简单的范文堆砌。对于学生而言，写作活动大多是凭着积累和模仿来完成的。对于教师而言，写作教学大多是凭着经验来进行的。写作教学在一定程度上看显得有些凌乱，缺乏系统性。

就作文教学的方式而言，很多老师进行了孜孜不倦的探索，取得了丰硕的成果。有的已经具有了相当深厚的理论基础和非常具体的操作方法。例如，四川师范大学文学院马正平教授对于中学写作教学的理论研究；江苏省特级教师管建刚先生关于作文教学的独特方法；南京外国语学校余一鸣老师对于写作训练的建议；湖南新邵一中杨初春老师的快速作文法；上海师范大学李白坚教授的游戏作文教学法；江苏南通李吉林老师的情景作文教学法等，可谓百花齐放，争奇斗艳。这些专家大师们在作文教学领域所作的探究令人耳目一新，为写作教学吹来了一阵清新的风，具有很强的指导意义。

对于这些专家的理论和见解，我可以用“如饥似渴”四个字来表达我的阅读心情。这几年，我利用闲暇时间阅读了多位作文教学专家及学者的相关书籍，用以弥补自己浅陋的根基。这其中，马正平教授关于“写作动力”的理论引起了我浓厚的兴趣。我为之折服，也开始由写作技巧的研究转移到写作动力上来。

为此，我把中学语文写作动力的研究当作我这几年教学研究的重点。我将所学的理论与自身的教学实践相结合，力求摸索出一条比较可行的动力化写作教学方式，并不断将研究心得应用于教学实践之中。

我所进行的写作动力研究主要包括以下八方面的内容：①观察生活，在感悟中激发写作动力。包括引导学生观察生活、思考生活、写随笔反映生活等内容。②从题目入手，激发学生的写作动力。包括推陈出新，用新颖的题型激发学生的写作动力；设喻对比，激发想象；学生自己命题，激发想象等方式。③从情景入手，在活动中激发学生的写作动力。包括创设情境，激发写作动力；创新教学方案，激发写作动力等。④从话题入手，在探究中激发学生的写作愿望。包括设置话题，展开讨论；游戏作文，展开探究等。⑤从阅读入手，由读到写，激发学生的表达欲望；在仿写中培养学生的写作兴趣。⑥培养写作素养，提高写作热情。包括文体训练、人文素养的培养等。⑦相互阅读，相互修改，在同学认同中激发写作热情。⑧多管齐下，培养学生写作成就感。包括创办文学刊物，开设文学网站，开展多种活动等方式，给学生一个成功的舞台。

以上就是我关于写作动力研究的基本内容。为了使这一理论实践实施并检验成效，我在这几年所任教的班级中陆续开展了实验，并进行了修正与小结。

在深圳市育才三中初三（7）、（8）班的教学实验中，整体效果良好。作文总体合格率达90%以上，优秀率达35%以上。其中，在《语文报》、《读写月报》、《中学生作文指导》、《广东第二课堂》、《深圳晚报》、《蛇口消息报》等报纸杂志上发表文章的学生有32人次，占34%。班里几乎每个月都能收到校外报刊寄来的用稿通知或直接发表的刊物。《语文报》于今年11月用了一个版面的篇幅刊登了我班同学的作文。

在仙庵中学初三（1）班进行的教学实践中，我做了进一步改革：整个写作教学过程全部在课堂内完成。包括审题、探究、现场写作等步骤。一开始，同学们有些不习惯。但过了一段时间便适应了。自2009年9月1日至今，我班进行了7次大型作文教学活动，全部为现场教学、现场写作。除此之外，我还要求同学们用文字记录生活，每周写一篇随笔。就生活中的现象发表看法，表达感想。同学们的写作热情很高，几乎每次上交随笔后就会有人来询问批改情况。同学们说："每次随笔交上来，就盼着发下去，看看老师对我的评价如何。"这是动力化写作教学的理想效果。从已进行的两次大型考试的情况来看，同学们的整体写作水平正逐步提高。

"路漫漫其修远兮，吾将上下而求索！"在专业研究这条路上，还有更长的路等待我去探索。

71 手莫伸，伸手必被捉

——学习《陈毅市长》有感

2009 年 12 月 2 日

近期我们学了一篇戏剧——《陈毅市长》。全剧共有十场，其中有三场令我印象尤为深刻。课文选的是第五场，主要讲述了陈毅在新中国成立之初担任上海市长期间，目睹了因西方敌对势力封锁而造成的百姓买药难，尤其是盘尼西林受到哄抬炒作导致百姓无力购买的现象，决心邀请著名化学家齐仰之先生出来工作，筹建全国第一家盘尼西林药厂。陈毅市长“亲顾茅庐”，以其高超的语言艺术和真诚的处事态度说服了齐仰之，使他改变了“不问政治”的思想，投身到祖国的建设中来。

在第六场中，由于敌机的轰炸，陈毅从家中匆匆赶往被炸的发电厂察看情况。陈毅的老丈人张大爷误以为女婿“六亲不认”，拎着行李包袱前来辞行。妹妹陈小妹也来到家中，要求哥哥介绍自己到卫生学校读书。陈毅回到家中，了解了情况后，用一番情真意切的话语打动了这两个人，化解了这场家庭风波，也使张大爷和陈小妹了解了共产党人廉洁无私的作风。

在第九场中，师长彭一虎来到陈毅家中“要官”。他认为陈毅对他的安排“不公道”，没有把自己提拔为军长。其中的一个细节令人难忘：彭一虎对陈毅说：“我哪一点比不上老胡？就是身上的伤疤也要比他多几块！”陈毅猛喝一声：“住口！”接着让彭一虎脱掉上衣数身上的伤疤。随后，他又请管理员老韩也数数身上的伤疤。在看到老韩身上伤疤累累时，陈毅故作惊讶地对老韩说：“什么，什么？（19）24 年参加红军，（19）25 年入党的老革命，身上又有那么多的伤疤，如今就担任一个小小的管理员？”一旁的彭一虎目睹了这一幕，惭愧地低下了头。随后，陈毅对彭一虎语重心长地说了一句话："手莫伸，伸手必被捉！"

"手莫伸，伸手必被捉！"这是一句多么简单而又发人深省的话啊！对于为官者，尤其如此！为官者大多位高权重，其一举一动都关系到人民的利益，倘若为官者能够凡事为民着想，这个官才是人民真正的公仆，才会赢得人民的衷心爱戴。像陈毅这样大公无私的老一辈无产阶级革命家的事例还有很多。毛泽东在开国大典前夕，曾接待过一批湖南来的乡亲。这些乡亲曾经在革命战争年代给予过毛泽东一家巨大的帮助。在《开国大典》中，毛泽东曾经说过一段话："他们帮助过我抚养孩子。我家几口人死在白区，如果没有他们的掩护，也许付出的代价更大……"按照常理，好好酬谢这些给予过自己巨大帮助的"恩人们"是完全应该的，也是完全可以理解的。但当这些曾经帮助过自己的韶山冲的乡亲们来到北京找毛泽东"打秋风"，甚至要留在北京"做杂事"的时候，毛泽东直言不讳地拒绝了。这种大公无私的精神，谁不为之感动？

《史记》记载："禹伤先人父鲧功之不成受诛，乃劳身焦思，居外十三年，过家门不敢入。薄衣食，致孝于鬼神。卑宫室，致费于沟淢。陆行乘车，水行乘船，泥行乘橇，山行乘檋。左准绳，右规矩，载四时，以开九州，通九道，陂九泽，度九山。令益予众庶稻，可种卑湿。命后稷予众庶难得之食。食少，调有馀相给，以均诸侯。禹乃行相地宜所有以贡，及山川之便利。"禹奉尧帝的命令，接替父亲鲧治水。他勤劳奔走，日夜忧思，在外住了13年，经过自己的家门，也不敢进去看看。他平时节衣缩食，却用丰厚的祭品祭祀祖先神明。他居住的房屋简陋低矮，却愿意花大钱用于水利工程。这种不计私利，一心为民的作风赢得了百姓的衷心爱戴。"其德不违，其仁可亲，其言可信；声为律，身为度，称以出；亹亹穆穆，为纲为纪。"禹用自己勤勉不倦、端庄恭敬的德行赢得了天下百姓的敬重，成为百官的典范。

这种作风，是为人民服务的作风，是广大劳动人民衷心拥护的作风。然而，也有一些人，官居要职，位高权重，却把人民赋予的权力当成了谋取私利的工具，或捞取金钱，或猎取美色，或培植亲信。这些人的存在，使得党和政府在百姓中的威信受到了损害。这些年来，由鲜花簇拥的官场步入冰冷无情的牢狱的人还少吗？胡长清、成克杰、陈良宇、许宗衡……他们哪一个不是位高权重的高官？也许他们上任之初，也曾雄心万丈，要为百姓办一些实实在在的事情。但在金钱和美色的诱惑面前，他们的防线崩溃了，意志消沉了。贪官胡长清在临刑前曾说了一句令人深思的话："走错一步，便踏进了万丈深渊。"为官者，当警惕啊！

在《开国大典》中，毛泽东同志曾对他的儿子毛岸英说过这样一段发人深省的话："黄任之，清朝举人，同盟会会员，民主建国会主任委员，大我15岁。他说一人、一家、一团休、一地方乃至一国，总有一个周期率的支配力，正所谓：'其兴也勃焉，其亡也忽焉。'就是要兴旺，就蓬勃而起；要灭亡，也很快，一忽儿的事。大凡初时聚精会神，没有一事不用心，没有一人不卖力。也许那时艰难困苦，只有从万死中觅取一生。继而环境渐渐好转了，精神也渐渐放下了，惰性发作，由少数演成多数，到风气养成，虽有大力，无法扭转。他希望'中共诸君'能跳出这个周期率的支配。"岸英问："能跳出吗?"毛泽东坚定地说："能。我们已找出一条新路，那就是民主。让人民监督政府，政府才不敢松懈。只有人人起来负责，才不会人亡政息。"

毛泽东同志在60多年前说的话，今天听来仍然铿锵有力，发人深省！希望为官者们能够以陈毅等老一辈无产阶级领导人为榜样，不谋私利，一心为民，真正做到"权为民所用，利为民所谋"。诚如是，则国之大幸，民之大幸。

最后，谨以陈毅同志的诗歌《手莫伸》与诸君共勉：

手莫伸，
伸手必被捉。
党与人民在监督，
万目睽睽难逃脱。
汝言惧捉手不伸，
他道不伸能自觉，
其实想伸不敢伸，
人民咫尺手自缩。
岂不爱权位?
权位高高耸山岳。
岂不爱粉黛?
爱河饮尽犹饥渴。
岂不爱推戴?
颂歌盈耳神仙乐。
第一想到不忘本，

来自人民莫作恶。
第二想到党培养，
无党岂能有所作？
第三想到衣食住，
若无人民岂能活？
第四想到虽有功，
岂无过失应惭怍。
吁嗟乎，
九牛一毫莫自夸，
骄傲自满必翻车。
历览古今多少事，
成由谦逊败由奢。

72　悼念刘成涛老师

2009 年 12 月 3 日

获悉刘成涛老师病逝的噩耗时，我内心悲痛不已！12 月 2 日，我不顾路途遥远，轻装简行回到了深圳，准备和育才三中的同事们一起送刘老师最后一程。

12 月 3 日上午 10 时，刘成涛老师追悼会在深圳市殡仪馆举行。刘老师的家属、同事及朋友共 50 多人，前来为他送行。

哀乐低回，青松俯首。刘老师的遗像高挂在吊唁大厅中央，左右挂着一幅挽联："穷一生修得十全技艺，历百年留有千般玲珑。"刘成涛老师 1951 年生于甘肃平凉，自幼酷爱美术，曾一分一分地攒钱买颜料画画。到深圳后，他曾在蛇口港务公司做过宣传员，直到进入育才学校担任美术教师。刘老师生性忠厚，刚直不阿。对待朋友真诚热情，对待学生宽厚慈爱，是一位深受学生尊敬、朋友喜爱的老师。

我与刘老师相识于 2005 年。那时我在深圳市育才三中担任初一年级的班主任，刘老师任教我班的美术。对于我带的这个班，刘老师不吝溢美之词，常在同事们面前表扬我。其实，自己带的班级究竟如何，我自己最清楚。其中几个小调皮常常把科任老师折腾得够呛，但刘老师很少有怨言。偶有一两个极端无礼的，刘老师也是先劝后训，直至学生安静为止。

有一次，几个小调皮又在打闹，闹了半天也没有安静下来。见此情景，刘老师说了一句："你们再不安静我就走了！"那几个小调皮居然我行我素，毫不理会。这回刘老师看起来真生气了，扭头就走。幸亏班长及大部分同学齐声疾呼，才留住了刘老师的脚步。这一来，倒把那几个小调皮弄得惭愧不已。事后，刘老师对我说起这件事，大度地说："我其实是装装样子，吓唬他们的。你不采取一点办法，他们静不下来！"刘老师对待学生的宽容大度，令我自愧不如。他对待学生的拳拳爱心，则令我肃然起敬！

刘老师酷爱美术，在艺术创作上取得了较高的成就。在他短暂的人生旅途中，他对艺术的追求从来就没有停止过。在他足迹到过的地方，几乎都留有他的笔迹。《楠溪江的村庄》、《古井》、《香江归舟》等名作给同行留下了深刻的印象。其中，《蛇口渔港》、《温州楠溪江十二村景》等油画先后在《晨笛》上发表，获得了广大师生的好评。

作为一名艺术工作者，刘老师对于摄影有着执著的追求。几十年来，他创作的足迹遍及大江南北。从华山、峨眉，到长江三峡，从漓江、黄河，到青藏高原。所到之处，他以独特的视角拍摄了大量珍贵的照片，《黄山索道》、《青海风情》、《漓江》等作品让人为之震撼。

最让我难以忘怀的，是刘老师对于晨笛文学社的贡献。遥想创社之初，晨笛文学社几乎是一片空白。从招聘社员到组建编委，从组稿编排到封面设计，再到联系印刷厂家，每一项工作都是全新的开始。当我厚着脸皮找到刘老师，聘请他担任美术指导时，刘老师二话没说就答应了。几乎在一周之内，刘老师便拿出了《晨笛》第一期的封面设计样稿。这张封面由一串串泛着露珠的绿草构成，在太阳的光辉下闪着耀眼的光芒。它蕴涵着一种美好的意境：晨笛文学社如初春的幼苗一般，在阳光下茁壮成长。

2008 年 10 月，第一期《晨笛》面世了。她犹如一位刚出阁的姑娘，“犹抱琵琶半遮面”，羞羞答答地不好意思见人。然而，她却赢得了学校师生的广泛好评。刘老师拿到刊物后也高兴不已，并对印刷问题提出了许多意见。

此后，刘老师大胆创新，采用了抽象画式的线条设计，把第二期《晨笛》杂志的封面设计成一块蓬勃生长的绿洲。在绿洲上，一群少年正在翩翩舞蹈，充满了青春的朝气与活力。这期刊物出版后，得到了广大师生更高的评价。当我将这一信息反馈给刘老师时，年过半百的刘老师露出了开心的笑容。

对于这一切无偿的付出，刘老师从来没有怨言。

“亲戚或余悲，他人亦已歌。死去何所道，托体同山阿。”刘老师已经永远地告别了我们，告别了这个喧嚣的尘世，回归了静谧的自然。刘老师在生之年，曾有一个宏伟的愿望，就是驾驶自己的小车，游遍祖国的山山水水。如今，这个愿望是不可能实现了。他带着这份未了的心愿，去了另一个世界。

愿刘老师在天国安息！

73　听课有感

2009 年 12 月 4 日

根据语文组的安排，这两天我和柯主任、秋顺等老师一起聆听了语文组国林、开明两位老师的课。开明老师的课，林校长也亲自来听了，而且听了两节，足见他对语文组活动的重视。

两位老师授课的内容都是《花儿为什么这么红》，但上课的方式各不相同。国林老师的上课流程大致如下：

一、介绍说明文知识。二、以电影《冰山上的来客》中的主题歌导入新课。三、理清结构，引导学生概括段意。四、具体分析文章是从哪几个方面说明花儿为什么这样红。五、引导学生朗读课文，展开拓展。

听完国林老师的课后，我有如下感受：一是课程的导入比较自然。国林老师由电影《冰山上的来客》中的主题歌谈起，导入合理，也容易激发学生的兴趣。二是教学思路清晰。教师对教材的内容很熟悉，教学过程清晰流畅，有较强的教学基本功和课堂驾驭能力。三是详略得当，重点突出。教师对于重点内容分析得很细致，对于次要内容则一带而过。还有一点，教师对于生字词等基础知识的教学很扎实。从学生的反应来看，我感到这个班的学生普遍基础较好，不仅有较高的学习热情，还具有较高的综合概括能力。

综观整个课堂，我觉得国林老师的课是扎扎实实的，教学过程是很严谨的。当然，就这一堂来说，也存在一些值得商榷的地方，主要有两点：一是如何恰当处理讨论与归纳的关系。这堂课有一个环节是由学生上台板书，概括文段段意。教师以此来训练学生的概括能力。但学生是在没有讨论的情况下直接上台板书的。由于这一环节涉及思维训练，我认为应该在充分讨论的基础上由学生先口头归纳，再进行板书。这样，教学才会取得更佳的效果。

二是如何处理精读和略读的关系。这是我认为本课最值得研究的一点。语文课要以读为本，要在读中感悟，在读中明理。记得全国著名特级教师支玉恒先生曾亲口对我说过这么一句话："语文课要把读放在极其重要的位置上!"读，对于语文学习来说，意义何其重要！本堂课在这方面作了一些有益的探索，如初始阶段的默读及上课过程中学生以读代答的环节等，但都稍显不足。其实，这篇文章是值得多读的，尽管它是一篇说明文。例如，文章的开头就设置了一个悬念，教师可以引导学生读出这种悬念。文章对于"花儿为什么这样红"作了深入浅出的分析，也可由学生以读代讲，读出原因，然后进行归纳。倘若老师在朗读的指导与训练上再下些工夫，学生对文本的整体感悟能力一定会更上一个新台阶。

开明老师的课在周五举行，他的课同样给我留下了深刻的印象。主要有以下几个方面：

一是教学思路清晰，能够抓住重点问题展开探究。课文的导入也很自然，教师以大自然的花为什么以红色居多为悬疑，启发学生进行思维。二是问题设计比较全面。一堂课的好坏，关键在于问题的设计。教师教什么，学生学什么，主要是围绕教师的问题来进行的。因此，教师一定要把课堂教学中需要研究的问题设计好，这是整个课堂教学的中心。开明老师设计的几个问题既涉及了内容和结构，也涉及了写作手法，比较全面。三是读写结合的训练比较到位。教师能在文本学习结束后，安排学生进行拓展训练。教师要求学生选择自己喜欢的一种花，采用恰当的说明方法写一篇短小的说明文。从学以致用这个角度看，开明老师做得很到位。

同国林老师的课一样。这堂课也有一些问题值得商榷。一是问题提出的时机值得考虑。教师在上课之初，提出了好几个问题供学生思考。虽然问题设计得比较全面，但作为一篇新课文，学生在对文本尚显生疏的情况下，思考这么多问题的确有些困难。教师如果能在学生熟读文本的基础上，分阶段提出上述问题，效果会好得多。二是这堂课的朗读训练尚需加强。除了开头让学生带着问题读书这一环节外，其他时间的朗读训练相对较少。教师提倡"以自己喜欢的方式去读书"非常有特点，但绝大部分学生采取的是默读的形式。语文课上听不到读书声，这不能不说是一个很大的遗憾。三是写作训练这一环节设计得很好，能培养学生学习文本、运用文本的能力，做到学以致用。倘若教师能在课堂练笔完成后，选取几位同学的习作当场朗读，供全体同学借鉴评析，将更有利于教学目标的落实。

“金无足赤”，不管怎么说，国林、开明两位老师都是仙庵中学很优秀的教师。我也希望通过这些活动的开展，仙中语文组的老师们能够相互交流，取长补短，共同促进仙中语文教学质量的提高。

74　潮汕祭神小记

2009 年 12 月 6 日

潮汕地区是一个传统文化氛围浓郁的地区。单从潮汕人家的摆设来看，就可见此特点。

潮汕人居住的房子，不论大小，大门的门框上一律挂有一盏红色的灯笼。随着科技的进步，这盏红灯笼现已由电灯泡代替，但颜色仍然是红的。进到门里，在厅堂中央的墙壁上，家家户户都会挂着一个神龛。中间供奉着："宋大峰祖师"的神像，上书"宝兴堂"三个字，左右对联则根据主人的愿望写上相应的内容。如做生意的人会写上"生意兴隆，财源广进"，搞运输的人家则会写上"四季平安，招财进宝"之类的话语。神龛下面有一对蜡烛（现在也改为电灯泡了），另外放有一些瓜果之类的祭品。这种陈设，在潮汕地区随处可见。不光家里有，寺庙、商场、理发店、村委会甚至是银行、公司里都有。

潮汕地区的祭神活动一般安排在每年的农历十月举行。这个时候，适逢农忙结束，又值年前，是人们祈福求寿的好时节。祭神的地点一般在寺庙或各村的祠堂。人物则以宗族或家庭为单位进行。

这个周末，我和昭文、思斌老师一行三人上午 9 点钟出发，前往东铺村附近的桥观寺参观，准备一睹祭神活动的真面目。在通往桥观寺的途中，我们看到前去祭神的人们络绎不绝，或骑车，或步行，都带着一大堆祭品。

到了桥观寺，我认真察看了一下寺院的布局。桥观寺面积不大，由正殿和两间厢房组成。正殿大门的上方有一块横匾，上书"桥观寺"三个大字，左下侧书"乾隆××年宣"几个小字。可见这庙已有好几百年历史了。

正殿的中央供奉着一尊大佛像，上书"宋大峰祖师"五个大字。大佛像右侧还有一尊小佛像。佛像的前面摆着一张大桌子。桌子上摆放着香火蜡烛及人们供奉的鸡鸭之类的祭品。

桌子前面，几个妇女正跪在蒲垫上，虔诚地祭拜神灵。她们或许在祈求生活幸福，或许在祈求早生龙子，或许在祈求财运亨通，或许在祈求儿女成才……

门外，前来祭拜的人们络绎不绝，有老人、青年，也有小孩，他们神情肃穆，极为虔诚。就连六七岁的小孩，也长跪于地，磕头作揖。人们祭拜完成后，会将挑来的纸钱放进庙前方的一个香炉里焚烧，以表示对神灵的敬意。

宋大峰祖师是何许人也？人们为什么如此虔诚地祭拜他？这里面还有一段历史传说值得细读。据广东饶平镇许字怀先生主编的《海山风情》一书记载："宋大峰祖师者，闽地人也。俗姓林，名灵噩，字通叟。宋宝元二年（1039 年）诞于豪门，幼性聪颖，才思敏捷，勤研诗文。至长终成大器，金榜题名，位列进士。公凭学识而入仕途，授浙江绍兴县令，为官数载。因目睹朝政腐败，遂弃官削发皈依佛门，自福建至潮阳之北山修寺以居之。然非因此遁入空门而清闲，乃发愿普渡众生。公为僧后，周游四方，博览广采，终成一代高僧，嗣后卓锡于潮阳县西和平里之绵安观。"从这段记录可知，宋大峰祖师是一位心系大众、为民造福的高僧。他为当地的百姓办过两件大事：一是研制良药，为民消灾治病；二是兴建练江大桥，疏解百姓渡江之虞。这两件事，都是实实在在为民造福的事。宋大峰祖师以他善良的品德、广博的胸怀和勤劳的双手为当地百姓作出了巨大的贡献，赢得了当地人民的爱戴。

据《惠来县志》记载，当地有很多宋大峰祖师庙，其中以位于惠来县隆江镇岗前村的庙宇最为著名。这座庙宇由民间集资七百多万元建成，规模宏大，庄严雄伟。可见，宋大峰祖师的精神和美德已深深感染了潮汕地区的千万百姓。

如今，宋大峰祖师已辞世近 900 年了，潮汕地区的人们仍在以各种方式纪念着他。一个真正为民办事的人，不管时代如何变迁，人们都会永远记住他。

75 潮汕人与读书

2009 年 12 月 7 日

潮汕人的聪明不需多说，勤奋更是出了名。潮汕人几乎从小就开始学做生意了。小至茶叶、服装，大至电子机械，包罗万象，不胜枚举。做生意就得学会精明，否则怎么赚钱？当地人在生意上的精明，在国内无出其右，甚至有人将潮汕人比作“东方的犹太人”。从范围上来说，潮汕人遍及全球，无论是远在大洋彼岸的西欧、南美，还是附近的东南亚地区，都可以找到潮汕人的身影。因此，有人曾戏言：“有人生活的地方就有潮汕人。”这话虽然有些夸张，但潮汕人分布之广可见一斑。

但是，凡事都有两面性。潮汕人在生意场上做得红红火火，在读书的问题上却是不温不火。这一冷一热，恰似冰火两重天，令人难以琢磨。

潮汕人对待学习的态度，大多从实用主义出发。如果一个孩子通过读书这个途径能获得一份好工作，那是比较理想的状况，而如果这份工作能给家庭带来丰厚的物质回报和较高的社会地位，那是最理想的结果，这种情况会为家族带来巨大的荣耀。因此，潮汕人送子女读书的目的非常实在，大多是为了生活。20 世纪 80 年代初至 90 年代中期这段时间，和全国各地一样，初中毕业生通过中考可以考上中专。学生中专毕业后会被分配到各相关单位工作。学生考取了这些学校，就等于拿到了一个“铁饭碗”。因此，这一段时间是农村地区初中教育最为兴盛的年代。这种情况和全国许多地方一样，流行了相当长一段时间。据我的回忆，我 20 世纪 80 年代中期在老家江西读初中时，同学对待高中（尤其是重点高中）的向往似乎更强烈一些。学校的红榜也是将录取到重点高中的名单放在最前面，其次才是中专学校。而潮州地区自与别处不同，据一位老教师回忆，学生考上中专就如同你考上了大学一般，声誉极隆。

然而好景不长，这一状况自90年代中后期以来就日渐衰微了。随着毕业生不包分配政策的出台，这种热潮就开始逐渐减退。加上90年代后期，上大学费用的日渐高涨，中专学校又很少有人去读，家长对待子女的学习态度发生了急剧变化。一些子女成绩较差的家长觉得，读中专出来没有工作，大学又考不上，不如干脆出来打工。还有一些成绩较好的学生家长认为，上大学费用太高，难以负担，毕业后又不分配工作，这个书读起来实在没有多大意义。

受家庭经济的影响，这一地区的很多孩子从小就养成了独立自主的生活习惯。不少学生放学回家后还要照顾弟妹，做家务。对于子女的学习，一些家长更是无暇顾及。所以，学校经常出现这种现象：一些家长来到学校找孩子，常常不知道自己的孩子在哪个班。

一些家长对待子女学习的淡漠，也表现在对教师的态度上。在半年多的支教生活里，我走访了十多位同学的家庭，感受到了很多家长的热情，但也感受到了少数家长的冷漠。在这些家长眼中，老师教他们的子女似乎是天经地义的，不需要太客气。

有一件事可以作为说明。这件事发生在一个男同学的家长身上。这个学生非常诚实，心地也很善良。虽然成绩不算很好，但他淳朴善良的性格还是让我欣赏不已。我对他十分关心，只要一有学习上的问题，我都会耐心而详细地向他讲解。这名同学也很争气，在之后的几次测试中均取得了较大的进步，他曾亲口对我发出过邀请，请我去他家玩。就在一个周日的上午，我和昭文老师兴冲冲地来到这位同学家中访问，满以为会受到热情接待，没想到喝了个不冷不热的“夹生汤”。

这位家长见到我时，竟然站都没站起来，坐在椅子上招呼我们坐下。对于他儿子的学习，这位家长的话更是让我哭笑不得：“你帮我把他教好一点，让他进步一些。你帮我把他的头发剪下来，人不人鬼不鬼的太难看。你帮我说说他，叫他少玩一点游戏，多点心思学习。你帮我……”听到这里，我和昭文老师面面相觑，不知说什么才好。我想，在他的眼里，老师大概和一名佣人没有多大区别吧。更有意思的是，聊了几句后，他突然对我的工资收入很感兴趣——问我月收入有多少。我回避了这个问题。这位家长很是遗憾地说：“没关系！这个年代能坚持教书挺不容易的。既辛苦又没多少工资。我们做点生意，地位可能不高，但收入可能抵你好几个月，哈哈……”

在他的笑声中，我们找了个借口起身告辞，结束了这次尴尬的家访。

与一些相对冷漠的家长相比，这里的学生则要淳朴得多。他们诚实、勤奋、善良、质朴，对未来充满理想，对现实常怀忧愤之心。从学识到思想，到为人处世，他们都是全新的一代。他们是这里的希望之所在。

76　对农村中学教学现状的思考

2009 年 12 月 8 日

随着社会经济的发展，广大农村中学的教学面貌有了很大的改变。但就整体而言，当前农村中学的教学状况是不容乐观的。其主要表现如下：

一、教师工作积极性不易调动。由于经济收入、社会地位等多方面的原因，一些教师在工作中缺乏积极性，这给教学管理带来了困难，也影响了教学质量的提高。

二、管理人员偏多，职责分工不明。当前，很多学校的领导与教师的比例越来越大，农村学校更为突出。由于管理人员太多，导致权责不明，人浮于事，在工作中难免会出现相互推诿的现象。

三、学生学习态度差别巨大，教学管理难度增大。在一些农村中学，好学与厌学正形成巨大的对比。前者抱着“知识改变命运”的思想，对待学习具有强烈的自律意识。与之相反的是，另外一些学生由于受家庭教育、同伴及环境等因素的影响，行为规范表现得非常恶劣：厌恶学习，顶撞教师；拉帮结伙，游手好闲；冲动好斗，爱出风头……这已成为当下农村校园问题学生的普遍表现。由于相关法规尚不健全，在这些现象面前，学校往往显得无能为力。出了事，最多是请家长到校商谈，口头批评一番了事。有时碰到“钉子户”，还会弄得自己下不了台。

以上所说的三点，应该是当下农村中学普遍存在的现象。这些现象也引起了许多老师深深的忧虑，因为他们已很难读懂当代中学生的思想。不少老教师对 20 世纪 80 年代中期的教学状况怀念不已，他们认为那个年代的学生思想相对要单纯得多，学习热情相对要高得多。

造成上述教学现状的原因何在？我认为至少有以下三个方面：

一、教师待遇过低。自20世纪90年代中期以来，提高教师待遇的呼声就从未停止过。国家各级主管部门采取了多项措施，以提高教师的工资待遇。这些年来我和广大教师一道切实感受到了国家政策的温暖。工资收入逐年提高，社会地位也日益上升。全国各地尊师重教的风气日渐浓厚。但在一些农村地区，由于各种各样的原因，一些老师的待遇依然很低。以潮汕地区为例，这里的教师待遇普遍偏低。我身边有一位工作了30多年的老教师，月薪只有1 800余元，这已是该校的最高工资了。青年教师的工资一般在1 200～1 500元之间，代课教师的工资更低，每月仅400元。而在珠江三角洲地区，30年以上教龄的教师工资大多在5 000元以上，青年教师的工资一般也在3 000元以上。如此大的差距，自然会造成教师心理失衡，工作积极性也自然难以调动。

二、用人体制不健全。随着社会经济文化的高速发展，我国民主法制建设取得了很大的进步。发扬民主最重要的体现是用人机制的完善。愚以为，选贤举能、民主荐才应该成为新时代任用人才的主要方式。舜帝时，皋陶对舜帝说过一句话："非其人居其官，是谓乱天事。"意思是说，当官的人如果不具备当官的素质，这就是破坏上天所交付的治国大事。在三皇五帝时代，选拔人才是比较民主的。尧帝曾问下属："在我之后，谁可以接替我掌管天下？"放齐说："您的儿子丹朱聪明通达，可以继位。"尧帝听后说："丹朱生性顽劣凶猛，不能任用此人。"最终，尧帝在众人的举荐下选举了舜，经过多次考察后，他认为舜确实德行伟大，最终将帝位传给了舜。舜帝之后又推荐有能力有德行的禹做了继承人，使得天下大治，四方称颂。尧舜等先祖没有把天子之位禅让给自己的儿子，说明我们的祖先在远古时代就有了民主荐才的可贵意识。

祖先们为我们开创了一个选贤举能、民主荐才的范例，可是他们的子孙们是如何对待人才选拔的呢？从奴隶社会到封建社会，这一风气愈加式微，倒是专制制度不断加强。天下只要一个人得到了，他的子孙便可以毫不费力地继承下去。后来，这种世袭制度由皇帝逐渐扩展至达官贵族，几乎贯穿整个封建王朝。尽管自隋唐以来，统治阶级通过采取科举取士的方式发掘并任用了一大批人才，但封建世袭制的存在，仍导致了许多人才得不到发掘和任用。历代仁人志士为此亦持续不断地发出了呼吁。唐代古文运动领袖韩愈曾经发出过"千里马常有，而伯乐不常有"的感叹，清人龚自珍也发出过"我劝天公重抖擞，不拘一格降人才"的呼唤。君子"不患寡而患不公"，没有公平的人才选拔及任用机制，就难以真正调动人才的积极性。一些老师能力再强，水平再高，也很难得到重用。在这种机制下工作的教师，工作的积极性怎么能调动起来？如果不尽早改变这种用人机制，将会极大地制约教育的深入发展。

三、教育法规不健全，学校管理制度不完善。教育法规是一所学校进行教育教学管理的基本准则，它的健全与否直接影响到学校的管理力度。在广大农村地区，学生难以管理的现象日渐突出。其中原因除了缺乏相关的教育法规外，还有一个因素是学校的管理制度不完善。但是，学校的管理是否完善是建立在教育法规是否健全的基础上的。

教育法规不健全，是学校面对矛盾冲突时极为无奈的一个重要因素。就农村中学学生的纪律状况来看，大多数学校缺乏科学细致的日常行为规范管理条例。学生在校违反了校规、校纪，学校最普遍的做法是请学生家长到校，或批评、或警告、或调解。总之，没有切实有效的惩戒措施。

在这一方面，韩国和日本要比我国完善得多。韩国教育部针对违反校规、校纪的学生制定了专门的《惩戒条例》。韩国准许学校使用长度不超过100厘米、厚度不超过1厘米的戒尺对学生进行惩戒。如对女生打小腿5下，对男生打小腿10下等。日本的相关制度更为完善，除普通的身体惩罚外，还会将违纪学生的行为列入“诚信记录名单”。倘若该生不能在规定的年限内改正自己的过错，这一记录将伴随其终生。

其他国家如美国、新加坡、英国等，无不制定比较完善的教育法规，以管理学生的行为规范。在英国，中小学生如无故旷课，不仅会受到严厉批评，还将对其父母处以5 000英镑以下的罚款。在美国，如果学生将学校认为不宜带进的东西带进校内，学校将予以没收。在法国，对于学习极差的学生，班级理事会（成员由校长、教务长和该班所有任课老师组成）可以投票给予其留级处分；犯了严重错误的会受到开除处分；对于犯有打架、斗殴、迟到、旷课等错误的学生，学校将会给予他们到校反省或罚做作业的处罚。瑞士政府对学生的要求也很严格，如果有学生无故旷课，瑞士法院就要对该学生提出诉讼，因为学习是学生应尽的义务。对旷课的学生，一般都要处以罚款。

进一步健全教育法规，完善学校管理制度，是促进农村中学发展的先决条件。正如前面所讲过的，由于用人机制不完善，学校管理人员存在鱼目混珠的现象。有些学校部门不大，官员却不少，各有各的意见，各有各的主张。如此一来，怎能干好大事？还有一些学校，缺乏客观、科学的规章制度，或有制度却不严格执行，导致凭经验和感觉做事。这些状况的存在在一定程度上也制约着学校的发展。

四、社会“尊师重教”风气淡漠。在农村地区，受传统思想的影响。家长对待子女学习的态度主要从实用主义出发。随着大学毕业生不包分配制度的实施，教师待遇低下，一些地区“尊师重教”的风气相对淡漠。潮汕地区以经商为主，这一现象显得更为突出。

在义务教育相对盛行的 20 世纪 80 年代中期，家长对待教育的热情相对较高。据了解，在那个时代，初中毕业后能考上“小中专”的学生，极受人们尊重和赞颂。家长在孩子考取后，一般都会召集亲朋好友庆祝一番。

到了现在，随着大中专毕业生不包分配制度的实施，中专学校在很多人的心目中已变得“一文不值”，甚至连大学生的价值也跌了不少。家长对待教育的重视程度已经大不如从前，对待教师的态度亦日趋淡漠。

可见，农村地区教育发展的落后，不单是物质条件和管理体制的落后，更是人们思想的落后。要改变这一状况，需要从法制、经济、思想观念等各方面作出努力。

77 难得糊涂

2009 年 12 月 14 日

“难得糊涂”是清人郑板桥的名句，对人世间大小事情糊涂一些，人生的烦恼会少一些，快乐也会多一些。这一名句成为不少受世俗羁绊的文人雅士的座右铭，因为这些都是精神上的糊涂。然而，对我来说，这个周末却实实在在糊涂了一把。

糊涂之一——忘带手机

周五下午，我上完课后，准备启程返回深圳。这次返深有两个目的：一是要参加同事杨玲玲老师的婚礼；二是要参加周日在深圳外国语学校龙岗分校举行的高级职称评审答辩。临动身前，我草草地收拾了一下行李。除了几件衣服外，我还捎回了一些名著类的书籍——这是我从深圳带来给初三（1）班的同学们借阅的。我自以为万事俱备，便和往日一样，乘着昭文老师的摩托车来到了仙庵车站。

在车站里，售票的许大爷像往常一样热情地和我聊起了天。我也乐得清闲，天南海北地同他扯了一阵。不一会儿，屋里的电话响了起来。我顿时猛然一惊：我的手机还放在宿舍呢！

我立即对许大爷说：“大爷，我的手机忘在学校宿舍里了。您让车子等我一下，我现在就去拿！”许大爷一听，焦急不已，说：“车马上就要来了，你打电话叫同事开摩托车送来吧！”我说：“电话号码都存在手机里了，没法打！”说完便一阵风似的跑回学校去了。所幸学校离车站不远，跑了五六分钟就到了。就在我上气不接下气地跑回宿舍时，恰巧碰到了伊捷的妈妈（校图书室管理员）和柯主任等人。得知情况后，他们也焦急不已。伊捷妈妈在一旁干着急，急切地四处张望。柯主任则立即拿起电话，在联系着什么。等我从宿舍拿回手机下来时，秋水老师已骑着摩托车在校门口等我了，后来我才知道是柯主任紧急联系的。秋水老师开足马力，载着我直奔车站。待我们赶到时，车已在站里等我好一会了！许大爷早已帮我把行李搬到了车前，并不断重复着："来了，来了！不要急！"

就这样，这件因糊涂而引起的小事在众人的帮助下得以解决了。我坐在车里，长舒了一口气，赶忙拿起手机，向他们一一致谢！让我没有想到的是，我的糊涂之事才刚刚开始。

糊涂之二——忘带身份证

一波未平，一波又起。就在我坐着长途快车，要进深圳特区检查站的时候，一个更令我惊讶的问题出现了——我的身份证忘记带了！这令我吃惊不已——没有身份证就不能参加周日的答辩。这可怎么办？我不由得懊恼起来。经过仔细回忆，我想起是把身份证落在仙庵中学宿舍的抽屉里了！我的糊涂，看来已经达到一定级别了！

所幸关口的检查很宽松，我们这一车乘客没有检查便直接开进了关。车上的乘务员看出了我的异样，忙问我怎么回事。我把事情说了一遍，乘务员对我说这事不难办。他建议我让同事把身份证送到仙庵车站，交上20元钱，然后由班车给我捎来。我一听立即化悲为喜，连连称谢！原来班车还管这一摊事。后来才听说班车托运货物对他们是家常便饭！

我急忙致电昭文老师，请他帮忙。在我的"指挥"下，昭文老师打开我的房门（在离开前我已把钥匙交由他保管），在抽屉的钱包里找出我的身份证，然后按要求用信封装好，交给了仙庵车站的许大爷。许大爷一听是我的事，只要求交10块钱托运费。可惜我的运气不是太好，第二天上午没有客人在仙庵上车。没有客人，这班车就不会下高速来仙庵车站——我的身份证也就无从送达了！许大爷说要不你加点钱，兴许司机会下来。我一听连忙答应。许大爷是个实在人，尽量为我考虑了一番，最终以30元的价格与司机成交了。在无人上车的情况下，司机特意下了一趟高速，为我捎带这个小小的身份证。这对远在异乡的我而言，感激之情是难以言表的。

周六下午5点半，我终于在深圳"国兴接待处"取到了身份证。在接过身份证后，同去的女儿忍不住数落了我一句："爸爸，你可真是糊涂啊！"

糊涂之三——自作聪明

究竟是“好事多磨”，还是我糊涂透顶？我实在不得而知，但我在周日的答辩之前又实实在在地糊涂了一把。

按照深圳市的相关规定，凡是申报高级职称的人员都必须参加答辩。我被分在第24组，答辩在13日下午2点开始。按照规定，我必须提前15分钟到达指定场地参加抽签。我以为时间充足，便自作聪明，中午12点半才从家中出发，乘坐373路公交车，晃晃悠悠地前往深圳外国语学校龙岗分校，准备参加2点钟开始的答辩。可惜事不凑巧，车子行至世界之窗路段时遭遇大塞车。路面堵了近20分钟后才畅通。车子晃晃悠悠地前行，到了福田区振华路一带，已到下午1点半了。此地距离目的地至少还有半个小时的路程，这可急坏了车上的我。怎么办？我只好当机立断，换乘的士前往。

从公交车上下来，恰巧遇上一部的士。我立即坐上去，要求司机快开。司机一听我有急事，立即加大油门驱车前进。下午1点55分，我终于到达了目的地。就在我踏入龙岗外语学校大门的一刹那，我的手机响了——是答辩工作组打来的电话。当我快步走向答辩教室时，工作组的同志已焦急地站起来向我招手了……

一场惊心动魄的时间大战总算结束了，但回想起来，我还是感到不可思议：三天之中，发生了三件糊涂事，真是匪夷所思！我不知究竟是我真的糊涂，还是脑袋已开始衰老了！

得糊涂时且糊涂！但对于不能糊涂的事我也敢糊涂，看来我是真的糊涂了。

78　谁来关心下一代的成长

2009 年 12 月 16 日

最近，我在网上看到了一起校园暴力事件。事情经过大致是这样的：河北衡水某中学的女生小丽，因为不肯把自己的手表借给班长，竟然招来了以该班班长小佳为首的 12 名女学生的疯狂报复。这些学生对小丽拳打脚踢，并先后采用拖鞋打脸、泼冷水、掴耳光、罚跪等方式对她进行折磨，一直持续到次日黎明时分为止。最终，小丽被打得鼻青脸肿，住进了医院。令我感到吃惊的是，这一事件竟然发生在书香浓郁的校园。更让人难以想象的是，这些孩子中竟然有几个是班干部！

震惊之余，我也陷入了沉思。从这件事来看，至少有以下三点值得深思：

一、青少年的道德信仰出现了危机。现在的中老年人，大多很怀念 20 世纪七八十年代的社会风气。何也？那个年代的青少年，在雷锋、张海迪等一大批先进人物的感召下，有理想、有热情，思想单纯、充满朝气，互相帮助，嫉恶如仇。“我在马路边，捡到一分钱，把它交给警察叔叔手里面……”这样的情景不仅出现在歌词里，同样出现在现实生活中。可如今，一些青少年缺乏基本的道德观念，有些人追逐的仅仅是物质利益。这些人在道德信仰、价值取向上已发生了巨大的变化，社会责任感及公众道德意识正日渐淡漠，利己主义、自我中心意识正日益膨胀。因此，在这一代青少年中，不少人表现得自私、冷漠，缺乏责任感。

正因为如此，他们这一代中的暴力现象也特别多。这几年网络上曝光的青少年暴力事件屡见不鲜，已严重影响到了众多青少年身心的健康发展。在事件发生时，受害者大多采取默默忍受的心态，旁观者则采取围观、回避的态度。这些现象说明，一部分青少年的道德良知正在丧失，正气得不到弘扬。

二、学生心理健康教育亟待加强。这些年来，随着社会经济的发展，不少家庭父母亲或外出打工，或忙于经商，无暇顾及孩子的身心成长。一些农村地区的家长甚至把孩子寄养在老人身边，形成了独特的“隔代亲”现象。这些做法都在深刻地影响着青少年的心理发展。我所熟知的一名女生就曾写过一篇题为“一个人的家”的文章，叙述了她回到家后孤苦无依的凄凉情景，读来令人落泪。

衡水事件中的主人公小丽显然是暴力事件的受害者。面对他人的辱骂和折磨，她选择了隐忍的方式，独自承受着这份痛苦。人们不禁要问：谁来关心孩子的成长？谁来关心孩子受伤的心灵？金钱、地位、名誉，哪一样比得过人的生命？倘若我们对孩子的成长多一些关心，对孩子的精神变化多一些关注，悲剧或许就可以避免！这次事件中孩子身边的大人们，是否应该认真反思？

我不禁联想到前两年发生过的一件事，深圳某校一名女生，因上课看小说而受到老师的批评。这名女生回到家中后不久便跳楼自杀了。这件事令人震惊，令人痛心，也令人深思！当前，关心青少年的身心发展已经到了刻不容缓的地步。而这需要家庭、学校、社会的共同努力。

三、呼唤为学校建立健全监督保护机制。当前，学生难教、难管，已成为学校的一大普遍现象。也许有人要问，学生中出现了这么多的暴力现象，学校为什么不管？也许这个问题听起来很有道理，但要是向学校的管理者提出来，他们一定会反问一句：我们拿什么来管？

的确，随着教育改革的深入，赏识教育已日渐深入。大多数学生从中受到了激励，也取得了明显的进步。尤其是许多性格懦弱、成绩较差的学生，其受到的激励更大。从这个意义上说，赏识教育是有其积极意义的。

但凡事有利必有弊，赏识教育的一个弊端就在于批评的缺失。一些老师过于强调赏识，而忽视指出学生的过错，或发现学生过错时不敢制止，这对于一些品行极坏的学生来说，无异于纵虎为患。

这其中，一个重要的因素是教育法规的不健全。当前，随着《未成年保护法》的颁布实施，很多未成年人的身心权益得到了保护。但这个法规也成了一些个性张扬、品行败坏的青少年的保护伞。他们对于自己的行为、言语无所顾忌，对待老师及学校的管理却横加指责，动辄以违反法律相要挟。对学校而言，当前的法规并未规定学校有多大的权益去处置学生。因此，在发生师生冲突时，学校往往处在十分被动的局面，常常是以批评教育了事。在这种体制下，教师的尊严时常受到践踏，学校风气也受到严重影响。可以说，教育惩戒功能的缺失，是制约当今学校管理的一个瓶颈。当然，我绝不主张对未成年滥施刑罚，那是毫无人性的做法，但我也决不赞同对少数品行败坏的青少年不加惩戒，任其所为的做法。可以说，学校惩戒制度是教育发展所必须的；否则，青少年的行为规范就不可能受到约束，青少年的教育就不可能得到健康发展。

远至欧美，近至东亚的日本、韩国，无不制定了相关的法律措施，授予学校相应的管理权力。日本、韩国的学校教育，也得以在严谨的管理体制下有序发展。这样的例子，难道不值得我们好好学习？

痛定思痛！这起暴力事件已经发生了，令很多教师心痛不已。但若不从这起惨剧中吸取教训，它带来的伤痛肯定会更多。

79 一个人的家

2009年12月17日

“冬天已经悄悄地送走了秋天，由它来完成巡视人间的使命。气温明显降下来了，让人感觉到了阵阵寒意。我独自一人漫步在乡间的小路上，虽然很冷，但我却不想回家……”

这是初三（1）班一位女生写在随笔中的一段话。她是谁？她为什么要写下这样的话？我不禁瞪大了眼睛：

谁都知道，家是温暖的避风港，是心灵的寄托场，是幸福与爱的共同体。在我的家里，我却感受不到一丝温暖。我的家是冷清的，没有欢声笑语，没有家的味道。家，对我来说是一个既熟悉又陌生的地方。爸妈长期在外工作，一年只回来几次。每次妈妈回家，我总想跟她说好多好多的话。可她好像非常忙，总是要往外跑。在家里待不了几天，她就会出去工作。至于爸爸，回家的次数更少，我和他好像没有共同的话题。至于我的学习，他几乎从不过问。我有时候甚至会怀疑，爸爸还爱不爱我了？

自从初一以来，爸爸妈妈因为经济原因要外出打工，家里便剩下孤零零的我一个人了。妈妈曾叫我去舅舅家寄宿，可我偏偏又是个不愿受拘束的人，便推辞了。自此，我就过上了独立的生活。这个家，变成了我一个人的家。每到晚上，我都会偷偷地流泪，好想爸爸妈妈。我一个人住在一间大房子里，真的很可怕。每到冬天的夜晚，北风呼呼地刮着，我一个人早早地躲在被窝里，大气也不敢喘一下。现在想起来，虽然这个举动有些可笑，但我却感到很安全。

刘亚洲先生说过：“人要有坚强的意志。”所以我学会了坚强，学会了面对困难。一晃两年过去了，我已是初三年级的学生了。我已习惯了没有爸爸妈妈在身边的日子，习惯了在晚上独自聆听北风呼啸的生活。我不再害怕，因为我要让父母知道，女儿已经长大。

远处，我看到一个母亲正牵着她的孩子，有说有笑地走着。母亲时而望着她的孩子，那目光就像从茧中抽出的柔软的蚕丝。顿时，我觉得她们的笑容是那么美，那么让人羡慕。我也好想牵着妈妈的手，跟她讲我心里的话……

风在呼呼地吹，我想爸爸妈妈了。天冷了，不知道他们有没有多穿衣服。此刻，他们是不是像我一样，在想着我呀？

读完此文，我的眼眶湿润了。我没有想到在初三（1）班的教室里，竟然还坐着这样一个独自生活的同学，一个没有家庭温暖的同学！这是何其让人震惊的事！

这个人便是小微——一个15岁的女孩。早在三年前，她的父母就外出打工去了，只留下她一个人孤零零地待在家中。衣、食、住、行全靠自己。对于幼小的小微来说，这是多么不容易啊！不要说艰苦的生活，单是这份孤独，就难以让人承受了，更何况她还是个孩子！

随着社会经济的发展，贫富差距进一步拉大。为了挣钱，人们几乎想尽了一切办法。自20世纪90年代以来，越来越多的农村劳动力离开家乡，奔赴各大城市打工。这样做的结果，就是产生了大量“留守儿童”。据统计，我国每年外出务工的农民数量近1.5亿。随之而来的是农村留守儿童的数目逐年增加。许多父母在儿女尚幼的情况下外出打工，把孩子委托给老人抚养。这种状况不仅造成了大量的“隔代亲”的现象，也给农村青少年的心理健康带来了巨大的影响。

生活离不开金钱，这是人所共知的事实。金钱固然重要，但亲情更重要！众多的农民外出打工，固然出于多种原因，但无论如何，其后果是亲情的缺失。这是任何东西都无法挽回的。我奉劝这些为人父母者三思！

为了追求更多的金钱，他们背井离乡，来到各地打工，指望挣到一大笔钱，然后衣锦还乡，荣归故里。这种理想，已成为当下大多数农民所追求的东西。殊不知，在得到金钱的同时，他们也失去了最宝贵的东西——亲情。

警醒吧，亲爱的农村家长们！为了你们孤独的子女，为了下一代的健康成长，请你们常回家看看！

80　正视矛盾，做有责任的人

2009 年 12 月 18 日

今天下午，应创文老师的约请（其实他早在两个月前就打过招呼了），我给初三（1）班的学生上了一堂主题班会课。

班会伊始，我以“正视矛盾，做有责任的人”为主题，让同学们就当下的校园暴力现象谈谈各自的感想。同学们听后，议论纷纷，各抒己见。有的认为同学之间应该相互关心，不应相互轻视；有的认为应该提高自身的心理素质，培养承受压力的能力；有的认为应该提高责任意识，不要一遇到矛盾就冲动……五六名同学发了言后，就再也听不到其他同学的意见了。我点名让一名男同学起来谈感想，他支支吾吾，不知所云，然后是长时间的沉默。我再望一下班里，除了少数敢于表达意见的同学外，大多数同学低下头去，不敢正视我。

我意识到，一些同学在有意回避这个话题。这也是这一代青少年在遇到重大矛盾时普遍采取的态度。为了彻底端正他们的思想态度，以积极地心态面对现实，我决定改变班会进程，结合实例展开分析，以达到理想的教育效果。

我先作了一个假设：假如你在街头看到一个女孩与人发生矛盾，被歹徒殴打。你作为一个旁观者，会采取怎样的态度？同学们议论纷纷，不少同学说：会采取明哲保身的态度，其原因是不想惹火烧身，给自己添麻烦。用他们的话说，是“多一事不如少一事”。

接着，我作了第二个假设：假如这个被打的人是你的妹妹，你会采取怎样的态度？同学们的议论声一下子增大了。诗民同学站起来说：“我一定会站出来阻止歹徒的这种行为！”其他同学也纷纷表达了这种想法。

我随即作了第三个假设：假如这个被打的人就是你自己，面对众多围观的人你会作何感想？晓虹同学站起来说：“我一定会感到非常失望、非常愤怒，我为这些看客的冷漠而伤心！”小芳同学也表达了同样的感受，只有小玲同学站起来说了句：“我会一个人同他搏斗，因为我也曾当过冷漠的看客！”

在听了同学们的发言后，我谈了自己的感想。我说：一个人在他人遭受伤害时可以从容地充当看客，而当灾难降临到自己身上时，则期待他人的援助，这合理吗？一味要求他人作出牺牲，作出奉献，却不尽自己的义务与责任，这种做法公平吗？大家听了都默不作声。我进一步指出，这种行为是自私自利的表现，是缺乏责任感的表现，是必须改正的。我以 20 世纪 80 年代初期人人争当小雷锋的现象为例，表达了社会呼唤正义与良知的期望。我又举出了前不久发生在湖北武汉的大学生勇救落水少年的事，供同学们思考。当同学们听到一群大学生为救落水少年牺牲了数条年轻的生命，而冷漠的施救者则在一旁漫天要价时，大家愤怒了。同学们纷纷举起手来，表达了对唯利是图的冷血者的谴责。我告诉同学们，社会正义感的缺失是造成这种现象的主要原因。回避现实中的矛盾，看似明哲保身，实际上是一种缺乏责任感的表现。同学们听了，连连点头。

听了我的讲述，一些同学如梦初醒，抬起头来凝神倾听，眼中充满了愧疚。

在接下来的讨论中，我围绕“正视矛盾，做有责任的人”这一主题，先后从青少年心理素质的培养、道德信仰的建立、监督机制的完善三个方面作了探讨。同学们的气氛活跃了起来，在举到现实中的事例时，不时给予我回应。在热烈的掌声中，我结束了今天的班会课。

这一堂班会课，令我感慨，令我深思！目前，受社会丑恶现象及封建意识的影响，不少青少年从小就产生了“事不关己，高高挂起”的思想。他们对待身边的不良现象往往采取消极回避的态度。而当厄运降临到自己身上时，他们又立刻陷入了孤立无助的境地。在这样一种思想主导下，一些青少年变得小心谨慎，冷漠而自顾。

这一堂主题班会课，能对同学们的人生观产生多大的影响呢？我拭目以待！

81　掌声陪伴着我们

2009年12月19日

“自从陈老师来教我们后，掌声就多了起来。同学们回答问题后，我们会鼓掌；老师表扬进步同学时，我们会鼓掌；我们钦佩老师时，也会鼓掌。掌声成了我们课堂上必不可少的声音。我觉得老师的这种做法，意义十分重大：我们的掌声，表示我们对某个人的肯定和鼓励；我们的掌声，表示我们对某件事的深刻理解。一个人获得了肯定，就会感到由衷的高兴，因为他的付出有人理解，他的能力得到肯定。我们的掌声，既是对他人的鼓励，也是对自己的激励。

我们的掌声，可以让落后的人得到鼓励，可以让自卑的人树立信心，可以让孤单的人感到温暖，可以让能干的人展示才华。听陈老师的话：不要吝啬自己的掌声，就会有意想不到的收获！”

这是映玲同学在随笔中写的一段文字。掌声，这个在城市学校里再普通不过的现象，却成了农村中学里影响最大的东西。

农村中学的学生普遍胆小，原因之一是受传统思想的影响。由于长期生活在农村，在家长的传统思想影响下，学生大多习惯了大人的呵斥与批评。对于学习中遇到的问题，能主动去问老师的本来就不多，更不要说在公众场合发表意见了。大多数学生对于掌声鼓励这种方式感到很新颖，没有老师的提示，他们是绝不敢随意乱鼓掌的，因为这可能会招来同学异样的目光。

第二个原因是爱面子的心理。农村的学生，小学要好一些，一到初中，随着身体的发育，会变得特别爱面子。一些同学十分在意老师、同学对自己的看法，对周围的事物亦十分敏感。如果在班级中表现得过于突出，便会被认为是出风头，他们怕因此会招来嘲笑和妒忌。这是许多学生不敢“冒头”

的重要因素。很多学生上课时连发言都不敢轻易举手，更何况是“鼓掌”这样的大动作呢？

从教师的角度来看，也有一些原因。首先，农村中学受条件限制，教学形式相对单一。课堂上难以形成生动活泼的局面。其次，从教师的教学方式上来看，受制于教学观念、教学水平等因素的影响，农村中学的教师在教学中普遍采用的是“一言堂”的教学方式。课上偶有师生之间的互动，也仅限于问答的形式。对于以鼓掌来激励学习的方式，很多老师都不习惯采用。老师不提倡，学生就更不敢乱鼓掌了。偶有一两个鼓掌的，十有八九会被看做另类。

由此看来，农村中学的“掌声”欠缺现象，不仅仅是一个课堂学习的形式问题，也是一种教学观念问题。映玲同学的感受，可能代表了大多数学生的心愿。对于这种激励方式，他们是真心欢迎的。我们这些为人师者，何乐而不为呢？

为别人鼓掌，对自己来说，只是拍拍手掌；但对别人而言，意义却不一样。因为这是我们对他的肯定和赞许。我们的掌声也许会培养出一些品学兼优的人，也许可以帮助更多的后进生。所以，在学习与生活中，我们都不应吝啬自己的掌声。欣赏他人，也是欣赏自己！

82　提倡新时代的尊师风尚

——《送东阳马生序》教学小记

2009 年 12 月 19 日

《送东阳马生序》是明代散文家宋濂的作品。宋濂自幼家境贫寒，但他学习异常刻苦。在无书可读的情况下，他常常假借于藏书之家，“手自笔录，计日以还”。他也因此得以遍观群书。成年后，宋濂在天寒地冻、缺衣少食的情况下矢志到外地求学，最终以其渊博的学识和卓越的才华，成为明代“开国文臣之首”，官至翰林学士、知制诰等。他的文章内容深远，主题深刻，辞采丰美，富于变化，尤以传记文学最引人注目，成为中国古代文学史上一道亮丽的风景。

就是这样一位才华横溢、官居高位的文学大家，对待老师却是异乎寻常的尊敬。“尝趋百里外，从乡之先达执位叩问。先达德隆望尊，门人弟子填其室，未尝稍降辞色。余立侍左右，援疑质理，俯身倾耳以请。或遇其叱咄，色愈恭，礼愈至，不敢出一言以复。俟其欣悦，则又请焉。”毫无疑问，是对知识的渴求，才使得这位寒门学子对待老师如此恭敬。宋濂对老师的一片赤诚之心，也赢得了众多文坛大家的喜爱。他先后受业于吴莱、柳贯、黄溍等元末古文大家，最终与刘基、高启一道被誉为“明初诗文三大家”。虽然从学术研究的角度看，这种尊师方式有些呆板，但他对待老师的尊敬态度，却永远值得后人学习。

相比今日，尊师重教的风气则淡了很多。且不说“文革”时期的“臭老九”，就是在教师地位日益上升的今天，不少地方仍然存在着轻视教师甚至侮辱教师的现象。这种现象在当下一部分唯利是图的人身上表现得尤为明显。

原因之一，是一些人看问题的角度已发生了很大的改变。一切从利益出发，已成为一些人衡量个人价值的标准。对于能给家庭带来实际利益的活动，就会热心参与；对于一时难以给家庭带来利益的活动，就会表现得漠不关心。读书就是一个例子。在这些人的心目中，读书是一项高投资、低回报的活动，所以缺乏参与的热情。因此，“读书无用论”的思想是一部分人轻视教育、轻视教师的根源。

第二个原因是一部分地区教师的收入过低。以潮汕地区为例，农村中学教师的工资普遍偏低。教师的日子过得不宽裕，社会地位如何提高？一些老师曾说过这样的话：“要是我们的工资有五六千元一个月，谁还敢小瞧我们?”

第三个原因在于一部分教师自身。一部分教师素质不高，不注意自身的言行，损害了教师在群众中的形象。近年来，随着九年义务教育制度的全面实施，上小学与初中都不再收费，进入校园的学生与日俱增。这一方面普及了义务教育，另一方面也给学校带来了巨大压力。由于师资缺乏，很多学校难以扩班。一些学校出现了八九十人一班的“超常班”。招聘代课教师以增加师资力量，成了各级政府的一项重要任务。在招聘教师的过程中，良莠不齐的现象显然是难以杜绝的。这其中，一些专业及品行都不达标的人混迹于教师队伍，给教师的形象带来了很大的损害。

除此之外，还有一个原因是教育法规的不健全。每当教师与学生发生冲突时，学校往往因缺乏相关的法律保障而处于一种极其被动的局面。教师的权益得不到保障，“尊师重教”必然会成为一句空话。我曾了解到这样一件事：一名学生因在课堂上不守纪律而被老师批评了几句，该学生不服气，当场顶撞了老师，最终导致了一场师生冲突。学校本欲请家长来校进行调解，认清责任，批评教育学生。没想到通知尚未发出，该学生家长就带着一批人气冲冲地赶到学校，要教训当事教师。幸亏被学校几位领导死命劝住，才没有使事态恶化。这一事件，足以说明教师在当地的社会地位之低。

综上所述，由于多方面的原因，“尊师重教”的观念在一些地区未得到重视。倘若要出现宋濂一般尊重教师的现象，还需全社会的努力！

83　冬天，两株火红的木棉

2009 年 12 月 21 日

这是一个冬天的上午，寒意尚劲。我和昭文、思斌老师一行三人来到惠来县文苑书店购书。

上到二楼，我直奔文史类书籍区，左挑右选看中了两本书：一本是梁漱溟先生的《中国人——理性早启的人生》；一本是时下极为畅销的书——《朱镕基答记者问》。我正看得有些入迷，昭文老师兴冲冲地赶来，说："你到教辅类书柜去看看吧！"我以为有什么新书上架，急忙赶了过去。刚一走近，便听到两个女同学在向我打招呼："陈老师——"我抬头一看，原来是初三（1）班的小芳和晓虹两位同学。能在这里碰到她们，我十分高兴，连忙同她俩攀谈了起来。

原来这两个小家伙是来买书的。我忽然记起上周我在班上说过的一件事：由于现在开始上九（下）的新课，缺乏配套的练习册，请大家抽空去书店买一本！没想到她俩这么快就来买了！令我倍感奇怪的是，她俩买了一大摞书，而且是一样的！见我疑惑不解，晓虹说："这些是同学们托我们买的！"

哦，我明白了！原来这两个小家伙还是"活雷锋"呢！结账的时候，我看到她俩把这一堆书抱上收银台，付完钱后又一本本整理好，心中不禁涌起一阵感动！

是啊！在这个人际关系相对淡薄的时代，竟然有两位这么热心的同学，在默默地为班级作贡献。在寒冷的冬日里，她们就像两株火红的木棉，散发着动人的芬芳。

我不由得回忆起发生在这两个人身上的一些事来。

开学之初，初三（1）班要出一期以"庆祝国庆"为主题的黑板报。那天是周日，我恰巧经过班级门口，发现班里早已聚集了10多位同学。我有些好奇，便走了进去。小芳、晓虹两位同学各拿起一支彩色粉笔，正在黑板上不停地写写画画。看到我进来，晓虹同学高兴地说："老师，请您给我们的板报写个报头吧！"我一听欣然应允，提起笔来写了"祖国，生日快乐"六个大字。同学们看了都欢呼起来，直夸我的字写得好！

从同学的口中得知，这些任务是班主任吩咐的。可在班主任不在场的情况下，同学们仍能如此自觉，的确超出我的想象。第二天，一期漂亮的黑板报便呈现在同学们面前。这里面，凝聚着小芳、晓虹等同学的心血。

还有一件事不得不提，那就是在考试前夕，小芳在随笔中向我反映了一个情况："班级是刚刚组建的，同学们各顾各的，很不团结。她和晓虹等同学都希望我能想想办法，改变这一状况！"接到"情报"后，我心想，这本来应该是班主任的事，但她们能说给我听，是出于对我的信任，我应该帮助班级改变一下。想到这里，我便思考着如何利用合适的机会对同学们进行一次集体主义教育。

在一次作文训练中，机会来了！这次作文训练的题目是《月光下的遐想》。我要求同学们写出生活中的真人真事，抒发真情实感。作文交上来后，我发现了一篇特殊的作文——是小欣同学写的。文章叙述了她在月光下，想起逝去的父亲时的心情，内容真切，十分感人。

在作文讲评课上，我朗读了小欣同学的这篇作文。同学们被深深地感染了，包括小欣在内，不少人流下了眼泪。读完后，我满怀深情地说："同学们，当你们回到家中，面对再平凡不过的父母亲的时候，你是否想到过，在我们这个班中，还有一个孤单的身影。她失去了父亲，却仍然坚强地在学习。难道我们不该给予她一些支持吗?"话音刚落，教室里便响起了雷鸣般的掌声。

我接着说："亲情是最伟大的，同学之情也是伟大的。当我朗读这篇文章的时候，你们的眼中充满了泪水。这说明什么？这说明我们的心是在一起的！我们能与同学一道，同风雨，共患难，这就是最伟大的友情！"教室里再一次响起了暴风雨般的掌声。

最后，我深情地说："一滴水，只有融入大海才会显出它的力量。假如我们每个人都学会关爱身边的同学，这个班级将会变成最强大的集体。今后的人生旅途上，这个班也必将成为我们最美好的记忆。让我们紧紧团结在一起，不求全责备，不猜忌怨恨，多一份关爱，多一份理解，为建设一个团结友爱的班集体而努力。大家能做到吗？

“能！”声音宏伟响亮，久久回荡在校园的上空。

这次作文讲评课后，初三（1）班的班级氛围发生了很大的改变。同学间相互尊重、相互关心的风气越来越浓厚。这件事，也让我对小芳、晓虹两位同学刮目相看。她俩虽然年纪小，心中牵挂的却不是个人的得失，而是集体的利益，这是多么可贵的品质啊！

冬日里，两株火红的木棉，正散发出热烈而动人的芬芳！

84 异乡过节

2009 年 12 月 24 日

这几天，我接连过了两个节日。一个是中国的传统节日——冬至；一个是洋节——平安夜。两个节日，都给身处异乡的我带来了温暖。

冬至是在明泉家过的。明泉怕我一个人在学校吃饭孤单，前天下午来到我的宿舍，约我晚上去他家吃饭。我已在他家吃过很多顿饭了，每次都是空着两只手去。此前，去创弟、昭文等老师家吃饭也是这样！不知为何，这次我却有些不自在起来。对了，该买点东西去才像话！

买什么好呢？我一时有些茫然。沿街的店铺都是小店，没有太多的东西可买。对了，就买点水果吧！我来到一家水果店，准备买些苹果和橙子。店主是个比较厚道的人，没有涨价（我以前来过这里一次）。这次我看到的苹果和橙子，似乎比以前买的个儿还大，颜色也更好一些。我便向店主打听了一下，店主介绍说这是店里最好的品种了。我随即各挑了一些色泽较光鲜的买了下来。

我提着这份简简单单的礼物，来到明泉家作客。明泉及其妻子见到我的到来，都非常高兴。可惜他们的宝宝睡着了，让我少了一份乐趣。

晚餐很丰盛，有牛肉丸、猪脚、鱼、汤之类的，我吃了个大饱。第一次在外过冬至，竟是这样的温暖。有明泉等友人的关心，我这个节日过得非常愉快。

今天的平安夜，则完全是个洋节。我没有丝毫准备，直到收到几条短信才明白——圣诞节来临了！

“白雪儿飘飘，鹿铃儿敲敲，甜蜜的平安夜又来到，快乐的圣诞节多美好！辛苦了一年，也该歇歇了！祝你过个美好的圣诞节，平安快乐与你同在!”

“天气变化无常，冬来寒风四处飘荡。今天，剪下一片阳光，照向有朋友的地方：冬至到，愿你心情愉快，身体健康!”

这是我的两位昔日同窗发来的短信，岁月并没有冲淡我们的友情。接着是好友张信发来的短信：“望望日头望望天，望望烟囱会出烟；画画游鱼会游泳，画画风景有多美……”

还有一条最特别，是我7年前资助过的一名山区少年发来的：“陈叔叔，祝您平安夜平平安安，快快乐乐!”简简单单的言语之间，表露的是一个孩子的真情。

在单调的支教生活中，有这些远方亲友的挂念，怎不令人高兴！虽说听不到声音，但足以传递情谊。这给远在异乡的我带来了巨大的慰藉。“丈夫志四海，万里犹比邻。”有远方亲友的关心，一切孤寂都烟消云散。

时代进步了，短信已取代传统的书信，成为最便捷的通信工具。许多人对此提出过批评，认为它扼杀了传统书信的作用，很有些文化快餐的味道。但我认为，短信有短信的长处，它有着传统书信所没有的优点：便捷、简单、实用。试想，对普通百姓而言，除非是有重要事件，一般情况下，有多少人会在节日里专修书信去问候亲人呢？当然，达官贵人们除外，因为他们的问候往往是另有所图的。古代的送别或祝福类的诗文，大多是在亲友生活发生重大变化时写的。例如，李白写的《闻王昌龄左迁龙标遥有此寄》一诗，是诗人在友人王昌龄贬官龙标时所作的；《送孟浩然之广陵》一诗，是诗人在与孟浩然分别之际写就的……总之，正如萨特所言：“存在即合理!”适应时代的东西，想挡也挡不住。一味地用老眼光来看待问题，不被累死，也会被气死。倒不如换个角度，顺应时代，不计较这些形式上的东西，而在乎一颗牵挂的心，这不就足够了吗？

85　小君的忧伤

2009 年 12 月 25 日

今天是圣诞节，是西方的新年。不知何时，这个洋节开始在中国流行起来，连农村也不例外。

下午放学后，小君和她的同桌小珍两位同学来到综合楼上，向我表达了节日的祝贺！我虽然不很重视这个节日，但仍然很高兴，毕竟这是学生的一片心意。

她俩原本是想过来借书看的，可惜临近期末，很多书都被我提前带回深圳去了。我只好把放在屋内的两本《广东教育》给了她们。看了一会儿书，小君忽然哭了起来。我一看愣住了，忙问她怎么回事。她望着我说："老师，谢谢您借书给我们看，我想到你快要走了，心里很难受！"

哦，原来如此！我急忙安慰她说："没关系，未来的路还很漫长。我不教你们了，还有其他老师啊。"

小君说："我知道这一天会迟早会来，但没想到这么快！您走后，我们肯定会不适应的！您不是说要教到我们毕业的吗？怎么又改了？"

我说："原本是这么定的！但由于深圳那边工作安排出现了困难，所以下学期一定要我回去！说实话，我也很无奈。"

小君不再说话了，她知道说再多的话也无法改变结果，再次流下了眼泪，一旁的小珍也在默默流泪。

我觉得气氛有些沉重，决定找个轻松的话题安慰她们一下。尽管距离离别的日子还有二十多天，但她们敏感的心早已开始感伤。

我问起她俩毕业后的打算，两人开始陷入了沉默。小君说她可能不会再读高中了，小珍说自己也一样。这令我吃惊不已！我忙问怎么回事。

小君说：“我家里经济条件差，恐怕想读都读不成了！”小珍补充说：“听说上高中要很多钱，我们家拿不出来，可能也不会让我读了！”

我听后，顿时陷入了无尽的悲哀。想不到在广东这个经济大省里，竟然还有因贫困而无法读书的现象，而且这些孩子就在我的面前！

我压抑住心头的悲痛，对她俩说：“你们要好好读，认真读，争取考上高中。如果家中有困难，请告诉我，我会尽力帮助你们的！”

小君、小珍听后却摇了摇头，说不用为难老师了。她俩说毕业后，不知道是留在农村，还是出去打工。我一听，严肃地对她们说：“你们还这么年轻，成绩又这么优秀，这么早就停止了人生奋斗的脚步，是对人生极不负责的态度。你们的前途还很长远，如果过早地定位，打工挣钱，再到结婚生子，然后抚养儿女，岂不又将重复你们上一代的生活？著名作家柳青有一句话：‘人生的道路虽然漫长，但紧要处常常只有几步，特别是当人年轻的时候！’这几年，是你们人生中最重要的几年，应当排除一切困难，专心于学习，考上高中，再考上大学，用知识改变命运！人生的道路才会变得更加宽广，人生也将活得更有价值！”

听了我的一番话，两人陷入了沉思，也受到了很大的触动。小君站起来对我说：“老师，我懂了！我不会过早地放弃学业，步入社会的。您放心，我会努力学习的！”

我的心顿时释然了！一个经济落后的地区，还有什么比培养这一代充满希望的孩子更重要呢？

86　转学风波

2009 年 12 月 26 日

仙庵中学的校园，宁静而祥和。一放学，学校就显得空荡荡的。偶有几只小猫跳出来，更给校园平添了几分寂寥。

然而，就在这平静的外表下，却涌动着一股浪潮。这股浪潮是在海底下流淌着的，听不见声音，却能感受到它的力量。这便是在当地校园中愈演愈烈的转学风潮。

随着经济的发展，一些私立学校逐步发展壮大起来。私立学校的兴起，一方面为解决我国人口众多而学位不足的问题作出了突出贡献；一方面也给众多公立学校，尤其是农村中学的发展带来了巨大的挑战。

上周五，我忽然听到一些同学的议论，说这个周末很多同学要去普宁××学校参加考试。我觉得很好奇，以为是高中学校的招生考试，一打听才知道原来是同等的初中学校在招生。都快毕业了，这所学校在这个时候出来招生，是出于什么目的呢？我不得其解。随后，经一位同事的“点拨”，我才知道了其中的玄机。

原来，这个点子是一些私立学校想出来的。他们为了招到更多的生源，为学校带来更丰厚的经济利益，便想出了这个点子。这些私立学校往往在初三学习阶段，开着校车到各地散发资料，以“免费就读”为诱饵吸引各农村中学成绩优异的学生报考该校，然后以考试的形式从中筛选出更优秀的同学到该校读书。被录取的学生则可以获得交费生的待遇。因此，这项“政策”使得众多农村学生趋之若鹜。

人们不禁要问，这些私立学校如此慷慨，有何不可呢？其实，这里面潜藏着巨大的利益之争。学生与学校各有所图。对于学生而言，所图的只是一些“小利”，即获得了免费享受“优质教育”的机会。尽管这些年一些公立学校也获得了较大的发展，但相比私立学校来说，在教学条件上仍然有很大差距。对于学校而言，失去的是一些“小利”，得到的却是一些“大利”。通过这种方式“选拔”而来的学生，本身学习就很好，到这个学校读书更大意义上说是一个形式。一旦中考揭榜，这些被挖来的学生便会给该校带来巨大的社会声誉。不明真相的人们在巨大的宣传作用下，纷纷把子女送往该校读书。人越多，学校就越加财源滚滚。因此，被挖去的学生虽然得到了一些小利，却不知不觉中成了这些私立学校的广告代言人。

孔子在《论语》中有云：“富与贵是人之所欲也，不以其道得之，不处也。贫与贱是人之所恶也，不以其道得之，不去也。”孔子的意思很明确，追求利益是人之大欲，但君子要取之有道；否则，即使是身处贫贱，君子也会默默坚守。“君子爱财，取之有道”是千百年来人们对待财富的行为准则。然而，这条道德准则今天正在逐渐被打破。为了增加财富，一些人摒弃了道德与良知，正以非常规的手段来达到目的，这与“掠夺”有何区别？最可怜的是这帮十五六岁的孩子及其家长，为了眼前的蝇头小利而不惜舍弃教导自己多年的老师、与自己朝夕相处的同窗挚友，以至于亲人，独自奔向“教育的天堂”。

我不敢料想，能作出这种决断的孩子，将来能够成为一种什么样的人才。但我敢断言，在这种“有奶便是娘”的思想中成长起来的孩子，在其人格成长上一定会受到影响！

相对于前两者而言，广大农村中学就成了地地道道的“受害者”。一些学校采取各种措施，历尽千辛万苦，把学生培养好。没想到在即将出成绩的时候，人被挖走了！这种心情，任何人都想得到。对此，我曾在班上对学生打了一个比喻：“这正如一个农夫种植了一亩果园，历经千辛万苦，精心培育，日夜呵护。就在快要收获的时候，来了一群强盗把果实摘走了！你们说说农夫该怎么生活？”同学们听了，都沉默不语。我相信，无论这些人受到过多少利己思想的影响，有良知者仍然会是多数。

如果管理体制严格，就不可能给这些学校以重新建立学生档案的机会，学生也不可能在异地参加中考。因此，要彻底扼制这种恶性竞争的局面的产生，就必须建立严格的管理制度。只有彻底改变当前一些地方松散的管理模式，才能使问题得到根本解决。

据我网上调查，这一现象在全国许多地区普遍存在。

“路漫漫其修远兮，吾将上下而求索。”农村地区的教育发展之路，还很漫长，需要所有人的共同努力！

87　三只小燕子飞走了

2009 年 12 月 28 日

12 月 28 日，初三（1）班的教室里，三只小燕子飞走了！

起初，我在课前就发现教室里空了三个座位。一个是小萌，一个是小芳，还有一个是小欣。除了确切得知小萌已转投普宁××学校之外，小欣和小芳的情况都不明朗。据了解，小欣也被这所学校“录取”了。但学校已发现了苗头，并立即约见了她的家长到校谈心。经过一番苦口婆心的劝说，小欣被打动了，决定留在仙中。没想到仅仅过了一个晚上，情况就发生了根本的变化——小欣还是走了。

据说，这次去参加考试的人有五人，其他的两个只是未被录取而走不成罢了！事后我得知，这所学校的学费是每人每年 1.6 万元，如果加上其他费用，每年近 2 万元。而这些被“录取”的学生则可以获得免费就读的资格。根据协议，这些获得免费就读资格的学生，都要签订一份合同，即一旦入学，就必须在该校就读。如果中途离校，就得赔钱。只是有一点他们或许不知道，他们在不知不觉中成了这些私立学校用作宣传的工具！

看到这种情景，我的心被系上了一个秤砣，重重地往下坠去。

我不敢想象，一向文静内秀的小芳会走；我不敢想象，一向敢说敢当的小欣也会走！至今，我还清清楚楚地记得她写的一段话：“衷心地感谢您，我的恩师！这个学期，我得到了来自老师和同学们的巨大鼓励！”我也清清楚楚地记得我在朗读小欣的作文《月光下的遐想》时，许多同学失声痛哭并给予她掌声的情景。小欣，就这样不辞而别了？我不敢相信！

哦，对了，昨天放学后她来我这儿了。她递给了我一个棒棒糖，然后微笑着离去了——难道这就是她与我告别的礼物？

我不敢回想！是什么东西有这么大的魔力把这些年幼的学生勾走？还有那些望眼欲穿渴望被勾走的孩子？

是利益？的确，对于这些苦惯了的农村孩子来说，还有什么比能享受到免费的优质教学环境和优质师资更重要的呢？倘若仙庵中学也有这么优越的条件，那该多好啊！私立学校的办学目的是什么，早已不言而喻了。正所谓“司马昭之心——路人皆知”！在一切以利益为目标的思想作用下，一些地方的教育早已沾满铜臭了！

是管理制度？一点也没错。20世纪80年代，一个地方再贫穷，经济再落后，也很少发生学生中途跑走的事。为什么？就是因为有严格的转学制度。一个学生转到其他学校读书，必须要办理好转学函、学籍转移等一系列相关手续。而如今，一些私立学校为了挖到“人才”，不惜采用一切手段来实现目标。无需转学函，只要人过来就行了；没有学籍，重新建一个。无法报考，甚至可以借用他人的名字去报。这些情况，很多农村中学曾反映给上级教育主管部门，但关键是这些部门管不了。

人已走了，留给同学们的是惊讶还是羡慕，我不得而知。但这件事带给同学们心灵的震撼是巨大的。它让处于青少年时期的孩子面对利益与良知时作出了人生的第一个选择。它必将给这一批孩子的心灵带来巨大的影响。

在纷扰的现实世界里，管理制度与道德良知，正经受着严峻的考验。

88　生活小节要不要拘

2009 年 12 月 30 日

生活中，有些人起床不喜欢叠被子，吃完饭不收碗筷，如厕后不冲厕所，在公共场所高声喧哗……这一切，都是生活中的小节问题。今天上午第三节课，我在初三（1）班给同学们上了一堂口语交际课，主题是谈谈生活中要不要拘小节这个问题。

在生活中，我们到底要不要注意生活小节呢？当我把这一问题抛给同学们时，绝大部分人给出了一致的答案："要！"至于原因，则众说纷纭。

有些同学认为，生活小节是一个人自身修养的体现。小武同学说，他常看见有人将香口胶吐在地上，不仅给他人带来了很大的麻烦，也给环境造成了不良影响。小鹏同学认为，同学当中也有一些不拘小节的现象，如借东西不及时归还、将草稿纸随地乱扔等。发生这些情况后，同学之间的关系往往会变得尴尬起来。而生活中的"小赖"们，有时是"真糊涂"，有时是"装糊涂"，最后弄得双方都不愉快。因此，这种小节非拘不可。小彤认为，起床不叠被子，实际上是懒惰思想的表现。长此以往，这种人就会养成做事懒散的习惯。正所谓"一屋不扫，何以扫天下"，这种人目标再高，志向再远，终究也是无法实现的。

有些同学认为，生活小节是一个人综合素质的体现。晓虹同学举了一个例子，一名青年到一家公司应聘。当他路过面试室门口的时候，发现地上有一张纸片，立即捡起来扔进垃圾筒里去了。结果，这名青年被顺利录取。这个故事相信很多人都听过，虽然有些老套，但仍然说明了"小节"的重要性。因此，晓虹同学认为，生活中往往是"细节决定成败"。这一观点得到了同学们的赞同，教室里响起了热烈的掌声。

还有些同学认为，小节是一个人思想品德的体现。焕章同学举了个例子，一名教师，如果在大庭广众之下乱扔烟头，污染环境不说，对学生来说也是一种很不好的示范。教师是一门特殊的职业，其一言一行都要慎重。

就在大家热烈议论的时候，戏剧性的一幕出现了，小明同学站起来讲了一件事。他说他曾在走廊上看到过一把被丢弃的扫帚，几名大人走过去，竟然没有一个人把它扶起来！这让他觉得很不可思议。我一听，觉得这几个大人的做法不合适，便问了一句："如果你看到这种情况，会不会去扶起扫帚呢？"小明竟然回答道："不会！"此语一出，全班哗然。我以为听错了，追问了一句："真的不会？"小明再次肯定地答道："不会！"我问他为什么，他沉默不语。同学们听了，都露出了惊讶的神色。这时，一名同学站起来说了一句："自己都做不到，又怎么能要求他人做到呢？"小明听了，羞愧地低下了头。

这幕情景给我很大的触动，令我深思。我要求大家不要苛责小明，毕竟他的思想还未成熟。同时，我也请小明同学认真反思自己的想法，想通了再与大家交流。

小明同学的本意也许不是这样的，但在一些非正常思维的影响下，便会出现一种"严以待人，宽以待己"的思想。青少年时期就存在这种思想，不能不让我担忧。这种思想在一些人中广泛存在，稍不注意约束，就会出现"道德审判"的现象。去年汶川大地震发生后，某地产公司的董事长就是个典型的例子。该公司在第一时间捐款 200 万元，但被指捐款过少。紧接着，该董事长又因一句"员工捐款不得超过 10 元"而成为众矢之的。捐了钱的理直气壮地指责他是个"民族的罪人"，没捐钱的也在网络上指责他是个地地道道的奸商。有人骂道："××，不管你征服多少座高峰，你的心灵却高不过一座坟头。尊重你的决定，鄙视你的人格！"××在巨大的舆论压力下，被迫做公开道歉，并再次捐出 1 亿元用于灾后重建。

××的本意是：中国是个灾害频发的国家，赈灾慈善活动是个常态，企业的捐赠活动应该可持续，而不应成为负担。事后，在谈及此事时，××说："我这一生经历过无数重大事件，但在重大突发事件面前我还显得很幼稚。"事后，无论该公司在汶川地震的重建中作出了多大的努力，都没有得到多少网友的理解，反而招来了不少嘲讽。

人非圣贤，孰能无过？这位董事长在没有对形式作出充分估计的情况下"因言获罪"，成为道德审判的对象。这是社会之福，还是社会之祸？值得我们每一个人深思。如何用更加宽容的心态看待他人的自发行为，是对社会及民众是否成熟的检验。

这种“严以待人，宽以待己”的思想是很危险的。它会形成一股巨大的精神力量，压向某个对象。最后，迫使对方就范。这种思想若不改正，社会正气就会缺失，自私与虚伪就会抬头。

一堂平凡的课堂，带给我一次不平凡的思考。

89 答谢昭文老师

2010 年 1 月 3 日

经过三天的元旦假期，我又回到了仙庵中学。这三天，意义非凡，它标志着 21 世纪 10 年代开始了！

汽车在深汕高速公路上奔驰了近 4 个小时，终于抵达了仙庵镇。如同往常一样，我在仙庵高速路口下了车，走过约 1 公里的延伸弯道，便看到昭文老师已骑着摩托车在收费站外等我了。这一次，也许是昭文老师最后一次来接我了。我的心中，充满了阵阵感激。

这次来仙庵，有别于以往。这一次，我给仙中的同事们及初三（1）班的同学们带来了一些小礼物，当作送给他们的纪念品。这些东西包括 20 本大影集、60 本小影集、40 支钢笔及 80 张我的相片。人非草木，孰能无情？在这儿待了快半年了，认识了很多好朋友，还有初三（1）班的同学们，我怎么能没有一点表示呢？

这半年来，对我帮助最大的当属昭文老师一家了。为了答谢他一家对我的帮助，我决定今天晚上请他们一家去吃顿饭，以表寸心。李老师和他的夫人娇琴老师还是一如既往地朴实无华，推辞了半天才答应。

地点还是老地方——奇香饭店，这是镇上最好的饭店了。我和昭文老师一家，围坐在一起，共迎 2010 新年的来临，共聚这幸福的时光。

菜很简单，五菜一汤，但我们却吃得很开心。席间，我刚向他们说了几句感谢的话，就被他俩客气地挡了回来。我只好举起酒杯，与昭文老师痛饮了一番。

几杯酒下肚，我内心的感动涌上心头。这一学期以来，昭文老师夫妇以极其朴实的作风热情地照顾着我，在生活上给予了我巨大的帮助，我对他们的感激之情难以言表。

先拿吃饭来说，我的“工作餐”是由学校提供的。昭文夫妇怕我营养跟不上，邀请我把饭菜端上来和他们一起吃。娇琴老师的手艺好、人又贤惠，因此我常常可以在他们家蹭到好多菜吃。记忆中最好吃的是莲藕玉米煲龙骨汤，材料丰富，味道鲜美。我往往要吃上一大碗才感到满足。普通一点的菜，到了娇琴老师的手里，也能做得香味十足，令人垂涎三尺。

再说洗衣服，这可是我支教生活中最头疼的事。由于我洗衣服的技术一般，加上工作较忙，洗衣服便成了一个难题。娇琴老师看在眼里，要求我把衣服送给她洗。她说，反正是用洗衣机洗，多一件少一件无所谓。从这一天开始，我再也没有为洗衣服一事烦恼过。穷冬烈风，她从未间断过。其间辛苦，可想而知。

还有喝茶，这是每晚必备的节目。我一般是吃完晚餐后，便和昭文老师外出散一会儿步，然后回来喝茶。每到这时，昭文老师便熟练地摆出茶具，烧水冲茶……这种单调的动作，昭文老师不知重复过多少回了。而我，大多是在一旁“坐享其成”，品味着茶的芳香，全然没有顾及昭文老师的辛苦。时间久了，我觉得过意不去，也试着冲过几次茶，但很多次被茶水烫得把手缩了回来。

一桩桩，一幕幕，令人感动，令人怀念！我想，再多的话语，再美的宴席，也无法表达我对昭文老师一家的感激之情。“海内存知已，天涯若比邻”，在即将分别之际，祈望昭文老师一家珍重！

90 一只燕子飞回来了

2010 年 1 月 4 日

上周三，三只“小燕子”飞走了。

这周一，一只“小燕子”飞回来了。

小芳回到初三（1）班了！这个消息，迅速传遍了仙庵中学的校园。

其实，对于这三只小燕子的“私奔”行为，老师与同学们的反响都很大。课堂上，老师们用不同的方式表达了对这件事的看法。课后，同学们也议论纷纷，思考着人生的价值取向。

班主任黄老师在这三位同学突然转校之后，说了一句意味深长的话：“我不是一位好家长。”他说：“每年都这样，快到中考的时候，一些私立学校就要来咱们这儿‘挖墙脚’了。我是你们的班主任，你们就像我的孩子。现在，孩子随别人走了，一句话也没有留下，看来我不是一位好家长。”黄老师的话透出几分悲伤，几分无奈，甚至几分愤怒。全班霎时间变得很安静。很多同学不敢正视老师，眼泪在目眶中打转。

英语老师林老师是学校的教务主任，对于这件事，他表现出更大的愤慨。他以亲身经历为例，现身说法。他说起了自己若干年前曾婉拒了一家私立学校的高薪聘请而留在了仙中的事，说起了自己的孩子也曾被某所私立学校招去免费就读，但毕业时成绩却退步了一大截的事。说完这些，他讲了一句话：“有些人是有知识没文化，这样的人越多，对社会的危害就越大——因为他们想到的首先是自己的利益！”

我也不例外，我认为这所学校的做法是一种为人不齿的行为。俗话说：“金窝银窝不如自家的狗窝。”“儿不嫌母丑，狗不嫌家贫。”我希望同学们珍惜母校的培养之恩，更要珍惜近三年来的同窗之情。做人切不可贪图一时的小利，而失去基本的道义。我告诫大家要做一个有责任、有道义、有长远目光的人，只有这样人生才会更有价值。从同学们专注的目光中，我读懂了他们心中的感悟。

很多同学也对这件事情发表了各自的看法。小伟同学认为："天下没有免费的午餐，全免的背后肯定是伪装的陷阱。现实生活的人道上也遍布这样的陷阱。只要我们不让物欲蒙住了双眼，不去贪小便宜，不去招惹路边带刺的花朵，就不会为其所伤，就能在陷阱遍地的大道上顺利前行。"他认为，这几位同学得到的也许是优越的校园环境和免费的食宿，但她们失去的要比得到的多很多。她们失去了老师的期望，失去了同窗的友谊，失去了对学校的感恩……在得到与失去之间，我们要学会去抉择、去比较。

晓虹同学说："对于那三只飞走的小燕子，我只能说感到既惋惜又痛心。她们涉世不深，不懂江湖险恶。面对人生的第一个十字路口，谁都有走错路的可能。老师和同学都不能过分指责他们。青春年少总有发狂的时候，我们需要的是互相谅解。对于××学校的做法，我感到相当厌恶，对于同学的误入歧途也痛心疾首。我希望下一届的学弟学妹们再也不会作出错误的抉择。还是陈老师说得对：学习固然重要，但做人更重要。'绕树三匝，何枝可依'？小燕子们，别犹豫了！快点回来，此枝可依！"

小芳是最特别的一个，因为她是"三只燕子"中的一个，飞去又飞回了。小芳的回归，对全班同学来说，是一个巨大的震动。再多的说教也抵不上一次现身说法。尽管她去后的第二天，我就给她发过短信，劝其以大义为重，回归母校。但我觉得真正起决定作用的，是她个人的意志。

伊捷则以诗一般的语言谈了自己的感想："我听见了母校在哭泣——把孩子还给我们！我听见了母校在呼唤——孩子们，快回来！那些背起行囊毅然离开的同学们，请回过头来，看看那个曾经培养了你却被你抛弃的正在哭泣的母校！"

小鹏同学说："听到同学被挖走的消息时，我真不敢相信这是真的！同学们听后，心里头都不是滋味，像打翻了五味瓶一般：不解、伤感、无奈，全都涌上了心头。以至于上课时，我们总觉得失去了什么宝贝似的，心不在焉。可以说，这件事给了我们很大的触动！关于这所学校，外界传闻得神乎其神，说它多么多么好。实际上，它却总是干着挖别人墙脚的勾当。像我们这些农村学校，已成了他们重点挖掘的对象。他们这样做的目的只有一个，那就是把他们的利益实现最大化。为了挖到更多的人才，这些学校往往把自己夸得天花乱坠，并提出种种优惠条件，让人感觉像天上掉下块馅饼似的。而这些自以为得到了大好处的学生们，却成了他们手中的一颗棋子。当然，我们无权干涉他们的选择。我们现在要做的并不是为他们的离开而伤感，而是要更加努力地学习，证明逆境中更能出人才。他走他的阳光道，我过我的独木桥，总有一天我们会证明，坚持才是最正确的。”

小悦同学认为：“人往高处走，水往低处流。”身边的同学，想走的，像鸟儿似的拍拍翅膀转身就飞了。但是，他们带走的是自己高飞的渴望，留给他人的却是深深的思索。那所学校用尽了心血招去了一些尖子生，无非是想要在中考中获得一个好名声，从而吸引更多的学生前去读书。殊不知，他们的行为却伤害了其他人的利益，受到了万人的唾骂。学生的离去，并非完全是学校的引诱，最主要的还是在于自己的想法。人和动物最基本的区别是，人是有感情的动物。在仙庵中学读书，不仅仅要学会知识，还要学会感恩，因为这是我们的母校。我们必须爱自己的学校，努力学习，为她争光。

听了同学们的发言，我感到大家确实已经长大了，有了明辨是非的能力。剩下的日子已经不多了，只要脚踏实地地学习，就一定能走出一片天地。还是那句话，学习重要，但做人更重要。

91　编辑《仙中文集》

2010 年 1 月 7 日

一所学校的文化氛围，对于增强学生的活力和凝聚力，激发学生热爱学校的情感是大有裨益的。出于这个构想，仙庵中学语文组在开学之初作出了一个决定——编印一本文学刊物。

这段时间，我在映生、创弟等老师的帮助下，开始编辑《仙中文集》。根据语文组的安排，这个学期要编印一本学生作文集，以辑录学生的优秀习作。除了正式的作文外，还包括学生平时所写的随笔。

由于学校电脑不多，文字输入成了一个大问题。根据柯主任的安排，决定先由学生将习作誊抄到稿纸上，再交给各班语文老师。最后由语文老师统一上交给柯主任，柯主任再将这些文章分给几位懂得用电脑打字的老师来输入。这项任务主要落在林映生、王秋顺等老师身上。接到任务后，他们夜以继日地工作，付出了辛勤的劳动。尤其是团委书记映生老师，一个人就输入了四五十篇文章，以每篇 500 字计算，也有 2 万多字了。这份辛劳，没有坚强的毅力，是不可能完成的；没有做好某项事业的热情，也是不可能完成的。

初三（1）班习作的录入，主要是我和命键、丹锋等同学共同完成的。其中，诗歌部分的输入工作几乎全部是由命键同学完成的。当映生、秋顺等老师和命键等同学如期将文稿发至我的邮箱时，我心头的一块石头终于落了地。在此，也要由衷地向他们表示感谢，没有他们的辛勤付出，就没有《仙中文集》的顺利编排。

接下来是排版，这项工作由我来负责。我先设计了两幅封面样稿，请人评判。一幅以山水画为主题，内容是意境优美的山水图画；另一幅以抽象画为主题，主要内容是几名年轻人张开臂膀，舞动身姿迎接光明。结果大家都认为第二幅好，原因是抽象画更能体现青春的朝气与活力，也更能体现年轻人对理想的向往与追求。

负责教学工作的李副校长过来视察了一番，也认为第二幅的创意更好。我担心黑白印刷的效果不佳，李副校长灵机一动，说可以买些彩色墨盒，用老师们的家用打印机把封面逐页打印出来。

不多久，映生书记和创弟老师也赶了过来。我要求他俩帮助我整理一下稿件，顺便向他俩介绍电脑排版的基本原理。我立即启动电脑，逐一讲解，直到他们弄懂为止。这两位老师都有比较熟练的电脑操作基础，不多久就领会了要旨。我想，今后我离开了仙中，有了这几个人，就不怕找不到人来做这项工作了。

根据柯主任的意见，仙中的这本文集最终定名为《山花》。《山花》一共收录了80多篇文章（含30多首诗歌）。其中包括开学之初育才三中与仙庵中学联合举办的爱国诗歌原创大赛一等奖的作品，还有《语文报》举办的“憧憬”诗歌大赛的部分作品。作品涵盖了散文、诗歌、小说、书信、杂文等各类文体。林庆达校长亲自为之作序，李坚鹏副校长撰写了前言，柯振明主任撰写了后记。至此，仙中历史上第一本文集顺利编印好了。这其中，凝聚着很多老师和学生的心血。正是他们的认真态度，才使得这本集子得以顺利编排。

我期待这本文集早日付印，这对于仙庵中学而言，必将是一件非常有意义的事情。

92 语文组饯别

2010 年 1 月 11 日

上午 9 时许，我正在做上课前的准备，柯主任来到了我的宿舍，对我说："今天下午 5 点半，语文组全体老师在奇香饭店聚餐，为你饯行！" 我一听觉得太隆重了，问需要我买些什么，柯主任说这是语文组的事，不需要我操心。

下午 5 点半，我和语文组的老师一起前往奇香饭店。这天刚好下点小雨，但挡不住大家的兴致。我们一路上有说有笑，不一会儿便到了。

奇香饭店是镇上唯一一家综合性的饭店。因此，这里的生意特别好。这一点，单从门口停放的各式车辆就可见一斑了。这家店的名字很好听，有听着就想去吃的感觉。虽然规模及档次不及城市里的大饭店，但"物以稀为贵"，在农村地区还是很有档次的。

加上我，语文组 14 位老师全都到齐了。稍后，林校长和李副校长也来了，一共 16 个人。大家分成两桌，围坐在一间小屋子里。不一会儿，各式海鲜便端上了餐桌。对于大城市而言，能吃上一顿海鲜是一件十分享受的事，但对于这个海滨小镇来说，吃海鲜就如吃番薯一样普通。

酒过三巡，大家便拉开了话匣子，一边说一边劝酒。林校长、柯主任等先后举杯与我喝酒，并说了许多客气话。林校长说："你在这儿的时间虽然不长，但与老师们的感情很深厚。你走后，我们会很想念你的！" 映生、加明、国明、秋顺、创弟、伟城等老师也先后过来同我喝酒。几位平时交往不多的老师也过来与我喝酒。大家放开肚皮，喝了个痛快！

晚风习习，带来阵阵冬的寒意。面对一起工作了半年多的同事，我不由得心生感慨。

这半年来，在柯主任、加明组长的组织安排下，语文组开展了一系列的活动。其中最重要的有三件事：一是成功举办了育才三中、仙庵中学两校学生原创诗歌大赛；二是顺利开展了语文教研活动；三是成功编辑了仙庵中学第一本文学刊物——《山花》。这些活动的开展，是语文组全体老师所付出的汗水的结晶。尤其是柯主任、映生、创弟、秋顺、加明、国明等老师，付出的辛劳最多。如果没有他们的热情参与，这些活动就不可能顺利开展起来。这其中，最重要的莫过于柯主任了。

记得第一次到初三（1）班听课，上课的是柯主任。当时，他正在讲一篇名为《差半车麦秸》的课文。文章很长，但他却举重若轻。他抓住人物这一主线，带领同学们品析得津津有味。我第一次在初三（1）班上课，听课的也是柯主任。当时，我给同学们上的是一篇日本小说《清兵卫与葫芦》。我上得很投入，柯主任听得也很投入。不时用笔在听课本上记录着什么。课后，他对我上的课给予了高度评价。即使在领导和老师们面前，他对我也从不吝惜溢美之词："听陈老师上课，那简直是一种享受啊！"

第一次参加教研组会议，是由加明老师主持的。这次会议虽然简短，但内容很重要。这次会议确定了这个学期要开展的几项工作，并明确了具体分工。第一件事是由我给全组老师上一堂公开课，供大家交流。第二件事是由我在期中考试后去各班随堂听课，与老师们展开交流。第三件事是期末之前办好一本文学刊物。在今天看来，这次会议确定的三件事情都已顺利完成。"众人划桨开大船"，在这里，我要衷心感谢全组教师对我的热情支持。

第一次上公开课，是在初三（1）班教室。那天我上的是法国作家雨果的名作《给巴特勒的信》。语文组的大部分老师都来了，林校长也来了。他们听得非常认真，同学们的一举一动他们都看在眼里。一些老师事后谈到，课堂上学生自己归纳内容、自己上台板书这一环节给他们留下了很深的印象。

第一节课结束后，我以为他们会回去休息，没想到第二堂课他们又来听了。一位老师对我说："你的第一堂课上得很精彩，我很想听听你的第二堂课是怎么上的！"我不由得被他们的执著精神所感动。第二堂课，当同学们就"圆明园兽首"被拍卖一事展开激烈的争论时，很多老师都神情专注，目光随着发言的同学而转动。课后，林校长在全体教师大会上作了如下评价："我听了陈老师的课，很受启发。我们在教学中如何设计好教学环节，如何引导学生讨论，如何调动学生的积极性，陈老师给我们作了一个很好的示范！"

在编辑《山花》杂志期间，柯振明主任多次奔忙，亲自给老师们布置组稿事宜。这也使得编辑组在短时间内便收到了一百多篇来稿。由于农村中学条件简陋，电脑不多，会熟练打字的人更少。因此稿件收到后，如何输入电脑又成了一个大问题。此时，映生老师奋勇当先，毫无怨言地承担起了这一重任。《山花》中的文章，有四五十篇是映生老师亲手输入的。此外，秋顺老师也付出了辛劳。他和几位熟悉电脑的学生一起，完成了多篇文章的输入，并给每篇文章撰写了评语。初三（1）班的胡命键同学，打字速度较快。在我的要求下，他负责了初三（1）班全部诗歌的录入，足足有40多首。

电子文档完成后，映生、创弟两位老师又和我一道，练习 word 排版技术。我们三人加班加点，奋战了近三天，终于把这份厚达70多页的《山花》杂志编排好。应我的邀约，林庆达校长为本刊作了序，李坚鹏副校长和柯振明主任分别写了“前言”和“后记”。就这样，在众人的努力下，仙庵中学第一本文学刊物诞生了。样刊出来后，林校长非常高兴，决心要多印一些，让更多的人看到……

酒香扑鼻，夜色正浓。语文组的老师们仍然欢聚一堂，久久没有散去。再过几天，我就要告别这群共事了半年多的同事了，我的心中怎不留恋？望着一张张笑脸，我愁绪满怀，感慨万千。

“但愿人长久，千里共婵娟！”愿仙中的同事们健康幸福！

93　特殊的毕业照

2010年1月12日

1月8日，是一个特殊的日子——初三（1）班的学生和我照了一张特殊的毕业照。说它特殊，是因为学生们还未毕业。因为即将离开，所以我决定提前拍一张“毕业照”。

当日下午，风和日丽，仙庵中学的操场上显得更加庄严肃穆。操场东面是升旗台，一面鲜艳的五星红旗迎风飘扬。操场四周都是树木，显得葱郁而茂盛。操场的地面是用细沙铺成的，我和铭飞、楚杰、明泉等青年教师就在这块沙地上踢过几场球。沙地还有一个好处，那就是雨天不沾鞋，摔倒了也不用担心。

这次拍照是由我提议的。很久以前，我便看到很多同学在随笔中表达了一个心愿：希望能在毕业照中见到我的身影。于是，我便产生了在本学期结束前与全班同学拍张合影的念头。我打算用我的数码相机来拍，再将照片拿到汕头去冲洗，送给每位同学。没想到这件事被班主任黄老师知道了，他告诉我这事已同校门口的摄影师说好，不用我操心。事已至此，我只好不再多说。

下午4点多钟，同学们在摄影师的指挥下陆续排好了队。接着，学校领导依次坐在第二排的凳子上。我被安排坐在正中间，与林校长、严主席等领导坐在一起。在摄影师的指导下，不一会儿相片就拍好了。我要求他帮我用数码相机再拍一张，可他好像不大习惯。我只好请坐在拍照席上的昭文老师起身帮我们补拍。昭文老师这段时间经过练习，对相机的操作已经很熟练了。他接过我的数码相机，一会儿就拍了好几张。

集体合影完毕，有些同学按照事先的约定，三五成群地和我合影。我一一满足了他们的要求。

三天后的今日，我从电脑中调取了我和初三（1）班全体同学合影的照片和一张我在初三（1）班上公开课的相片，决定去汕头冲洗出来，送给初三（1）班的全体同学。

说干就干，我稍作准备后便出发了。昭文老师用摩托送我到了顶溪车站。由于没有见到汕头的车经过，我只好坐在昭文老师的堂兄家等候。昭文老师的堂兄非常热情，泡上好茶来招待我。得知我要去汕头洗相后，他有些吃惊，说到惠来就可以了。我说要当天冲洗的，他说惠来肯定有。在他的热情劝说下，我改变了主意，坐上中巴朝惠来去了。

惠来与汕头正好是反方向，一个在西，一个在东。我本欲去汕头，却跑到惠来去了，正所谓“声东击西”啊！到惠来后，我雇了一辆黄包车，寻找合适的相馆。黄包车七弯八拐，找了半天也没有找到有即时冲印的相馆。黄包车又拉我来到县城中心区一家大型婚纱摄影店，一问也没有。老板苦笑着对我说：“不用找了，整个惠来都没有即时冲印的设备，全部是寄到外地去洗的！”我一听顿时像泄了气的皮球，愣了半天。

没办法，我只好来到惠来汽车站，决定再去汕头。从惠来坐上高速汽车，过了一个多小时，终于到了汕头。

在的士司机的指引下，我来到滨海花园附近的一家冲印店。里面果然有现场冲洗设备。由于冲洗的照片较多，店主告知我至少要一个小时。我便决定到街上去逛逛，顺便买点东西吃。

我绕着汕头最繁华的中心区——龙湖广场走了一圈。此时，我已觉得腰酸背痛，加上饥饿难耐，连观赏风景的雅兴也没有了。于是，我走进一家烧腊店，花了15块钱吃了一份快餐。也许是太饿了，我吃得非常香甜，几乎把骨头都啃光了。

吃罢饭，我步行到沃尔玛超市，又买了一些相册作为备用。来到相馆，相片已全部冲印好了。老板很高兴，送了4本小相册给我，算是对我带来的这笔生意的奖励吧。

坐上回惠来的高速大巴，我的心里美滋滋的——一个心愿总算了结了。

回到学校，同学们早已等候在我宿舍门前了——他们想早一点儿看到照片。

94 最后一课

2010年1月13日

今天的这堂课，是我在仙庵中学初三（1）班上的最后一堂课。此时此刻，我不由得想起了都德的作品——《最后一课》里描写的情景来。文中的小作者以独特的视角写出了他即将失去母语时的痛苦。而我，面对即将离开的学生，却感受到了另外一种痛苦。

如同往常一样，我自信地走上了初三（1）班的讲台。今天我要讲的是“中考基础知识概述”。由于时间紧迫，我所能教给他们的，只能是概括性的要点了。这两节课，我主要讲了以下几个方面的知识点：辨析错别字、改病句及现代文阅读常识。关于错别字，我强调了积累的重要性——“见多识广”才能熟练地分辨出错别字。随后，我在黑板上列举了40多个常见的错别字让同学们一一辨别。关于改病句，我则列举了几种常见的病句类型，分析了其中的毛病，并提出了解决方法。关于现代文阅读，我着重讲了几处知识点，如“表现手法”与“表达方式”的区别、几种常见的文体特点等。由于时间有限，我只是提了一下复习要点，并未作详细讲述。

两节课很快就过去了，我发现同学们比平时更加专心，笔记也做得非常勤快，但就是不见他们出声。放学铃声响了，同学们齐刷刷地站了起来，用整齐划一的声音对我喊着：“谢谢老师——”接着是长时间的掌声。

我站在讲台上，注视着初三（1）班的同学们，过了好一会儿才反应过来。我忙不迭地挥手示意：“不用谢，同学们。祝你们学习进步，实现梦想！”

同学们陆续从我身边走过，一个接一个地同我打招呼。我则感到了一种别样的情怀：这是我在仙中的最后一课！

再见了，初三（1）班！在这里，留下过我们多少美好的记忆！我清楚地记得，我第一次走进初三（1）班教室时，同学们好奇的目光和热烈的掌声，还有那兴奋的表情；我清楚地记得，我第一次走上初三（1）班的讲台时，同学们投来的期待的眼神和渴求的目光；我清楚地记得，是那个执著于葫芦收藏的日本少年清兵卫，将我们的情感第一次融合到了一起；我清楚地记得，是对网络的疑惑使我们开始了第一次口语交际……

我无法忘记，我们一起学习刘亚洲先生《给儿子的一封信》的情景，其中的人生道理让每一个人深思；我无法忘记，是苏霍姆林斯基的《致女儿的信》，让我们第一次敢于直面爱情这个神圣的话题……

面对这间熟悉的教室，我已经不再觉得它简陋了，甚至觉得有几分亲切。那一张张破旧的长条桌，记录着同学们艰辛的求学历程；那一扇扇透风的窗户，在昭示着美好的未来。我久久地注视着这间教室，仿佛屋里的每一样东西都令人留恋。再见了，初三（1）班；再见了，我生命中难忘的驿站。若干年后，如果能够再回到你温暖的怀抱，我一定会向你敬礼，向你问候！

几个同学围了过来。他们说："老师，您走后，一定要记得来看我们！"我连忙答应。孩子们的笑脸上，写满了期待，写满了留恋。我问同学们有什么愿望，小元同学说："我希望学校把您住的房间留下来！"我问他为什么，他说："这间房是您住过的，今后您来仙中看望我们就可以随时住在这里了！"我一听恍然大悟——多么淳朴而天真的想法啊！同学们的深情厚谊，叫我如何承担得起！我的心就像奔腾的江水一般，久久不能平静。

是啊！再过十多天，我就要离开仙中，离开这帮可爱的孩子们了。人非草木，孰能无情？孩子们对我的一片赤诚之心，我将加倍珍惜。唯愿初三（1）班的同学们好好学习，珍惜这份难得的师生之情，考上理想的高中，实现更远大的理想。

95 林校长饯别

2010年1月13日

“渭城朝雨浥轻尘，客舍青青柳色新。劝君更尽一杯酒，西出阳关无故人。”这首脍炙人口的诗篇，千百年来打动了无数的人们。诗中对友人的惜别之情和深情祝福，写出了无数友人惜别时的心声。在我离开仙中的前夕，林校长打来电话，邀请我去他家吃一顿饭。

这是我上学期末到仙中支教以来，再度到林校长家中吃饭了。晚餐非常丰盛，有蒸排骨、牛肉丸、鱼丸等各式佳肴，还有许多当地的特色菜。当我得知这些菜竟然出自林校长之手时，我惊得目瞪口呆。一同受邀前来的李副校长和柯主任见怪不怪地说：“很奇怪吧！我们这里的领导和老师都是‘万能’的。除了教书，还会做菜、修电器、安水管……”我一听不由得乐了，这话一点也不假。仙中70多个教职工，没有一个专业的维修队，也没有一个专业的厨师。只要有需要，老师们就会挺身而出，去完成很多专业人士才能完成的事。

就拿修水管来说吧。仙中的饮水是从学校后面的山上接来的，是真正的“自来水”。这个工程，没有亲自到过的人是难以体会到其中的艰苦的。光是水管的长度，就有五千米之长。这么长的水管，全是靠仙中的教师一步一个脚印扛上山去铺设起来的。他们披荆斩棘，顶风冒雨，遇到过陡坡，甚至还面临意想不到的危险，其中的艰辛可想而知。据思斌老师回忆，十几年前，仙中的老师们为了铺设这些水管，耗费了大量的精力。有时，仅仅是铺一根水管，也要花上好几个钟头。吃水不忘挖井人，仙中甘甜的泉水，是无数“万能”教师所付出的汗水的结晶。没有他们的奉献，就不会有这清甜的泉水！

再说电力安装。由于条件有限，学校没有请专业的电工。日常照明线路的管理和维修，全部由几位懂电力知识的老师来完成。哪里出现问题，哪里就有老师们的身影。这些老师，虽然外表普通，但个个身手不凡。问题一到他们手里，就能立即解决。也许，这也是“逆境出人才”的一种体现吧。

“陈老师，请!”校长举起了酒杯，把我从回忆中拉了回来。我连忙端起酒杯，与校长一饮而尽。林校长是个十分豪爽的人，也是个很有抱负的人。他的心中有很多美好的梦想。他希望把仙中建设得更美丽，发展得更厚实。但现实也常常令他感到无奈，难以完全实现他心中的理想。这一点，我和他聊天时，常常可以感受得到。

对待朋友，他很坦诚，是一个有情有义的人。记得刚到仙中时，林校长怕我吃不惯街上的饭菜，热情邀请我去他家吃饭。这一吃就是一个星期，林校长却从不感到厌烦，每天都很客气。我过意不去，要付给他伙食费，却被林校长毅然决然地挡了回来。

冬天到了，屋外的北风呼呼地刮着。林校长怕我冻着，交代胡主任给我的房间装上一道门。门装好后，整个屋子都显得很温暖。

在工作之余，林校长也常常来我的宿舍做客。我们一边喝茶一边聊天，从工作到生活，再到人生，无所不谈。谈话间可以看出，林校长的胸怀非常开阔。对于生活中的一些小事，他常常是一笑了之；对于事业，他则津津乐道，踌躇满怀!

对待工作，林校长非常认真。这个学期，他亲自来初三（1）班听了我上的公开课，而且还亲自参加了语文组的教研会议。他在教研会上，专门就我支教的作用和意义作了发言。他希望语文组的老师利用这次机会，多与我交流教学心得，以提高课堂教学的效率。

在香甜的美酒中，我和林校长等人围在一张桌前，静静地享受着这份幸福的时光。但愿在将来的日子里，我们能够再叙友情。

96 且行且珍重

——告别初三（1）班

2010 年 1 月 14 日

今天，我在仙庵中学的支教工作就要结束了。初三（1）班的同学们，早已悄悄地做好了准备。昨天下午放学时，全班同学自发地开了一个会，商量今天为我举行欢送会的事宜。

按照常理，校领导处及班主任是必须参加会议的。可出乎所有人的意料，当班主任黄老师提出这个要求时，同学们提出，只希望和我一个人座谈。我感到了事情的复杂性。于是，我给班上的同学做了一番思想工作，要求同学们心胸放开阔一点，认识到校领导及班主任参加座谈会是一件很有意义的事。同学们听后很受触动，最终同意了我的提议。

下午 4 点，座谈会正式开始了。林校长、柯主任及班主任黄老师一并来到了初三（1）班教室。我把我的手提电脑也提到了教室，昭文老师新买的一对音箱也被借来了。一时间，这间简陋程度只相当于 20 世纪 70 年代农村中学水平的教室里竟然变得时髦起来，充满了现代气息。

会议由初三（1）班的当家花旦——晓虹同学来主持。她是个善良而大方的女孩。她与其他人的大方有所不同，她是用心去召唤同学。几乎全班的同学都被她调动起来，她的号召力令人惊叹。我不知每个人凑了多少钱。五块，还是十块？因为他们竟然买来了可乐和水果。这真是令我万万没有想到的场面。这些钱对于城市孩子来说，简直不值得一提，但对于以种地打鱼为生的农村家庭而言，是有些分量的。

会议一开始，是“随笔”的颁奖仪式。这个学期，在我的倡议下，初三（1）班的孩子们养成了写随笔的习惯。或记录社会见闻，或抒写少年心情，或抨击丑恶现象，或歌颂纯真情感……经过慎重评选，我评出了10篇优秀随笔，每人奖励一本大影集。其余同学获得优秀奖，每人奖励一本小影集。这本影集的特别之处在于，每本影集的前两页都装上了全班同学和我的合影，还有一张我在初三（1）班上公开课的照片。

颁奖仪式结束后，林校长作了讲话，他重点讲了我来仙中支教的意义，讲了我带给仙中师生的影响，也讲了初三（1）班学生对我的深厚情谊。他认为初三（1）班的同学是懂得感恩的孩子，这个品质非常可贵，希望大家永远保持！柯主任也发表了谈话，他说他昨天晚上在我房间浏览了一下同学们给我的临别留言，非常感动。他要求同学们珍惜这份师生情谊，好好学习，不辜负母校和陈老师的期望。

我接过他们的话，要求同学们在我离开后，一定要牢记我的教导：做一个正直的人，一个懂得感恩的人。要安心在仙中读书，用知识改变命运。自觉拒绝一些用“非常手段”来挖人的学校的诱惑。当我提议同学们用掌声来表达对母校的感恩时，教室里响起了雷鸣般响亮的掌声。林校长十分感动，连连点头称许。

校领导们离开后，教室里只剩下我和全班同学在座谈。在晓虹同学的提议下，同学们陆续起来发言，表达了对我的祝福与不舍之情。楚君等几个女同学一开口就哭了起来，哽咽难言。此情此景，令我动容。发言的同学一个接一个，整整用了半个多小时才结束。

接着，全班同学为我唱了一首歌——《感恩的心》：“我来自何方，我情归何处……”同学们用农村孩子特有的质朴之声唱了起来。歌声低沉而激越，回荡在教室里。楚叶和小芳又合唱了一首歌，来表达对我的祝福。在掌声中，我走到了教室中央，开始了我在初三（1）班教室里的最后演说。我以“且行且珍重——写给初三（1）班的孩子们”为题，开始了我的讲话：

今天，对其他人而言，也许是一个极普通的日子；对我和仙庵中学初三（1）班的同学们而言，却是一个特别的日子。因为今天，我将结束在仙中的支教工作。我也到了该和同学们说再见的时候了！

时光匆匆，不停止片刻的脚步。一晃，一个学期的支教生活就要结束了。回首往事，一切仿佛就在昨天。

曾记否，当我背着行囊走进仙庵中学的校园时，引来了你们多少好奇的目光；当我夹起书本信步走上初三（1）班的讲台时，你们专注的眼神里寄托了多少美好的希望我回来；当我返回深圳探望亲人时，初三（1）班的教室里有多少颗心在急切地盼望；当我们的课堂变得异彩纷呈时，初三（1）班的教室里有多少次掌声在回响……

我不会忘记，在初三（1）班的教室里，曾经留下过多少精彩的课堂。从那个沉迷于葫芦收藏的日本少年，到为民请命、舍身求法的中国脊梁；从历经变迁的《茶馆》，到一波三折的《陈毅市长》；从千里冰封的北国，到在星辉斑斓里放歌的康桥；从孤烟落日的塞北大漠，到歌女轻唱的江南秦淮……在刘亚洲先生《给儿子的一封信》中，我们懂得了“聪明人办小事，坚强者办大事”的道理，在苏霍姆林斯基《致女儿的信》中，我们体会到了爱情的真谛。还有口语交际课上的唇枪舌剑，写作课上沙沙的笔声……

一桩桩，一幕幕，历历在目，仿佛就在昨天。我不会忘记，你们对我的关心与帮助。每周，你们都会来到我的房间为我打扫卫生，整理桌椅，看着你们忙碌的身影，我知道你们是在用行动表达对我的关爱。我这个人到中年的大男人，也体会到了孩子般的幸福。

我不会忘记，这半年来我走访过的家庭。每一个孩子都给予了我阳光般的笑脸，让我在清香的茶水中感受到了春天的温暖。

我不会忘记，我们一起用文字记录生活，记录成长；我们一起评阅作品，欣赏奇文；我们一起针砭时弊，拍案而起；我们一起编辑文稿，绽放《山花》……

而今天，我们不得不面对这样一个艰难的时刻——我就要和你们告别了！

临别前，我衷心地希望你们在人生的道路上，不畏艰险，朝着梦想执著前行。前路漫漫，路上一定有荆棘，有豺狼和虎豹。我希望你们多一双警惕的眼睛，看清前面的路。我也希望贫困的生活不但压不倒你们，反而会给予你们更大的力量。我还希望你们要牢牢记住一句话：“用知识改变命运，实现梦想！”同时，我更希望你们珍惜友情、懂得感恩，做一个有情有义的人。

再见了，亲爱的同学们！你们带给了我无尽的欢乐和最真挚的情感，我一定会好好珍藏。再见了，可爱的孩子们！你们放心，无论我身在何处，我一会将你们牢牢牵挂，因为你们是我教学生涯里最特别的学生。你们就像初升的太阳，还有许多梦想等待你们去实现。

前路漫漫，愿你们且行且珍重！

陈剑华

2010 年 1 月 14 日

97　难眠之夜

2010 年 1 月 14 日

“捧着一颗心来，不带半根草去！”临别之际，陶行知先生的名言在我的耳边回响。明天我就要告别仙中了，我能留下一点什么呢？今晚，注定是一个不眠之夜。

临别前，我给每个人送了一本影集。其中大的送给了 10 位优秀随笔获得者和部分好友，小的送给了初三（1）班未获奖的同学以及部分邻里。在每本影集的扉页上，我都写下了四个字“友谊长青”。每一本影集里，都放上了一张我与友人的合影和我在仙中初三（1）班上课时的照片。

我所带的行李本来就不多，主要是一些书和衣物。剩下的日常用品，一部分是仙中买给我的，我都原封不动地放在房间，归还给学校。另外一部分是我个人买的，我决定把它们留给昭文老师。虽然不值几个钱，就当是我的一点心意吧！

还有一台豆浆机，那是我每天做早餐用的。我决定将其赠给伊捷一家。可惜前段时间坏了，拿到电器店里去修了。直到今天中午，仍未修好。不得已，我只得委托昭文老师在它修好后将其转交给伊捷家。

这半年来，我和昭文老师到访过她家两次，每次都受到了热情的欢迎。伊捷妈妈是学校的图书管理员，今年办了提前退休手续，专门在家照料孩子。伊捷的妈妈非常客气，先后送过我两包黄豆和一袋茶叶。而我，除了第二次去她家时买了一些水果之外，就再也无以回赠。每每念及此事，我都有些愧疚。

至于昭文老师一家，这半年来对我照顾有加，恩情深重。我实在想不到用怎样的方式来回报他们。开学前一段时间，由于我是一个人在食堂吃晚饭，感到有些孤单。我便抱着试一试的心态要求端上去和昭文老师一家一起吃，没想到他们很痛快地就答应了。就这样，之后的每一顿晚餐，我都是和他们共同享用的。娇琴老师是昭文老师的妻子，大方贤惠、知书达理。她做事踏实细致，从不斤斤计较。她的厨艺也很出色，一道普通的炒肉片经她的手加工后，便立刻变得香味扑鼻，令人垂涎三尺。因此，在这里，我的每一顿晚餐都吃得非常丰盛。此外，我每天换下来的衣服，也由她帮忙清洗。每当我感到过意不去时，她就会说："反正是用洗衣机洗，多一件少一件无所谓。"我知道，再小的事一多就会让人厌烦。对于我这个"长期包袱"，她从来没有说过一句怨言。

昭文老师，是我不能不多写几笔的人。昭文老师今年 43 岁，教了 20 年的书。他生性老实，待人诚恳。我曾看过他 20 几岁的照片，用一句流行的台词来说"那是相当的帅啊!"这些年，他和娇琴老师同甘共苦，共同支撑起了这个家。也许是出于对孩子读书的考虑，前两年他从附近的靖海中学调到了仙中。人到中年，总想有所建树，而现实却常常令他感到无奈。为此，昭文老师感慨万千。我隐隐感觉到，他年轻时的理想与壮志，正在被现实一点一点地消磨掉，皱纹开始增多，亲旧见了，多少会有些感慨。

这半年，他给我的帮助非常大。首先是接送，每次我回深圳，都是他用摩托车送我去车站。而当我回到仙庵时，又常常是他开着摩托车来接。每当我走在仙庵高速出口宽阔的马路上时，呼吸着旷野里吹来的空气，我就会感到神清气爽。而此时，在远处的收费站前，就会有一个熟悉的人影在静静地等候我的归来，那便是昭文老师。这种场景，一直伴随到我支教结束。

还有家访。这半年，我利用课余时间，走家串户，走访了十多个学生家庭。每一次，都是昭文老师带路，然后一起回来。记得有一天，我们去燕真家访问。当天的天气特别寒冷，昭文老师夫妇一起陪着我去，又一起陪着我回来。回来时，已是夜晚 11 点多钟了，寒冬的风吹打在我们的身上，又冷又烈。我们三个人走在仙庵漆黑的马路上，冻得直打哆嗦。每一阵风吹来，我都会感到浑身战栗。在漆黑的夜里，听不见一丝杂声，听见的只有我们三个人匆匆的脚步声。

还有散步。每天晚饭过后，我和昭文老师都要出去散步。我们行走的路线比较固定，一般是走到仙庵街上，然后在某位店主的招呼中喝茶聊天。我在仙庵的黄昏时光，大多是在昭文老师的陪伴中度过的。最近的一次散步，是前两天进行的。这一次，我们散步到了顶溪，顺道访问初三（1）班的小敏同学家。小敏的父母在顶溪做点小生意，对于教育问题不甚清楚，但得知我是教他们女儿的老师时，便说了句："小敏回家常常说你的好！"

还有游历。这半年，我和昭文、思斌等老师一道，利用假日的空闲时间，几乎走遍了仙庵的山山水水。这其中，就有昭文老师的功劳。他曾骑着摩托车，载着我去几公里外的京陇村理发，去他的家乡四美村参观，去桥观寺拜神，也曾和我一起去登客仔湖山，去惠城购物，去溪西村吃酸甜排骨。记得在惠城公园游鬼屋时，昭文老师显得很害怕。进入鬼屋中，他要求我走在最前面，他和思斌老师跟在后面。三个人跌跌撞撞，在一路的"鬼哭狼嚎"声中出了洞口。出得洞来，昭文老师长舒了一口气。显然，这一程把他吓得不轻。

半年的时间不长，但我们经历过的事情却不少。一桩桩，一幕幕，历历在目。而今，我就要离他们远去了，心中怎能没有留恋？有人说，一件东西，只有当失去的时候才会感到它的珍贵。这话一点不假。平时热闹嬉戏惯了，一旦分别，肯定会带来几许落寞。这一点，我完全想象得出来。对于忠厚老实的昭文老师夫妇而言，尤其如此。这半年的时光，我从他们为人处世的态度上，学到了不少有益的东西。

在这分别的时刻，我难以入眠。在收拾完行李后，已是深夜1点多钟了。我端坐在桌前，提起笔来，给昭文老师夫妇写了一封信：

昭文兄、娇琴嫂：

两位好！

这半年来，承蒙二位的悉心照顾，我在仙庵中学过得非常愉快！临别之际，我的内心涌起无限的留恋和感激。在此，我要衷心地向您二位说一声："谢谢你们！"

这半年来，我和昭文兄一起游遍了惠来的山山水水，领略了优美的自然风光和风土人情。更令人难忘的是，每次我从深圳返回仙庵时，总能看到昭文老师静静地等在收费站前；而当我回去时，又常常是昭文老师相送。这份情谊，值得我永远铭记。

在生活中，你们二位把我当作家人来看待。在这里，我的每一顿晚餐都吃得十分香甜。更令我感动的是，娇琴老师长期为我洗衣服。不管多少，她都从未抱怨过一句。这份辛苦，不言自知。

在这半年中，我不知在您家喝过多少次茶，也不知和昭文老师一起散过多少次步，走访过多少户人家。一切都历历在目，令我记忆犹新。

如今，我却要离开了！我知道这是一个艰难的时刻，俗话说，“天下没有不散的筵席”，能在人生旅途中与您二位相识相知，实在是上天赐给我的一种福分。我们应该好好珍惜！

临别之际，我无以回报您二位。我准备了一点小小的礼物，权当我的一份心意，请不要嫌弃！如你们推辞，会令我失望的。另外，我所托的将豆浆机转交伊捷家一事，敬请代我完成，配件均在纸箱中，不胜感激！

今当远离，临别涕零。时光匆匆，愿彼此珍重！

新年将至，祝新年幸福！愿二位及家人身体健康，财源广进！并请闲暇之余携孩子来深圳游玩！

顺祝

冬安！

陈剑华

2010 年 1 月 14 日深夜于仙庵中学

98　别了，仙中

2010 年 1 月 15 日

别了，仙中！别了，惠来！

在仙庵车站，20 多位同学自发从各个村子赶了过来，为我送别。杰龙、少光、冠泰、伊捷、燕真、宝华……他们的脸上，写满了依恋。他们争相帮我提行李，小心翼翼地看管着；他们争相与我合影，以留下这最后美好的记忆；他们簇拥着与我交谈，以多留住一段温馨的时光……

昨天晚上，我的房间来了很多人。昭文老师、思斌老师、秋顺老师、创弟老师、淑燕老师、德斌主任、映生书记等众多好友都来了。我们一边喝茶，一边聊起这半年来的美好往事。伊捷、静燕两位同学及他们的家长也来了。伊捷的妈妈虽已提前退休在家，但仍然赶到了我的宿舍，与我话别。虽然言语不甚相通，但她眼角的泪花告诉了我她此刻的心情。静燕的妈妈第一次来到我的宿舍，与我热情地交谈着。朴实的言语之中，充满了不舍。

柯主任过来了，送给我一本厚实的笔记本。在笔记本的扉页上，他写下了一首词：

蝶恋花·赠陈剑华老师

难忘课余生雅致
屿上烧鱼
触浪礁石柱
静品茗香杯醉意
弟兄共诉胸中语
莫畏辛劳传技艺

随笔山花
心血融文里
父意宽容施以育
深情共振声声誉

柯振明
2010 年 1 月 13 日于仙中

秋顺老师过来了，送给我一本《现代汉语词典》。在书前的空页上，他题了一首诗：

赠陈剑华老师

剑锋犀利书芳香，
华宇擎柱盈紫气。
山花朵朵笑盈盈，
秋实累累顺人意。

思斌老师来了，他送给我一幅亲自书写的书法作品。上书“任重道远”四个大字，旁书“赠陈剑华老师，林思斌书”几个小字。笔力遒劲，意蕴悠远。

大概是怕我身体易受凉，昭文夫妇特意为我买了一套棉质衬衫，赠予我作为留念。

映生老师是校团委书记，兼教初二年级语文。他是我见过的仙庵中学最勤奋的老师之一。《山花》杂志里的大部分文章都是他输入电脑的。他送给我一大袋本地产的花生和酱菜。

伊捷的妈妈来了，她送给我一袋黄豆。她知道我爱喝豆浆……

面对好友们的深情厚谊，我心潮起伏，不知怎样才能表达我心中的谢意。

茶香浓郁，飘散在房间里。昭文老师就像以前一样，重复着优雅的冲茶、泡茶动作。在这所偏僻的农村中学里，一群有情有义的朋友相聚在一起。这一切，是多么温馨，多么令人感慨。我可爱的友人们啊，这份情谊，我何忍抛弃？在寂静的山脚下，在明亮的孤灯旁，我辗转难眠。

在朦胧之中，我早早地起了床，做着返回深圳的准备。该收拾的东西，昨晚已全部收好。剩下的，只有这些陪伴了我半年多的桌椅和床铺了。我望着这间生活了半年多的屋子，心中充满了惆怅。

照例是昭文老师开摩托车送我，我知道这是他在我支教期间最后一次相送了。杰龙、丹锋两位同学早早就来到了我的宿舍，抢着帮我提行李。柯主任夫妇亲自赶了过来送我，林校长、胡主任在电话里先后与我道了别，李副校长也赶来话别。德斌主任、赖主任、映生书记站在校门前，一一与我握手道别。

车站里早已是人头攒动，足足有 20 多人，全是初三（1）班的学生。这是往日从未见过的情景，可惜乘车的只有我一个人。

车站售票的许大爷已是老相熟了，也许是很少见到这样的热闹场景，也许是受了同学们的感染，他饱经沧桑的脸上露出了孩子般的笑容。他走过来对我说："陈老师，以后我到了深圳，就去找你喝茶！"说完便紧紧地握住我的手，和我合影留念。

汽车到站了，同学们七手八脚地帮我把行李抬上了车。杰龙同学一把抱住我，说了声："老师，我爱您！您多珍重！"说完，这个高大的男孩顷刻间泪流满面。笙笙、少光、燕真、素贤等同学站在一旁，默默地注视着我，眼角泛起了泪花。

我登上汽车，挥手向大家告别。突然，我看到昭文老师侧过脸去，手却举在空中。我意识到：我真的要离开了！给昭文老师留下的，也许是更多的落寞。"男儿有泪不轻弹，只是未到伤心处。"昭文老师的这份情感，我怎会不明白？在我随后收到的短信中，也印证了这一点："陈老师：今天分别时我不敢正视你，怕流下眼泪。千言万语化作一句：但愿人长久，千里共婵娟。共勉吧！昭文字。"

汽车开动了，同学们挥起了手，朝我大声地喊着："老师，再见——"我挥起右手，眼泪不由自主地滚了下来。

别了，惠来！别了，仙中！别了，初三（1）班的孩子们！

如果有机会，我一定会再来仙中，看望你们，看望这个带给我最朴实的记忆的地方！

汽车飞速前进，窗外的山川风一般向后退去。而我，早已泪飞如雨……

99　学生赠言

花开花落，我们共同铭记

——致陈剑华老师

仙庵中学初三（1）班　严宏娥

踏着欢快的脚步
您走进了我们的心田
怀着难言的惆怅
您作别了贫瘠的校园

这里，有我们同样的期待
这里，有我们同样的语言
这里，有我们同样的欢乐
这里，有我们同样的梦想

我梦想的坚强
是您言语的力量
不是谁的肩膀
我梦想的飞翔
是您深深的期盼
不是谁的翅膀

花开之时，您与我们相遇
花落之际，您与我们分离

花开花落，潮起潮退
唯有这份记忆
让我们共同铭记

时光飞逝
带不走我心中的情谊
筵席将散
抹不去我深深的感激

感谢您
让我们度过了美好时光
感谢您
帮我们开启了人生之路
感谢您
海纳百川的包容
感谢您
毫无保留的奉献

写给陈老师

尊敬的陈老师：

您好！

此时此刻，我觉得这支笔犹如千斤重，纵使心中有千言万语也难以道尽！多么残酷的事实——老师您要走了！纵使知道天下没有不散的筵席，但在这离别之际，我还是愁绪满怀。老师，您知道否？那简陋的三尺讲台上少了您的身影，那会是多么单调的一道风景啊！那宁静的课堂上少了您铿锵有力的声音，那会是多么孤单啊！

您要走了，课堂上的阵阵掌声也许会伴随着您的离去而消散，在我们需要鼓励时，谁会带给我们掌声，谁会倾听我们的烦恼，谁为我们排忧解难呢？您走了，我们的随笔谁来帮我们看呢？谁会在课堂上给我们绘声绘色地讲述故事呢……您要走了，我想这一切也许会不复存在了。

老师，就如我前面说的一样，您不仅传授给我们知识，还教给我们人生的道理。我忘不了您在上苏霍姆林斯基的《给女儿的一封信》时，把其他老师都羞于开口的爱情话题抛给我们讨论，让我们了解了什么是真正的爱情。忘不了您给我们上的那堂有趣的方言课，您的每一堂课都深深地印在我的脑海里，使我受益无穷。老师，您走了，我们怎能不伤心？虽然我们相识只是短短的半载，但时间并不能冲淡我们之间的深厚情谊。老师，因为有了您，我们每一位同学的求学生涯才又多了一道亮丽的风景！

陈老师，在初中短短三年时间内，能遇到您这样一位如此优秀的老师，是我们初三（1）班的每一位同学的福分！您的到来，对我们来说，就像干枯已久的小草遇到了春天甘甜的雨露一样，倍感欣喜。您带给了我们精神的粮食，更带给了我们人生的启迪！

遥想昔日，您踏着自信的步伐走上初三（1）班的讲台时，我的心里是多么忐忑不安。这个老师会不会很严厉呢？但您讲课时，那双藏在镜片后的眼睛却暴露了您的秘密。它温和慈祥且无限认真，仿佛在告诉我们，这是一个充满智慧、性格和蔼的人。此后的经历证明，事实确实如此。您从来的第一天开始，就很努力地记住每一位学生的名字，平等地对待每一位同学，这确实令我们深为感动。您就是这样与众不同，我们以您为傲！

老师，您要走了，这是不可否认的事。您的离开，对我而言就像是与亲人分别一样。因为在我家，姐姐长年在外读书，我就成了家里唯一的孩子。有些时候，我感到很孤单。如果有亲戚来的话，我就会感到短暂的快乐，但是快乐之后马上就是分别。每一次分别，我的心里总会滋生出一种涩涩的、难以言状的感觉。我想那就是心酸与无奈吧！人生就是这样反反复复，就如苏轼所说的那样，“人有悲欢离合，月有阴晴圆缺，此事古难全”。或许我应该学会长大。长大了，我就应该不会如此害怕分别了。

纵使再盛大的筵席，终会有散的时刻。所以，无论怎样，我还是希望老师您能生活得更加快乐，为自己拼搏出一片更广阔的晴空，培育出一代又一代的国家栋梁。希望您带着我们的祝福，飞得更高更远！

是您，让两条原本平行的线相交在一起，把我们和育才三中的学子联系在了一起。尽管我们尚未谋面，但您拉近了我们之间心与心的距离。当然，我们要感谢育才三中的傅校长，给我们派来了您这样一位优秀的老师。学生在这里要向育才三中的领导们致以最高的敬意和感谢！

老师，您对梦想执著追求的精神和对待工作的敬业精神，我们铭记于心。在未来的人生道路上，我一定会和您一样，做一个对社会有用的人。

此致

敬礼！

您的学生：王少芳

2010 年 1 月 11 日

致恩师

敬爱的陈老师：

您好！

曾经是花开季节，我们一同走过；曾经是秋风舞落叶的时光，我们也曾一起度过。然而，现在在这个寒风凛冽的季节里，我们却要与您上演一曲离别的悲歌。

转眼秋去春来，我们在您的陪伴下已悄然度过了半年的时光。在这短短的半年中，您的认真、包容与和蔼已被我们深深地看在眼里、刻在心里，我们在您的关爱下共同成长，长大成人。我们都很庆幸人生之旅中遇到您，我们也很庆幸有这样一位老师来给我们传授知识，启迪思想。或许您不是天底下最优秀的老师，但在我们心中您永远是最可敬可亲的老师。我们忘记不了，您孤身一人来到这偏僻小镇支教时，远离亲人备受煎熬的情景；我们忘不了，您关爱我们的点点滴滴；我们忘不了，您与我们建立起的这份珍贵的师生情。无论何时何地，我们每一个人都不会忘记曾在我们生命中给予过我们巨大帮助的一个人——您。有缘千里来相会，既然上天安排我们相遇相识，那我们就有理由相信：前世的五百次回眸才换来了今生的相遇。这是上天对我们的一种眷恋，这就是莫大的快乐和幸福！

您即将离开我们了，离开这个您曾经生活过的小镇了。或许，您以后再也不会回到这里了，或许您以后再也不会与我们见面了，或许他年一切都将物是人非了，但我们仍然诚挚地希望您能够常回“家”看看。看看这小镇上的一切，看看校门前的大树，看看想念您并热切期盼您回来的学生们。我相信到那时，路边的小草也会期盼着您的脚步声再次响起。您别忘了，您在这里教书育人的每一个场景，也别忘了，初三（1）班每一个同学的模样。

这个学期结束后，讲台上就再也看不到您的身影了。您要离开这里，我们无能为力，也无法阻止您即将离去的脚步。人生总有一些无奈，这总是迫不得已的事。祈祷吧！相信这段岁月会在心头慢慢沉淀，成为岁月无法抹去的记忆。闲暇时，别忘记了将它拿出来再细细品味。到那时，当年熟悉的气息，当年的书生意气，当年的欢乐情景，一切都会很温馨。

祝陈老师永远快乐！

您的学生：王一鹏

2010年1月9日

花开花落

林晓文

一片红叶，恋恋不舍地离开了树的怀抱，如此轻盈。树在呼唤，红叶却已无力飞回青翠的枝头。或许能够再一次深情回眸，说一声“谢谢”。

春去，秋来，花开花落，岁月像指缝间的沙，缓缓地流下。老师，这个熟悉的名字，像天使一般，留在我的记忆里。

老师您教会了学生，却耗费了自己。在一次又一次的“润物细无声”中，帮助幼苗挺起了腰；在一回又一回的精心雕琢中，脱去了璞玉身上的尘泥。我们因为老师而过得充实，老师也由于我们而过得快乐。

每一个清新的早晨，老师您轻轻地关上房门，悄悄地来到了自己的工作岗位。是您和太阳一起，把清冷的校园温暖起来，焕发生气；是您平心静气，在讲台上驻足，扎根于教学岗位。无数次，您让同学们看到了自己的不足，认识到了自己的价值。每一个夜晚，不管外面的华灯如何诱惑着您的双眼，热闹的超市如何吸引着您的目光，而您只钟情于这三尺讲台。您任凭风吹雨打，在校园里闲庭信步；您坚守着责任与良知，只为了把学生扶上马。您少了一杯茶一支烟的闲散，却多了星星伴归家的浪漫。您少了纷繁的钩心斗角，却多了埋头苦干的实在。您为学生们消耗了青春，只为带来灿烂的黎明。您工作在阳光下，劳作在黑夜里。您总是执著地握着一支永远也写不完的笔，因为笔的那一头，牵着一颗圣洁的心。

您亲手送走了一批学生，又亲手带来了另一批学生。您目送着同学们化茧成蝶，展翅高飞。或许，这就是您最大的幸福。每天清晨，您徜徉于教室外的走廊上，聆听着学生们朗朗的读书声。也许在多年以后，您翘首回顾这个场景时，一定会感慨万千。

我也想过，师心到底是什么？是一首歌，婉转深情？是一首田园诗，悠远清净？是一阵春风，暖人心窝？是沙漠里的绿洲，还是田野里的微笑？尽管无从知解，但只要能够明白它简单的意义，也一样是美丽的。

当听到老师下学期不能再教我们的消息时，我才知道其实梦也有破碎的时候，相伴也有要分手的时候。我们不能总是自私地拥有。但我没有任何茫茫的惆怅与伤感，因为我知道告别不是失去，不是悲伤，而是准备着来日的重逢。只要我们曾经拥有美好的记忆，这已经足够了，我不能再奢求什么了。

我只希望当我们挥手别离时，一定要坦然面对。因为不忍别离，所以请不要哭泣。

鸟儿告别母亲，去拥抱更广阔的天空；落叶离开枝头，去孕育新的希望；小帆辞去港湾，去接受大海的挑战。

跪乳的羔羊是为了感谢母羊的生育之恩，盛开的鲜花是为了感谢春天的温暖之恩，学子的成材是为了感谢老师的教育之恩。小草沐浴在阳光下微笑，因为他们知道，如果没有昨夜的雨，就不会有今朝的美好。

亲爱的老师，愿一年365个日子都是您的节日。我愿把世界上最美好的的礼物——“桃李满天下”送给您！

致陈老师的一封信

陈老师：

您好！

开学不久，我们便开始了相互交流。在我的印象中，您很朴素，很和蔼，也很幽默。您经常给我们讲一些有趣的故事，使我们的生活每天都过得很快乐。因为您，我们的生活从此变得不再是死寂，而是充满了快乐。每天，我们都是朝气勃发，充满欢乐。在此，我要感谢老师您对我们的关心！

老师，您的个子不高，但是您的思想境界比姚明还高。您有乐于助人的高尚品德，有一心一意为学生着想的高尚情操。您的文采很好，文化也很高，不愧为一位好老师。老师，我敬佩您！

在我的印象中，您不仅教给同学们知识，还教给我们很多做人的道理。最重要的是，您用行动做到了。我想，这就是人们所说的以身作则吧。我希望更多的老师都能这样，不仅仅教我们文化知识，更要让我们学会做人。正如老师所说的，知识固然重要，文化修养更重要。一个人的文化修养，比任何东西都重要。您说对吗，老师？

老师，这个学期结束后，我们就要分别了。不知何时，我们才能见面。不过，“天下没有不散的筵席”，就算您现在不离开，下学期我们还是会和老师分别的。所以，想开一点，就当是我们先毕业了吧！老师，您离开后一定要记得我们初三（1）班的同学们哦！我们也会记住您的，希望有朝一日我们可以再见。希望有一天，我还能听到您上的课。我期盼着那一天的到来……

谢谢您，老师！

祝老师身体健康、幸福快乐！

您的学生：谢宇鹏

2010 年 1 月 10 日

致恩师

陈老师：

展信哈密瓜，天天笑哈哈！

快乐的时光总是短暂的。转眼间，您的支教工作即将顺利完成。离别在即，我心犹不舍。往后的日子里可能难再聚首，我的内心不免生出许多悲伤来。如果可能，我希望老师您能留下来陪我们走完初三的最后历程，一起见证我们的蜕变。这该有多好！可惜，这一切只是我们的痴心妄想，我们师生一场终将离别！

回首我们相聚的日子，点点滴滴仍历历在目。您手执粉笔在台上慷慨陈词，台下的我们听得如痴如醉；您巧妙地引导我们融入课堂，鼓励我们各抒己见，而我们也竞相发言，忘我地投入其中，从没让您唱“独角戏”。可以说，每一节课都是您多年浓缩的精华。在学习上，您给我们指点迷津，解决疑难；在思想上，您让我明白了做人的道理，更让我明白了一个亘古不变的真理：知识改变命运。一如老师您，就是一个活生生的例子。成才的路有千万条，但唯有读书这条路才最踏实、最可靠。这个道理，对我和同学们都有莫大的意义。读书之路虽艰辛，却是成才的捷径。今后，我会秉持“路漫漫其修远兮，吾将上下而求索”的精神，大步前进。

老师，您给予我们如此之多的精神财富，让我受益终生。您今日之教诲必将影响我的一生。在您的思想熏陶下，我懂得了很多人生的道理。人终其一生得为后世留下一点财富，才不枉走这一遭。而我不敢奢望能留下多少财富，能在世间留下我的一点尘埃便足矣。

您深谙“授人以鱼不如授人以渔”的道理。所以，您从不一板一眼地教我们课本上的死道理，而是教给我们与生活有千丝万缕关系的活道理。听您的课，掌声就会伴随在耳边，经久不衰。您可知道，这是对学生最大的鼓励。谢谢您，让我拥有了这么多的掌声。

对于您的倾囊相授，我无以为报，唯有偶尔给您打扫一下房间，让您住得舒适。您可知道，每当这个时候，我都是快乐的，甚至于房间的一砖一瓦都是如此可爱。缘分可遇不可求，上天注定了我们初三（1）班要与您有这么美好的邂逅，这段师生之情，我倍感珍惜。听君一席话，胜读十年书。停笔之际，我的耳畔仿佛响起了您讲课时字字真切的话语：“聪明是一种财富，意志是更大的财富。聪明人办小事，坚强者办大事。”您的教导，我将终身铭记。

老师，您是我成长历程中的一个催化剂，让我的人生之路越走越明亮，越走越宽敞。正所谓：人生得此恩师，足矣！

天下没有不散的筵席。大路朝天，各自珍重！

学生：胡晓虹

2010 年 1 月 8 日

祝　福

朱钟鸿

冬，来了
叶，已落
我捡起一片落叶
陷入了沉思

依稀中
我仿佛看到了
您那高大的背影
灯下

您不倦地备课
三尺讲台上
您，激情四射

您那迷人的眼睛
给予我无限的力量
您的微微一笑
带走我满腔的忧愁

风，起了
落叶轻轻飘了起来
我，呆呆地望着它
泪眼蒙胧

飞吧
绿叶
带上我的祝福
一直飞到您的窗前

致恩师

敬爱的陈老师：

您好！

首次提笔给您写信，心中有千言万语，然而却不知从何说起。心中有万分的不舍，就让文字来表达我此时的心情吧！

陈老师，感谢您这学期来对我的教导。您的到来让我们找回了自信，更重要的是，您让我对这个世界有了许多新的思考。我想这就是我今后学习的动力吧。您对工作是这样认真负责。从您的讲课中，我可以感受到您课前的准备是多么认真与辛苦。您的课是那么丰富多彩，仿佛每一节课都在我们眼前打开了一扇窗户，让我们看到了一个斑斓的新世界。我对您的课越来越感兴趣了，但一想到很快就要失去这种感觉，我的心里异常难过。

陈老师，感谢您这学期来对我的鼓励。这次期中考试，由于准备不足，我发挥得很不好，考出了连我自己都不愿相信的成绩。我心中的痛苦和无奈，是谁也无法体会的。是您注意到了我的失落，是您及时鼓励了我。您写下的普希金的诗句带给了我莫大的鼓舞，“忧郁的日子将会过去，快乐的日子就要来临”。这是多么让我感动的文字，让我的内心充满了温暖。您告诉我，在每个人的一生中，谁不会遇到打击，谁不会遇到挫折，与人生的大起大落相比，这点挫折算得了什么。您的一席话，既感人又充满哲理，使我茅塞顿开，也使我为自己的浅薄感到羞愧！

进入这个实验班，我感到压力很大。全校的老师和同学都在关注着我们，这让我们感到既有压力又无比光荣。说真的，我们真是太幸运、太幸福了！

陈老师，该是和您说再见的时候了。尽管我心中有万分的不舍，但我还是希望您在深圳能够过得好！别忘了，在您的人生道路上，有着一群支持您、祝福您、爱您的孩子们。您永远是我们心中的好老师！

祝您新年快乐，家庭幸福！

您的学生：郑萍华

2010年1月10日

一首动人的歌

韩楚叶

“听见风吹过，像一首渐行渐远的歌，云朵很寂寞。如果说天空没有尽头，我的朋友，在这分别的路口……”耳边又响起了熟悉的歌曲，半年却又过去了，聚在一起的人也终于要散了，就像我们和陈老师。

陈老师是在开学之初来到这里的。上学期期末，我就听说会有一位来自深圳的老师过来支教。我和同学们一样，兴奋得不得了。课余时间，大家都在议论着支教老师的长相和性格。终于有一天，柯老师带着陈老师走进了初三（1）班的教室。柯老师对我们说：“这就是前来支教的陈老师！”支教的老师真的来了，我不由得仔细端详起老师来。陈老师给我的印象是，肉肉的脸，看起来有些像小孩子；带着一副眼镜，显示出学识渊博的样子；衣着整洁端庄，朴实却不乏庄重。嗯，简直就是100分！

老师上的第一节课，就鼓励大家积极举手发言。似乎很多人都举起了手，而我依然一动不动。课堂上，我不喜欢发言，一站起来就浑身发抖。即使有百分之百的把握，我也是如此。同桌的静燕比我更胆小，几乎从来没有举过手发言。终于，有一次老师点到我的名字，让我起来翻译古文。我记得当时我站起来时身体有点抖，而且心跳得很快。当着全班同学的面，我硬着头皮回答完了，没想到竟然得到了老师和同学们的表扬。老师还补充了一句："韩楚叶这个名字很有特色，把战国时代的韩国和楚国全包括进去了。"具体的话我记不得了，但这一句话我记得很清楚。试问，像我这样一个平凡的女孩子，有几个人能够记住我的名字呢？但老师一下就让大家记住了，这让我非常感动。

老师是非常有哲理的人。他在课堂上对我们讲了很多人生的道理，也在我的随笔中作了许多精彩的点评。他教会了我许多事情，让我深受启发。原来对语文不感兴趣的我，一下子活跃了起来。

和老师相处的时间不算长，但这段时间我过得很快乐。老师总是能回答出我们提出的各种问题，也总是乐意回答这些问题。让我感到遗憾的是，我始终没有勇气去问老师问题。对我们来说，陈老师就像一个大朋友一样关心着我们、爱护着我们。

很佩服也很感谢陈老师。他在深圳工作得好好的，却毅然决然地来到仙庵这个穷乡僻壤来支教，让我们得到了丰富的精神营养。我想，无论哪一个老师都无法让我们如此深爱着吧！

天下没有不散的筵席。有聚就有散，陈老师终究是要离开我们的。但我知道，我们与陈老师之间的友情是永远长青的！

别师言

杨锦涛

您的到来让我始料未及，可从您踏进初三（1）班的那一刻起，我就隐隐预感到，我们最多只能做您一个学期的学生。您任教的这段日子里，我们的课堂是那样轻松、快乐，让人充满期待，快乐的日子如梦一般美好。然而，您要走的消息无情地惊醒了我的美梦。这一天终于来到了，我却仍然感到突然。在这里，我能说的只有一句："谢谢您，我的老师。"

您悄悄地来，如今却要匆匆地走。我不敢奢求您能留下，但还是希望您留下。半年的相聚是多么难得，一朝离别，我的心中是多么不舍。

这半年来，您抛下家人，风尘仆仆地往返于两地之间。您用知识滋养着我们的心田，这个恩惠太矜贵，而我们却无以回报。

您是属于全体学生的，对此我不应存有私心。哪里需要您，我就会默默地支持您到哪里去。

您的到来给我带来了一笔意外的财富，这笔财富我将终生享用。如今您要离去，我的心中多有不舍。特作小诗一首，赠与恩师：

君舍家人为支教，南国弟子六十九。
风光南国留不住，学子忍泣徒奈何。
此为日后相见物，莫笑才疏弄笔墨。
此去经年若相聚，一片赤诚在心头。

一段香浓的师生情

谢吉燕

徐徐的微风吹过脸颊，静静地等待着夕阳西下。蓦然回首，逝去的日子是多么丰富多彩。因为在这一段美好的日子里，有一个人陪伴着我们，教导着我们，鼓励着我们，给我们带来了快乐与自信。

他的到来，让我们的课堂更加丰富多彩；他的到来，让掌声开始伴随着我们；他的到来，改变了我们的思想。在我们这个“欠发达地区”，上完初中后很少有人继续读高中，大多数学生都会出去打工，甚至有些人认为自己一辈子也走不出这个“欠发达地区”。然而，他的到来，改变了我们的思想。他教导我们要多读书，要读高中，要上大学，要用知识改变命运。不要让人生过早定格，要敢于去追求，去实现梦想……

他，就是我的恩师——陈剑华老师。他的到来改变了我们许许多多。他上的每一节课都生动幽默，他说的每一句话都意味深长。然而，陈老师的支教生涯很快就要结束了，他再也不能给我们上课了。

这一段美好的日子，就如同生命的足迹，必将成为我难以磨灭的珍贵记忆。我心中有千言万语，却诉说不尽。此时此刻，我只能用最淳朴的话语来表达我的感情——谢谢您，我的恩师！

感谢

李武生

有个风华正茂的青年，时常轻视饱经风霜的老人。

一天，父子俩同游公园，青年顺手摘下一朵鲜花，说：“爸爸，我们青年人就像这朵鲜花一样，洋溢着生命的活力，你们老年人，怎么能和青年人相比呢?”

父亲听罢，在经过小卖部的时候顺便买了一包核桃。他取出一颗，托在掌心里，说：“孩子，你比喻得不错，如果你是鲜花，我就是这干皱的果实。不过，事实告诉人们：鲜花，喜欢让生命显露在炫目的花瓣上；而果实，却爱把生命凝结在深藏的种子里！”

年轻人还不服气：“要是没有鲜花，哪儿来的果实呢?”

父亲哈哈大笑：“是啊，所有的果实都曾经是鲜花，然而，却不是所有的鲜花都能够成为果实！”

这篇文章引起了我的联想。我们青少年就好比这鲜花，而陈老师您就好比这果实的种子，总喜欢默默地为我们奉献全部的精力。

您的到来，给我们带来了一种春的气息，一种秋的喜悦。

我原来以为您能在这里任教一年，没想到如今您就要回去了。老师，您是否知道？虽然只有短短的一个学期，但您对我们付出的精力和心血是不可估量的。您不仅传授给我们知识，还教给我们做人的道理。最让我们难以忘怀的是，您给我们带来了学习的欢乐。

俗话说，“天下没有不散的筵席”。今天，我终于体会到了这一点。在这里，我要真诚地感谢您的到来，感谢您给我们带来了新的气息。陈老师，您在我心中是一个永远也无法抹去的印记。我衷心地希望，有朝一日能够与您再会面！

祝陈老师快乐过好每一天，永远快乐！

心　声

徐晓琴

时间如流水，岁月不待人，快乐是短暂的，回忆却是长久的。转眼间，这学期已进入了尾声。这对我们班的同学来说是一个伤心的日子，因为这意味着我们将要与老师您说再见了。

“前世五百年的修炼，才换来今生的擦肩而过。”与您相识是一种缘分，是一种幸福。我想，这一学期应该是同学们三年初中生活里最美好的一段日子吧！陈老师，您的课是那么的丰富多彩，仿佛每一节课都在我们的眼前打开了一扇窗户，让我们看到一个斑斓的新世界。虽然与您接触的时间很少很少，但我还是从您的身上找到了我学习的目标。

您的到来，对我们来说是一种幸福。不知陈老师您对我们的感受是否也是如此？记得在一次班会课上，您跟我们讲了有关方言的趣事。同学们听得异常开心，我们的笑声与掌声响彻了整个校园。讲台上的您也幸福地笑了。可以说，是您带给了我们学习的快乐；是您教给了我们做人的道理；是您让我们看到了光明的未来。

“用知识改变命运”，这是您留给我们的赠言。是的，每个人都希望自己有美好的未来，能早日实现人生的目标。然而，这不止是我们自己的愿望，也是爱我们的人的愿望。我们应该朝着这个目标去奋斗，才能对得起爱我们的人。

您对我们的爱与希望，我将永远铭记。对您的思念将会伴随我们到永远。

致陈老师

敬爱的陈老师：

您好！

时光匆匆，这个学期就要结束了，您也要和我们说再见了。虽然您只教了我们一个学期，但我仍然非常感谢您。同时，我也感谢你们的学校，派了您这样一位学富五车的好老师来我们这个地区支教。只恨时光太短暂了，只让我们享受了一个学期。这是多么令人遗憾的事啊！

在和您相处的这一段短暂而宝贵的时间里，我们学到了许许多多，也过得很快乐。不知您是否也感到快乐？虽然我的学习成绩不是很好，但您一视同仁，对我们平等相待，这一点让我很感动。我也很佩服您，能够把枯燥无味的语文课变得生动有趣。同时，您也教给了我们很多做人的道理，让我们懂得了人生的意义。

很遗憾，您马上就要走了。说句心里话，我们都十分不舍。真希望您永远是我们的语文老师。可事实终究是事实，该来的还是来了。但是，我相信今后无论在哪里，我都不会忘记曾经有您这样一位可亲可敬的好老师——陈剑华老师。今后，您如果有机会到惠来的话，一定要来我们家做客。希望您不要忘了我们。

纸短话长，所未尽者，尚有万千。最后，我真诚地祝您身体健康，天天笑口常开，家庭幸福！

您的学生：张静燕

2010年1月10日

恩师情

林素贤

翻开日历，猛然发现，离放寒假的日子已屈指可数。为何今年的寒假来得这么快？平日里日思夜想的寒假，此时我却不希望它早早地到来。

陈老师是从深圳来到我们仙庵中学支教的，就如其他老师说的那样：我们初三（1）班是幸运的。因为陈老师就任教我们班。陈老师的到来，让我们懂得了很多知识和道理，同时也给初三（1）班增添了很多快乐。

陈老师的教学方式很独特。他总能让同学们在快乐的氛围中学到知识。我们的每一节语文课，几乎都是在快乐中度过的。

如果你路过我们初三（1）班的走廊，听到阵阵雷鸣般的掌声，那准是我们在上语文课。因为只有上陈老师的课，我们才会产生鼓掌的动力。当同学们的问题回答得好时，陈老师就会带领我们将掌声送给他；而当老师讲得好时，同学们也会以热烈的掌声回报给老师。掌声，成了我们课堂上不可缺少的一部分，也成了师生间没有任何言语却胜于任何言语的鼓励方式。

很遗憾，陈老师在初三（1）班的支教生活就要结束了。我们也不得不面临与陈老师的离别。虽说天下没有不散的筵席，但那令人回味无穷的筵席，又有谁想早早地散开？

我永远也忘不了那课堂上阵阵的掌声，永远也忘不了那萦绕于耳际的欢笑，永远也忘不了曾经有这么一位恩师……

关于陈老师的实验

元伊捷

目的：探究陈老师

器材：显微镜、陈老师的一小团细胞、“败坏溶液”。

步骤：①水镜、安放、对光、观察细胞并记录。②把这些细胞分为两份，制成临时标本，并用滴管向其中一片滴入“败坏溶液”。

现象：①通过显微镜观察到陈老师的细胞样本中正义细胞、善良细胞、宽容细胞占了近99%，几乎观察不到自私细胞，而且体积小得很。若要清晰观察到这些自私细胞的话，物镜和目镜需要放大的将近是正义细胞的几百倍！②加入“败坏溶液”的样本及没有加入的均无明显变化。

疑问：通过查阅文献可知，“败坏溶液”的破坏性极强，为什么加入和没加入都没有明显的差异？是什么在支撑这些细胞不变质？

分析：经探究，发现陈老师的细胞核中拥有许多美好的“人品基因”。细胞的生命活动都由它控制，才使正义、乐观、豁达几乎填充了整个陈老师！即使“败坏溶液”的入侵，也能保持着优异状态。经这么一说，大家都了解了陈老师的为人了吧！

结论：不必多说了，陈老师就是这么一位 good teacher！

深度分析：陈老师为什么受欢迎？

2009 年 9 月的一天，“深圳有一位老师来支教！”“听说就教咱们班！”“真的吗？”同学们议论纷纷，怀着期待的心情盼着语文课的到来，终于，上课铃响了，陈老师踏着沉稳的步伐走进了初三（1）班的教室。第一次看见这位可敬的老师，就觉得这老师肯定不错！在印象中，陈老师总保持着灿烂的笑容，平易近人。我有时也挺纳闷：晴天也有打霹雳的时候，陈老师为什么总能保持阳光呢？要是阴云密布出现在陈老师脸上，也许是一大奇事吧！

陈老师时常给我们讲述人生的道理，对我们讲了很多有价值的话。要是不记下来，可能会成为我一大遗憾吧。我最喜欢的是陈老师的一句话：“不要只为了升学而努力，而要有更深远的理想，要成为一个对社会有价值的人！”是啊，一个人想要有更伟大的成就，就要有更深远的思想。我们是学生，而学生的概念并不仅仅受限于学习，我们还有更重要的东西等着我们去揣摩、学习，成为一个真正对社会有用的人。

陈老师之所以能够深受大家欢迎，一个重要的原因是他时时刻刻关心着同学们。在惠来，陈老师利用课余时间，到一些同学家中家访，帮助学校办文集，刊载学生的优秀习作。即使是在深圳休假的那几天，他也不忘为同学们买礼物。这样的老师，能够不被同学们感激吗？

时间像流水一样地流淌，转眼之间，新的一年来到了。陈老师就要回去了，我们跟陈老师见面的机会也更少了。不过没关系，长大后我们一定会去深圳找陈老师。在这里，愿初三（1）班的每个同学和陈老师的友谊都能成为一段永恒的师生情！

结论：要是以后我也当了老师，我一定要当陈老师这样的好老师！

有您，真好！

冯燕真

第一次，您走上初三（1）班的讲台；第一次，教室里响起了我们发自内心的掌声；第一次，我们为语文的深邃而沉迷……这一切，都是因为有了您！

我还清晰地记得，您为我们上的第一堂课是《清兵卫与葫芦》。您挂在嘴角的笑容让我们觉得您是多么的平易近人。您微笑着为我们讲述着精彩的故事，诠释着文章的主题，带领我们深情地朗读着课文……您知道吗？您为我们找回了小学时代的回忆——恭敬的问好仪式、朗朗的读书声、雷鸣般的掌声……这一节课，是我，不，是所有同学最刻骨铭心的记忆。我相信，初三（1）班的每一个同学，都会牢记的。

您，一名平凡而又伟大的老师。您对待工作一丝不苟，您是我认识的老师中最敬业、最负责的老师。您在每次上课之前，总是做足了准备才踏进教室。您的备课本上总是密密麻麻的字迹，那是您的心血啊！我更想不到，您作为一名教师，却笔耕不辍，把生活中的所思所感都用文字记录了下来。而我作为一名中学生，做事却总是缺乏耐心、急于求成。现在想起来，我真是惭愧不已！

您支教的这段日子里，不仅教给了我们课本上的知识，也教给了我们人生的道理。“世上是有坏人的，但好人居多”，“生命只有一次，我们既要珍惜她，又不要把她看得太重”，“聪明人办小事，坚强者办大事”……这一切，我们都铭记在心里。它们会陪伴我们一直走下去，直到永远！

我知道，您离去后，我们一定会非常不舍。但天下没有不散的筵席。我们会把这份不舍化成心中的感激，永远铭记！

陈老师，我心中纵有千言万语，也难以表述。我只能说一句：“有您，真好！”

给陈老师的一封信

敬爱的陈老师：

您好！

孔子云：“逝者如斯夫，不舍昼夜。”时间如河水一般永不停息地流过，转眼间，您来仙庵中学支教已经一个学期了。学期刚开始时，您说您将在这里支教一年。我们听了都非常高兴。我的语文成绩很差，如果在中考前有一位优秀的老师来指导我，那将是一件多么令人高兴的事啊！

然而，临近期末，我突然听到您要回去的消息。我和同学们一样，感到不敢相信，也不能理解。我们每个人的心中，都充满了失望。后来听班主任和校长说起，我们才知道您有更重要的事要去做。

在和您相处的一个学期里，我改变了对教师的看法。刚开始时，我认为所有的老师都是高高在上、不可亲近的。直到那次在操场上和您踢足球，我才知道您是这样亲和。经过慢慢地了解，我知道您是一位关心学生、鼓励学生的好老师。我的成绩总在退步，而您却说：“你的学习成绩已经有很大的进步。”这是多么令我惊喜的评语啊……说实在的，如果没有您的这些鼓励，就没有我今天的进步！

您对待工作总是一丝不苟，充满激情。学期即将结束，您尽到了您应尽的责任。在您离开之际，您还在挂念着我们的学习。这几天，您和林老师利用自己的休息时间帮我们编辑作文集。这也许不是您的职责，而责任却让您选择了为同学们做有意义的事。

分别之际，纵有千言万语，也表达不了我心中的感激之情。此时此刻，也许只有最简单的一句话才能表达我心中的感激之情：老师，谢谢您！

祝您一生平安、幸福安康！

您的学生：郑伟汉

2010 年 1 月 10 日

自从有了您

——赠陈剑华老师

谢谩霞

天与那时一样蓝
云与那时一样白
而您的脸上
却不再与那时一样欢乐

怎能忘怀您的辛劳
怎能忘怀您的微笑
怎能忘怀您的鼓舞
怎能忘怀您的关怀

曾记否，您给我们讲中国方言
曾记否，您给我们谈人生哲理
曾记否，您引导我们展开辩论
曾记否，您带领我们认识爱情

自从有了您，欢笑便充满了课堂
自从有了您，掌声就陪伴在身旁
自从有了您，我能够勇敢地回答问题
自从有了您，我开始用心去感受人生

在这个离别的日子里
您和我们一样那么不舍
一同回忆着昨天的欢乐
一同期待着明天的相聚

我要衷心地感谢命运
让我们拥有了这段可贵的情谊
感谢育才，让您来到我们身边
感谢仙中，让我们相识相知

陈老师，您是我的心灵之窗

林小慧

如果说房间因为有了窗户，才有了阳光；心灵因为有了窗户，才有了希望。那么陈老师，您就是我的心灵之窗。

——题记

对不起

再过一个星期的时间，您就要回深圳了。真的很不舍，有些话现在不说，我以后可能会后悔。对不起，陈老师，我辜负了您的期望。您给我上了大半年的课，我却没有一次主动举手回答您的问题。因为我太胆小了，害怕出错。也因为我是一个地地道道的潮汕人，说了十多年的潮汕话，说普通话有些别扭。种种原因，我很少与您谈心，我感到十分遗憾。因此，我希望老师您能原谅我。

谢　谢

老师，您的到来，丰富了我们的生活。课堂上，您精彩的讲解，总让我们如痴如醉。因为您，我们了解到了清兵卫的可爱、司马迁的执著、孔乙己的落魄、蔡桓公的愚昧，让我们体会到了“聪明人办小事，坚强者办大事”的道理。每一次备课、批阅作文和随笔，都可以看出老师您的认真与辛苦。您不仅教给我们课本上的知识，还教给我们做人的道理。您曾经说过：“一个越有知识却没有教养的人，越是危险，对社会的祸害越大。”对于这句话，我感触最深，同时也改变了我对事物的看法。在此之前，我认为读书的目的就是为了改变生活，让自己过上更好的生活。现在想来，我觉得自己的思想很狭小。如今，我读书的目标又多了一个，就像周恩来总理一样，要“为中华之崛起而读书”！老师，您的到来，丰富了我们的心灵，让我们了解了做人的意义。谢谢您，老师！

祝 愿

大家都说，老师像蜡烛一样，燃烧了自己，照亮了别人；老师像春蚕一样，奉献了自己，装饰了别人；老师像粉笔一样，牺牲了自己，留下了知识。但我想说，老师您一定要注意照顾好自己的身体。不然，大家都会很伤心的。

鲁迅说："种牡丹者得花，种蒺藜者得刺。"那么，我可以十分肯定地说：陈老师，您在我们这里播下的是希望的种子。

祝陈老师事业成功，身体健康！

给陈老师的一封信

陈老师：

您好！

转眼间，您到这儿教书已经半年了。这些日子以来，我们都过得很开心。您的到来，给我们的生活添加了许许多多的奇迹。

半年前，您第一次来到仙庵中学任教。幸运的是，您来到了我们初三(1)班。半年即将过去了，您也要回到深圳去了。不知道哪一天，我们才能再相见！

老师，您是第一个让我们向老师提出教学建议的人，第一个让我们用掌声鼓励同学的人，第一个让我们写随笔的人，第一个给我们上口语交际课的人……这么多的第一次，让我永远难以忘怀。

老师，您每天是那么的辛劳：备课、批改作文和随笔。您还坚持每天写日记。您还时常为仙庵中学的学生开设讲座。您还常常从深圳带来一些图书给我们借阅……我们早已把您当作班里不可或缺的一员。但是，最终您却要与我们分别。一想到这里，我就忍不住要掉下眼泪。

我知道，天下没有不散的筵席。希望老师您在以后的生活中过得更快乐、更幸福！

祝您身体健康，工作顺利！

您的学生：曾惠勤

2010年1月10日

致陈剑华老师

“此中有真意，欲辩已忘言。”不知陶渊明的这句诗能否表达我此刻的心情。但是，千言万语，只化为对陈老师的不舍之情。

听着您一句“明年我就不能教大家了”，看着育才三中的领导也来向我们告别，我的心里有激动、有感动，更有不甘心、不舍得。我们知道，您是属于育才三中的，我们没有办法留住您。但是，我在这里要谢谢你们。谢谢你们把陈老师“借给”我们，我们很快就要“还给”你们了。可我们初三（1）班与陈老师的这段师生情，我们将永远留住！

拥有了您，我们便成了学校里最幸福的学生。可时间就是这样无情，我们还没来得及享受，就面临着分离。这段日子里，我们初三（1）班因拥有陈老师而快乐、而精彩，我们的学习生活仿佛增添了一道七色的彩虹，是那样绚丽多彩。感谢您，走进我们的生活；感谢您，走进我们的世界；感谢您，教给我们做人的道理。我们的思想，在这半年里得到了升华。回首往日，您在讲台上那生动投入的神情，您每一句对我们激励的话语，我们都铭记在心。我想那会成为我们初三（1）班教室里永远不可磨灭的景观。

就在我刚刚喜欢上写作时，我们的随笔就不得不停止了。在以后的日子里，我们还有更多的故事要记录，还有更多的事情要评说。可是，谁来给我们写批语呢？谁还愿意倾听我们生活的乐趣和烦恼呢？您是我们的老师，更是我们忘年的益友。现在，我们变得贪婪了，得到您就不愿意失去了。是啊，谁愿意呢？

短短的一个学期里，我们已经结下了深厚的感情，就算再不舍得您，您也会离开我们。我希望您记住我们，而我们也永远想念您。

谢谢您，我人生的启蒙老师！我们会很想念您的，您一定要来看我们哦！

祝您身体健康，家庭幸福！

仙庵中学初三（1）班学生：阮少娟

2010年1月10日

给陈老师信

敬爱的陈老师：

您好！

我，曾经有好多好多心里话想跟您一起分享，无奈找不到合适的时机。如今提起笔来，我可以好好和您畅谈一番了。

也许是冥冥之中注定的缘分，让我们在初三这个特别的时期遇到了特别的您。您不仅促进了我们思想上的进步，也带给了我们行为上的改变。

从来都不知道在告别的时候是这么伤感，这么不舍。记得陈老师您刚来初三（1）班教语文课的时候，让同学们写写对老师的印象和评价。其中，许多同学写了陈老师给我们带来的精彩的课堂生活，而我则不这样认为，我觉得您只不过是在这儿支教罢了，只不过是把课堂生活的气氛炒热起来而已，和别的老师就那么一点点的不一样罢了，没有必要说得太离谱。

俗话说，“日久生情”。也许是和陈老师相处久了，所以便有了“剪不断，理还乱，是离愁”的难分难舍之情吧。

现在对陈老师的信任已不是当初那种无所谓的感觉了。因为陈老师曾经在我的随笔中写下这么一句话：“读你的文章是一种享受。”我没想到德高望重（用这个形容不知恰当否?）的您会对我这个无名小卒说这句话，我实在太感动了。既然老师您都这么说了，那么我也要回敬您一句：“写文章给您看也是一种享受。”

还有几次的登门拜访，使我对陈老师您的理解更深了。记得第一次“拜访”您，是在您给我们上完关于中国七大方言的班会之后。那天想戏弄您一下，我就跟我的同桌李楚君同学合谋：待会儿见到陈老师的第一句话就用潮汕话讲，看看老师是否听得懂。见到老师后，我的第一句话是：“老师我们想跟您借书好不好?”无奈老师您愣了半天也没听懂，甚至把“借书”听成“叫猪”，真让我们哭笑不得。我想“借书”和“叫猪”大概八辈子也扯不上关系吧。只有老师您才有这么丰富的想象力。

在那之后，我们把学习上的困惑和对未来的忧虑跟您说。您跟我们讲了读书的意义，并鼓励我们俩好好读书，考上高中，丰富自己的学识，提高自身的价值，让我们增强了学习的信心。最好的见证就是我的同桌楚君同学又开始写那“尘封已久”的随笔了。

送君千里，终有一别。我们也应该来一个潇洒的告别。“无为在歧路，儿女共沾巾。”最后，我想对陈老师说一声：做您的学生是一种幸福，愿更多的孩子能够成为您的学生。

珍重，再见！

您的学生：蔡淑君

2010 年 1 月 10 日

老师，再见

阮坚真

老师，再见
就这轻轻的一句告别
跳动的心也开始有了一丝的惆怅和忧愁
我又看见了
满面春风的您，站在了不平凡的讲台上

感觉真好
在每一堂课上静静地聆听
遨游在文章迸发的魅力之中
不一样的积极，不一样的活跃
都开始舞动

开始意识到
原来，落叶的烦恼也是必不可少
不平凡的人生
自己也可以去创造
不会有永恒的灿烂
但随时都可以保持
乐观的心态

真的好奇妙

茫茫人海中
我们做了您的学生
您做了我们的老师
惊讶之余
更多的是惊喜

可我还来不及对幸运说一声谢谢
时间已经把我送到遥远的时代
我大声呼唤
声音却只在空中回荡
寂寞的冬风扫过我晶莹的脸
只留下一句轻轻的呼唤
老师，再见

手依然在空中远远地晃着
冰晶一样的东西洒落了情感

（后记：老师，感谢您一直以来的辛苦教导。祝您新年快乐、身体健康、万事如意!）

颂蜡烛

方映键

轻轻地您走了
正如您轻轻地来
您轻轻地挥手
作别东海的云彩

曾几何时
您我素不相识
曾几何时

您成了我的老师
是您的关怀
让我对学习饶有兴趣
是您那无微不至的照料
让我体会到爱的温暖
您是园丁
培育了一代又一代的祖国花朵
您是蜡烛
照亮了别人却熔化了自己
星光因您而闪烁
波光因您而摇曳

光明离我而去时
我处在黑暗里
人们离我而去时
我处在孤独里
或许是您那温暖的眼睛在安慰
或许是您那跳动的心灵在细语
然而，我却深深地明白
那是一种关怀，一种无微不至的关怀
那是一种爱，一种不求回报的爱

而今
您将远去，与我分离
留给我的，是一份思念与不舍
留给我的，是一份回忆与追求
我珍惜今日的离别
更期盼重逢的那一天

期待来年再相聚

徐少光

曾经的回忆是那么美好，但不得不面对将要到来的分离。跟陈老师相处的时间是那么短暂，但是充满了爱。陈老师不惜从遥远的大都市来到我们这贫穷的乡村来支教，为此，我在此向陈老师说一声：谢谢您，陈老师！

我很幸运我是陈老师呵护的一朵小花，在陈老师的呵护下，我们的天空是那么明媚和温暖。陈老师的那份爱心会永远在我脑海中，希望永远。

带着祖国的期望，怀着对未来的向往，陈老师踏入我们学校的大门，开始了您的支教生活。从此，陈老师在简陋的环境中，只与粉笔、讲台为伴。那粉笔虽小，但它洁白朴实，它是老师默默奉献的象征；讲台虽渺小，比不上大海之阔，蓝天之广，但是它蕴藏了无穷的宝藏，等着人们去挖掘，把这些宝藏撒向人间。

陈老师您应该光荣，因为您拥有神圣的职业——教师。您身上托付着祖国对您的重托，您的辛勤劳动，必定赢得人们的认可；您的无私奉献，必定给我们带来一个美好的未来。我们深信您的播种，必会有所收获，您的未来将是一个硕果累累的金秋。

人们常用“春蚕到死丝方尽，蜡炬成灰泪始干”来比喻教师。但在我眼中，教师不仅仅是春蚕和蜡烛，更是一枚火箭，带着我们奔向更美好的未来。

我们衷心感谢陈老师对我们的教育。在我们眼中，您还是我们的慈祥的父亲，无时无刻地呵护我们。我希望陈老师在未来的路途上，能够走得更高、更远。但愿不久的将来，我们能够再次相聚。

在新年来临之际，我祝陈老师万事如意、幸福快乐、青春永驻……

永恒的师生情

朱钟鸿

时间真像一支火箭，带着我们飞快地穿越时光的隧道，不知不觉中，这个学期已经快要结束了。原本以为您还会继续陪伴我们走完初三的路程，想不到，离别来得这么快，让我一时间无法反应过来。从第一次见到您时的忐忑不安到现在的依依不舍，不经意间，我发现我们已经离不开您了。

记忆像录像带一样飞快地倒退着，我细心地回忆着和您在一起的日子，突然，脑海里浮现出了一个骑自行车的男孩，仔细一看，那不是我吗？噫，那个笑容可掬的人是谁呢？原来是老师您！您老远就看见了我，我正想和您打招呼，没想到您却先向我挥了挥手，也许您已忘记了这个平凡的手势，但它却永远定格在我的心里。您的这个举动，令我一时间无法缓过神来，因为我有时跟别的老师打招呼时，他们还不理睬我呢！面对您灿烂的微笑，我不知道该怎么办。慌乱之中，我也对您微微一笑，就在我们擦肩而过的瞬间，一股和蔼可亲的亲近感便向我迎面扑来。我的心扑通扑通地跳着，久久不能平静。我想应该是您的友善，让我这个内向的大男孩开始喜欢上您吧！

您没来之前，我曾经有过写日记的念头，但总是没有那份恒心。您的到来，让我从此爱上了写日记。我们通过写随笔的方式来相互沟通。每一次，我都认真地写，您都认真地批。您给我写的评语，我都会细细品味，反复揣摩，把它作为我人生道路上的红绿灯。可如今您要走了，我不知道以后还会有谁再来看我们的随笔，再来给我们指引方向。不过，我一定会坚持不懈地写下去，绝不辜负您的期望！

您举办的口语交际和讲座，生动而有趣。在您的指引下，我们懂得了人生的意义，明白了为人处世的道理。我曾幻想，要是每月都能举办一次这样的活动，那该多好啊！就像在《爱的教育》里面，安利柯的老师每月跟他们讲一次“每月例话”一样。可现实总是残酷的，您即将要离开的消息彻底粉碎了我的美梦。您的课生动且形象。在您深入浅出的教育下，我们学得更轻松了。只要有您在，课堂上的气氛就活跃起来。您与同学们相互交流，笑声和掌声回荡在整个课堂上，令我无法不对您的幽默与才华产生敬意。

您的家远在深圳蛇口。您总是在蛇口和仙庵这两个地方来回奔走。您每次回来，还会带来一些书，为的就是希望我们的知识能更丰富些。您放弃了优越的生活，到我们这个落后的农村来支教。您没有过多的时间去教育您的孩子，去陪伴您的家人，却把大量的时间留给了我们。或许您有时会感到孤单，但我相信初三（1）班一定会带给您很多快乐，带给您家的温馨。

“相见时难别亦难”，我们好不容易认识了您，还没等您把更多的快乐带给我们，您却要离开了。此刻，我的内心百感交集。我恨您，恨您这么快就离我们而去，给我们留下了深深的遗憾。然而，我发现我的内心里对您的爱比恨更强烈。感谢您的到来，感谢您的关心，感谢上天让我认识了您。我会永远记住和您相处的这段日子，记住您的教诲。千言万语道不完我对您的爱，但这一句话我一定要说："老师，真的非常感谢您！"

离别将即，我不知道要送什么礼物给您。算了，还是用我的笔写下我最真的祝福吧！

祝您身体健康、合家欢乐、桃李满天下！

有那么一个人

吴焕章

有那么一个人
他是平凡的
可我与他却共同度过了不平凡的岁月
有那么一个人
他又是特别的
因为有了他，我的生活充满了掌声
因为有了他，我学习的兴趣之火熊熊燃起
因为有了他，我全身充满了动力与激情

有那么一个人
他极普通的身躯映出了极特别的影子
他高大的身影深深地印在我的脑海里
擦不去，抹不掉
每当我昏睡时，他催我清醒
每当我懒惰时，他催我奋进
每当我自卑时，他给予我鼓励
点燃我的自信之火，
每当我迷茫时，他照亮我前进的道路

有那么一个人
他是我人生道路上的一道绚丽的风景
他是我生活征途中的一盏明灯

有那么一个人
他像烙印般深深地刻在我的心里
有那么一个人
我永远也忘不了他

（致陈老师：是金子，总会有发光的时候；是筵席，总会有散席的时候。尽管知道如此，可是面对与您的离别，却还有一股欲泣的冲动。面对离别，我是千般不舍。“海内存知己，天涯若比邻。”您既是我们的恩师，又是我们的朋友。愿情感与友谊天长地久。千言万语汇成一句话：恩师，珍重！）

赠恩师

黄海涛

你从大雾里走来
伴随着和蔼的风
停在我的跟前
抚摸我的头
用你那灿烂的笑脸
给予我重来的信心

当我从泥塘中挣脱出
渴望与您携手共进时
您又用离去的背影与我告别
我仿佛坠入万丈深渊
伸手欲挽留
却又触摸不到您的衣袖

我无法挽回您的离别
只能用不舍的眼光与您送别
我无法忘却您的痕迹
只有用沉重的笔管将您记忆

四周枯叶遍地
沉寂无声
我趁机掩面自泣

您我的相遇
若真是一出悲剧
我宁愿做一条不懂事的小鱼
不怀丝毫愁绪
甚至是您的离去

阳光依旧灿烂

郑萍华

阳光依然灿烂。窗外的树叶被风吹走了，阳光透进屋子，整个屋子显得暖洋洋的。秋天的脚步远了，冬天的脚步近了；地上的小草睡着了，池塘里的小鱼回府了；温暖的阳光照在大地上，照在一群天真的孩子们的脸上。

转眼间，三年的初中生活即将结束。然而，这一路走来是多么不容易。我们经历的点点滴滴都是美好的。因为缘分，我们组成了一个快乐的家庭。因为缘分，我们与陈老师走到了一起。我们是幸运的孩子！

与陈老师相聚的时间已有好几个月了吧。渐渐地，我们上课的节奏已进入了陈老师的教育模式。我觉得，同学们越来越投入了。我发现我们越来越离不开他了。陈老师的课是那么丰富多彩，仿佛每一节课都在我们的眼前打开了一扇窗户，让我们看到一个斑斓的新世界。在他的引领下，我发现同学们在一天天地进步；在他的带领下，同学们的目标越来越明确了；在他的指导下，同学们的学习方式在一天天地改进；在他的鼓励下，同学们看到了美好的希望。

陈老师是一位了不起的人民教师。他这次来支教，不仅要帮我们提高学习成绩，还要帮助学校的语文教师更新教学观念。我觉得他真的不简单。当全校的语文教师走进我们班教室来听课时，我的心中充满了自豪感。我为拥有这么一位老师而自豪。

同学们的发言很精彩，人人都争着发言。一阵阵热烈的掌声，一阵阵欢快的笑声，回荡在教室里，回荡在同学们的心坎里。师生之间相互关爱，同学之间相互促进。我觉得在这种环境下学习是再好不过的了。我相信在陈老师的带领下，我们一定能够踏进成功之门。

阳光依旧灿烂。在阳光的照耀下，我仿佛看到了未来，看到了一个充满阳光、充满欢乐的新世界。

致陈老师的一封信

敬爱的陈老师：

您好！

几天前就得知您即将返回深圳的消息。这对我而言，足以说是一个晴天霹雳。我知道天下没有不散的筵席，但我的心中还是有千万个不舍。我舍不得您的谆谆教导，舍不得您的拳拳爱心，舍不得与您相处的美好时光……

时间过得如此匆匆，如白驹过隙，倏然而已。但我是如此幸运，因为我的脑海里已留下了永远抹不掉的回忆。这回忆是我终身受益的财富。

回首过去，与您相处的时光里充满了笑声与掌声。严谨的时间，是您教学的时候。看着您上课时的专注与严谨，我似乎看到了您埋头于灯下备课的情形。欢笑的时间，是您与我们开玩笑的时候。您用精彩的故事让我们沉醉其间，让我们在艰苦的环境中体会到了欢乐。而您，似乎一点也没有觉得疲惫。是您，让我们拥有了许多的第一次。第一次写随笔，第一次开展口语交际，第一次为他人送去鼓励，第一次师生间促膝谈心……一桩桩，一幕幕，无数个第一次让我们有了新的体验，新的收获。我很懊悔，在口语交际课上从没有积极发言，白白浪费了一次又一次的锻炼机会。这将是我人生中的一大遗憾。

不知老师忆否？您虽非班主任，但您却不辞辛苦，给我们上了两次班会课。那是两堂与众不同的班会课，让人受益匪浅。第一次班会课上，您让我们领会了生命的宝贵与脆弱，人生的艰辛与坚持。课后，班里的同学们一致认为这是一节无与伦比的课。严肃的思考之后是欢乐的时光，没想到老师您也是一个笑话大王。第二次班会课上，您用诙谐的语言给我们讲述了 7 大方言的知识。整整 45 分钟的时间里，教室里笑声不断，我们紧张的神经得以彻底解放。

您治学严谨，诲人不倦。您的行为我看在眼里，记在心底。可以说，您是我学习的典范。与您相处的时光，回想起来仍历历在目。可惜您就要离开惠来了。我知道育才三中需要您，可初三（1）班也在等着您，希望老师不要忘记这些翘首期盼着您回来的初三（1）班的学生们！

祝老师身体健康、工作顺利！

您的学生：陈俊国

2010 年 1 月 10 日

100　给陈老师的许愿瓶

（仙庵中学初三（1）班全体同学）

一日为师，终身为父。老师，我会永远记住您的。祝老师身体健康，工作顺利，笑口常开。

——赖彩萍

“台上一分钟，台下十年功。”陈老师，您永远是我心中最优秀的老师。您的一言一行，将是我一生的财富。

——郑萍华

老师，您对我的鼓励我永远记在心里，我一定会努力学习，早成大器！您自己也要好好保重，我相信总有一天，我们会再次相聚！

——胡命键

知识是引导人生到光明与真实境界的灯烛。感谢您的教导，祝您永远幸福美满，充满阳光！

——徐晓琴

把我最好的祝福都赠给您。老师，请收下吧！

——胡晓虹

就算老师您搬到国外去，我们也一定要找到您。

——元伊捷

老师：非常感谢您！我们都十分舍不得离开您。祝您工作顺利，身体健康，天天开心。您与我们都要加油哦！

——赖晓玲

祝老师您写出更多的文章，桃李满天下，永远开心快乐，身体健康！

——林小慧

陈老师：不管我们是否天各一方，我们的心会彼此牵挂！老师，要笑哦！

——黄罗兰

离别即将，心中只有淡淡的希望和深深的感激，希望老师您不要忘了我们。谢谢老师您半年来对我们倾心的付出。

——王惠蓉

微笑面对生活的人，失去的只是烦恼，得到的则是全世界。

——严宏娥

祝陈老师幸福美满、身体健康、笑容永驻、长命百岁！

——徐少光

祝陈老师幸福安康，合家幸福！

——李冠泰

祝陈老师生活愉快，快乐伴随每一天！

——徐茵微

一日为师，终身为父。我无法报答您的教育之恩，但愿您永远健康！

——林绵芸

祝陈老师身体健康、工作顺利，在新的一年里更加美好！

——曾佳鑫

天下没有不散的筵席，希望老师您永远记住我们初三（1）班，经常与我们联系。也祝您身体健康，天天开心，事事顺利！

——韩楚叶

祝陈老师天天开心，笑口常开，百事可乐！

——谢吉燕

祝陈老师新年快乐！因为新年快要到了，我祝您天天开心！

——李思敏

生活快乐（期限是永远的），身体健康，工作顺利！

——王丽婷

千言万语道不尽对您的感激。愿您身体健康，心想事成！在今后的工作中更加出色。谢谢您，您辛苦了！

——李武生

生命，只要你充分利用它，它便是长久的；理想，是荒原上的一颗种子，是生命的希望。感谢您，带给我们人生的希望！

——曾惠勤

祝陈老师天天都开心，多笑笑哦！

——林南华

祝陈老师工作顺利！

——杨锦涛

天下没有不散的筵席。祝您永远幸福！一定要 Happy 哦！

——谢映玲

感谢您的到来。谢谢您为我们带来更多的快乐。希望您身体健康，新年快乐！

——蔡淑君

祝陈老师一帆风顺，同时也希望在以后的日子里再见到您！

——李宝华

很感谢您来到我们这里支教。祝您身体健康，天天开心，万事都如意！

——赖元凤

感谢您走进我们的世界，我们心中永远有您！

——阮少娟

抱着一颗不变的心，专注于自己事业的人，一定会取得成功！

——郑伟汉

初三（1）班的学生永远记得您！

——徐茵微

祝陈老师笑口常开，快乐永远跟着您。您永远是最棒的！

——张静燕

希望您永远幸福，为祖国培育出更多的栋梁之材！

——王佳锐

我奋斗了一个下午，终于找到了一句最直接的话：祝您工作顺利、身体健康。不过，我真的很希望在以后可以与您再次见面。能在茫茫人海中认识您，是我的荣幸，在此我祝您身体健康，幸福美满！

——李笙茬

无论您在何方，衷心祝您幸福！

——胡尔纯

祝陈老师前程似锦，天天乐开怀！

——吴焕章

祝陈老师身体健康，工作顺利，幸福安康！

——徐佩霞

真诚地祝您永远幸福，我们的心与您同在。

——林素贤

对于您的离去我无能为力，对于您的到来我却铭记于心。

——陈俊国

但愿有朝一日，初三（1）班的师生能再相聚。到时老师您一定要来哦！

——胡晓虹

希望您每一天都笑口常开，实现更高的人生理想！

——柯团捷

祝陈老师天天开开心心，不要忘记我们哦！

——朱晓敏

祝陈老师新年快乐！

——王晓静

祝陈老师身体健康，天天开心！

——林日盛

祝陈老师万事如意，笑口常开！

——曾浩锋

祝陈老师笑口常开，永远开心！

——林伟如

祝陈老师工作顺利，幸福平安！

——林少敏

祝陈老师身体健康，天天 Smile！

——赖浩钦

陈老师：我们会想您的。在您的节日里，我们会把最好的成绩送给您！

——林泽茵

千言万语化成一句话：祝您幸福！

——许立宇

用知识改变命运，是老师您对我们最好的馈赠。老师，谢谢您！

——王惠蓉

祝陈老师身体健康，笑口常开，工作顺利！

——林丹锋

千言万语道不尽，万千情感说不完。老师，谢谢您！

——陈鸿钦

祝陈老师身体健康，万事如意！

——林南华

陈老师：下学期有时间一定要来呀，最好把您的女儿也带来，我们非常期待！

——胡温悦

陈老师：愿您过得快乐、幸福！

——林日盛

您永远是我们心中最棒的、最好的老师。我们永远记得您！

——王秋凤

回到深圳后，希望老师您能过得更加开心。每一天都伴随着笑声。

——李楚君

祝陈老师身体健康，幸福美满！

——徐丽苗

祝陈老师身体健康，工作顺利。我会永远记住您的！

——谢谩霞

您是温暖的太阳，让我们在阳光下茁壮成长。感谢您，陈老师！

——洪育敏

教育不是灌满一桶水，而是点燃一团生命的火焰——赠陈老师！

——李杰龙

快乐充实地过好每一天，开创一片属于自己的晴空！

——王小芳

感谢您让我了解了这么多知识。希望您在今后的人生道路上一帆风顺，大展宏图！千言万语，尽在此句：愿您人生常乐！

——曾浩生

“但愿人长久，千里共婵娟。”老师，愿 365 天都是您的生日，愿天下最美好的礼物属于您——桃李满天下！

——林晓文

老师：我们会牵挂您的！

——冯燕真

祝陈老师身体健康，工作顺利，天天开心，越来越年轻！

——朱晓敏

祝陈老师身体健康，桃李满天下！

——朱钟鸿

祝陈老师身体健康，万事如意，心想事成，工作顺利，生活快乐！

——谢诗民

感谢您这一学期对我们的教导，祝老师开心每一天！

——徐丽苗

今后在人生道路上，一切顺心顺意，身体永远健康！

——黄晓杰

感谢您这学期的照顾。希望有朝一日我还能在您的教导下学习，我期盼着！

——谢宇鹏

我珍惜今日的离别，更期盼您我重逢的那一天！

——方映键

101　陈老师课堂语录

元伊捷

1. 一个少女结婚后，如果生了一大堆孩子，成了一个麻木的生育工具，谁知道她们曾经有过花一般的青春，曾经有过美好的理想和志向？所以，人生不要太早定位。

2. 青春是美好的，不要整天活在唉声叹气里。人的一生很短暂，能让我们忧伤几回？

3. 朋友之间应该真正做到相互宽容。钩心斗角，斤斤计较，受伤害的是每一个人。

4. 世界上是有坏人的。当你在生活中遇到坏人时，就要学习保护自己。更重要的是，你要在另一方面强过他。

5. 我们应该珍惜周围的生命，即便是一只不起眼的蚂蚁。

6. 最想攻击你的人，往往是在你身边默不作声的人，所以，要学会在生活中辨别一个人的本质。

7. 知识是无法用金钱衡量的。一个受过高等教育的人跟一个只有初中水平的人在一起，再多的金钱也无法衡量。

8. 不要用望远镜看梦想。一步一个脚印，梦想就会实现。

9. 人应该多到自然界去走走，去领悟大自然的美，你会收获很多。

10. 付出越多的人，收获的就会越多。

11. 不要太在乎别人的私心。

12. 我们要在生活中有所创造，这样，人生才有价值。

13. 学生不要只想着简单的学习，而应该有更深远的思想，努力成为一个对社会更有用的人。

14. 用知识改变命运，用知识给世界留下一点贡献。

15. 成败往往由细节决定，但更由长久的意志决定。

16. 学习固然重要，但做人更重要。

17. 一个人要想在社会上立足，不要注重外表，而要注重内在积累。

18. 对诚实可信的朋友，可以倾心相谈；对不怀好心的朋友，要学会寡言生威。

19. 一些普通的事情，当你失去它的时候，就会体会到它的珍贵。

20. 写好作文的标准只有一条：用心去写！

（记录时间：2009 年 9 月至 2010 年 1 月）

102　网友评论

自2010年3月3日以来，本书部分内容在K12中国中小学教育教学网“教育教学论坛”连载，不久便被版主设为精华帖，受到各地网友的好评。现将其中的精彩评论及部分友人的阅读感想刊登如下，与读者分享。

红霞（K12论坛管理员）：真情实感，加油！

乡村草（K12论坛版主）：乡村教育如果不身临其境，是很难有深入体会的！希望更多的人能关注乡村教育，关心乡村教师！

新叶子（K12论坛版主）：竟然要到那么远的地方支教，期间经历，让人感动！

牛瑞锋（K12论坛资深会员）：十分感动，感动于你的行，更感动于你的心思。祝愿你在那里工作顺利，身体健康。同时也十分相信，你会给那里带去一片光明。

朗月濯缨（K12论坛资深会员）：向你致敬！勇敢地改变一下生活的轨迹，生命就会绽放出光彩！

一个人的素质教育（K12论坛资深会员）：踏踏实实支教，老老实实做人。

欣中的雨（K12论坛资深会员）：支教是一种机遇，是一种挑战，是一种收获，也是人生中最快乐的体验。丰富的经历本身就是一种收获，这是别人没法体会的。

绿草青青（K12论坛高级会员）：难得的好老师！

新叶子（K12论坛版主）：曾在上下班的路上见过多起车祸，很多都惨不忍睹！生命，真的很脆弱！珍惜生命！

乡村草（K12论坛版主）：如何调动学生的兴趣，是我一直思考的问题。看了您的文章，觉得有很多可以借鉴的地方。

毛毛爱你（K12论坛资深会员）：看了你的故事，我很感动。我认为，生活就应该像你那样，充满激情，充满希望。向你学习，向你致敬。

沧海·一粟（K12论坛会员）：看了你的日记，我感到很震撼，震撼于你对世事的洞悉和观察，一针见血地点明现状，并且流露出了自己内心最真实的感受。请继续……

浅浅然（K12论坛会员）：农村中学的教师节都是这样——痛并快乐着！

半岛（K12论坛会员、本书作者）：高尔基说过："苦难是一所最好的大学！"我祝愿这些孩子在苦难的人生历练中，能够奋发向上，用知识改变命运，用勤劳的双手去开创美好的人生之路。

浅浅然（K12论坛会员）：能把学生带入诗歌的意境中，在教学中是件不容易做到的事！这堂课，可以看出楼主备课时是花了很大心思的。继续关注，加油！

没有空气（K12论坛会员）：我是与你同龄的人。从你的文章中看到了我的学生生活，或者说现在我的状况与你支教的地方有很多共同的地方。学生的变化证明了你的努力与奉献，从学生的感谢能看到你的优秀，从同行对你的评价看出你的人品。希望有更多的机会让我的心灵得到感动。谢谢你的贴！

彭蠡湖人（腾讯网友）：看了你的支教日记，很感动。在艰苦的环境里磨砺自己，沉闷的生活有了新的亮点，让精神得到升华，这是何其可贵的事。去掉城市生活中的矫情浮躁，更真实地走进原始的生活，这又是何其幸福的机会。读到你在仙庵中学上第一堂课的情景，我感觉自己又回到了学生时代，又上了一次语文课。做你的学生应该很幸福，因为你是用心在教学。文中还看得出你很尊重学生，更注重学生个性的发展，这是很不容易的。看了学生写给你的那些文字，更令人感动！期待这部作品早日出版，让更多的人读到带着泥土芳香的文字！

路得（邱路得，笔者女儿可可的启蒙教师，现供职于深圳蛇口海伦幼儿园）：今天，我终于完成了可可爸爸（陈剑华老师）交给我的文字输入工作。这几天我边打边读，虽然有点累，但我很开心。我也非常感谢陈剑华老师，因为他所写的文字里透露出来的真情，给了我巨大的震撼。

看到他的支教生活写得这么详细，并且和当地的师生相处得如此融洽，建立了这么深厚的感情，我特别为之感动。读到后来离别的情景，我一边打字一边流眼泪。见到他与同学们依依惜别的场景，我仿佛身临其境。这也足以看出，是陈老师对学生的信任与关心，才会建立起如此深厚的感情。在日记中，我看到了当地百姓的淳朴善良和热情好客，我也看到了陈老师的忧患情怀。当他看到教育机制的不健全时，内心充满了思考；当他看到当地农村的落后面貌时，内心充满了忧患。对于需要帮助的人，他会毫不犹豫地伸出援手；对于珍贵的友情，他会倍加珍惜。他对教育充满了热情，充满了思考……这一切，无不深深地打动着我，也让我学会了思考生活。其实，在这以前我是很少这样做的，更别说要写下自己的心情了。他的写作深深感动了我，让我也想把这份感动之情永远保留在心底，成为我永恒的记忆。

呵呵，我突然发觉，提起笔来写写内心的感受，其实是件挺美的事。看来，以后我得多写一点了。这当然要感谢陈老师，是他，让我的思想得到了升华，让我的视野得到了开拓，让我懂得了爱的含义，也让我知道了提升自己、不断成长的道理……

再一次谢谢陈老师！

2010 年 2 月 19 日

跋

让心灵引航，做一个追梦的人

银艳琳*

当你日日重复着机械的作息，可否期盼一种改变？

我相信，陈剑华老师就渴望着这样的一种改变。于是，他听到了大海的呼唤。只有热爱大海、勇于冲浪的人，才能听到大海的呼唤！

在广东省“智力扶贫”计划中，陈剑华老师与广东惠来仙庵中学结缘了。仙庵中学是惠来一所薄弱学校，但学校依山面海，也颇有灵气。此山名曰客仔湖山，山势挺拔，水源丰沛，勤劳的仙庵中学教师，开山接管，硬是从五公里以外的山顶引下汩汩清泉。仙庵村顾名思义就是有庙宇的村庄，好长时间以来一直香火鼎盛，不多远就是望前村，望前村南面即是一望无际的大海。因此，仙庵村头那唯一像样的奇香饭店从来都不缺少美味海鲜！

也许，这本支教日记带给我的感受比预期的更有诗意。在我看来，一个人能够在一个陌生的环境里被人需要，而且是强烈地需要，那应该是一种幸福的体验。也许，要付出很多，但新奇等着你，精彩等着你，何乐而不为！

其实，在阅读此书的过程中，内心里有一个声音在对我说：这就是《乡村女教师》在现代中国的简写版。还记得我刚到师大读书的那个学期，学校就播放了一部电影《乡村女教师》，影片中的很多情节在我的脑海里已经模糊不清，但直到今天，我还能忆起女主人公那美丽的大眼睛，凝视着远方，坚定而柔情。这双美丽的眼睛，包含了很多意象，在崎岖的乡村小路上，她一点一点地坚持，从来不放弃，不放弃去爱护每一个孩子，不放弃在贫瘠的土

* 银艳琳，深圳市蛇口育才教育集团研究督导部部长，深圳市南山区语文挂牌教师、高级教师。

地上播种希望！她是教育的天使，是理想教师的化身！在陈老师的字里行间，我感受到一种追求理想教育的浪漫情怀，看到他在乡村学校里践行自己的教育理念，把满腔的爱带给仙庵中学的广大学生，尤其是初三（1）班的69位同学。在这个世界上，还有什么比在人的心田上播种希望更有意义呢？

此次支教定名为“智力扶贫”，当然要给相对落后的惠来仙庵中学送去宝贵的教育教学新理念。南山是全国首批参加课程改革试验的教育强区，陈剑华老师就在这样的沃土上成长起来的，在学校，在南山，他都是数得着的教学能手。几年前，我就曾经听过陈老师上课，三十多岁的他颇有些夫子味道，教学语言简练而不失书卷气，娓娓道来之中满含真情。陈老师的教学基本功突出，板书讲究，书写漂亮，朗诵功底深厚，是语文学科的骨干教师。前两年，听说陈老师又主动承担了育才三中晨笛文学社的工作，很快，我就捧到带着油墨芬芳的《晨笛》杂志，没有多久，又获悉晨笛文学社成为全国99个最佳文学社之一。还没有来得及当面向陈老师表示祝贺，就听说他去广东惠来支教去了。我想，他是一个有梦的人，不甘于平淡，不甘于封闭。于是，他比别人更坚决地站出来，去体验更艰苦，却有可能更有诗意的教育！

本书用大量篇幅记录了作者在仙庵中学执教语文课的细节，陈老师在导入新课、激发学生兴趣等方面下足了工夫，在讲解中以文解文，极富文采又极具内涵。陈老师还把一些生动的教学方式带到了仙庵中学，同学们开始声情并茂地诵读，开始针锋相对地辩论，开始变得敢于表现自己，变得更加自信了！陈老师更难能可贵的是对自己进行严格解剖，在公开课之后，认真分析自己的不足，没有陶醉在对方的表扬声中而失去继续前进的理智。陈老师在仙庵中学为学生开设讲座，讲自己感兴趣、有研究的内容，诗人杜甫、玄奘取经等都成了讲座的主题，没有作业，只有精彩讲授，学生当然喜欢！我相信，在这一过程中，陈老师也得到了提高，而这跟他喜欢读书、坚持积累息息相关。我们常常跟学生说“腹有诗书气自华”，其实我们做老师的更应该广泛阅读、坚持阅读，才能不输底气，才能让学生折服啊！看得出，陈老师在读书方面颇有心得，不仅如此，在满负荷教学的情况下，陈老师还坚持在四川师范大学进行研究生课程的学习，这种终身学习、不断进取的精神，值得广大教师同行学习。

这本支教日记既有教学故事、教学反思，也有许多关于探讨教育热点话题的小论文。陈老师在如何处理现代师生关系这一问题上作了深入探究。在他看来，谨记“亲其师，信其道”，有助于教学实效的提高。同时，他也尊重西方学者的观点，认为师生应该建立平等、民主的互动关系，只有这样，才能走进学生的心灵，做一个成功的老师！让我感动的是，陈老师还特别在意班级里的“弱势群体”，善于抓住课堂教学契机，促进、转化学习有困难的学生。我认为，衡量一个老师是否足够优秀，就要看他对有困难学生的态度，看他是否积极帮助有困难的学生，并对他们充满爱心！

在与学生沟通方面，陈老师很好地利用书信作为桥梁媒介，热情帮助同学冷静分析，在与学生反复阅读书信的过程中，就充分消化了教育和被教育之间的矛盾和冲突！在教学中，陈老师抓住两封书信，一封是苏霍姆林斯基的《给女儿的信》，一封是刘亚洲的《给儿子的一封信》来影响和教育学生，前者疏通解决早恋困惑，后者从人生、品质、志向等方面给予学生很好的引领，真正做到了既教书，又育人。

陈老师在仙庵中学的支教是幸福的。最宝贵的就是他赢得了初三（1）班69位同学的敬爱，他们把心交给了陈老师。对这些孩子而言，陈老师是他们心中的一盏明灯！“学海茫茫谁最念，吾师剑华永不忘！”这是学生写给陈老师的临别赠言。有生如此，师复何求？

陈老师到了仙庵中学后还和语文组教师开展教学研讨，带领大家编辑《山花》文集。也许，仙庵中学在校本教研方面还需要建章立制，不过，学科教学该如何制订科学系统的计划，如何展开教师培训等现实问题，已经通过陈老师的介绍，开始在仙庵中学语文教研组中进行思考并加以实施。

陈老师送去了先进的教育理念和生动的课堂教学模式，就如同在贫瘠的山地上播下了希望的种子，相信仙庵中学的师生能够继续浇水和施肥，相信惠来的教育明天会更好！

当陈剑华老师张开双臂热烈地拥抱仙庵师生，他们也用满腔的情感回报他，而且，比预期的要多！惠来自然山水优美，民风淳朴，地方习俗显著。慢悠悠泡功夫茶，乐陶陶摆龙门阵，既低碳又有利于人际互动，人们自然相亲相近。陈剑华老师在仙庵中学一个学期，昭文、娇琴夫妇对他特别照顾，他们时常邀请陈老师上家里吃饭喝茶，甚至帮助陈老师洗衣服。这样古道热肠的朋友，在深圳怕是难以找到了！广东摩托仔特别多，通常他们带给人的都是危害治安的印象，但在陈老师的故事里，那个每次骑着摩托车到高速路口等他接他的昭文老师，却分明让我们感到了温暖和安全！

潮汕地区传统文化根基很深，拜祭神灵祖先，看风水信迷信，是民间老百姓生活的重要内容。潮汕人也很孝敬父母注重家庭，昭文就是这样一个孝